Joyce and Irish Intangible Cultural Heritage

乔伊斯与爱尔兰非物质文化遗产

冯建明　等 著

上海三联书店

《乔伊斯与爱尔兰非物质文化遗产》

著作说明

专著《乔伊斯与爱尔兰非物质文化遗产》为国家社会科学基金课题“爱尔兰文学思潮的流变研究”(15BWW044)阶段性成果、教育部社会科学基金课题“2017 年度国别与区域研究中心(备案)：爱尔兰研究中心”(GQ17257)阶段性成果、上海对外经贸大学 085 工程项目(Z085WGYYX13028)最终成果、上海对外经贸大学内涵建设课题“乔伊斯与爱尔兰非物质文化遗产”最终成果、上海对外经贸大学 2020 年“内涵建设—学位点建设—国际学术会议”最终成果、上海对外经贸大学国际商务外语学院 2020 年度内涵建设计划任务最终成果。

本书作者及分工

冯建明(博士，上海对外经贸大学爱尔兰研究中心主任、教授)　设计、立项、组织撰写、全书审校、前言、第一章、第五章部分内容、第六章部分内容、第七章部分内容、结语、詹姆斯·乔伊斯年谱、参考文献和后记

马会娟(北京外国语大学教授，博士生导师，教育部青年长江学者，翻译研究中心主任，《翻译界》主编)　第二章第二作者

刘　燕(博士，北京第二外国语学院跨文化研究院教授)　第三章

张　秦(博士，四川大学外国语学院讲师)　第四章

韩　冰(河北建材职业技术学院副教授，上海对外经贸大学爱尔兰研究中心客座研究员)　第五章、第六章部分内容和第七章部分内容

蒋剑峰(北京外国语大学在读博士(翻译学)，浙江传媒学院讲师，上海对外经贸大学爱尔兰研究中心客座研究员)　第二章第一作者

叶　婷(硕士)　第六章第一作者

李　晨(硕士)　第七章第一作者

古冬华(硕士)　第七章部分内容

目录

CONTENTS

前言 …… 001

第一章　乔伊斯与爱尔兰幽默

引论 …… 001

一、 爱尔兰幽默与政治 …… 004

二、 爱尔兰幽默与宗教 …… 010

三、 爱尔兰幽默与文化 …… 014

四、 爱尔兰幽默与历史 …… 024

五、 爱尔兰幽默与双关语 …… 029

六、 爱尔兰幽默与叙事技巧 …… 039

结论 …… 044

第二章　乔伊斯与爱尔兰禁忌——以性话语为例

引论 …… 046

一、 乔伊斯的性话语——以《尤利西斯》第十八章中的性描写为例…… 048

二、 爱尔兰禁忌与乔伊斯叙事 …… 053

三、 乔伊斯性话语在中国 …… 058

结论 …… 071

第三章　乔伊斯与爱尔兰庆典

引论 …… 073
一、爱尔兰节日庆典中的仪式 …… 075
二、乔伊斯小说中的庆典叙述 …… 080
三、爱尔兰的文学庆典：布鲁姆日 …… 089
四、跨文化交流中的文学庆典 …… 105
结论 …… 113

第四章　乔伊斯与爱尔兰民谣

引论 …… 114
一、爱尔兰民谣 …… 115
二、乔伊斯早期生活与爱尔兰民谣 …… 116
三、乔伊斯作品与爱尔兰民谣 …… 117
结论 …… 141

第五章　乔伊斯与爱尔兰典故

引论 …… 142
一、乔伊斯与“囚禁”典故 …… 143
二、乔伊斯与“战争”典故 …… 148

三、乔伊斯与“流亡”和“自由”典故 …… 151
四、乔伊斯与“民族性”典故 …… 155
五、乔伊斯与“英雄”典故 …… 164
六、乔伊斯与“变形”典故 …… 170
七、乔伊斯与“女权”典故 …… 173
八、乔伊斯与《圣经》典故 …… 174
结论 …… 176

第六章　乔伊斯与爱尔兰人名

引论 …… 178
一、作为“常规”或“宗教禁锢”代表词的爱尔兰人名 …… 180
二、作为“逃离”或“流亡”代名词的人名 …… 192
三、作为“忠诚”或“背叛”(Loyalty & Treachery)代名词的人名 …… 200
四、作为“瘫痪”或“顿悟”代名词的人名 …… 210
五、作为“生”或“死”代名词的人名 …… 221
结论 …… 229

第七章　乔伊斯与爱尔兰地名

引论 …… 232
一、作为“奴役”代名词的地名 …… 233
二、作为“篡夺”代名词的地名 …… 242
三、作为“瘫痪”代名词的地名 …… 249
四、作为“死亡”代名词的地名 …… 257

五、作为“流亡”代名词的地名 …… 267
六、作为“回归”代名词的地名 …… 275
结论 …… 282

结语 …… 283
附录　詹姆斯·乔伊斯年谱 …… 285
参考文献 …… 327

前言

爱尔兰是凯尔特(或译作“克尔特”,下同)后人建立的国家,富有凯尔特文化基因,蕴含着人类群体意识特指的影像成分,颇具研究价值。爱尔兰盛产文学天才。在爱尔兰,詹姆斯·乔伊斯(James Joyce, 1882—1941)是代表性的文学巨子,也是20世纪初颇具影响力的现代主义先锋派作家。乔伊斯的作品充满了爱尔兰性或爱尔兰岛屿特质,对了解、欣赏、研究凯尔特文化积淀极为重要。

乔伊斯曾自豪地宣称,都柏林若被毁灭,它可从他的作品中得以重建。乔伊斯的假设不无道理,因为他的文学创作离不开爱尔兰非物质文化遗产。非物质文化遗产保留了群体身份的原生状态和最浓缩的地域特色。从科学发展观看,万事万物始于以人为本,而以人为本的活态文化遗产是非物质文化遗产。

非物质文化遗产是活态的,它被誉为“民族记忆的背影”或“历史文化的活化石”。依据联合国教科文组织的《保护非物质文化遗产公约》之规定,“非物质文化遗产”包含五个方面:其一,“口头传统和表现形式,包括作为非物质文化遗产媒介的语言”;其二,“表演艺术”;其三,“社会实践、仪式、节庆活动”;其四,“有关自然界和宇宙的知识和实践”;其五,“传统手工艺”。

文学是特定文化符号系统的重要成分。据此,《乔伊斯与爱尔兰非物质文化遗产》旨在通过乔伊斯的作品,研究爱尔兰非物质文化遗产如何成为爱尔兰文学、政治、经济、教育的魅力之源,从而揭示非物质文化遗产在文学作品表现叙事主题、审美理想、生存智慧、群体意识、民族血脉、文化积淀和精神家园方面的独特优势，进而揭示非物质文化遗产作为人类活动的烙印、时代精粹与无形旗帜的奥秘。乔伊斯的创作艺术扎根在爱尔兰岛，他的作品详细记录了凯尔特人的生活和生产方式，充分表现了“爱尔兰风土和人情”而非“大不列颠情调”，艺术地展示了蕴藏在物化背后的爱尔兰思维方式、精神内涵与劳动技艺，是爱尔兰非物质文化遗产无穷魅力的有力见证。乔伊斯作品中的非物质文化遗产承载了凯尔特人颠覆文化等级秩序的历史，反映了凯尔特民族独立、民族自尊、民族自豪的信念和决心，记录了凯尔特人不断追寻、确证自己独特文化身份的信念，蕴含了传统习俗和现代理念之演变的信息。乔伊斯重视凯尔特的口头传统和表现形式，关注爱尔兰的社会实践、仪式、节庆活动，熟知爱尔兰非物质文化遗产中关于自然界和宇宙的知识与实践；他极尽爱尔兰民间喜剧的搞笑能事，表现了爱尔兰人所推崇的无等级性、宣泄性、颠覆性与大众性，传达了现代主义作家对异化社会的深入批判，从而体现出他们自愿承担拯救现代人心灵的责任。

非物质文化遗产是文化空间里的珍品，而乔伊斯的作品则堪称文学空间中的瑰宝。本书的重点研究范畴是文化空间与文学空间的交集，它由“前言”和正文七个章节、“结语”、作为附录的“詹姆斯·乔伊斯年谱”、“参考文献”及“后记”组成。作为本书主体的七章分别研究了“乔伊斯与爱尔兰幽默”“乔伊斯与爱尔兰禁忌”“乔伊斯与爱尔兰庆典”“乔伊斯与爱尔兰民谣”“乔伊斯与爱尔兰典故”“乔伊斯与爱尔兰人名”及“乔伊斯与爱尔兰地名”。

本书的讨论覆盖了乔伊斯作品中的爱尔兰口头文学、盖尔语、爱尔兰地域方言、凯尔特民众的生活文化、凯尔特民俗文化、凯尔特生产文化、仪式和节日等经验文化的社会价值，揭示了爱尔兰非物质文化遗产的本体特征、价值、审美特征、历史、生存状况、娱乐性和地域性的重要作用，并对乔伊斯作品中有关自然界的爱尔兰传统民间文化、禁忌、巫术、电影版乔伊斯作品、源于《尤利西斯》的文化活动和乔伊斯作品在中国的研究状况进行了探索性研究。

爱尔兰非物质文化遗产的抗争性或拯救性尤为明显，表达了凯尔特人民拥有民族独立、民族自尊、民族自豪的信念和决心。作为爱尔兰非物质文化遗产的重要部分，凯尔特民间故事、民间歌谣、民间俗语、日常禁忌语、爱尔兰名字、爱尔兰幽默等既不乏宣泄被压抑的情怀和反映现实矛盾的审美功能，又具有调节社会关系和恢复活力的功利目的，映射出凯尔特人民否定悲惨命运的抗争史。爱尔兰人民不断追寻、确证自己独特的文化身份，不断尝试颠覆文化的等级秩序，反对英帝国主义的话语霸权和文化控制，以拯救凯尔特传统文化。凯尔特人民把盖尔语和压迫者的语言都作为反抗压迫者的重要工具，履行了具有娱乐功能、政治色彩与美学意义的颠覆任务。

在爱尔兰非物质文化遗产中，实践性、实验性及突破性占有重要地位。现代爱尔兰人通过布鲁姆日的活动，让世界上更多的人了解了凯尔特人的生产特征和消费方式。一代又一代的凯尔特人勇于探索、大胆创新，寻求技术突破，紧随时代步伐，传承爱尔兰非物质文化遗产。

本书既基于乔伊斯的作品，又借助文化考察等方法，力求灵活运用东方民族的哲理和思辨技巧，借助多种西方理论，借鉴与本课题有关的国内外重要成果，在乔伊斯作品中理出清晰脉络，详细论证爱尔兰非物质文化遗产在乔伊斯作品中的美学价值，从而探究文学作品与非物质文化遗产之间的内在联系。在讨论中，本书将乔伊斯的各类作品视作有机整体，聚焦这些作品中的叙事空间与文化空间之交集，探究文学作品与非物质文化遗产之间的内在联系。

本书采用多维视野，体现出跨学科研究的特性，跨越了文学与非文学、历史与文化人类学、艺术与哲学等学科的界线，以开放性研究方式，将文学研究置于体系混合的谱系之中，关注不同时期的文学创作之关联。

本书各个章节的执笔人根据不同研究板块，以颇具个性的方式进行探究，从不同视角对文学作品展开讨论，对非物质文化遗产的文学功能提出了独到的观点。

但愿，本书将有助于促进爱尔兰文学和文化的推广、研究与教学在中国的全面发展。

冯建明

2019 年

上海对外经贸大学

爱尔兰研究中心（教育部备案）

第一章　乔伊斯与爱尔兰幽默

引论

幽默源于日常生活，具有鲜明的地域性、民族性和时代感；幽默是一种表现形式，可反映群体情感，属于世界非物质文化遗产；幽默是一种艺术手法，在文学作品中可表现人物个性，推进叙事情节，展示作家个人智慧。詹姆斯·乔伊斯(James Joyce, 1982—1941)是幽默大师，他借助多彩的文学手法，尽显幽默的独特魅力，艺术地刻画了凯尔特人的独特内涵、气质与偏好，巧妙地表现出他个人的美学倾向，体现了现代主义运动的魅力，也对后现代主义文学的发展具有深远影响。

论及乔伊斯的美学倾向，有必要翻阅该作家所写的评论作品。乔伊斯的思想杂录被整理成《詹姆斯·乔伊斯评论集》或《詹姆斯·乔伊斯文论政论集》(*The Critical Writings of James Joyce*)。在该文集中，若干片段被统称作《巴黎笔记》(*Paris Notes*)，很受研究者重视。《巴黎笔记》写于20世纪头几年，记录了弱冠之年后乔伊斯的创作思想，对研究乔伊斯各期作品都有参考价值。

在《巴黎笔记》中，有一个乔式美学观片段：

> 所有在我们心里激起欢乐感觉的艺术都是喜剧的，根据人类命运中激发这种欢乐的东西的丰富或者偶然，这种艺术应视为或多或少是

优秀的，即使是悲剧艺术也可以说是带有喜剧艺术的成分，只要是有一部分悲剧艺术作品（一部悲剧）能使我们心中产生欢乐。从这里也可以看出，在艺术中，悲剧是不完美的手法，喜剧则相反。[①]

在这里，乔伊斯的喜剧论包括如下要点：(1)喜剧艺术包括所有引发欢乐的艺术；(2)喜剧艺术是优秀艺术；(3)喜剧艺术成分也可成为悲剧艺术的一部分；(4)在艺术范畴内，喜剧优于悲剧。

"喜剧优于悲剧"的论点难免引发争议，但它的艺术载体——乔伊斯作品——却受到广泛赞誉。究其原因，乔伊斯叙事技巧的光芒太耀眼，减弱了读者对他美学理念的关注。若比较乔伊斯不同时期的作品，读者不难发现，在创作风格上，乔伊斯的作品越来越有喜剧化倾向。

乔伊斯既然推崇喜剧艺术，那么在文学创作中，他必然会张扬喜剧艺术的叙事魅力。那么，乔伊斯如何诠释喜剧艺术的无穷魅力呢？他采用的一个重要艺术手法就是幽默。

关于幽默，既有爱尔兰幽默，也有其他幽默。为深入探究爱尔兰与爱尔兰幽默的关系，我们有必要讨论"幽默"的准确定义。在汉语中，"幽默"是外来词，由英文"humour"或"humor"音译而来；"幽默"由"幽"和"默"两个字组成，是"音"和"意"双译而成的词；把"humour"或"humor"译作"幽默"可谓达意、传神、入化。若找"幽默"的权威定义，最好参考《不列颠百科全书》(*Encyclopædia Britannica*)。《不列颠百科全书》俗称《大英百科全书》，被公认为当今最具权威性的百科全书，它定义"幽默"词条如下：

一种交流方式，由复杂的心智刺激启动或逗起或引发笑的反射。大部分幽默，从最粗俗的恶作剧到最优雅的隽语，均来自对两个看似一致却又相互对立的背景之间关系的突然领悟。……不同的幽默形式包含着令人迷乱的各种各样的情绪，但无论情绪怎样混乱，他必定包含着一个基本的不可或缺的因素，即挑衅、恐惧乃至恶意一类的冲动，无论

① [爱尔兰]詹姆斯·乔伊斯：《詹姆斯·乔伊斯文论政论集》，姚君伟、郝素玲译，上海：上海译文出版社，2013年，第156页。

这种冲动多么微弱。[1]

由此可见，幽默是一种方式，用于交流，它所含成分如下：

（1）笑；

（2）多种情绪；

（3）挑衅、恐惧、恶意。

幽默不是“黑色幽默”的简称。“黑色幽默”是一种文学流派，也叫“黑色喜剧”，即以喜剧为形式，表现悲剧的内容。幽默不是一种文学流派，而是一种交流方式；幽默含“笑”和“多种情绪”，可以让人感受到快乐；幽默含“多种情绪”和“挑衅、恐惧、恶意”，也可以令人感受到悲伤。在多种幽默形式中，“都柏林人的幽默”可以令人深切地感受到悲伤。

关于“都柏林人的幽默”，《新不列颠百科全书》（*The New Encyclopædia Britannica*）有如下语句：

Dubliners' humour is built on a long heritage of sorrow. [2]

即

都柏林人的幽默建立在长期的悲伤传统之上。

“都柏林人的幽默”或爱尔兰幽默带着一缕忧伤，贯穿于爱尔兰文学作品之中，形成了爱尔兰文学或凯尔特文学[3]的一大特色，其也是爱尔兰文化的要素之一。

本章旨在通过分析乔伊斯作品中的幽默，展示幽默在“爱尔兰性”中的重要性，为广大读者提供一扇欣赏爱尔兰作品与爱尔兰非物质文化遗产的

① 《不列颠百科全书》（国际中文版，第8卷），北京：中国大百科全书出版社，2002年，第239页。

② *The New Encyclopædia Britannica* (Vol. 5), Chicago: Encyclopædia Britannica, Inc., 1984, p. 1072.

③ 在严格的凯尔特研究学术语境下，“凯尔特文学”专指以凯尔特语写就的文学作品的总称。凯尔特语包括现代或早期的爱尔兰盖尔语、威尔士语、康沃尔语、曼克斯语、苏格兰盖尔语和布列塔尼语。广义上，爱尔兰岛上的凯尔特文学则指，在爱尔兰岛上，以凯尔特语或非凯尔特语创作的诗歌、小说、戏剧、散文等。

独特窗口。在乔伊斯的叙事作品中，爱尔兰幽默涉及多个方面，其主要内容将在本章中逐一展开。

一、爱尔兰幽默与政治

在乔伊斯研究领域，有人误认为，乔伊斯并不关心政治，其作品缺乏政治关注。实际上，在乔伊斯的叙事作品中，政治因素虽不算重要母题，却具有不可忽略的作用，它推动了故事情节的进展，影响着虚构人物的命运，间接表现出作者的主观倾向，对研究乔伊斯和现代主义运动都有重要作用。理查德·大卫·埃尔曼(Richard David Ellmann，1918—1987)是颇具影响力的乔伊斯研究专家，曾给乔伊斯的弟弟斯坦尼斯劳斯·乔伊斯(Stanislaus Joyce，1884—1955)写过一篇“导论”，让其用于回忆录《看守我兄长的人：詹姆斯·乔伊斯的早期生活》(*My Brother's Keeper*：*James Joyce's Early Years*，1958)。在该“导论”中，埃尔曼引用詹姆斯·乔伊斯对他兄弟的言语：“别跟我讲政治。我只对风格感兴趣。”[①]依据上下文可以知道，当时，詹姆斯·乔伊斯以兄长的口吻，打断了他弟弟的话，表示无意于法西斯主义的话题。作为术语，“政治”并没有公认的确切定义。在詹姆斯·乔伊斯与他胞弟的对话中，“政治”或指“国家权力”。乔伊斯虽说注重风格，但他在作品中并不刻意回避政治话题。乔伊斯的作品聚焦爱尔兰特性，表现了20世纪初爱尔兰岛的各种风情，包含了当时爱尔兰社会中的政治因素。

在童年时期，乔伊斯曾写过一首短诗《还有你，希利》(*Et Tu*，*Healy*)[②]：

his quaint perched aerie on the crags of time
where the rude din of this century

① Richard Ellmann，Introduction. *My Brother's Keeper*：*James Joyce's Early Years*. By Stanislaus Joyce，New York：The Viking Press，1969，p. xix.

② 1891年10月6日，在帕内尔去世后不久，9岁的乔伊斯写了此诗歌颂帕内尔，并谴责曾经是帕内尔的亲密同志、后来成为他的敌人的蒂姆·希利。

can trouble him no more.[①]

即

他那古朴的巢穴高耸于时光的悬崖
在那里,这……世纪的粗鲁的喧嚣
再无法使他烦恼。

在童年时期的乔伊斯心中,查尔斯·斯图尔特·帕内尔(Charles Stewart Parnell, 1846—1891)拥有崇高的地位,这位爱尔兰政治家的英名与时间共存,攻击帕内尔的舆论无不偏激而低俗。

在乔伊斯的作品中,政治因素常以象征手法艺术地表现出来。乔伊斯以特有的爱尔兰幽默,表现出政治对日常生活的影响,这一点在《艺术家年轻时的写照》[②](或译作《一个青年艺术家的画像》,*A Portrait of the Artist as a Young Man*, 1916)中尤为突出。

在乔伊斯笔下,爱尔兰幽默如何通过政治体现出来呢?在乔伊斯小说的情节中,爱尔兰人之间的对话被细腻地描写,彰显了爱尔兰幽默的独特性:蕴含言外之意,表达了忧伤之情。在叙事中,人与人交流有多种方式,最直接的莫过于面对面对话。在《艺术家年轻时的写照》中,通过人物之间的对话,兼借助对若干要素的艺术性描写,乔伊斯将爱尔兰幽默与政治的联系体现了出来。这些要素包含重要场景、诸多人物、政治话题、论点交锋、忧伤之情或受挫感。在该小说中,一个重要的会话场景是圣诞晚餐;诸多人物包括丹蒂·赖尔登、约翰·凯西、西蒙·代达罗斯、玛丽·代达罗斯和斯蒂

① Stanislaus Joyce, *My Brother's Keeper: James Joyce's Early Years*, New York: The Viking Press, 1969, p. 46.

② 在世界文学领域,被称作"艺术家"的人都有文学成就。乔伊斯自传性作品中的主角斯蒂芬当时仅是一名学生,他除了写过数量有限的短诗之外,还没有公开发表过任何作品。斯蒂芬尽管具有文学天赋,并最终决定要走艺术创新之路,但是他暂时还没有成为文学领域的"艺术家"。乔伊斯这部自传性的小说的书名似乎至少有两种译文,把 *A Portrait of the Artist as a Young Man* 译作《艺术家年轻时的写照》,暗示当时的斯蒂芬仅仅是一名"未来的艺术家"。

芬·代达罗斯;涉及政治的话题围绕爱尔兰土地改革联盟的领袖帕内尔展开;论点交锋基于改变现状还是维持现状;忧伤之情或受挫感则主要体现于约翰·凯西的愤怒和痛苦。

爱尔兰幽默既然建立在忧伤之上,那么爱尔兰人的忧伤意味着爱尔兰幽默吗?并非如此,具体情况需具体分析!在《艺术家年轻时的写照》中,圣诞晚宴情节成为了爱尔兰幽默,其包含了若干因素。该晚宴的主旨是,亲朋好友聚集一堂,开开心心过圣诞。结果,本次聚会以快乐开头,却以悲伤结束。谁也不曾料到,和睦之机变为分裂之时,大喜的一天成为痛苦之日。这样的情节既含有(建立在痛苦之上的)幽默成分,也具有讽刺的力量。

在这次圣诞节晚宴上,"政治"是一个关键词,被多次提及:

> ——你是说要在圣坛上宣讲政治,对吗?迪达勒斯先生问道。
>
> ……
>
> 迪达勒斯太太放下她的刀叉说:
>
> ——请可怜可怜,让咱们在今天这个一年中难得的日子别再讨论什么政治问题了。
>
> ……
>
> ——让他们不要去管什么政治,凯西先生说,否则人民就会不再理会他们的教堂了。[①]

在这个故事情节里,"政治"反复出现,它虽不希望被提及,却成为冲突的根源。表面上,家庭教师丹蒂·赖尔登声讨了帕内尔与凯瑟琳·奥谢(Katherine O'Shea, 1846—1921)的私通行为,但事实上,其矛头直指爱尔兰民族主义运动。在丹蒂·赖尔登口中,帕内尔是"他的国家的叛徒"[②]。丹蒂·赖尔登对帕内尔的憎恨可谓一种情绪的反映。当时,英国政府对爱尔

① [爱尔兰]詹姆斯·乔伊斯:《都柏林人/一个青年艺术家的肖像》,黄雨石等译,北京:人民文学出版社,1996年,第244—255页。英文人名的译名有多种版本。引文中,"迪达勒斯"即"代达罗斯","丹特"就是"丹蒂"。

② James Joyce, *A Portrait of the Artist as a Young Man. The Portable James Joyce*, Harry Levin ed., New York: Penguin Books, 1976, p. 281.

兰解放运动充满恐惧。凯西认为，教会为牟取利益，出卖爱尔兰民族。因此，凯西发出了颇具政治含义的怒吼："爱尔兰不需要上帝……让上帝滚蛋吧！"[①]

《艺术家年轻时的写照》是一部典型的成长小说，它不仅描写了斯蒂芬的身体发育，而且表现了与政治相关的心理变化。在该书中，圣诞晚宴情节对斯蒂芬的心灵造成了震撼。凯西和西蒙的政治态度影响了年幼的斯蒂芬，并最终使得长大后的斯蒂芬坚定了一种观念：

> 我不去为我不再相信的卖力，不管它自称是我的家，还是我的祖国，或是我的教会；我将尽力以某种生活方式，或某种艺术形式，来尽可能自由地、完整地表达我自己，并凭借我唯一允许自己使用的武器来保卫自己——沉默、流亡、心计。[②]

作为《艺术家年轻时的写照》的政治背景，爱尔兰岛上的爱尔兰人受制于双重主体，即英国政府和天主教会。当时，英王是爱尔兰政治体系的统治者，而天主教会则代表着爱尔兰岛的宗教体制。英政府与天主教会紧密合作，共同治理爱尔兰岛。所以，在《艺术家年轻时的写照》中，反抗爱尔兰岛的天主教会，就意味着抵制英王在爱尔兰的统治。表面上，此次圣诞节家庭聚会的冲突具有显著的宗教色彩，而事实上，该冲突说明了政治与日常生活的联系，反映了爱尔兰人之间不同政治立场的对立。

家庭是社会的最基本要素，在一定程度上能映射出社会和政治背景。帕内尔已去世，他作为政治领袖一定具有社会影响力。他的政治影响力是具体的，也就是说，会通过具体事件反映出来。

这次家庭聚会是社会和政治环境的缩影，它原本旨在为家庭成员提供欢乐场景，却在令人悲伤的气氛下结束。这里，家庭气氛中的悲伤与爱尔兰

① James Joyce, *A Portrait of the Artist as a Young Man. The Portable James Joyce*, Harry Levin ed., New York: Penguin Books, 1976, p. 282.

② James Joyce, *A Portrait of the Artist as a Young Man. The Portable James Joyce*, Harry Levin ed., New York: Penguin Books, 1976, p. 519.

长期的传统有关，其表达方式属于典型的"都柏林人的幽默"或爱尔兰幽默。对于爱尔兰保守派而言，维护天主教教义就是尊重爱尔兰的重要传统。当时，爱尔兰受制于英国王室，联合王国是大不列颠及北爱尔兰联合王国。口头上，丹蒂·赖尔登视帕内尔为"他的国家的叛徒"[①]，而实际上，她是以宗教为借口，把矛头指向爱尔兰民族主义运动，体现了一种维护英王统治的立场。在这里，乔伊斯以"都柏林人的幽默"，兼用象征的手法，间接表现了政治斗争或权力斗争对日常生活的影响。

在乔伊斯的早期小说中，"爱尔兰幽默与政治"以直接的方式，反映了爱尔兰人的日常生活；在乔伊斯后期的"黑夜之书"中，"爱尔兰幽默与政治"则以双关语的方式，表现了爱尔兰的多个侧面，如《为芬尼根守灵》中的几个典型例子。

在乔伊斯眼中，英国殖民统治下的爱尔兰形象是

Errorland (p. 62)

谬误的温床（爱尔兰）

在创作《为芬尼根守灵》时，乔伊斯的视力已经很糟糕，但他的听觉却很敏感。在有意无意之间，他通过文字，将敏锐的听觉感受表现在情节展开之中。对于读者而言，《为芬尼根守灵》与其用来阅读，不如用于朗诵。在字面上，"Errorland"是"谬误的温床"；在发音上，"Errorland"则近似于"Ireland"。这样的文字游戏颇具喜剧性或幽默感。乔伊斯以戏谑的手法表明，英国殖民统治下的爱尔兰已经堕落，早已蜕变成"谬误的温床"，可谓一种政治体制的牺牲品。爱尔兰是乔伊斯的祖国，它本应被讴歌，但现在却被形容成邪恶场所。这一点看似怪异，但恰恰映射出了殖民统治在乔伊斯心目中的真实形象。

在乔伊斯眼中，英国殖民统治下的爱尔兰人形象是

① James Joyce, *A Portrait of the Artist as a Young Man*. *The Portable James Joyce*, Harry Levin ed., New York: Penguin Books, 1976, p. 281.

Who are those component partners of our societate… (p. 142)
Answer: The Morphios!

我们社会的组成部分是……
答:爱尔兰人!

在发音上,"Morphios"近似"Murphy"的复数形式,暗指"Murphies"。作为常识,"Murphy"是典型的爱尔兰人名,可译作"墨菲"。故此,一般来说,"Murphy"暗指任何一个爱尔兰人。所以,"Morphios"或"Murphies"就是暗指爱尔兰人。乔伊斯用"Morphios"暗指爱尔兰人有双重含义,即爱尔兰社会的组成部分是爱尔兰人,而这些爱尔兰人都是"Morpheus"(睡眠之神)。"Morphios""Murphies"与"Morpheus"三者之间的象征性看似文字游戏,实则是一种爱尔兰幽默。乔伊斯凭借都柏林人的特有的忧伤,以诙谐的方式,不仅表达了对爱尔兰人的看法,更显示他对英国殖民统治的态度,即在英国的殖民统治下,爱尔兰人将一事无成,因为他们终日都在睡觉,也就是乔伊斯眼中的睡眠之神。

爱尔兰人对英国殖民统治的态度是

…wipe alley english spooker, multaphoniaksically spuking, off the face of the erse. … (p. 178)

将任何一位吐着多种语调讲话的英国佬从地球的外表面清除掉。

此处,乔伊斯用小写字母"e"开头的"english",代替了大写字母"E"开头的"English"(英语)。通过一种玩笑或幽默,乔伊斯消解了英国殖民者语言的重要性,传达了他对英语的不敬之意。另外,乔伊斯创造的新词"spooker"既有趣,又颇具讨论价值。在字面上,"spooker"即"speaker"(说话者);在象征性上,乔伊斯用名词"spook"(鬼)取代动词"speak"(说话),从而既打破了英语的语法规范,又通过幽默,暗示了他对英国殖民者的蔑视。

故此，把“alley english spooker”译作“任何一位英国佬”，较能反映出乔伊斯的戏谑意境，并且在一定程度上，可以反映出诸多爱尔兰人对英国殖民统治的厌恶态度。

通过乔伊斯笔下的“都柏林人的幽默”或爱尔兰幽默，读者们可以深入理解《新不列颠百科全书》所给出的定义：“都柏林人的幽默建立在长期的悲伤传统之上。”在涉及政治问题时，乔伊斯笔下的“都柏林人的幽默”少笑点而多忧伤。亚里士多德曾把人比作政治动物。在乔伊斯笔下的日常生活中，政治颇具影响力，它以不同的方式，在各个方面都牵动着 20 世纪初期的爱尔兰居民之利益。

二、爱尔兰幽默与宗教

讨论乔伊斯作品中的爱尔兰幽默与宗教之联系，首先会涉及宗教对爱尔兰的影响。在爱尔兰岛，宗教具有强大而深远的影响力，其影响力即便在爱尔兰国旗上也可见到。爱尔兰国旗由绿、白、橙三种颜色的长方形组成。绿色在旗杆一边，橙色在右边，白色居中。绿色象征信仰天主教的人口，橙色象征新约派，白色则象征希望——希望“绿”与“橙”之间休战、和平，愿天主教和新教派拥有兄弟般的和谐。

爱尔兰国旗的设计源于爱尔兰悠久的历史与文化。在爱尔兰岛，天主教徒的祖籍主要是盖尔人和盎格鲁—诺尔曼人。爱尔兰独立于 1949 年。在 1949 年之前，爱尔兰长期为英国殖民地。早在 1848 年的爱尔兰民族运动期间，三色旗便已成为独特的标志。

无论在现实中，还是在乔伊斯那充满想象力的文学作品中，宗教已经成为爱尔兰人日常生活的一部分。爱尔兰岛是乔伊斯文学创作的源泉，在 20 世纪初充满了宗教色彩。在乔伊斯的所有作品中，读者都可以清楚地感知宗教与爱尔兰人的紧密关系。通过幽默，乔伊斯表现了宗教对爱尔兰社会的影响，暗示了他自己对宗教因素的主观态度。

其一，幽默中的那些大题小作的宗教因素。

《艺术家年轻时的写照》带有明显的自传性质，该书创作于 20 世纪初，反映了爱尔兰岛的民俗。在该作开篇，乔伊斯暗借幽默，以象征的手法，表现了宗教对爱尔兰生活的深刻影响。

丹蒂的衣柜里放着两把毛刷。绒背面是褐红色的毛刷代表迈克尔·达维特，绒背面是绿色的毛刷代表帕内尔。[1]

丹蒂衣柜中毛刷的两种颜色值得关注，它们并非被随意写出，而是暗含幽默，显示了乔伊斯的艺术匠心：

(1)“褐红色”和“绿色”就是爱尔兰民族运动旗帜中的“橙”与“绿”，它们分别象征新约教徒和天主教徒。

(2) 此处的幽默在于大题小作。在爱尔兰岛，宗教具有十分重要的地位，其影响力却被一个无足轻重的小工具“毛刷”暗指；或者说，在爱尔兰社会中，宗教颇具影响力，却以不登大雅之堂的毛刷来体现，这可谓一种乔伊斯式的戏仿与幽默，令人啼笑皆非。

从叙事角度上看，在乔伊斯笔下，毛刷上的两种颜色也暗示着分离，令人联想到达维特和帕内尔之间的分道扬镳，他们之间的决裂体现了爱尔兰人对宗教的认知差异。

其二，借助宗教中的善与恶，以幽默形式，表现人物之间的差别。

在乔伊斯的作品中，言必谈宗教，因此与宗教有关的幽默无处不在。尤其是在人物塑造方面，宗教与幽默的结合可谓画龙点睛。

例如，在“孩子们的时间”(The Children's Hour)——《为芬尼根守灵》第二卷第一章——中，尚未成年的肖恩(Shaun)以刹弗(Chuffy)的名义，玩起了角色扮演，他以幽默的形式，扮演了宗教中的成人角色，体现了乔伊斯对宗教的态度：

Chuffy was a nangel then and his soard fleshed light like likening. Fools top! Singty, sangty, meekly loose, defendy nous

① James Joyce, *A Portrait of the Artist as a Young Man. The Portable James Joyce*, Harry Levin ed., New York: Penguin Books, 1976, pp. 245 - 246.

from prowlabouts. Make a shine on the curst. Emen.[①]

上述引文可译为：

> 刹弗曾是天使，那时，他的剑像闪电一样明亮。句号。我们在战场上受圣米迦勒保护。用手划十字。阿门。

而该书中的舍姆(Shem)也在玩角色扮演，他所扮演的角色也与宗教有关。他以格拉格(Glugger)的名义，扮演了另一个宗教中的成人角色：

> But the duvlin sulph was in Glugger, that lost-to-lurning. Punct. He was sbuffing and sputing, tussing like anisine…[②]

上述引文可译为：

> 但是，格拉格曾是魔鬼，他丧失了诡计。句号。他喘息，吹嘘，用鼻子哼，拼命地诅咒……

《为芬尼根守灵》第二卷是"子辈之书"(The Book of the Sons)，主人公的两个儿子的日常生活饱含着爱尔兰幽默成分。在日常生活中，孩子们离不开游戏。在《为芬尼根守灵》中，舍姆和肖恩的游戏会让读者联想到宗教因素。

在"子辈之书"那场充满普通幽默感的游戏中，舍姆和肖恩虽是兄弟，却代表了彼此对立的双方：舍姆扮演了宗教中的魔鬼，他的角色是基督徒眼中的撒旦；肖恩则扮演了宗教所歌颂的善人，其角色是犹太人的守护天使长圣米迦勒。

这小哥俩之间相互对立，显示了一种差异。乔伊斯借助宗教，通过善与

① James Joyce, *Finnegans Wake*, New York: Penguin Books, 1976, p. 222, Line 22 - 24.

② James Joyce, *Finnegans Wake*, New York: Penguin Books, 1976, p. 222, Line 25 - 26.

恶之间的区别，并伴随着普通幽默感，表现了人物之间的巨大差别。有时候，人物间的差异之大，如黑与白般分明，或像明与暗那般不同。在宗教中，善与恶势不两立，它们可以作为差别的一种暗喻。这种暗喻以幽默的形式表现出来，将更能吸引读者，从而达到叙事的艺术效果。

其三，借助宗教因素，通过幽默来歌颂人物，模糊神与人的界限。

在《为芬尼根守灵》中，安娜非比寻常。乔伊斯借用宗教在爱尔兰社会中的"神圣"地位，在字里行间，把安娜的神奇魅力表现了出来：

> In the name of Annah the Allmaziful, the Everliving, the Bringer of Plurabilities, haloed be her eve, her singtime sung, her rill be run, unhemmed as it is uneven!
>
> Her untitled mamafesta memorialising the Mosthighest has gone by many names at disjointed times. (p. 104)

> 奉安娜之名，她自古就存在，永生，多能，光轮照耀她出现的傍晚，赞美她的圣歌飘扬，小溪流淌，她无论如何永不受妨碍！
>
> 她的无名宣言是铭记那全盘错乱时代拥有诸多名字的至尊者。

上述引文"In the name of"（奉……之名），令人联想到钦定本《圣经》中耶稣的话：

> …in the name of the Father, and of the Son, and of the Holy Ghost…(Matt. 28: 19)

> ……奉父子圣灵的名……（《马太福音》28：19）[1]

乔伊斯熟知《圣经》，他借用《圣经》典故，暗示了安娜的非凡存在。在乔

[1] 本章《圣经》的文本一律采用《国语和合本》的译文。

伊斯笔下,“the Father, and of the Son, and of the Holy Ghost”(父子圣灵)变成了“Annah the Allmaziful, the Everliving, the Bringer of Plurabilities”(安娜……她自古就存在,永生,多能)。

另外,引语“haloed be her eve, her singtime sung, her rill be run, unhemmed as it is uneven”(光轮照耀她出现的傍晚,赞美她的圣歌飘扬,小溪流淌,她无论如何永不受妨碍)则令人联想到如下祷告词:

> Hallowed be thy name. Thy kingdom come. Thy will be done in earth, as it is in heaven. (Matt. 6: 9 - 10)

> 我们在天上的父,愿人都尊你的名为圣。愿你的国降临。愿你的旨意行在地上,如同行在天上。(《马太福音》6: 9—10)

最终,乔伊斯将安娜定义为“untitled mamafesta memorialising the Mosthighest”(拥有诸多名字的至尊者)。在此,他不再拐弯抹角,直接指出安娜是女神的化身。在西方宗教中,“天上的父”无比神圣,不可亵渎和冒犯。乔伊斯用《圣经》中有关“天上的父”的词句,刻画他笔下的女神安娜,可谓将幽默、双关语与宗教融入文学创作,从而使得其作品中的人物被神话。在乔伊斯的虚拟作品之世界中,神与人的界限被模糊化了。

在乔伊斯的作品中,涉及宗教的幽默起到了推动叙事艺术升华的效果。在宗教盛行的都柏林居民区,爱尔兰人的日常生活离不开宗教情结,这恰恰反映出宗教在爱尔兰岛具有支配作用。乔伊斯以爱尔兰幽默反映出宗教在都柏林生活中的影响力,并将作为手段的幽默运用于文化现象的揭示之中,从而以文学特有的方式,剖析了20世纪初爱尔兰岛上的意识形态,表达了文学创新与精神寄托的联系,体现了乔伊斯对终极关怀的重视。

三、爱尔兰幽默与文化

乔伊斯作品中的幽默来自爱尔兰岛的日常生活,而翡翠岛的日常生活也是爱尔兰文化的源泉。反过来，包含幽默的乔伊斯作品之流传又推进了爱尔兰文化的传播。乔伊斯的幽默呈现出凯尔特文化的显著特点，展示着爱尔兰独特的地域特征、民族特征与时代特征。乔伊斯作品中的文化大多属于非物质文化遗产，是活态的，可见证“民族记忆的背影”，堪称“凯尔特历史文化的活化石”，是世界文化空间里的珍品。故此，乔伊斯的作品既极具民族特质，又是世界文学领域中的瑰宝。乔伊斯是世界文豪，其作品的影响力遍布世界。因此，通过阅读乔伊斯作品，读者可以感受到，爱尔兰幽默可以被视为世界文学作品的一个亮点。

本节将乔伊斯的作品置于爱尔兰岛及世界文学整体之内，通过讨论与乔伊斯作品有关的爱尔兰幽默与文化之关系，揭示文学、文化与社会的内部联系，关注人类经验的共相。在本节中，基于乔伊斯研究的“爱尔兰幽默与文化”具有双重含义，即乔伊斯作品中的爱尔兰幽默和乔伊斯对爱尔兰文化的传播与发展。

其一，乔伊斯作品中的幽默与爱尔兰文化之宏观表述。

乔伊斯以其作品中的地域特征而自豪，他曾宣称，都柏林若被毁灭，它可从他的作品中得以重建。他的幽默和信心不无依据，也不无见证。乔伊斯作品中的幽默无处不见。若不信，读者可任选如下作品来阅读：

《室内乐》(*Chamber Music*，1907)以包含爱尔兰幽默的诗歌形式，展示了爱尔兰人的喜怒哀乐；

《都柏林人》(*Dubliners*，1916)通过15个短篇小说，用大量的幽默性象征符号，勾勒了都柏林人的生活画卷；

《艺术家年轻时的写照》借用一个爱尔兰人的早期成长经历，让爱尔兰幽默闪耀出巨大光芒；

《流亡者》(*Exiles*，1918)是三幕剧，展示了几位流亡者之间的情感纠葛，在幽默中表现了现代爱尔兰人的焦虑感和异化感；

《尤利西斯》(*Ulysses*，1922)将1904年的都柏林化为奥德修斯漂泊的环境，通过乔伊斯的幽默叙事，用现代人的形式重述了一个神话；

《为芬尼根守灵》具有浓厚的喜剧色彩，体现了乔伊斯对历史的审美观照，讲述了梦的本质等内容，展示了世界的宏观魅力和微观神秘。

《斯蒂芬英雄:〈艺术家年轻时的写照〉初稿的一部分》(*Stephen Hero*: *Part of the first draft of A Portrait of the Artist as a Young Man*, 1944)借助多种幽默场景,使叙述手法更加生动、具体、详尽。

幽默是文化的组成部分。乔伊斯的作品深受欢迎。无疑,幽默感十足的乔伊斯作品之流传不可被忽视,它既为文学发展助力,又会推进爱尔兰文化的对外传播。

20世纪20年代,乔伊斯通过一封信,问候了哈丽雅特·肖·韦弗(Harriet Shaw Weaver)女士——《自我主义者》(*Egoist*)杂志的编辑,并与对方分享了友人转述的信息:一些中国女士每周安排两次聚会,讨论乔伊斯的"mistresspiece"(女大师之作)。乔伊斯断言道:"毋庸置疑,此俱乐部在上海!"[①] 那么,在上海女士们眼中,乔伊斯的作品怎么变成"mistresspiece"了呢?众所周知,"Joyce"用作姓时,指姓"乔伊斯"的男子;而"Joyce"用作名时,则指名为"乔伊丝"的女子。另外,男性作家的杰作是"masterpiece",而女性作家的杰作则在"乔翁"笔下变幻成"mistresspiece"。可以推测,当时,詹姆斯·乔伊斯的作品曾一度被上海女士们误认为"女大师之作"(mistresspiece)。当然,"mistresspiece"表达了爱尔兰人的幽默。

其二,乔伊斯通过幽默,彰显了爱尔兰文化符号。

谈及爱尔兰幽默与文化,不可回避独具民族特色的爱尔兰国庆活动。近年来,爱尔兰官方在世界各国各地,都举办了颇具爱尔兰文化特色的爱尔兰国庆活动,并邀请当地的各界代表参加,从而加强了不同国度之间的传统友谊,展示了爱尔兰民族特色文化,受到当地民众的喜爱。爱尔兰国庆节为每年的3月17日,它也是国际"圣帕特里克节"。爱尔兰国庆活动之所以深受喜爱,是因为:

(1) 在现代爱尔兰国庆活动中,幽默感被夸张,以至于出现西方特有的狂欢化方式。爱尔兰风笛、爱尔兰竖琴、爱尔兰踢踏舞、爱尔兰曲棍球表演、爱尔兰歌曲、爱尔兰黑啤、爱尔兰烈酒等元素被采用,活动参与者由此将爱

① James Joyce. *Letters of James Joyce*, Stuart Gilbert ed., New York: The Viking Press, 1957, p. 206.

尔兰国庆活动一次又一次推向高潮。

(2) 在现代爱尔兰国庆活动中，圣帕特里克形象、爱尔兰母牛形象、爱尔兰龙形象、三叶草标志等常以夸张形式并带着喜庆色彩被刻画表现出来，成为爱尔兰国庆活动的重要元素。

上述这些元素都是凯尔特民族的符号，它们在乔伊斯的作品中都得到了艺术展现。通过阅读乔伊斯的作品，读者能够深刻理解多种多样的凯尔特民族特色。譬如，爱尔兰母牛以十足的幽默感，出现在《艺术家年轻时的写照》的开篇：

> 从前，那可是一段美好时光，有一头牛沿着路走来了，这头牛走着走着，遇到一个乖乖的小男孩，这个小男孩叫塔库娃娃……
>
> 他的父亲给他讲过那个故事：他的父亲透过一只单片眼镜瞅着他：他长着一个毛绒绒的脸。
>
> 他就是塔库娃娃。牛从贝蒂·伯恩家旁的路上走下来：她卖柠檬麻花糖。
>
> 哦，野玫瑰开放
在那一小片绿地上。
他唱那首歌。那首他的歌。
哦，那绿树下。
>
> 当你尿床了，先感到温，后觉着凉。他母亲铺上油布。油布有怪味。
>
> 他母亲身上的味比他父亲身上的味好闻。她弹钢琴，奏出水手角笛舞曲，为他跳舞伴奏。他跳着：
>
> ……[①]

《艺术家年轻时的写照》的开篇是一首欢快的童谣，颇具爱尔兰特色，内

① James Joyce, *A Portrait of the Artist as a Young Man*. *The Portable James Joyce*, Harry Levin ed., New York: Penguin Books, 1976, p. 245.

容是西蒙·代达罗斯为其幼年的儿子讲述了一则传说。[1] 这则故事颇具喜剧色彩，它美丽而传奇，至今仍在爱尔兰的康尼马拉流行：一头神奇的白牛来了，它将孩子们带到孤岛；在那个孤岛，孩子们摒弃了依赖性，不可思议地成为一群勇士；最后，他们回到父母和乡亲身边，令人惊讶不已。

在这则童谣中，"从前，那可是一段美好时光"以轻松而愉悦的语调，讲述了爱尔兰的传奇故事；"有一头牛沿着路走来了，这头牛走着走着，遇到一个乖乖的小男孩……牛从贝蒂·伯恩家旁的路上走下来……"通过动态意象，刻画了康尼马拉地区传说中的那头白牛的悠然可爱之神态；"这个小男孩叫塔库娃娃……他就是塔库娃娃。……他唱那首歌。那首他的歌。"这里，"塔库娃娃"的重复表明这首民谣为儿童的快乐而创作，也为儿童的笑声谱写，最终达到让儿童接受的幽默效果。

当然，在谈及爱尔兰幽默与文化时，我们也需提及颇具凯尔特特色的当代布鲁姆日庆典。现在，布鲁姆日庆典已经成为新时代爱尔兰文化的一部分，其也是新时代产生的爱尔兰非物质文化遗产的一部分，展示了爱尔兰特有的风土人情和庆祝方式。布鲁姆日的英语"Bloomsday"是合成词，由"Blooms"(相当于"Bloom's"，即"布鲁姆的")和"day"(日)组成，也被称作"Lá Bloom"。该词中的"Bloom"(布鲁姆)是爱尔兰作家乔伊斯的小说《尤利西斯》中的男主角。由于《尤利西斯》特别描述了1904年6月16日的都柏林人之日常生活，所以人们将每年的6月16日称为"布鲁姆日"，并通过系列庆祝活动来纪念詹姆斯·乔伊斯。布鲁姆日庆典活动主要包括朗诵《尤利西斯》片段、演唱爱尔兰传统歌曲、穿戴爱尔兰人特色服饰、模拟《尤利西斯》中布鲁姆的行走路线、品尝爱尔兰特色食品等。对于当今的爱尔兰人而言，布鲁姆日庆典已经成为仅次于国庆的第二大传统节日。近年来，"布鲁姆日"庆典逐渐超出爱尔兰一国的范畴，深受不同国度的爱尔兰研究者之

---

[1] 这则故事，约翰·斯坦尼斯劳斯·乔伊斯曾讲给詹姆斯·乔伊斯听过。詹姆斯·乔伊斯长大后，以该故事为其自传性小说的开篇。1931年1月31日，约翰·斯坦尼斯劳斯·乔伊斯在给詹姆斯·乔伊斯即将到来的生日之贺信中提到："我不知道，你是否还记得那段住在布赖顿广场的日子？那时，你就是塔库娃娃，而我曾常将你带到那个广场，给你讲牛的故事。那头牛从山上下来，把小男孩带去。"以上引文译自 Morris Beja ed., *James Joyce*: "*Dubliners*" *and* "*A Portrait of the Artist as a Young Man*", London: The MacMillan Press Ltd., 1973, p. 73。

喜爱和参与。

其三，乔伊斯通过幽默，展示了爱尔兰民俗。

爱尔兰民间文化展示了凯尔特人的独特风尚和习俗，是凯尔特人世代相传的文化事项，是爱尔兰岛社会生活的要素之一，也是乔伊斯幽默的重要来源，在探讨乔伊斯和爱尔兰性方面颇具价值。

在乔伊斯的诸多作品中，幽默与民俗的关系很密切，其艺术形式多样，从不同角度展现了乔伊斯的民族情怀。关于乔伊斯作品中的幽默与民俗，选择余地比较大，但无论如何，我们都不应忽略乔伊斯的压轴之作——《为芬尼根守灵》。

小说《为芬尼根守灵》的题目、题材与主题均来自爱尔兰民谣《为芬尼根守灵》。

(1) 题目。小说《为芬尼根守灵》的英文题目是 *Finnegans Wake*，它是爱尔兰民谣 *Finnegan's Wake* 的凯尔特表达方式，"*Finnegan's*"中的"'"被省略。

(2) 题材。民谣《为芬尼根守灵》以戏剧形式，表现了泥瓦匠芬尼根的平时习惯、日常工作及引人发笑的经历。同样，小说《为芬尼根守灵》也表现了现代芬尼根的平时习惯、日常工作及引人发笑的经历。

(3) 主题。民谣《为芬尼根守灵》通过大量俗语，展示了泥瓦匠芬尼根的生、死、生等有趣的循环经历，暗示了一种生命轮回观。与此雷同，小说《为芬尼根守灵》通过大量幽默性的双关语，展现了现代芬尼根的生、死、生之梦幻经历，重述了意大利哲学家巴蒂斯塔·维科(Giambattista Vico，1668—1744)的人类历史循环观。

为便于对照，此处不妨全文引用民谣《为芬尼根守灵》：

Finnegan's Wake[①]

Tim Finnegan lived in Walker Street
An Irish gintleman, mighty odd.

① Adaline Glasheen, *A Census of "Finnegans Wake"*, London: Faber & Faber Limited, 1957, p. 40.

He'd a bit of a brogue, so neat and sweet,
And to rise in the world, Tim carried a hod.
But Tim had a sort of tippling way:
With a love of liquor Tim was born,
And to help him through his work each day,
Took a drop of the creature every morn.

Chorus:
Whack! Hurroo! Now dance to your partner!
Welt the flure, your trotters shake;
Isn't it the truth I've told ye,
Lots of fun at Finnegan's wake?

One morning Tim was rather full,
His head felt heavy and it made him shake
He fell from the ladder and broke his skull,
So they carried him home, his corpse to wake.
They tied him up in a nice clean sheet,
And laid him out upon the bed,
Wid a gallon of whiskey at his feet,
And a barrel of porter at his head.

His friends assembled at his wake.
Missus Finnegan called out for lunch:
And first they laid in tay and cake,
Then pipes and tobaccy and whiskey punch.
Miss Biddy Moriarty began to cay;
"Such a purty corpse did yez ever see?
Arrah, Tim mavourneen, an' why did ye die?"

"Hold yer gob," sez Judy Magee.
Then Peggy O'Connor took up the job.
"Arrah, Biddy," sez she, "yer wrong, I'm sure."
But Biddy gave her a belt in the flure.
Each side in war did soon engage;
'Twas woman to woman and man to man;
Shillelah law was all the rage
And a bloody ruction soon began.

Micky Maloney raised his head,
When a gallon a whisky flew at him;
It missed, and falling on the bed,
The liguor scattered over Tim.
"Och, he revives! See how he raises!"
And Timothy, jumping up from bed,
Sez, "Whirl your liquor around like blazes——
Souls to the devil! D'ye think I'm dead?"

即

为芬尼根守灵[①]

以前,蒂姆·芬尼根居住在沃尔克街,
他是一位十分古怪的爱尔兰绅士。
他的英文略带爱尔兰土腔,听起来温柔而甜蜜。
蒂姆是运砖工,渴望有天能飞黄腾达。
但是,蒂姆有一种饮酒习惯:
蒂姆生来爱酒,

① 本歌谣的译文由本书主编冯建明翻译。

每天清晨一口酒，
助他度过一天工作时光。

副歌：
敲击！欢呼！与伴一同随歌起舞！
音乐奏起来，脚步动起来；
为芬尼根守灵时，有过好多笑话，
对你，我讲过那件真事儿，不是吗？

一天早上，蒂姆喝多了，
他头昏脑胀，摇摇晃晃，
他从梯子上坠落，摔破了头，
因此，他们将他抬回家，为他守灵。
他们用一张干净漂亮的床单将他捆绑好，
让他躺在床上，
一加仑的威士忌放在他的脚边，
搬运工的桶也摆在他床头。

他的朋友聚在一起，为他守灵。
蒂姆的老婆召集大家午餐：
先奉上茶水与蛋糕，
随后是馅饼、香烟和威士忌潘趣酒。
比迪·莫里亚蒂小姐开始大哭；
“你们谁见过这么干净的尸体？
啊呀，蒂姆宝贝，你怎么就这么离开了？”
“闭嘴吧，”朱迪·马吉说。

接着，轮到佩吉·奥康纳了，
“啊呀，”她说：“你错了，我肯定。”

但是,比迪抽了她一耳光。
一场战役一触即发;
这是女人与女人,男人与男人之间的较量;
斗殴泄怒,
一场血腥的骚动即将上演。

米基·马洛尼抬起头,
这时,一加仑容量的威士忌酒瓶砸向他;
酒瓶没砸中人,跌落床上,
酒水洒在蒂姆身上。
"天哪,他复活了!看,他竟起身了!"
蒂莫西从床上一跃而起,
说道:"你们竟然到处洒酒——
活见鬼!你们以为我死了?"

小说《为芬尼根守灵》充满了哲理性,其由四个部分组成,即"父母之书""子辈之书""民众之书"和"循环"。以上四个部分分别对应维科《新科学》(*Scienza nuova*, 1725)中人类历史的"过程和再过程",即"神的时代""英雄时代""人的时代"和"野蛮时代"。小说《为芬尼根守灵》可谓《尤利西斯》"夜章"(第十八章)的延续之篇,它描写了一个爱尔兰家庭,写就了该家庭的全人类之梦。小说《为芬尼根守灵》多层面、多风格地表现了语义的多重性,它所包含的幽默语句随处可见,从而重现了歌谣《为芬尼根守灵》的欢快气氛。

歌谣《为芬尼根守灵》的最后一句是:"Your soul from the devil! Did you think I am dead as a doornail?"而在小说《为芬尼根守灵》中,此句被重写了:"Anam muck an dhoul! Did ye drink me doorn."(p. 24, FW)虽然措辞不尽相同,但是两者表达了同样有趣的事儿:"活见鬼!你们以为我死了?"

在《为芬尼根守灵》第607页,这种"有趣的事儿"被提及:

It is their segnall for old Champelysied to seek the shades of his retirement and for young Chappielassies to tear a round and tease their partners lovesoftfun at Finnegan's Wake.

即

这是他们的福气。对于老人，他可以在香榭丽舍大街寻找过退休日子的幽静场所；而对于年轻人，他们可以在香榭丽舍大街过一种东游西荡的生活，并且给伙伴们讲一讲"为芬尼根守灵"中好多有趣的事儿。

乔伊斯的幽默与爱尔兰文化联系紧密，其自然而然地让乔伊斯的作品凸显了凯尔特群体身份中的原生状态，展现出爱尔兰岛的地域特色，从多个层面为爱尔兰研究提供了宝贵信息，有助于学人把握爱尔兰岛的历史变迁，理解凯尔特人的文化脉络，感知凯尔特文化基因，洞悉凯尔特群体意识特质，认识幽默、文化与政治之间的互渗作用，捕捉幽默所蕴含的学术价值，关注幽默在净化社会风气和陶冶情操方面的强大功能。

四、爱尔兰幽默与历史

乔伊斯十分重视历史，他通过《为芬尼根守灵》表达了对人类历史的看法："正如维科所言，人类历史周而复始，循环不已。"在《为芬尼根守灵》第452页，他表述道：

The Vico road goes round and round to meet where terms begin. Still onappealed to by the cycles and unappalled by the recoursers we feel all serene, never you fret, as regards our dutyful cask.

即

> 维科之路循环不断,其终点即是起点。至于我们具有重大责任的工作,无论你感兴趣也罢,还是对循环道路上的行者淡然视之也罢,我们都心安理得地面对,你不必烦恼。

这里,“维科之路”象征历史之路。所以,“维科之路循环不断”即历史之路循环不断。对于循环的人类历史而言,起点就是终点。在上述引文中,涉及历史话题的“维科”与“循环”都以幽默和双关语的方式被提及。事实上,在《为芬尼根守灵》首页的起笔文字(第3页)中,乔伊斯就通过改写一座教堂的名字,暗示了该书的历史特征:

> riverrun, past Eve and Adam's, from swerve of shore to bend of bay, brings us by a commodius vicus of recirculation back to Howth Castle and Environs.

即

> 河在流,流经亚当和夏娃教堂,拐个弯儿汇入弯曲的海湾,途经一条终而复始的宽阔的维科路,把我们带回到霍斯城堡和都柏林市郊。

在乔伊斯笔下,暗指“历史长河”的利菲河旁有一座“Adam and Eve”(亚当和夏娃教堂),该教堂被幽默地改写成了“Eve and Adam”(字面意思为“夏娃和亚当教堂”)。乔伊斯生长于受天主教影响的环境,熟知《创世记》(*Genesis*)中的创世神话,该创世神话涉及一种人类始祖之说。乔伊斯将“Adam and Eve”改为“Eve and Adam”,暗示了一种循环:虽看到“Eve and Adam”(逆序),却想到“Adam and Eve”(顺序);先逆序,后顺序,就构成一个来回。这个来回就是循环,其对应着人类历史循环观。这看似玩笑,却富含哲理,体现出乔伊斯文本特有的幽默成分。

乔伊斯的系列作品颇具历史深度，像爱尔兰历史长卷，展示了爱尔兰岛的体制变迁；它又恰似爱尔兰社会巨镜，反映了爱尔兰岛上的社会变革；它宛如爱尔兰写实画面，提供了爱尔兰岛的日常生活细节。

乔伊斯笔下的历史不是静态的，而是延伸的，包含了爱尔兰岛上独特的地域文化的传承。在乔伊斯的作品中，读者可以清楚地看到，爱尔兰历史的日积月累和不断扩展，塑造了爱尔兰岛上文明的发展轨迹。

乔伊斯以创新为己任，他将爱尔兰幽默巧妙地运用于描绘爱尔兰历史的长河之中，从而使得作品极具文化底蕴和历史厚度。乔伊斯的作品构建于爱尔兰历史，直接或间接表现了爱尔兰人对昔日痛苦的回忆。爱尔兰的忧伤源于凯尔特人的苦难史。在诸多爱尔兰人眼中，英国人是入侵者，打破了爱尔兰岛原有的平静。回顾历史，爱尔兰人隶属于凯尔特族群，公元前便生活在爱尔兰岛；12 世纪，诺曼人入侵爱尔兰岛；16 世纪，爱尔兰岛受英王的长期统治；自此，大量的爱尔兰人不断反抗，力图驱逐爱尔兰岛的大不列颠统治者，以维护纯正的凯尔特习俗。

其一，在《死者》(*Dubliners*, 1914)中，基于爱尔兰幽默，历史成了塑造人物的重要因素。那么，在哪一方面，《死者》的人物塑造得益于爱尔兰历史呢？那就是该篇主人公的受挫感。

《死者》的故事发生于 20 世纪初，颇具自传性。通过幽默的形式，乔伊斯刻画了主人公加布里埃尔的受挫感，从而揭示出作者年轻时期的自负和虚荣。《死者》是乔伊斯短篇小说集《都柏林人》的“压轴篇”，被公认为世界文学的精品之作，它包含着凯尔特人由历史所引发的忧伤。在《死者》中，于多个层面上，加布里埃尔的受挫感被体现出来，其中包括艾弗斯小姐对他的蔑视性用词“West Briton”，即“亲英派”。“West Briton”也简称为“West Brit”，是一个轻视用语，主要流行于爱尔兰人之间。在爱尔兰岛上，于文化和政治方面而言，一个爱尔兰人若过于亲英，会被珍惜爱尔兰传统的当地人蔑视为“亲英派”。加布里埃尔是凯尔特后裔，他生活在爱尔兰岛上。艾弗斯小姐认为，加布里埃尔背祖忘本，根本算不上真正的爱尔兰人。当然，他也不是纯正的英国人。若回避爱尔兰政治，爱尔兰政党就失去了爱尔兰特色。加布里埃尔的反应值得留意：他听到“亲英派”一词，曾环顾四周，唯恐被他人也听到，他知道艾弗斯小姐在愚弄他、笑话他。这种与爱尔兰悲伤历史有关的“笑话”，可谓一则典型的爱尔兰幽默。

其二，在人物塑造方面，涉及爱尔兰悲情历史的爱尔兰幽默是《都柏林人》的基本要素，并且构成了《艺术家年轻时的写照》的主要叙事特色之一。《艺术家年轻时的写照》既是成长小说，也是自传性小说，描写了尚不是艺术家的乔伊斯的一段时期。该小说主人公斯蒂芬·代达罗斯曾说：“Ireland is the old sow that eats her farrow.”[①]即“爱尔兰是食其幼崽的老母猪”。

猪不爱干净，或它常吃不干净的食物，因此在文学和文化领域，“猪”若用于指代人或物，一般被视为诽谤和污蔑用语。这里，乔伊斯借用该小说主人公之口，抒发了对异族统治下的祖国之失望。据此，大家也可以理解斯蒂芬·代达罗斯的决心：

> I will not serve that in which I no longer believe, whether it call itself my home, my fatherland, or my church: and I will try to express myself in some mode of life or art as freely as I can and as wholly as I can, using for my defence the only arms I allow myself to use — silence, exile and cunning.[②]

即

> 我不去为我不再相信的卖力，不管它自称是我的家，还是我的祖国，或是我的教会：我将尽力以某种生活方式，或某种艺术形式，来尽可能自由地、完整地表达我自己，并凭借我唯一允许自己使用的武器来保卫自己——沉默、流亡、心计。

① James Joyce, *A Portrait of the Artist as a Young Man. The Portable James Joyce*, Harry Levin ed., New York: Penguin Books, 1976, p. 47

② James Joyce, *A Portrait of the Artist as a Young Man. The Portable James Joyce*, Harry Levin ed., New York: Penguin Books, 1976, p. 519.

在斯蒂芬·代达罗斯看来，长期处于异族统治下的祖国已被异化：爱尔兰是一头窝里横、只会自相蚕食的、令人作呕的动物，它不值得被崇拜、爱惜和捍卫。可见，在《艺术家年轻时的写照》中，乔伊斯再次运用了与悲伤历史相关的爱尔兰幽默。上面这段话也揭示了乔伊斯的出国情结。在青年时期，乔伊斯便下定决心要离开爱尔兰，远赴异国他乡，为文学艺术创作而献身。

其三，《尤利西斯》被乔伊斯视为“两个民族（犹太—爱尔兰）的史诗”[①]，他通过爱尔兰历史痕迹，深化了该叙事作品的主题，在世界文学领域树立了划时代的丰碑。纵观乔伊斯作品的创作历程，读者会发现，乔伊斯的作品趋向喜剧化，逐渐用欢快的手法来表达深刻而宏大的观念。无疑，爱尔兰幽默是其“欢快手法”重要而具体的构成。在“史诗”《尤利西斯》中，基于历史的爱尔兰幽默常被间接地使用，这尤需推敲，并且值得获得格外关注。

作为《尤利西斯》的开篇，第一章《忒勒马科斯》虽只是叙述了斯蒂芬、马利根和海恩斯在沙湾的日常生活，却间接勾勒出爱尔兰的历史背景，从而暗示了悲情历史对爱尔兰人的影响。在该章中，“送奶的老妪”是一个原创性象征，可谓历经磨难的爱尔兰化身或艺术符号。一个艺术符号往往有多层含义，在象征层面上，“送奶的老妪”也不例外。这里并不排除“送奶的老妪”与“灰眼睛女神”[②]帕拉丝·雅典娜的戏仿关系。乔伊斯采用意识流手法，指出“送奶的老妪”在爱尔兰人斯蒂芬眼中的形象：“她年迈而神秘，来自于早晨的世界，也许是位使者。”[③]这看似普通的叙述，却为下文颇具审美深度的象征做了铺垫：

> 一个流浪的干瘪老丑婆，女神装扮的卑贱形象正在伺候着她的征服者和她那放荡的叛徒。……早晨来的一个神秘使者。他无法断定她是来伺候人，还是来责备人：但他不屑于讨好她。[④]

---

① James Joyce, *Letters of James Joyce*, Stuart Gilbert ed., New York: The Viking Press, 1957, p. 146.

② 在陈中梅翻译的《奥德赛》中，“雅典娜”常附带尊称“灰眼睛女神”。

③ James Joyce, *Ulysses*, Hans Walter Gabler ed., with Wolfhard Stepe and Claus Melchior, and an Afterword by Michael Groden. The Gabler Edition, New York: Random House, Inc., 1986, p. 12.

④ Idem.

在上述引文中，“干瘪老丑婆”“她的征服者”和“她的放荡的背叛者”都与爱尔兰历史有关，具有象征意义。其中，可笑的“干瘪老丑婆”暗指着爱尔兰，“她的征服者”象征着入侵爱尔兰的英国殖民者，而“她那放荡的叛徒”是一个诙谐暗喻，指甘愿屈从异族势力的爱尔兰人。当然，“干瘪老丑婆”看似一个玩笑，实际上却是一种蔑称；“她的征服者”也指英国人海恩斯；“她那放荡的叛徒”幽默感十足，指斯蒂芬的“朋友”马利根。

作为爱尔兰的原创性象征符号，这位“干瘪老丑婆”被同化了，丧失了凯尔特民族性，她直言道：“真惭愧，我自己都不会讲爱尔兰语。”[①]当然，她的话很可笑。在乔伊斯笔下，“干瘪老丑婆”送的“milk”象征牛奶，也指成年雌性哺乳动物的乳液，可谓又一个玩笑。乔伊斯用“干瘪老丑婆”的干瘪特点，表达了对爱尔兰民族未来的失望之情。

瞧，乔伊斯用“干瘪老丑婆”对应美丽的雅典娜！这似乎太滑稽了吧？回想爱尔兰人被征服的悲伤史，滑稽中流露出的是一缕忧伤、无奈、失望，可谓又一则爱尔兰幽默。

爱尔兰幽默基于民族悲情历史而存在，在乔伊斯作品中直接或间接出现，推动了叙事情节的发展，深化了故事主题，表达了爱尔兰人对历史的反思，暗示了爱尔兰人的无助和痛苦，强化了乔伊斯作品的“爱尔兰性”和“史诗”特征。爱尔兰幽默与爱尔兰历史关系紧密，是跨学科研究的重要题材，也是“爱尔兰性”研究的重要切入点之一，对历史与文学之间的影响研究不无启迪作用。

五、爱尔兰幽默与双关语

双关语是乔伊斯作品最重要的修辞方式之一。乔伊斯凭借超凡的文学天赋，妙笔生花地利用拼音文字的多义和同音特点，赋予语句双重意义，言此意彼，诙谐有趣。

---

① James Joyce, *Ulysses*, Hans Walter Gabler ed., with Wolfhard Stepe and Claus Melchior, and an Afterword by Michael Groden. The Gabler Edition, New York: Random House, Inc., 1986, p. 13.

乔伊斯巧妙地融合了爱尔兰幽默和双关语，尤其在刻画《为芬尼根守灵》的核心人物方面，他将人物塑造的叙事艺术推向了一个高峰。通过一系列缩写，乔伊斯暗示他笔下的人物有多种形象。这种人物塑造技巧很奇特，它本身就带有十足的幽默感。依据本章开头对爱尔兰幽默的宽泛定义，《为芬尼根守灵》中的幽默之艺术效果也是一种爱尔兰幽默。

与《为芬尼根守灵》的四个部分相对应，该小说中的核心人物也是四个，即埃里克、安娜、舍姆和肖恩。下面，本节将选取特别的例子，讨论乔伊斯如何通过融合爱尔兰幽默和双关语，为人物塑造涂上一层浓厚的喜剧色彩。

其一，融合爱尔兰幽默和双关语，含蓄地塑造埃里克的多面性。埃里克是《为芬尼根守灵》的男主角，他的姓名全称为汉弗莱·钦普登·埃里克(Humphrey Chimpden Earwicker)，他的英文名字简称为"HCE"。

一般来讲，小说人物都有唯一特性，他们彼此不同，不可相互指代。但在《为芬尼根守灵》中，埃里克的独特性在于其多面性。随着时间或地点的不同，他的身份在不断变化，从而体现了乔伊斯对价值观中的世界大同、无界限与包容性之认可。当然，我们也可以这样认为，在对人物的刻画上，乔伊斯似乎纯粹是在追求实现喜剧或幽默的艺术效果。

在《为芬尼根守灵》中，埃里克是什么人呢？他至少具有如下特征：

(1) 埃里克代表多种身份的人，如：

Hic cubat edilis. (p. 7)[①]

地方行政官(HCE)

Hootchcopper's enkel (p. 480)

查私酒的警察外孙(HCE)

① James Joyce, *Finnegans Wake*, New York: Penguin Books, 1976, p. 7. 针对《为芬尼根守灵》的引文，以下的标注法类同，很容易辨认，就不再逐一标注，特此说明。

此处，"*Hic cubat edilis*"的首字母合在一起，是"HCE"；"Hootchcopper's enkel"中的"Hootch""copper"和"enkel"的首字母共同组成"HCE"。它们恰恰是汉弗莱·钦普登·埃里克（Humphrey Chimpden Earwicker）英文名字的缩写。在译文中，"地方行政官"和"查私酒的警察外孙"后分别加有"（HCE）"，从而暗示它们都是双关语，象征着埃里克的多层身份。乔伊斯反复用这种幽默的方式，强调了人物的多面性与不确定性，并取得了独特的艺术效果。

（2）埃里克象征不同的地点或机构，如：

Howth Castle and Environs (p. 3)

霍斯城堡和都柏林市郊（HCE）

High Church of England (p. 36)

爱尔兰圣公会（HCE）

显而易见，"Howth Castle and Environs"和"High Church of England"的大写首字母也分别为"HCE"，它们分别代表"霍斯城堡和都柏林市郊（HCE）"与"爱尔兰圣公会（HCE）"①，从而以双关语的方式，暗示了人与地点或机构之间的象征性关联。在《为芬尼根守灵》中，生命体与非生命体可彼此指代，这看似幽默，却暗含着深刻的哲理。

（3）埃里克是不同动作的化身，如：

Here Comes Everybody (p. 32)

芸芸众生都来了（HCE）

---

① 根据 Roland McHugh, *Annotations to "Finnegans Wake."* (3rd ed.), Baltimore: The Johns Hopkins University Press, 2006。"High Church of England"即"St Michan's Church in Dublin, Church of Ireland"，因此该词译作"爱尔兰圣公会"。

He'll Cheat E'erawan (p. 46)

他将欺骗每一个人(HCE)

Hillcloud encompass us! (p. 480)

我们在云山之中(HCE)!

上述的"Here Comes Everybody""He'll Cheat E'erawan"和"Hillcloud encompass us"的首字母均为"HCE",分别表示"芸芸众生都来了(HCE)""他将欺骗每一个人(HCE)"和"我们在云山之中(HCE)",从而通过双关语,带着十足的幽默,模糊了人与动作的界限。还需注意,埃里克既可象征个人的动作,也可指代众人的动作。

(4) 埃里克体现着不同观念或倾向,如:

human, erring and condonable. (p. 58)

犯错误是人之常情,人的错误是可宽恕的(HCE)。

Hunkalus Childared Easterheld. It's his lost chance, Emania Ware him well. (p. 480)

大叔之子敢当复活节英雄(HCE)。这是他最后的机会,艾曼尼亚祝他平安(HCE)。

请留意以上两行原文引语中的实词"human, erring and condonable"和"Hunkalus Childared Easterheld",这些实词的首字母为"HCE"。在"It's his lost chance, Emania Ware him well"一句中,"chance""Emania"和"him"的首字母也组成"HCE"。可见,乔伊斯用不同的方式,刻画出了该小

说主人公的多种侧面特征，即他也是不同观念和倾向的化身。

其二，融合爱尔兰幽默和双关语，美妙地刻画安娜的可变特征。安娜为《为芬尼根守灵》的女主角，她的姓名全称是安娜·利维娅·普卢拉贝勒(Anna Livia Plurabelle)，她的英文名字简称是“ALP”。

通过缩写“ALP”，乔伊斯也暗示了安娜的多种形象和可变特征。她至少具有如下特征：

(1) 女主角安娜代表河流或与河流有关的地点，如：

Amnis Limina Permanent (p. 151)

河流遗迹的范围(ALP)

…slipping sly by Sallynoggin, as happy as the day is wet, babbling, bubbling, chattering to herself, deloothering the fields on their elbows leaning with the sloothering slide of her, giddygaddy, grannyma, gossipaceous Anna Livia. (p. 195)

……偷偷地经莎莉诺金而下，美不滋儿地像遇到雨天似的，嘀嘀咕咕，唧唧哝哝，唠唠叨叨地自言自语，哗哗地拐过田野的急转弯处，河面随汩汩的水流的转动而倾斜，这卖弄风情、优游逍遥的老奶奶、喋喋不休的安娜·利维娅。

“*Amnis Limina Permanent*”的首字母是“ALP”。通过使用该词，乔伊斯象征性地将安娜与“河流遗迹的范围”连在一起，从而创造了一个新双关语。字面上，“……偷偷地经莎莉诺金而下，美不滋儿地像遇到雨天似的，嘀嘀咕咕，唧唧哝哝，唠唠叨叨地自言自语，哗哗地拐过田野的急转弯处，河面随汩汩的水流的转动而倾斜”在描述都柏林的最大河流，而此河的名字就是安娜。可见，乔伊斯再次运用双关语手法，强调了该小说的女主角安娜是河流的化身。

(2) 乔伊斯借助三角形图案，暗示安娜也是三角洲的化身：

O
tell me all about
Anna Livia! I want to hear all
about Anna Livia. Well, you know Anna Livia? Yes, of course,
we all know Anna Livia. Tell me all. Tell me now. (p. 196)

噢
给我说说所有关于
安娜·利维娅的事儿！我想听听所有
关于安娜·利维娅的事儿。喔，你了解安娜·利维娅吗？嗯，当
然，我们都了解安娜·利维娅。给我说说每件事儿。现在就说给我听。

若不看图形，上述几行引文按正常方式排列，结果如下："O, tell me all about Anna Livia! I want to hear all about Anna Livia. Well, you know Anna Livia? Yes, of course, we all know Anna Livia. Tell me all. Tell me now."即"噢，给我说说所有关于安娜·利维娅的事儿！我想听听所有关于安娜·利维娅的事儿。喔，你了解安娜·利维娅吗？嗯，当然，我们都了解安娜·利维娅。给我说说每件事儿。现在就说给我听"。在内容上，上述文字并不出奇，只是关于安娜的事情；但是，在形式上，上述文字颇具特色，排列成了一个三角形图案。乔伊斯将安娜塑造成安娜·利菲河的化身。在安娜·利菲河边有一个三角洲，都柏林市郊安娜·利菲河岸的两个洗衣妇人一边洗衣服，一边喋喋不休地谈论她们眼中的"坏女人"安娜。可以看出，此处的"形式"具有象征性，即乔伊斯再此创造了一个新双关语，从而通过幽默来暗示他笔下的女主角安娜是三角洲的化身。

(3) 在乔伊斯笔下，利菲河流入都柏林市郊(HCE)，可用于塑造安娜作为妻子的身份：

riverrun, past Eve and Adam's, from swerve of shore to bend of bay, brings us by a commodius vicus of recirculation back to Howth Castle and Environs. (p. 3)

河在流，流经亚当和夏娃教堂，拐个弯儿汇入弯曲的海湾，途经一条终而复始的宽阔的维科路，把我们带回到霍斯城堡和都柏林市郊(HCE)。

这里的“河在流”即安娜·利菲在流淌。在乔伊斯笔下，安娜是利菲河的化身，也是埃里克(HCE)的妻子。安娜·利菲河流入“都柏林市郊(HCE)”既暗示埃里克是都柏林市郊的化身，又指出女主角投入了她丈夫埃里克的怀抱。可见，乔伊斯以幽默和双关语，巧妙地揭示了埃里克和安娜之间的夫妻身份。

(4) 安娜是多种女性凡人的化身，如：

Apud libertinam parvulam (p. 7)

那位被释放的小女孩在这里睡眠(ALP)

Tys Elvenland! Teems of times and happy returns. The seim anew. Ordovico or viricordo. Anna was, Livia is, Plurabelle's to be. (p. 215)

仙境！时间长河，长命百岁。你也一样。我记得你。过去是安娜，现在是利维娅，将来是普卢拉贝勒(ALP)。

在这里，“*Apud libertinam parvulam*”的首字母是“ALP”，象征“那位被释放的小女孩在这里睡眠”与安娜之间的联系。该词原文为词组形式，其译文则用句子表意。原文含“被释放”和“睡眠”两个动作，但其主语为“小女孩”，暗示此“小女孩”就是安娜。通过“*Apud libertinam parvulam*”，乔伊斯在向读者开玩笑，即安娜曾经是小女孩，在她丈夫眼中永远是小女孩。这个看似玩笑的双关语表达了乔伊斯的幽默感，体现了凯尔特人颇具深度的幽默基因。

为了暗示安娜是多种女性凡人的化身，乔伊斯这样描述“ALP”：“Anna was, Livia is, Plurabelle's to be.”可见，在为其小说的女主人公取名方面，乔伊斯颇具匠心。原来，安娜·利维娅·普卢拉贝勒（Anna Livia Plurabelle）或“ALP”可按如下意思理解：她“过去是安娜，现在是利维娅，将来是普卢拉贝勒”。值得注意的是，安娜、利维娅与普卢拉贝勒不仅分别为“名字”“中名”和“姓氏”，而且分别与“过去”“现在”及“将来”有关，即安娜·利维娅·普卢拉贝勒或“ALP”是不同时期女性凡人的化身。看上去，乔伊斯不够严肃，他似乎在玩文字游戏，但他实际上是借助艺术的特有魅力，用最接近生活原貌的方式，强调了世间万物中的定性与不定性之关联。乔伊斯用双关语和幽默，表达了他对生活的乐观和积极之态度。

其三，融合爱尔兰幽默和双关语，诙谐地描写舍姆和肖恩的某些方面。舍姆和肖恩是哥俩，都是埃里克和安娜的孩子，他们的英文名字分别是“Shem”和“Shaun”。

(1) 乔伊斯以幽默形式，通过双关语，介绍舍姆和肖恩，如：

Shem is as short for Shemus as Jem is joky for Jacob. (p. 169)

舍姆是舍姆斯的简称，正如杰姆是雅各布的滑稽形式一样。

Schoen! Shoan! Shoon the Puzt! (p. 603)

鞋(肖恩)！干净(肖恩)！笨蛋(肖恩)邮差！

Semus sumus! (p. 168)

我们是舍姆！

关于舍姆，乔伊斯先直接介绍"舍姆是舍姆斯的简称"，然后他外加说明："正如杰姆是雅各布的滑稽形式一样。"显而易见，乔伊斯特意把"滑稽"一词加上，暗示舍姆形象具有滑稽特征，并直接评论道："我们是舍姆！"这里，乔伊斯暗示舍姆原文就是双关语。

至于肖恩，幽默性的双关语更是一目了然："鞋（肖恩）！ 干净（肖恩）！笨蛋（肖恩）邮差！"乔伊斯告诉读者，"肖恩"一词是"鞋"，"肖恩"一词是"干净"，"肖恩"一词是"笨蛋"。当然，肖恩是邮差。

可见，即使涉及人物介绍，乔伊斯也将幽默和双关语融为一体，让读者在轻松的语境中感受艺术的愉悦特质。对于乔伊斯而言，生活、艺术与游戏之间的界限模糊了。当"我们是舍姆"时，小说人物、读者与作者之间的界限也模糊了。在这里，乔伊斯向世人展示了一个虚拟世界的宏大魅力。

（2）借助幽默，乔伊斯指出别人眼中舍姆的形象，如：

Sh！Shem，you are. Sh！You are mad！(p. 193)

嘘！舍姆，你啊。嘘！你疯了！

Shem was a sham and a low sham and his lowness creeped out first via foodstuffs. (p. 170)

舍姆是骗子，是卑贱的骗子。他的下贱特征从他的饮食习惯上就流露出来了。

在本节中，"Shem"依据发音被译作"舍姆"[1]，是《圣经》典故；在《国语和合译本》的《创世记》里，"Shem"被译作"闪"，特指挪亚的一个儿子。为便于

[1] 在郭国荣主编的《世界人名翻译大辞典》（北京：中国对外翻译出版社，1993年）中，"Shem"被译作"谢姆"。

与《创世记》中的"Shem"相区别，本节用"舍姆"对应《为芬尼根守灵》中的"Shem"。"Shem"并非常用人名。那么，乔伊斯为什么用该词作为重要人物的名字呢？这主要是由于闪在《圣经》中的重要地位。依据《圣经》，基督生于闪族；《圣经》的启示源于闪的后人。可见，舍姆与闪之间存在艺术的对应关系，因此舍姆是乔伊斯特别注重的人物形象。其实，"Shem"是"James"(詹姆斯)的变形。在《艺术家年轻时的写照》和《尤利西斯》中，"Stephen Dedalus"(斯蒂芬·代达罗斯)是乔伊斯的艺术形象；在《为芬尼根守灵》中，"Shem"(舍姆)则是乔伊斯的另一个艺术形象。

看来，舍姆应该是一个正面形象。那么，为什么会说舍姆"疯了"和"舍姆是骗子，是卑贱的骗子"呢？其实，乔伊斯采用了暗讽手法，他暗讽了将舍姆视作骗子的平庸之人。在发音上，"Shem"与"sham"近似；那么，对于平庸者而言，"Shem"(舍姆)和"sham"(骗子)是一样的。"Shem"是"Penman"(文人)，因此在平庸之人眼中，文人的创作是欺骗或伪造，文人就是"伪造者"。

这里，乔伊斯借用艺术形式，表现了现实生活的一个侧面。通过幽默和双关语，他批判了一些庸俗者的谬论，为献身于艺术创作的匠人正名，并以轻松的文笔，为世界文学天地增添了奇妙的篇章，也为后现代主义运动提供了典范之作。

(3) 乔伊斯用严肃的口吻，却以不严肃的措辞，表现肖恩的"假正经"：

在《为芬尼根守灵》中，变化可谓所有人物的共同特征。在该书的第三篇第二章，肖恩突然变成了若恩。在圣布赖德学院前，他对伊西及其伙伴，若有其事地说教了一番：

> First thou shalt not smile. Twice thou shalt not love. Lust, thou shalt not commix idolatry. (p. 433)

> 第一，不可微笑。第二，不可大笑。最后，不可奸淫。

可以看出，肖恩在戏仿摩西。摩西是希伯来人先知和立法者，因在《出埃及记》(*Exodus*)中有"摩西之约"或"西奈之约"，从而广受犹太教徒和基督教徒敬仰。无疑，肖恩的轻浮与摩西的庄重形成鲜明对照。根据《出埃及记》，在西奈山下，摩西向他的百姓传达神的旨意；而在《为芬尼根守灵》中，肖恩却独坐在一个桶里，随河水漂流，最后来到圣布赖德学院前。原来，他的妹妹伊西在女孩们中间，她们坐在河岸戏水。肖恩被姑娘们吸引，便用一套说辞，通过搞笑来引起异性注意。

舍姆和肖恩是《为芬尼根守灵》中的一对冤家，他们既有合作，也有对抗和争斗，可让人联想到《创世记》(*Genesis*)中的该隐和亚伯、以扫和雅各，他们也可被比作中国建安年间(196—220)的曹丕(187—226)和曹植(192—232)。他们都是"兄弟相迫"或"萁豆相煎"的代名词。

在上文所选用的词句中，我们可以看到，乔伊斯在刻画舍姆和肖恩时，往往加带戏谑甚至揶揄的语气。正如舍姆和肖恩因个性被消解而形象模糊，这一对冤家彼此之间的排斥和斗狠也因一系列双关语的幽默而淡化。似乎，乔伊斯消解了两代家庭成员各自的特性，但实际上，他刻画的任一模糊形象本可视作一种虚拟人物特质，从而勾勒出一个崭新的艺术面孔。如今，这种塑造虚拟人物的方式为评论家所认可，也为崇尚后现代主义艺术风格的作家所采用，成为世界文学创作领域的一道绚丽风景。

在乔伊斯的叙事作品中，双关语与爱尔兰幽默完美结合，使得语言含蓄而幽默、境远而意深，更令小说或戏剧的叙事光芒四射，给读者留下了深刻而难忘的印象。纵观乔伊斯的所有作品，在双关语的运用上，最具代表性的首推《为芬尼根守灵》。放眼世界文学，如果说在象征手法的运用方面，《新约》(*The New Testament*)中的《启示录》(*The Revelation*)堪称顶峰之作，那么在双关语的使用上，《为芬尼根守灵》则难以超越，其艺术手法永远值得分析和品味。

六、爱尔兰幽默与叙事技巧

关于形式，英国哲人弗朗西斯·培根(Francis Bacon，1561—1626)有过精彩论述，即形式是物质结构，形式与性质不分。在名著《新工具》(*Novum Organum*，1620)中，培根提出，形式是物体性质的内在基础，物质的个性决定于形式,只有认识形式才能在认识上把握真理。在培根看来,认识形式是认识的目的所在。

形式的重要性早已被认识到,而将其重要性彻底付诸创作实践的则是现代主义作家和后现代主义作家。在诸多实践者中,爱尔兰作家乔伊斯可谓标新立异、一枝独秀。

在文学创作上,乔伊斯以叙事技巧著称,他对世界文学的发展具有深远影响。在年轻时期,乔伊斯曾用"斯蒂芬·代达罗斯"作为笔名,暗示着他志在艺术创新,要做新一代的代达罗斯。在绘画艺术上,形式极其重要,它是表达内容的唯一方式;在建筑艺术上,形式也深受重视。作为艺术家,乔伊斯在文学创作上不断突破,他有意打破时空顺序,大胆运用梦境,合理采用心理时间,尤其通过幽默,再现幻觉、各种意象、直接意识流及间接意识流特征,表现西方现代人的复杂生活感受和内心体验。

在现代主义作品和后现代主义作品中,《尤利西斯》与《为芬尼根守灵》被誉为里程碑,展示了叙事形式探索的魅力。下面,笔者将从这两部巨著中挑选典型例子,就乔伊斯笔下的爱尔兰幽默与形式展开讨论。

(一) 幽默与声音描写

文学作品的内涵可以反映作家的日常爱好。乔伊斯喜爱吉他和唱歌,对乐符和寻常声音都较为敏感。因此,在文学创作上,他对声音的处理一定非同一般,显示出独到的艺术特点。事实上,乔伊斯的作品的确展示了幽默与声音的奇妙关联。关于幽默与声音,乔伊斯最具代表性的篇章是《尤利西斯》第十一章《赛壬》。在希腊神话中,海妖赛壬凭借美妙的歌声来迷惑人;在《赛壬》中,乔伊斯则用赋格布局文学作品,以可表现音乐主题的复调来呈现小说的叙事主题,展现了声音在日常生活中的特殊效应。

作为日常生活的一部分,声音贯穿了《赛壬》整章,最具幽默效果的描述作为压轴文字出现于该章的结尾:

Prrprr.

Must be the bur.

Fff! Oo. Rrpr.

Nations of the earth. No-one behind. She's passed. *Then and not till then*. Tram. Kran, kran, kran. Good oppor. Coming. Krandlkrankran. I'm sure it's the burgund. Yes. One, two. *Let my epitaph be*. Kraaaaaa. *Written*. *I have*.

Pprrpffrrppffff.

Done.[①]

即

噗噗。

准是勃艮第。

呼呼呼！噢噢。啰噗。

地上的万国。背后没人。她过去了。那时候才开始。电车。喀隆，喀隆，喀隆。恰好。来了。喀隆咚喀隆咚喀隆。我肯定那杯勃艮第。嗯。一、二。让人为我。喀喇喇喇喇喇喇。写碑文。我已说。

噗噗噗呼呼噗噗呼呼呼。

完。

在乔伊斯笔下，平淡的日常生活成为叙事艺术的绝妙素材。“小人物”布鲁姆的放屁动作和意识流相结合，使得情节创意十足，令人联想到音乐盛典。该部分的情节非常符合逻辑，布鲁姆吃过午餐，其肠胃因食物而产出化学反应，造成了放屁效应。该部分的幽默性在于他死要面子活受罪。他正当要放屁时，瞅见一位女士走近，立刻憋住屁，假装欣赏橱窗里的肖像，一边高声朗诵罗伯特·埃米特遗言，一边趁着身边电车的噪音而爽快地放屁，既掩饰了他的窘相，又发挥了乐器的功能。

在情节上，此部分的幽默包含如下内容：

① James Joyce, *Ulysses*, Hans Walter Gabler ed., with Wolfhard Stepe and Claus Melchior, and an Afterword by Michael Groden. The Gabler Edition, New York: Random House, Inc., 1986, p. 238.

其一，布鲁姆阅读罗伯特·埃米特遗言："……地上的万国。那时候才开始，让人为我写碑文。我已说完。"[①]（原文中，乔伊斯用斜体字描写了这段文字。）

其二，布鲁姆放屁的原因："准是勃艮第……我肯定那杯勃艮第。嗯。"

其三，布鲁姆有虚荣心，为避免尴尬，不愿让女性路人得知他要放屁："背后没人。她过去了。"

其四，布鲁姆看到电车来临，心中大喜："恰好。来了。"

最后，布鲁姆终于等到放屁时机："一、二。"

为了达到幽默效果，乔伊斯独创了一系列拟声词，有纯辅音词"Prrprr""Fff""Rrpr""Rrpr"和"Pprrpffrrppffff"，也有纯元音词"Oo"，还有辅音和元音结合的词"Kran""oppor""Krandlkrankran"和"Kraaaaaa"。

布鲁姆放屁的场景看似不雅，却突出了幽默源于日常生活的特征，是幽默的本质显现。在这个场景中，乔伊斯将雅与俗完美结合，优雅的叙事艺术用于表现低俗的放屁细节。叙事艺术很美，放屁细节很俗。此处，美与俗之间的桥梁是两种声音：一种声音来自布鲁姆的响屁，即"噗噗……呼呼呼！噢噢。啰噗……噗噗噗呼呼噗噗呼呼呼"；另一种声音来自路过的电车，即"喀隆，喀隆，喀隆……喀隆咚喀隆咚喀隆……喀喇喇喇喇喇喇"。

幽默中的生活有雅也有俗，带有幽默性的叙事艺术是生活之雅的组成部分，是反映低俗、庸俗、世俗等的重要手段。生活离不开幽默，也就当然离不开俗气或不雅。一旦生活离开了幽默和俗气，优雅的艺术也会随之消失。在对幽默与声音之联系的描写方面，乔伊斯恰恰让读者领会了生活的真实和艺术的功用。

（二）幽默与版面设计

在叙事手法上，乔伊斯以不断创新而享誉西方文坛，成为欧洲文化内涵的亮点之一，对英语小说的发展具有深远影响。在乔伊斯的小说中，如果说幽默与声音的美妙联系令人回味不已，那么通过版面设计来实现幽默的效果则会使读者拍案叫绝，原因如下：

在英语小说中，将版面设计成功地运用于文学叙事的做法很少，而将版

① 罗伯特·埃米特遗言中的"地上的万国"先出现于《圣经·创世记》18：18，后又出现于《圣经》的其他部分。

面设计用于叙事中的幽默场景之做法则更为罕见。一般情况下，小说突显文字的独特魅力，非常有利于展示幽默手法；版面设计或版式设计则聚焦视觉艺术的展示，难得让人关注它与小说中的幽默之联系。英语小说是一种文字艺术，通过语音、语义、字母组合等元素，让读者展现想象的力量，从而为幽默提供无穷的空间；版面设计尤其用于报纸、期刊、网页等介质，通过造型要素，对字体、图形、表格、线条、色块等元素进行编排，为读者提供直觉感受，进而传递创作者的观点，因此往往让人忽略它在表现幽默方面的潜力。

通过版面设计来成功地表现出小说叙事中的幽默十分难得，其艰难之处更突出了乔伊斯表现幽默的浓厚艺术功底。对此，《尤利西斯》的《埃俄罗斯》章中的一则所谓的“讣告”有着充分体现：

WITH UNFEIGNED REGRET IT IS WE

ANNOUNCE THE DISSOLUTION OF A MOST

RESPECTED DUBLIN BURGESS

This morning the remains of the late Mr Patrick Dignam. Machines. Smash a man to atoms if they got him caught. Rule the world today. His machineries are pegging away too. Like these, got out of hand: fermenting. Working away, tearing away. And that old grey rat tearing to get in. ①

即

讣告

一位最可敬的都柏林市民逝世

谨由衷表示悼念

今晨，向已故帕特里克·迪格纳穆先生的遗体告别。这些机器。

① James Joyce, *Ulysses*, Hans Walter Gabler ed., with Wolfhard Stepe and Claus Melchior, and an Afterword by Michael Groden. The Gabler Edition, New York: Random House, Inc., 1986, p. 98.

一人若被卷入，他就会被它们碾成齑粉。它们支配着当今世界。他的这些机器也无休止地转动着。像这些机器一样，无法控制：混乱不堪。不停地连续转动着，急速转动。那只衰老的灰耗子拼命要往里钻。

在上述引文的英文原文中，“讣告”标题由三行文字组成。虽是粗体，其字号大小却不同。其中，在字号上，第一行文字较其余文字更大，意在突出报刊标题的视觉效应，其看似将读者的吸引力引向报刊版面，实则描写了主人公布鲁姆的意识流，从而为幽默准备必要条件。

英文原文中的“remains”（遗体）及“Machines”（机器）都可指人体。于是，通过自由联想，布鲁姆的意识出现了跳跃，从“遗体”联系到“机器”。

该引文的幽默性在于：

其一，这段文字虽有“讣告”形式，却无“讣告”内容。

其二，逻辑“混乱”。小说主人公的意识流不停晃动，从迪格纳穆的遗体跳至印刷机，然后转向印刷商，接着移到机器性能，最后提及一只老鼠。

其三，在内容上，对逝世的那位“最可敬的都柏林市民”缺乏尊重，将已故帕特里克·迪格纳穆先生与一只老鼠的死相联系，从而以戏谑的语气，表现了20世纪初西方人的悲观、颓丧和无奈。

就艺术形式而言，美国当代文学的代表人物索尔·贝娄(Saul Bellow, 1915—2005)曾评论道：“奇脚穿奇鞋。传统的叙事技巧虽不少，但都不足以表现现代社会的复杂性。”为了表现新时代的新事物，乔伊斯秉承着凯尔特民族的特征。在幽默中，他用看似怪异而多变的技巧，表现了千变万化的现代社会。

结论

本章聚焦乔伊斯与爱尔兰幽默，以乔伊斯的作品为例，既分析了乔伊斯与爱尔兰幽默的关系，又讨论了包含“都柏林人的幽默”在内的爱尔兰幽默，即基于爱尔兰岛或凯尔特人传统习俗与日常生活的幽默。

通过经典作品，乔伊斯让读者欣赏了源自都柏林生活的幽默方式，并在文学叙事中定义了“都柏林人的幽默”，进而完美地展示了爱尔兰幽默或凯尔特式幽默的独特魅力。

幽默有多种表达方式，其不同形式可产生于各种区域和各个时代。“都柏林人的幽默”源自都柏林，是爱尔兰幽默或凯尔特式幽默的核心，但不是全部。乔伊斯的作品既描述了都柏林，又涉及了科克城、贝尔法斯特、戈尔韦城[1]等地，从而以爱尔兰岛为背景，反映了 20 世纪初的都柏林人特征，表现了不同时期的凯尔特人风情。

爱尔兰幽默既有文学欣赏性，又极具研究价值。可以说，若忽略“都柏林人的幽默”，就难以透彻把握爱尔兰作品的本质特征，更无法为深入研究乔伊斯的作品找到恰当的切入点。乔伊斯与爱尔兰幽默体现了作家具有地域特色的表现技巧，是特定文学现象的组成部分，其构成了爱尔兰非物质文化遗产的一个方面，是研究世界非物质文化遗产的范例。

① 例如，在 *Finnegans Wake* 第 140 页：“Answer：*a*) Delfas. …*b*) Dorhqk. …*c*) Nublid. …*d*) Dalway.”中文译文为：“答：a)贝尔法斯特。……b)科克城。……b)都柏林。……d)戈尔韦城。”

第二章　乔伊斯与爱尔兰禁忌
——以性话语为例[①]

引论

今天，乔伊斯在爱尔兰人心目中享有崇高的地位。从举国同庆的布鲁姆日到印有乔伊斯头像的爱尔兰货币[②]的发行，再到2015年爱尔兰海军巡逻舰“詹姆斯·乔伊斯”号(LÉ *James Joyce*)的下海，乔伊斯俨然已超越其诗人和小说家的形象，成为国家的符号与象征。但在20世纪初，当乔伊斯还在文学创作的道路上砥砺前行的时候，其作品在当地的出版却是困难重重，对其的态度也是错综复杂、褒贬不一。总的来说，除了高度个性化的叙事方式所造成的与主流文学规范之偏离，乔伊斯受到批评还源于其作品所涉及的在当时乃至今天依然具有争议性的内容，如对性爱的直白式描写、对天主教的亵渎、对皇权的讽刺等。或者说，乔伊斯的作品触犯了诸多爱尔兰禁忌。历经八年坎坷出版经历的《都柏林人》于1914年在伦敦付梓之前，都柏林的蒙塞尔出版公司(Maunsel and Company)因为惧于对读者和赞助人的冒犯而拒绝出版该书(Bulson, 2006)。当《艺术家年轻时的写照》(或译作《一个青年艺术家的画像》，1916年)抛弃其最初所构思的传统的写实主

① 本章内容为浙江传媒学院校级科研项目“《尤利西斯》中性话语的翻译”(ZC15XJ041)的研究成果，本成果获得北京外国语大学“双一流”建设研究生拔尖创新人才培养资助。本章作者在写作过程中曾得到上海对外经贸大学冯建明教授的指点，特此感谢。

② 乔伊斯的头像出现在爱尔兰第三套货币(1992—2002)面值10磅的纸币上。

义风格，转而寻求语言和形式上更为自由灵活的叙事技巧时，其内容的表达也变得更为大胆，从而导致其出版同样屡屡受挫，最后不得不在大洋彼岸的美国出版。《艺术家年轻时的写照》出版后，爱尔兰当地报纸《自由人报》（*Freeman's Journal*）评论称，乔伊斯把"读者拉进了污秽的下水道泥潭"；《爱尔兰爱书家》（*Irish Book Lover*）的一篇文章则断言，"思想干净的人绝不会允许其妻子儿女翻阅此书"。[①]

随着《尤利西斯》的问世，对乔伊斯的批评更是变本加厉。当然，这与当时的时代背景也不无关系。《尤利西斯》出版的 1922 年，正值爱尔兰脱离英国取得政治独立并陷入内战。当时，保守的民粹主义盛行，安保措施严酷，天主教会在社会和国家诸多方面重新扮演起重要的角色（Nash, 2008）。虽然如今《尤利西斯》已被公认为 20 世纪最伟大的小说，但是在保守的 20 世纪 20 年代，其所处的境遇却全然不同。书中大尺度的性描写导致该书未能在爱尔兰出版，再加上严苛的审查制度，小说在法国巴黎出版后，也未能在爱尔兰公开销售，而只能在少数人中间流传，如叶芝（W. B. Yeats）称该书"如拉伯雷一样肮脏"[②]。除了不道德，乔伊斯还被贴上了反宗教的标签。尚恩·莱斯利（Shane Leslie）以"上帝之犬"（Domini Canis）的笔名在《都柏林评论》（*Dublin Review*）撰文，称乔伊斯是"下水道的库胡林"[③]，并呼吁将《尤利西斯》列入天主教禁书目录[④]。直到 20 世纪 60 年代，《尤利西斯》才在爱尔兰解禁，而且在很长一段时间里，"乔伊斯"还是许多爱尔兰人难以启齿的一个名字。[⑤]

本章将以《尤利西斯》第十八章的性描写为切入点，对该章节的性话语进行梳理，并探讨作为爱尔兰非物质文化遗产的禁忌在乔伊斯文学中的叙事作用。最后，笔者将从翻译的角度来考察乔伊斯的性话语在异语文化中

---

① J. Nash, "*In the Heart of the Hibernian Metropolis*"? *Joyce's Reception in Ireland*, *1900 - 1940*. In R. Brown, *A Companion to James Joyce*. Malden, Oxford &Carlton: Blackwell Publishing, 2008, p. 115.

② W. B. Yeats, *The Modern Novel*: *an Irish Author Discussed*, *Irish Times*, 1923 - 11 - 9(4).

③ 库胡林（Cuchulain）是凯尔特神话中的爱尔兰太阳神，一位伟大而嗜血的阿尔斯特英雄。

④ R. Deming, *James Joyce*: *The Critical Heritage* (Volume 1), London and New York: Routledge, 1970, p. 201.

⑤ E. Bulson, *The Cambridge Introduction to James Joyce*, New York: Cambridge University Press, 2006, p. 20.

的重构与嬗变。

一、乔伊斯的性话语
——以《尤利西斯》第十八章中的性描写为例

《尤利西斯》是现代派文学的集大成者，在20世纪的现代主义小说史上占有举足轻重之地位，但由于书中存在露骨的性描写，因此其出版及在世界各地的译介受到重重阻挠。《尤利西斯》成书于1914年至1921年间，1918年3月起开始在美国现代主义文学刊物《小评论》(*The Little Review*)上连载，直到1920年连载到第十三章《瑙西卡》时，因内容包含大量手淫情节而被纽约抵制邪恶协会(New York Society for the Suppression of Vice)指控为淫秽。玛格丽特·安德森(Margaret Anderson)等杂志编辑被送上法庭，《尤利西斯》被禁。直到1933年，禁令方才在美国解除。

在全书所有章节中，所谓的色情话语尤以第十八章为甚。乔伊斯称该章为“全书最淫秽的章节”，将其喻为“一个巨大的，在缓慢、稳健、一圈又一圈地匀速转动的大地之球，球的四个方位基点分别为女性的乳房、屁股、子宫和阴道”[①]。色情意味呼之欲出，连D. H. 劳伦斯也称之为“有史以来最肮脏、最下流、最淫秽的文字”[②]。该章是全书的最终章，是小说女主人公莫莉·布鲁姆[③]于午夜时分在似睡犹醒的意识边缘涌现出的一大段意识流内心独白。全章由八段话组成，除了末尾的句点，通篇没有标点符号，且叙事手法新奇，充分展现了思维的时空跳跃性。以性爱为主的禁忌式描写贯穿全章，时而零零星星，时而浩浩荡荡，时而柔情蜜意，时而原始粗犷。

第十八章开篇，莫莉的意识中便出现一个吝啬、保守而虔诚的天主教徒形象——“老数落泳装和袒胸衣”(998)的老房东赖尔登老太太。这是第十八章第一位出现的女性形象，莫莉借此直言不讳地宣告，“希望我永远不会变成她那种模样”(998)，以此为其反常规的女性性格定下了基调，也为后文

① S. Gilbert, *Letters of James Joyce* (Volume I), New York: The Viking Press, 1966, p. 170.
② R. Ellmann, *James Joyce*, Oxford: Oxford University Press, 1982, p. 615.
③ 除非特别注明，本文涉及的《尤利西斯》之人名及相关译文文本均引用自人民文学出版社的金隄译本。

的性幻想和性回忆埋下了伏笔。对睡在身旁的丈夫布鲁姆，莫莉的态度是复杂多变的，既有欣赏，又有对其花心好色的本性之忧虑和不满，但鉴于十一年的无性婚姻，她又表示理解（“他不可能那么长久没有那事儿他非得在什么地方来一下不可”[1000]）。当然，这也可以看作是一种对自己出轨的开脱。关于布鲁姆的好色，莫莉又在后文把他刻画成了一个偷窥狂的形象：

> 他对衬裤是如痴如狂的……[①]总是斜眼瞅着那些不要脸的骑自行车的丫头们裙子都被刮到肚脐眼上边去了……那个穿奶油色麦斯林纱的正好戗着阳光站着她身上穿的什么他都能看的一丝不漏(1008)

在整个几乎浩瀚的内心独白中，关于布鲁姆的篇幅并不多，相关的性回忆也仅是只言片语。比如：

> 有一次我用脚引得他射精了(1007)

> 他要我躺在壁炉前的地毯上给我脱长袜(1007)

> 央求我从衬裤上剪一点点给他(1008)

> 苦苦地求我撩起我穿的那条桔黄色带日光褶的衬裙……所以我撩起了一点点隔着他的裤子从外面碰了一下(1008－1009)

> 还有他那些疯狂发痴的信……他闹得我总弄我自己有时候一天四五回(1043)

显然，布鲁姆的性观念和性行为是反常的，正如莫莉所说：“他不是正常人[②]和世界上其他人不一样。”(1007)与此形成鲜明对比的是，莫莉自然率

① 引文中的省略号为笔者所加，下同。
② “不是正常人”的原文为“not natural”。

直、自由奔放，渴望拥抱[①]却无法得到满足，因为“他从来不会像加德纳[②]那样好地拥抱我”(1009)，即使拥抱，也是“抱我的另外那一头”(1052)。两者“自然—反自然”的冲突贯穿全章，莫莉对丈夫的态度呈现出迁就、不满、爆发，最后归于平静(“愿意我愿意真的”[1060])的情感轨迹。实际上，莫莉的不满并非只针对布鲁姆，而是对整个男权社会感到愤懑和无奈[③]，并且她的爆发也并非要与布鲁姆一刀两断，而是决意在婚姻中由服从变进攻，以主动的姿态去面对甚至改造丈夫：

> 我要换上最好的内衣内裤让他饱一饱眼福叫他的小麻雀挺立起来我要让他知道假如他想知道的话他的老婆让人操过了而且是狠狠地操了快顶到脖子这儿了这人可不是他足有五六回之多一回接一回的这干净床单上还留着他的精液痕迹呢我也懒得弄掉它……除非我使他立了起来自己伸进我那里头去我真想把每一个小动作都告诉他叫他当着我的面照样做一做……要是他要吻我的屁股我就拉开我的内裤没遮没拦的凸出在他的鼻子跟前他可以把他的舌头伸进我那窟窿里头去伸它个七哩深吧那他就占领了我的褐色部了……我就允许他从后面在我身上发泄……我要夹紧我的屁股甩两句脏话闻我的屁股吧舔我的屁屁吧……现在轮到我来劲儿了(1057-1058)

然而，一切以幻想告终，因为莫莉正处于经期。

莫莉提及的婚外情人是剧院经理休·鲍伊岚。在整个篇章中，两人的交欢场面时不时地出现在莫莉的脑海中，仿佛被割裂后掷于意识的不同角落，但每每忆起，均大胆直白，甚至粗鄙不堪。比如：

> 他来了恐怕有三回或是四回他那玩意儿大得吓人发红色的我还怕那血管还是叫做什么鬼名堂的东西快涨破了呢……我把窗帘放下之后

① “拥抱”(embrace)一词在第十八章中共出现五次，其中四次体现莫莉对拥抱的渴望。

② 即斯坦利·G.加德纳中尉，莫莉在直布罗陀时代的情人，后死于南非。

③ 文中体现莫莉女性主义思想的叙述，如“这个世界要是能由女人统治一定会好得多”，可详见第1054页。

把衣服全脱了……老那么直挺挺的好像是一根铁的或是什么粗撬棍似的……我这一辈子还没想到过有人会有这么大的玩意儿让你感到都塞得满满的……也不知道是什么意思把我们造成这个样子身子中间有个大窟窿像一匹种马似的直捅进你的身体里面来……可是他东西虽然那么大精液并不特别多我让他抽出去弄在我身上……最后一次我让他在我那里面来了(1002-1003)

整个叙述以性器官为焦点，以性高潮为落点，其间毫无细腻的情感和思考。男方犹如一匹种马，在女方身上发泄着兽欲，而后者也享受着交合带来的感官刺激。对此，莫莉是自责的。她的出轨被称作“甜蜜的罪恶”(sweets of sin)。她多次呐喊着要摆脱这一两难的困境[①]。但在自然力的驱使下，她仍然迫不及待地盼望与鲍伊岚再次结合。[②] 总的来说，莫莉是一个普通的世俗女子，她生活在社会中下层，爱慕虚荣，希望能借着自己的美貌攀附权贵，从而进入上层社会，过上挥金如土的生活。鲍伊岚身为马商的儿子，算得上是富二代了，他工作稳定，能满足莫莉有限的物质追求。但有一点莫莉无法忍受，即鲍伊岚的粗俗——一个“不懂规矩没有教养……连诗和白菜都分不清的脚色”(1051)。

其实，莫莉也没有受过高等教育，她在文化水平上与鄙俗的鲍伊岚不相上下。但不同于鲍伊岚，莫莉有自己的精神追求，如对诗歌的兴趣，因此布鲁姆带回家的斯蒂芬·迪达勒斯恰好成了她心中的理想人格在现实中的投射。莫莉对斯蒂芬的了解其实大都是道听途说，如他“在中级考试得了那么多的奖”(1040)、“他是作家将要当大学教授教意大利文”(1048)，但仅凭这些，斯蒂芬便给莫莉留下一个“有灵性的”、“出类拔萃的人物”(1050)的印象，再加上他的年轻，莫莉渴望与他坠入爱河，甚至结为连理，以获得世俗意义上的重生。正是在此种虚幻印象的基础上，她以家中的小雕塑为媒介，幻

① “天主慈悲我们吧我还以为是天要塌下来来惩罚我们了”(1002)、“詹姆西啊把我从这糟心的偷情乐趣中放出去了吧”(1041)。

② “我希望他星期一按他自己说的来”(1009)、“主啊我等那星期一都等不及了”(1019)、“我一想到他我的窟窿就总发痒”(1033)。

想起对斯蒂芬的占有：

> 我常感到自己想吻他的全身也吻一吻他那儿那根逗人爱的小鸡儿是那么的纯洁要是没有人看见我真愿把它含在嘴里它那样子仿佛就是在等你去吮它似的那么干净那么白……我真愿意马上就那样即使咽下一点儿也可以……而且他一定很干净和那些猪男人大不一样(1050)

同时，莫莉也力求在斯蒂芬面前展现一个同样完美的女性形象。她担心斯蒂芬看到肮脏的厨房和那条不干净的衬裤；为了不让他觉得自己愚蠢，莫莉决心以诗来武装自己。“我要尽量多找一些诗来看一看学一学还要背一些才行……我要让他全身都发酥把他弄得神魂颠倒”(1050－1051)，于是她盼望着斯蒂芬留下来过夜，却事与愿违。

除了丈夫布鲁姆、情夫鲍伊岚和暗恋对象斯蒂芬，在莫莉的意识中占据主要位置的还有她的初恋情人马尔维——一位即将离开直布罗陀的中尉。两人在一起的时间很短暂，却刻骨铭心。当时正处于青春期的莫莉在性爱道路上跨出了她的第一步，完成了从天真烂漫的少女到成熟女人的蜕变，但两人并未交合，整个场景以莫莉为马尔维手淫而结束：

> 我让他弄在我的手帕里头了我装作自己并不激动可是两腿都叉开了……我先逗引了他最后把他折磨得死去活来……我喜欢他发出呻吟的那种模样在我那么折腾他的时候他的脸有一些红了我解开他的纽扣把他那个拉到外面把那层皮推开里面有一个眼儿似的东西……他喊我莫莉我的心肝儿(1029)

尘归尘，土归土。在经历过一番波澜壮阔、跌宕起伏的头脑和心灵的激荡之后，莫莉归于平静，她的意识定格在十六年前布鲁姆在豪思山头求婚的那一幕：

> 我用眼神叫他再求一次真的于是他又问我愿意不愿意真的你就说

愿意吧我的山花我呢先伸出两手搂住了他真的然后拉他俯身下来让他的胸膛贴住我的乳房芳香扑鼻真的他的心在狂跳然后真的我才开口答应愿意我愿意真的(1060)

整个章节以女性的"真的"[①]开头,以"真的"收尾,莫莉"接受、委身、放松、终止一切的抵抗"[②],整个大地之球仿佛经过无数次的旋转又回到了原点。[③]

乔伊斯对爱尔兰禁忌的触犯是革命性的。除了对性的直白式描写,第十八章还有多处性描写暗含着对爱尔兰天主教与英国皇室的亵渎。比如,莫莉回忆起一名教长的主动示好和交合场景,以及科里根神父对其委婉的调戏。在当时的爱尔兰,神职人员犯奸淫罪,其性质比普通百姓的乱伦和偷情要严重。[④]

另外,乔伊斯还通过莫莉,描写了驻扎在直布罗陀的女王近卫军的猥亵行为("那个红头坏家伙躲在树背后等我走过的时候假装尿尿拉开他的尿布挺立出来给我看这帮子女王直属的"[1018]),以此直言不讳地表达了对英国的讥讽与不满。因此,乔伊斯对禁忌的触犯,不仅仅停留于道德层面,还指涉了宗教、政治、社会等多个层面。

二、爱尔兰禁忌与乔伊斯叙事

爱尔兰是一个天主教国家。在乔伊斯生活和创作的时代,天主教徒占全国总人口的大多数,因循守旧的天主教会不仅在宗教,还在社会、政治等方面深刻影响着人民的生活,并在全国塑造出一种令人窒息的文化氛围。"宗教的禁锢束缚了人们的思想和行动,使他们沦于懒惰和惯性,甚至是麻

① 原文为"yes"。"yes"一词在第十八章出现多达90多次,可详见冯建明(2004)。

② R. Ellmann, *James Joyce*, Oxford: Oxford University Press, 1982, p. 712.

③ 关于莫莉与布鲁姆最后是分还是合,乔学界众说纷纭。笔者较为认同Ellmann(1974)的观点,即这是一个伪命题,作者在画上句点之时,便已完成叙述的使命,莫莉和布鲁姆进入了永恒之界,第十八章是"时空废墟与永恒广厦之所在"(104)。

④ D. Gifford & R. J. Seidman, *Ulysses Annotated*, *Second Edition*, Berkeley, Los Angeles & London: University of California Press, 2008, p. 611.

木不仁和盲目重复。”[①]另外，自12世纪下半叶以来，爱尔兰一直处于英国的殖民统治之下。在英国高压政策的压迫下，爱尔兰人民的反英斗争虽然从未间断，但是在乔伊斯看来，罗马天主教会的精神奴役及英国的殖民统治，使爱尔兰成为了“欧洲最落后的民族”(乔伊斯，2013：65)，一如他在《尤利西斯》里借斯蒂芬之口表示，“我是一仆二主……一个英国的，一个意大利的”(31)，即英国殖民者和罗马天主教会。在两股保守势力的双重奴役下，爱尔兰经济落后、文化贫乏，整个社会弥漫着一股死气沉沉、麻木不仁的腐朽之味，或者用乔伊斯的说法，爱尔兰人表现出“瘫痪”(paralysis)[②]的精神状态。在这样的社会里，性是羞耻的、肮脏的、病态的、偷偷摸摸的、不可言说的。在《都柏林人》中，乔伊斯以“瘫痪之都”都柏林为背景，展示了爱尔兰各色人等在性压抑下的众生相：与男孩们谈话后行手淫之事的怪老头(《一次遭遇》)；被婚姻禁锢的法务办公室职员法林顿(《何其相似》)；渴望爱情的老处女、天主教信徒玛利亚(《泥土》)；因表白被拒而自杀的已婚女子西尼考太太(《痛苦的事件》)，等等。《都柏林人》坎坷的出版经历，也从另一个侧面反映了当时社会对乔伊斯作品的态度。

如果说天主教会裹挟了爱尔兰民族的灵魂，那么英国的殖民主义则使爱尔兰民族的灵魂成了政治和经济上的奴隶。在世纪的转折点，高举民族主义旗帜的解放斗争正如火如荼地在全国展开。对此，乔伊斯认为，在爱尔兰民族主义里，狭隘过激的品格及民族性格中蕴含的背叛因子，同样也是导致爱尔兰迟迟无法摆脱殖民统治的重要原因。1910年，他在《自治彗星》(*The Home Rule Comet*)一文中如此谈论爱尔兰的民族性格：

> 七个世纪以来，爱尔兰从来就不是英国的忠实隶属国。另一方面，爱尔兰也从未忠实于她自己过。她进入了英国版图，却没有成为英国的一个组成部分。她几乎完全不用自己的语言，而接受了征服者的语言，但又没有能吸收以这门语言为媒介所承载的文化，也未能让自己适

① 赫云：《乔伊斯与爱尔兰宗教传统关系研究》，载《大连大学学报》，2009年第5期，第74页。

② R. Ellmann, *Letters of James Joyce* (Volume II), New York: The Viking Press, 1966, p. 134.

应英国人的思想。爱尔兰出卖自己的英雄，而且总是在紧要关头，出卖又总是没有获得什么报酬。她将其思想者逼得背井离乡，其目的又只是夸耀他们。[①]

乔伊斯认为，爱尔兰迟迟无法独立是咎由自取。上文所指的“英雄”，即爱尔兰独立运动领袖查尔斯·巴涅尔(Charles Stewart Parnell)。1889年，在爱尔兰自治(Home Rule)的曙光行将显露之际，最忠实的支持者之一威廉·奥谢(William O'Shea)上尉将自己的妻子凯瑟琳·奥谢(Katherine O'Shea)和巴涅尔以通奸罪告上法庭(两人持续十年的恋情其实从一开始便人尽皆知)。而后，教会关于道德败坏的谴责及追随者的背离，使巴涅尔的政治生涯和生命迅速走到了尽头，爱尔兰自治的希望也随之破灭。追随者的背叛，正是狭隘的民族主义在作祟。他们盲目美化本族，认为凡是爱尔兰的全是好的，凡是非爱尔兰的都是不好的。因此，当自己的领袖被控告“通奸”时，信仰民族道德纯洁的他们便纷纷弃而远之。在《尤利西斯》第十二章，乔伊斯通过描写公民与犹太人布鲁姆之间的冲突，对爱尔兰民族主义中这种所谓的种族纯洁性情结进行了批判。在乔伊斯看来，正是天主教道德卫士的揭发、民族主义的狭隘及不忠的民族秉性，才导致巴涅尔的死亡与爱尔兰独立运动的破产。巴涅尔是乔伊斯敬仰的英雄，但他的事迹更像一个隐喻，象征着性与背叛、与精神奴役之间无尽的纠葛。因此，巴涅尔的形象多次出现在乔伊斯的笔下，从《都柏林人》之《委员会办公室里的常青节》中被“现代的伪君子打倒”的“无冕之王”[②]，到《艺术家年轻时的写照》中凯西先生在圣诞筵席上大声而痛苦哭喊的“我的长眠之王”[③]，再到《尤利西斯》中布鲁姆在车夫茶棚里的回忆，“对于不少本无善意、一心只想把他拉下台的人是个好消息，不过这事本来早已是公开的秘密，只是没有后来发展的那么轰动一时而已”(893)。

① ［爱尔兰］詹姆斯·乔伊斯：《乔伊斯文论政论集》，姚君伟、郝素玲译，上海：上海译文出版社，2013年，第234页。

② ［爱尔兰］詹姆斯·乔伊斯：《都柏林人》，王逢振译，上海：上海译文出版社，2013年，第146页。

③ ［爱尔兰］詹姆斯·乔伊斯：《青年艺术家画像》，朱世达译，上海：上海译文出版社，2013年，第53页。

在以性禁忌为武器的三股势力之压迫下，爱尔兰人民的心灵遭到毒害，民族的独立事业遭遇挫折。爱尔兰的历史"是一场噩梦"，为了"设法从梦里醒来"(57)，为了将同胞从禁忌中解放出来，乔伊斯用他"艺术的锋刃"(9)，将所谓的不洁之物置于光天化日之下，并以性话语为武器，"以眼还眼，以牙还牙"，与保守的天主教会、殖民主义和狭隘的民族主义进行着不懈的斗争。

乔伊斯对禁忌的借用不仅带有政治性，而且更有其文学上的目的。乔伊斯渴望民族解放、国家自治，但是作为一名作家/艺术家，他更追求爱尔兰文学的"自治"——一个独立于爱尔兰主流文学规范与英国文学规范的"文学空间"[①]。到19世纪末20世纪初，在爱尔兰文艺复兴运动(Irish Literary Revival)、盖尔语复兴运动等文学事业的推动下，爱尔兰文学已经完成了一定的资本积累，一个在语言、形式、审美等方面具有爱尔兰文化和民族特色的文学空间也已初见雏形，但是在乔伊斯看来，爱尔兰文学的独立并不彻底。爱尔兰艺术像"一面仆人用的破镜子"(9)，一方面受到英国文学规范的支配，另一方面又裹足不前，如破镜一般，只有拙劣且毫无新意的仿品。1901年，年仅19岁的乔伊斯撰文《喧嚣的时代》(*The Day of the Rabblement*)，强烈抨击叶芝、格雷戈里夫人(Lady Gregory)、爱德华·马丁(Edward Martyn)等文艺复兴作家所创立的爱尔兰文学剧院(Irish Literary Theatre)：

> 爱尔兰文学剧院一定将会被视作欧洲最落后的种族的喧嚣之表征……安分温顺、非常道德的民众被侍奉得像个王国似的……一个美学家意气不定，叶芝可怕的适应性应该受到谴责……至于马丁先生和莫尔先生[②]，他们是没有多少新意的作家……爱尔兰文学剧院由于屈服于诱惑，已经背离了前进的轨道。[③]

---

① Casanova, P., *The World Republic of Letters*, Cambridge &London: Harvard University Press, 2004, p. 304.

② 即乔治·莫尔(George Augustus Moore)。

③ [爱尔兰]詹姆斯·乔伊斯：《乔伊斯文论政论集》，姚君伟、郝素玲译，上海：上海译文出版社，2013年，第65—67页。

爱尔兰文学剧院其实在创立之初便有革故鼎新的抱负，即用“英格兰剧院所没有的自由试验的精神”来创作新戏剧，以推动“爱尔兰式的感觉、天分和思维模式”(Froula, 2009)，但是其浓厚的民族主义色彩和大众化倾向令乔伊斯反感。他认为创作不应一味迎合大众的口味，“一个艺术家如果媚俗，就难逃盲目崇拜的影响，就难免作出明知故犯的自我欺骗”，“民众恶魔”比爱尔兰文学复兴运动所反对的文学商业化和粗俗化“更危险”(Froula, 2009)。在《戏剧与人生》(*Drama and Life*, 1900)一文中，乔伊斯点明了爱尔兰读者作为普通大众的弊病：“传统的枷锁过多地把他们束缚住了……艺术受到了损害，因为人们错误地坚持认为它应具有宗教的、道德的、审美的、理想化的倾向性”(*Drama and life*, 1900)，而真正的艺术应该揭示真理，打破道德、宗教、审美的束缚，将“新鲜空气”放进来，读者也应该“像个自由民族的自由公民那样来批评，抛却所有条条框框”(*Drama and life*, 1900)。因此，他歌颂现实主义作家易卜生(Henrik Ibsen)与豪普特曼(Gerhard Hauptmann)，并自诩为两者的继承人，是拯救爱尔兰文学艺术的“第三位人物”(*Drama and life*, 1900)。乔伊斯以现实主义手法，用粗俗的性话语对爱尔兰禁忌的触犯，以及《尤利西斯》最终在“绝不与大众品味苟同的艺术刊物”[①]《小评论》上的连载，正是对迎合大众的叶芝式写作的一种对抗和挑战。

无论是叶芝等人的爱尔兰文艺复兴运动，还是盖尔语复兴运动，其初衷实际上都在于“寻求有别于欧洲其他国家(尤其是英国)的爱尔兰独特文化和民族特性”[②]，以期为一个独立的爱尔兰文学空间的构建添砖加瓦。从语言的角度看，两者采取的是截然不同的路径：叶芝等“英—爱”作家以殖民国语言英语为创作语言，而后者则完全摒弃英语，以爱尔兰的本族语盖尔语进行文学创作。语言是一种重要的文学资本，而某些语言(如英语)会因为积累了较丰富的文学经验而更具文学性，或者说具有更多的“形式和美学上的可能性”，从而使该语言更具文学价值。[③] 相比于英语，由于英国殖民者的

① 原文为 *A Magazine of the Arts Making No Compromise with the Public Taste*，印于杂志封面。

② 陈丽：《爱尔兰文艺复兴》，载《外国文学》，2013 年第 1 期，第 100 页。

③ P. Casanova, *The World Republic of Letters*, Cambridge & London: Harvard University Press, 2004, pp. 17 - 18.

排挤和灭绝政策，盖尔语到了乔伊斯的时代已经失去了文学语言的地位[①]，成为“穷人的语言，实际上还是贫穷的决定性标志”[②]。因此，为了塑造具有影响力的爱尔兰文学空间，乔伊斯没有采取盖尔语联盟的路径，而是直接用英语写作，但又不同于“英—爱”作家，他是用颠覆性的方式，用一系列语言试验[③]（如性话语）来试图摧毁压迫爱尔兰文学的英语文学规范，从而确立起爱尔兰文学的正当地位。因此，乔伊斯通过性话语对爱尔兰禁忌的触犯及对文学审查制度的抵抗，是实现其文学独立的关键一环。正如乔伊斯所说：“爱尔兰人无奈要用外族语言表达自己，但他们已经给那种语言打上了自己智慧的烙印，并正在与文明国家竞争荣耀。”[④]

对乔伊斯性话语的解读不应仅停留在文字表面，从而单纯地视之为肮脏的文字。乔伊斯对爱尔兰禁忌的触犯既有政治上的目的，也有文学上的目的。一方面，乔伊斯希望以性话语为武器，抵抗压迫在爱尔兰人民身上的三座大山，即保守的天主教会、殖民主义和狭隘的民族主义，从而将爱尔兰人民的灵魂从禁忌的束缚中解放出来；另一方面，他对性话语的描写，对禁忌的藐视，是实现其远离大众的艺术理想的一种实践，也是构建起一个同时独立于爱尔兰文学规范和英国文学规范的文学空间的一种重要手段。

三、乔伊斯性话语在中国

乔伊斯不仅仅属于爱尔兰，更准确地说，乔伊斯是一名欧洲作家（Lernout，2008）。随着他的作品被陆续译为其他语言，如法语、德语、俄语，甚至阿拉伯语、日语、汉语，乔伊斯的作品开始以世界文学的身份进入不同的文化语境。那么，乔伊斯通过触犯爱尔兰禁忌来试图冲破宗教、政治、文学等束缚的努力是否具有普遍意义？乔伊斯性话语在其他文化语境下是

① 整个18世纪没有盖尔语书籍面世，残存的少量盖尔语作品只能以手稿的形式流传。此外，爱尔兰中上级阶层人士出于经济和政治利益的考虑，纷纷摈弃盖尔语，仅剩边远地区的农民还继续使用，而19世纪中叶的大饥荒使下层人口大量死亡或被迫移民，因此盖尔语赖以生存的社会基础几乎被摧毁殆尽（Curtis，2000）。

② D. Kiberd, *Inventing Ireland*, Cambridge: Harvard University Press, 1996, p. 133.

③ 乔伊斯的语言试验在《芬尼根的守灵夜》中达到极致。

④ R. Ellmann, *James Joyce*, Oxford: Oxford University Press, 1982, p. 218.

否具有同样的功能?

《尤利西斯》的出版因敏感的性话语而在世界各地遭到了重重阻挠,它在中国的译介和接受也遭遇了同样的命运。1935年5月6日,《申报·自由谈》刊发著名作家周立波的文章《詹姆斯·乔易斯》,该文猛烈攻击《尤利西斯》及其作者乔伊斯:"他的代表作品《优力西斯》(*Ulysses*)的出现,是现代文学史上一个奇异的现象……《优力西斯》是一部怪书……它是有名的猥亵的小说,也是有名难读的书。"他评论说该书充满了俗物,"布伦姆(Blum)是俗物,他的妻马利盎(Marion)也是只有肉体的欲望的俗物",作品"充斥了俗物……猥琐,怯懦,淫荡,犹疑是乔易斯的人物的特质"。[①] 同年12月15日,《质文》第4号刊载署名凌鹤的评论文章《关于新心理写实主义小说》。文章以《尤利西斯》为例,讲意识流,声称该书"是一部淫秽的作品"。中华人民共和国成立后,受意识形态的影响,不少西方文学研究者也对该书持批判态度,认为它有"虚无主义、庸人主义和色情主义倾向"[②]。由于对该书的错误认识,《尤利西斯》在西方出版七十多年后,直到20世纪90年代中期,中国才有了两个全译本:一个是人民文学出版社出版的金隄译本(以下简称"金译本"),另一个是译林出版社出版的萧乾、文洁若译本(以下简称"萧文译本")。中国同其他国家一样,对性有着严格的控制,再加上千百年来的封建文化积淀,造就了一个在伦理上相对保守和敏感的社会。本节将仍以《尤利西斯》第十八章中的性描写为例,考察其汉译过程中的重构和嬗变,尤其是译者在性禁忌的社会文化背景下对性描写的翻译策略。

(一)《尤利西斯》汉译的漫长坎坷路

在具体探讨《尤利西斯》的两个汉译本对性描写的翻译策略之前,我们先简单梳理一下该书在中国的翻译历程。《尤利西斯》在中国的翻译之路可谓漫长而坎坷。虽然该书于1922年在法国出版后不久,我国著名作家茅盾就在《小说月报》第13卷第11号上撰文介绍了该书及其作者,但是该书的

① 周立波:《詹姆斯·乔易斯》,载《申报·自由谈》,1935年5月6日,第162—164页。

② 金隄:《〈尤利西斯〉来到中国》,载韩小蕙、胡骁编:《神之日:〈光明日报·文荟〉副刊作品精粹》,北京:光明日报出版社,1997年,第290—295页。

最早节译却始于20世纪40年代。1941年，以译介为主的文学杂志《西洋文学》出了乔伊斯特辑，刊载了吴兴华节选的《友律色斯》(即《尤利西斯》)插话三节，每节约千字左右，并不是某一英文章节的完全翻译。1978年，金隄受好友、现代主义小说研究者袁可嘉的委托，开始选译《尤利西斯》。1981年，金隄翻译的《尤利西斯》第二章刊载在袁可嘉等编选的《外国现代派作品选》(第二册)上，以配合当时文学界对西方现代主义小说的介绍。此后，金隄又陆续翻译了第六章、第十章和第十八章的节选，发表在1986年的《世界文学》上。1987年，金隄又翻译出《尤利西斯》的第十五章，与之前翻译的四章合在一起，由天津百花文艺出版社出版了《尤利西斯选译》。

除了金隄的选译本，20世纪80年代还出现了两个《尤利西斯》片段的节译：一个是刘象愚选译的第三章，发表在1985年的《外国现代派小说概观》上；另一个是张庆路选译的第十八章，以《莫莉的幻想》发表在《外国文学欣赏》(1—2期)上。金隄在20世纪80年代选译和出版了《尤利西斯》的部分章节后，人民文学出版社跟他签定翻译合同，计划三年内推出《尤利西斯》的全译本。但是，由于当时破解"天书"所需要的资料欠缺、翻译该书的难度巨大，以及出版社人员的变动，一直到20世纪90年代初期，中国读者还是无缘读到《尤利西斯》的全译本。在这种情况下，时任译林出版社社长李景端在成功操作了法国意识流巨著《追忆似水年华》一书后，开始将目光投向《尤利西斯》，并最终说动年过八旬的萧乾和退休在家的文洁若夫妇来翻译这部天书。1994年，译林出版社出版了萧乾、文洁若夫妇合译的《尤利西斯》全译本；与此同时，人民文学出版社也推出了金隄翻译的《尤利西斯》译本上册，并于1996年出版了下册。

至此，在《尤利西斯》于西方出版七十多年后，我国同时出现了该书的两个中文版本，它们无论在翻译目的还是翻译风格上都大异其趣。在20世纪90年代末至本世纪初的十多年里，有关这两个汉译本的研究众多，是《尤利西斯》译本研究的"收获期"，"不仅论文发表的数量最多，研究角度广泛，而且研究有深度"(马会娟，2011)。但是，由于中国的特殊国情(即主流的意识形态仍是"谈'色'色变"，对文学与影视作品中的性描写审查可谓制度森严)，《尤利西斯》最后一章中有关性描写的翻译研究始终是空白。

(二) 性禁忌文化背景下的《尤利西斯》性描写之翻译策略

根据学者们基于译本的研究成果,译者在处理文学作品中的性描写时,一般采取以下四种翻译策略:(1)删除;(2)淡化;(3)直译;(4)明晰化(马会娟,2014)。例如,韩子满(2008)通过对美国女作家沃克的小说《紫色》(*The Color Purple*)汉译本中对性描写翻译的考察,总结出译者主要采用了三种翻译策略,即删除、淡化及忠实翻译;周晔(2009)对海明威《永别了,武器》(*A Farewell to Arms*)中的遮掩式禁忌语进行研究,提出了明晰化和语用标记对应这两种翻译策略。

针对上面提到的关于性描写翻译之四种翻译策略,除了译者为保障故事情节的连贯及突显小说的主题而在翻译时不得不采用忠实于原文的直接翻译外,我国译者在将外文小说翻译成中文时,还是会经常选择淡化和删除这两种翻译方法。韩子满(2008)认为,在翻译相关的性描写段落时,译者之所以采用淡化和删除,是因为他们对性禁忌过度敏感,对译入语文化的意识形态因素未能进行客观分析。此外,"翻译并非在真空中产生",其会受到各种文化的、历史的,甚至译者的心理和身份等因素的影响。[①] 翻译作品的时代、当时的主流意识形态、译入语国家的出版审查制度、译者的性别与身份等因素,都会在一定程度上影响着有关性描写的翻译策略及译文的最终面貌。金隄、萧文夫妇翻译《尤利西斯》的年代,性禁忌仍然在一定程度上束缚着译者。金隄翻译《尤利西斯》的时间是 20 世纪 70 年代末至 1996 年;萧文夫妇翻译《尤利西斯》的时间是 1990 至 1994 年。萧文夫妇译本的发起人、译林出版社的前社长李景端曾致信询问萧乾,该书是否会因为第十八章的性描写而被"亮红灯"。在答复李景端的信中,萧乾建议,为了使《尤利西斯》顺利通过新闻出版署的审查,应事先制造舆论,强调《尤利西斯》的文学价值和作品的主题意义。萧乾甚至给出版社具体列出了以下内容:"要让人们了解《尤利西斯》除了它在世界小说史上的独特地位之外,还具有:一、民族主义思想(反抗英国统治);二、理性的[思想](反抗梵蒂冈统治);三、写都柏林那肮脏生活,是怀有厌恶心情,是为揭露;四、主人公布鲁姆是来自受压迫民

① A. Lefevere, *Translation/History/Culture: A Sourcebook*, London & New York: Routledge, 1992, p. 14.

族(犹太人),心地是善良的。"[①]可见,在上世纪90年代,不论是出版社还是译者,都很担心包含性描写的《尤利西斯》汉译本能否顺利出版。这从一个方面反映出,当时整个社会大环境对小说中的性描写并非完全包容。

通过对《尤利西斯》第十八章及金译本和萧文译本的考察,我们发现两个译本在处理相关的性描写时主要采用了两种策略:(1)直接翻译,甚至突出强化;(2)淡化处理,弱化色情倾向。

1. 直接翻译,甚至突出强化

基于出版社和译者对《尤利西斯》的定位,两个版本的译者在翻译最后一章时基本上都忠实地再现了原作中的性描写,而萧文译本则在多处突出、强化了原文的性描写。据统计,译文对原文70%以上的性描写做了忠实,甚至强化处理(蒋剑峰,2012),具体体现在以下三个方面:(1)代词的具体化;(2)重复强调;(3)使用注释。举例如下(下文的例子中,若不特殊注明,译文1为萧文译本,译文2为金译本):

(1) 代词的具体化

例1

原文:**it** like iron or some kind of a thick crowbar standing all the time (694)

译文1:**那阳物**像根铁棍要不就是粗铁撬直直地那么竖着(192)

译文2:老那么直挺挺的好像是一根铁的或是什么粗撬棍似的(1002)

例2

原文:I never in all my life felt anyone had one **the size of that** to make you feel full up(694)

译文1:我一辈子也没觉出任何人有**那么大的阳物**使你感到填得

① 萧乾:《关于〈尤利西斯〉致李景端的信(九封)》,载《作家》,2004年第10期,第15页。

满满的(192)

译文 2：我这一辈子还没想到过有人会有**这么大的玩意儿**让你感到都塞得满满的(1002—1003)

在上面两个例子中，原文分别使用代词"it"与"that"来指代男性的生殖器，描写手法委婉。在译文 1 中，译者采用代词所指还原的翻译策略，使这两句的性描写"过"于原文。例 1 中的译文 2 则省略了代词。

(2) 重复强调

例 3

原文：because he couldnt possibly **do without** it that long so he must **do it** somewhere and the last time he came on my bottom when was it (692)

译文 1：因为他绝不可能那么久都**不搞**他就得到什么地方去**搞上一通**最后一回是什么时候从后面**跟我搞来着**(189)

译文 2：他不可能那么长久没有**那事儿**他非得在什么地方**来一下**不可的他最近一次在我屁股上来劲是什么时候**来着**(1000)

例 4

原文：some of them want you to be so nice **about it** I noticed the contrast he **does it** and doesnt talk I gave my eyes that look with my hair a bit loose from the tumbling and my tongue between my lips up to him the savage brute(705 - 706)

译文 1：有的人喜欢女人**在搞的时候**斯斯文文的我注意到了他们的差别**他搞的时候**一声不吭我抬起眼睛那样看着他颠鸾倒凤头发有点儿乱啦我从嘴唇里吐出舌头朝这个野蛮畜生伸了过去(208)

译文 2：他们有的人要你**在这中间**斯斯文文的我注意到了多么不同他就是**只干不说话**(1019)

例 5

原文：O Lord I must stretch myself I wish he was here or somebody to let myself go with and **come** again **like that** I feel all fire inside me or if I could dream **it** when he made me **spend** the 2nd time tickling me behind with his finger I was **coming** for about5 minutes with my legs round him (705)

译文 1：哦天哪我可得把身子摊开来我巴不得他在这儿要么就是旁的什么人好叫我那么一遍又一遍地**丢啊丢的**我觉得身子里面全是火或者要是我能梦见当时他是怎么第二遍**使我丢的**就好了他从后面用手指绕着我我把两条腿盘在他身上**一连丢了**有五分钟(207)

译文 2：再像那样的来一次我感到身子里面净是火要不然能梦见也行那是他使我第二次**来的时候**他一面还用手指把我背后弄得痒痒的我把腿盘在他身上**来了**差不多有五分钟光景(1019)

在一句话或连续的几句话中，连续重复使用相同的词语有突出强调的修辞功能和效果。在上面的三个例子中，原文并没有明显地重复使用词语，而是使用了较为中性化的性描写手段，借助了带有代词的动词短语或介词短语(如“do it”“dream it”“about it”“like that”等)。但译文 1 却明显强化了原文的性描写：例 3 中的具有性行为暗示意义的“搞”连续出现了三次，例 4 中的“搞的时候”连续出现了两次，例 5 中的“丢”则连续出现了五次。与译文 1 相比，译文 2 由于没有使用词语重复或选择使用中性词语(如例 5 中的“来”)，因此性暗示的效果就差很多。

(3) 使用注释

例 6

原文：he made me thirsty **titties** he call them(704)

译文：他弄得我口里干渴他管它们叫做**小咂咂儿**[147](萧文译，205—206)

注释[147]：原文作"titties"，是"titty"的复数，乳房的俚语。今译为北京土话"咂儿"(奶头)。……

例 7

原文：I had that white blouse on open at the front to encourage him as much as I could without too openly they were just beginning to be plump (711)

译文：他正朝我[242]望着为了尽量鼓励他但又做得不至于太露骨我穿的是那件敞着前胸的白罩衫它们变得丰满起来(萧文译，214)

注释[242]："他正朝我"和"尽量鼓励他"的"他"，均指马尔维。后文中的"它们"，指乳房。

《尤利西斯》难懂，翻译成另一种语言等于是一种破迷津游戏，尤其是最后一章莫莉的长篇意识流内心独白，洋洋洒洒近万言，似乎唯有多加注释才能帮助另一个完全不同文化语境下的读者来理解。也许正是出于为读者考虑，萧文译本中添加了大量的与性描写相关的注释。但遗憾的是，这样的添加明显强化了正文文本的性描写。例 6 中的注释，不仅使人感觉有点文不对题，而且多余，因为这句话的上下文语境都明显出现了"嘬奶头"这样的性行为，读者读原文应该不存在任何理解上的困难。同样，例 7 中的注释也是如此，在特定的语境下(男女朋友在野外谈恋爱)及具体的上下文("前胸的白罩衫""丰满")中，读者应该不难理解"它们"的具体所指。可以说，在原文中使用代词来指代性器官或性行为，但在译文中却用注释再次进行具体化的做法，突出了原文遮掩式的性描写。

2. 淡化处理，弱化色情倾向

在《尤利西斯》的最后一章中，除上文提到的直接翻译甚至强化处理外，译者在翻译与性内容相关的词语时，还采取了淡化处理的手法，即通过运用中文特有的词语来弱化色情倾向。此种做法具体体现在儿化音和感叹词的使用上。

（1）儿化音的使用

在汉译本中，许多带有色情意味的名词和动词都被译者进行了儿化音处理。例如，在第十八章中，莫莉使用了多种说法来表示男性生殖器，如“the thing”“cock”“micky”“whatyoucallit”“tube”等。对这些词的翻译，两个译本有一个显著的共同点，即使用儿化音（见下表）。

各种表示男性生殖器的词语之翻译

	the thing	a thing	his other thing	that thing	a thing
金隄	那玩意儿	那玩意儿	一件玩意儿	那玩意儿	玩意儿
萧文	那物儿	阳物	一物儿	那物儿	物儿
	cock	micky	tube	whatyoucallit	
金隄	小鸡儿	小麻雀	鸡鸡	那个叫什么的	
萧文	小鸡鸡儿	那物儿	管子	那物儿	

儿化音能够体现细小、亲切、轻松或喜爱的感情色彩（黄伯荣、廖序东，2002）。通过在男性生殖器的说法后加上“儿”字，该器官在读者眼中的淫秽程度有所降低，甚至还能增加一丝幽默感。通过儿化音，原文的语气变得更为委婉，色情意味降低，译文也更能为读者所接受。儿化音的使用不局限于男性生殖器的翻译，其还被用于其他与性相关的词汇和短语。例如：

例 8

原文：then he said wasnt it terrible to **do that** there in a place like that (697)

译文 1：然后他说在这样的地方**干这种事儿**该多么可怕啊（196）

译文 2：他说在这样一个地方**干这事儿**是不是不像话（1007）

例 9

原文：it never entered my head what **kissing** meant (710)

译文：我还从来也没想过**亲嘴儿**是怎么回事呢（萧文译，214）

例 10

原文：how did we **finish it off** (711)

译文：我们是怎么**完事儿**的来着(萧文译,215)

例 11

原文：my **hole** is itching me always (714)

译文：我那个**眼儿**就总是发痒(萧文译,218)

例 12.

原文：Ill cut all this **hair** off me (720)

译文：我想把这些**毛毛儿**全铰掉(萧文译,227)

(2) 感叹词的使用

除了以上两种策略外,译者还通过"啦""呢""哩""哪"等感叹词的使用来削弱原文的色情效果。在下面的译例中,译者通过感叹词的运用,成功地刻画了一个自作多情、思想轻浮的女子形象。

例 13

原文：better for him put it into me from behind (701)

译文：还不如让他从后面搞倒好些**哩**(萧文译,201)

例 14

原文：all the poking and rooting and ploughing he had up in me (719)

译文：敢情都是由于他在我里头戳来戳去连根儿都给耕到**啦**(萧文译,226)

例 15

原文：Ill let him know if thats what he wanted that his wife is fucked yes and damn well fucked too up to my neck nearly (p. 729)

译文：要是他想知道的话我就告诉他他老婆给人操**啦**对**啦**被恶狠狠地操了一通都快操到头**啦**(萧文译,240)

例 16

原文：he might want to do it in the train (699 - 700)

译文：他大概还想在火车上搞**呢**(萧文译,199)

(3) 其他淡化策略

在处理性描写时,《尤利西斯》的译者也使用了其他翻译策略,包括使用模糊化语言和方言。

例 17

原文：Ill make him **do it** again if he doesnt mind himself (727)

译文：假若他本人不在乎我就教他再**搞**上一遍(萧文译,231)(模糊化)

例 18

原文：he made me thirsty **titties** he call them(704)

译文：他弄得我口里干渴他管它们叫做**小咂咂儿**(萧文译,205—206)(方言)

例 17 中,"搞"在汉语中是万能词,"发生性关系"只是其多重含义中的一种。吕叔湘(1999)指出,"搞"作为动词在表达上是含糊的。萧文在翻译中多次将原文的“do”翻译成“搞”，让读者很难立即判断出此处描写的是性行为。例 18 中，“小咂咂儿”是北京方言，指“乳房”。读者如果不借助译者在章节末尾给出的注释，很难明白该方言所表达的内容。

3. 误译——有意还是无意？

“有一千个读者，就有一千个哈姆雷特。”面对同一个文本，不同的译者会有不同的解读，译出不同的译本。译本中有时会出现误译，这些误译可能是译者无意为之，但也有可能是有意为之。在萧文译本中，“spunk”和“spend”两词多次被“误译”。

例 19

原文：still he hasnt such a tremendous amount of **spunk** in him when I made him pull out and do it on me considering how big it is so much the better in case any of it wasnt washed out properly (694)

译文 1：他那阳物可从来没这么**雄壮**过于是我让他把那阳物拽出来在我肚子上抽想到它那么大这样就好多了以防止没彻底地冲洗干净(192)

译文 2：他东西虽然那么大**精液**并不特别多我让他抽出去弄在我身上这样更好免得留下一点冲不干净(1003)

例 20

原文：I dont know Poldy has more **spunk** in him (694)

译文 1：可也难说波尔迪的**劲头**来得更足呢(192—193)

译文 2：可是也难说波尔迪的**精液**更多(1003)

例 21

原文：theres the mark of his **spunk** on the clean sheet (730)

译文 1：这条干净床单上还留着他那**劲头**的印儿哪(240)

译文 2：这干净床单上还留着他的**精液**痕迹呢(1057)

例 22

原文：still I made him **spend** once with my foot (697)

译文 1：我让他**把玩**过我的脚(196)

译文 2：不过有一次我用脚引得他**射精**了(1007)

“spunk”在英语中有三层含义，即“勇气”“性液体”和“有魅力的男人”，“spend”有“达到性高潮”之意。在萧文译本中，例 19 和例 20 中的翻译显然是误译。在例 21 中，萧文将“spunk”译作“劲头”，应是译者有意为之的“误译”，因为“劲头”和“印儿”在汉语中不搭配。

在金译本中，也有误译的例子。这些误译有效地减弱了原文的色情效果，但也有可能是译者为了获得其他效果（如艺术效果）而做出的抉择。例如：

例 23

原文：when I said I washed up and down as far as **possible** asking me and did you wash **possible** (695)

译文 1：当我说我尽量把浑身上下都洗到了她就问难道你连**那儿**都洗到了吗(194)

译文 2：我说我上上下下尽可能都洗到了他就问我你把**可能**都洗了吗(1004—1005)

例 24

原文：asking me had I frequent **omissions** (721)

译文 1：他居然问起我**遗漏**出来的多不多(228)

译文 2：还问我是不是常常有**遗失**(1043)

在上述两个译例中,“可能”和“遗失”在整个句子中显得非常突兀,让读者有点摸不着头脑,降低了原文的色情效果。金隄认为,译者应该追求“翻译效果”,即译文给译文读者的感受要和原文给原文读者的感受尽可能相近,“如果原文中有不顺的东西,有作者有意要读者费解或不明白的地方,那就是原文的韵味,译者就不能把它说明白”(王振平,2000)。在例 23 的原文中,第二个“possible”与前一个“possible”相呼应。为了在原文读者和译文读者之间产生相同的效果,译者将第二个“possible”依然译为“可能”,尽管这样使句子很不通顺,读来拗口。萧文夫妇的译本虽然忠实地将第二个“possible”翻译了出来,但是失去了金隄所谓的“韵味”。例 24 也是如此。在第十八章中,莫莉经常将“omission”和“emission”两个词混淆,此处她实际上指的是“emission”(指经血)。金隄将错就错,将“omission”译为与“遗漏”相似的“遗失”,从而既保留了原文的韵味,又有效地减弱了原文的色情意味。

《尤利西斯》的汉译不仅从语言上来说是件难事,在伦理道德上更是如此,因为译者所扮演的角色使其不得不触及伦理的底线,受到内在与外在的性禁忌之束缚。但是,另一方面,译者是一个能动的主体,其在受到禁忌力量束缚的同时,也会试图冲破这层束缚,以获得其所追求的效果。从以上分析可以看出,在重构《尤利西斯》性描写的过程中,两个译本的译者不仅采取了直接翻译和突出强化的翻译手法,而且还使用了淡化处理的翻译策略,这样做一方面在一定程度上忠实再现了乔伊斯的性话语,对得起原作者和原作,另一方面又使译文符合译入语文化,使作品得以顺利出版,为读者所接受和认可。

结论

乔伊斯写性,不是为了哗众取宠,而是为了革风易俗,“革”爱尔兰民族的命运,“易”爱尔兰文学的现状。乔伊斯离开都柏林,在欧洲大陆“自我流放”,不是为了逃离,而是为了更好地归来,因为只有远离都柏林,才能在追求艺术的道路上摆脱旧有的语言、政治、道德、宗教等方面的压迫,创造出独特的爱尔兰文学，并将其醒目地置于欧洲文学版图之上。1921年，在乔伊斯离开爱尔兰十七年后，法国作家、文学评论家瓦莱里·拉尔博（Valery Larbaud）如此评价乔伊斯：

> 不得不说，乔伊斯通过写《都柏林人》《艺术家年轻时的写照》和《尤利西斯》，为爱尔兰赢得了世界各地的知识分子的尊重，他的付出不亚于任何一位爱尔兰民族主义英雄。他的作品给了爱尔兰，更确切地说给了年轻的爱尔兰，一种艺术气质，一种知识分子的身份……简而言之，可以说正因为詹姆斯·乔伊斯的作品，尤其是即将在巴黎问世的《尤利西斯》，爱尔兰才轰轰烈烈地踏入了欧洲一流文学之林。[①]

在中国，乔伊斯的作品从观念到技巧，影响了高行健、莫言、贾平凹等一大批中国作家的创作，并在一定程度上推动了中国文学创作的现代突围（张雨，2009）。20世纪90年代，随着两个汉语全译本的问世，乔伊斯的作品正式进入中国读者的视野，其性话语在异语重构的过程中虽然多多少少存在嬗变的成分，但是终究为谈性色变的中国文学文化语境所包容。乔伊斯在中国的成功，从另一个侧面展示了乔伊斯作为世界性作家的魅力所在。

① V. Larbaud, *Ce vice impuni, la lecture: Domaine anglaise*, Paris: Gallimard, 1925, p. 233.

第三章　乔伊斯与爱尔兰庆典

引论

法国社会学家涂尔干(Émile Durkheim)认为,保持有关集体活动的记忆之方式有两种:一种是确保集体活动的周期性,通过定期集会来保证活动的常规效力;另一种是使用标志符号让集体活动留存,以此延长集体活动的持续影响。[①] 显而易见,周期性的庆典中所保留的常规仪式(如祭祀、歌舞表演、筵席、服装、道具等)与标识符号(特殊记号、书写、主题内容等)构成了一个国家非物质文化遗产的重要部分,有助于促进族群意识、社会认同与文化记忆的延续性。

俄国批评家巴赫金使用"狂欢节"(carnival)这个批评术语描述了"庆典"的内涵:"这个词将一系列地方性狂欢节结合为一个概念,它们起源不同,时期不同,但都具有民间节日游艺的某些普遍特点。……各种不同的民间节日形式,在衰亡和蜕化的同时将自身的一系列因素,如仪式、道具、形象转嫁给了狂欢节。狂欢节实际上已成为容纳那些不复存在的民间节日形式的贮藏器。"[②]因此,庆典是一种仪式性的混合游艺形式,是凝聚个体与群体(社会、国家)的物质和精神纽带,其随着时代、民族、国家及参与者的不同而

① [法]涂尔干:《宗教生活的基本形式》,渠东、汲喆译,上海:上海人民出版社,1999 年,第 301 页。

② [俄]巴赫金:《拉伯雷的创作与中世纪和文艺复兴时期的民间文化》,载《巴赫金全集》(第六卷),钱中文等译,石家庄:河北教育出版社,1998 年,第 250 页。

呈现出各具特色的变相。通过庆典中的集体“狂欢化”(carnivalization)仪式,人类的生活成为具有文化延续性的丰富多彩的生活,而不再是简单的生存。“庆典”的核心是“仪式”。汉语中的“仪式”指的是典礼的秩序或程序,它比文字和语言更为悠久。英语中的“仪式”(ritual)指手段与目的并非直接相关的一套标准化行为,具有实践性和公共性。人类学家往往通过研究“仪式”这个具有实践性的活文本,观察某个部族(群体)的情绪、情感和生命体验。他们发现人们之所以需要节日庆典,就是因为想要使得这一天(或这一期间)突破常规,与其他日子区分开来。通过一系列仪式(表演),人们将个体与他者(群体)联为一体,并赋予个人生活以特殊意义和对共同体的生命体验。有趣的是,在法国小说家圣埃克苏佩里(Antoine de Saint-Exupéry, 1900—1944)的著名童话小说《小王子》中,小王子驯养了一只等爱的狐狸后,他与这只狐狸之间有一段关于仪式的谈话:

> 第二天,小王子又来了。
>
> “你最好在同一时间来,”狐狸说,“比如说,如果你下午4点钟来,那么,我在3点钟就开始觉得幸福。时间越迫近,我就越来越觉得幸福。到4点时,我应该已经焦躁不安、上蹿下跳了。我将让你看到我是多么幸福!。但是,如果你来的时间捉摸不定,我就永远不知道怎样做好心理准备迎候你……我们应该看到适当的仪式。”
>
> “什么是仪式?”小王子问。
>
> “仪式是一种很不被重视的行为,”狐狸说,“仪式能使我们的某一天、某一时刻显得与众不同。譬如,我的猎人们就有一种仪式。他们每周四都要和村里的姑娘跳舞。这样一来,周四对我来说就是个美好的日子了!我可以一直散步到葡萄园。但是,如果猎人们跳舞的时间捉摸不定,每一天和其他一天没有什么区别,那我就永远也不得安生。”①

由此可见,仪式对生活的意义在于“能使我们的某一天、某一时刻显得

① [法]圣埃克苏佩里:《小王子》,洪友译,北京:群言出版社,2006年,第67页。

与众不同”。庆典中的仪式往往打破常规，赋予单调乏味或一本正经的日常秩序以等待、错乱、喜悦、希望、共享、友爱、狂欢、迷醉等情感体验，并通过某种不断重复的活动实践，增进个人与他者的认同感情，从而使人们获得身心的放纵、自由、快乐与幸福。在这一场庄重严肃（兼有戏谑癫狂）、喜悦幸福（或悲痛至极）、安静净化（或纵声喧哗）等不同情感相互渗透的庆典中（如大型祭祀活动、圣诞节、国庆日、春节、诞辰日、成年礼、婚礼、生育礼、葬礼等），参与者暂时可以抛弃日常身份（高贵或低贱、城市或乡村、成人或孩童、男人或女人），以参与表演和观摩体验的方式，成为庆典仪式中的一员，甚至以化装舞会、角色表演等其他方式来呈现另一个不同的自我，从而分享本民族文化的共同情感和文化传承，开启新的生命历程。

一、 爱尔兰节日庆典中的仪式

不同于陈列在博物馆或图书馆中的古董、标本、图书资料、历史档案等物质形态的文化传承，庆典仪式是一种“活态”的文化遗产，需要参与者亲身体验，并以不同的角色参与其中。庆典仪式是民族从现实世界到精神世界的集体记忆之“活化石”，它以不同的方式延续着本民族的传统，在民族认同、社群生活、文化传承等方面发挥着重要的作用，在逝者与生者、过去与现在之间架起了一座沟通与传承的桥梁。同时，它也为艺术家和民众的各种创造提供了流动的、有生命力的活态资源。这意味着，参与者在进入庆典的具体“情境”(context)或活动中时，不仅就本民族的文化传统与集体认同获得了某种体验，其生命历程亦发生了某种变化，他们甚至还成为连接过去与现在的主导者和创新者。

古代的大型庆典往往与宗教信仰有密切的关系，祭祀仪式是用以表达、实践和肯定信仰所必不可少的行为；反之，信仰又增强了仪式的意义，并赋予其行动以精神内涵和价值感。在西方基督教信仰确立之前，本土民间节庆大多源自祭祀、巫术、史诗演唱、娱神表演等。例如，古希腊奥运会是为祭奠诸神之王宙斯而举办的综合性娱神献祭活动，从公元前 776 年第 1 届开始到公元后 394 年结束，其间共举办了 293 届，历经 1170 年，一般是 4 年一次，于 8 月或 9 月在奥林匹亚的“体育场”（stadium）举行。其中，“火炬接力”是带有宗教意蕴和游戏色彩的仪式。赤身裸体的男人们头戴桂冠，手持火炬，从一个祭坛跑到另一个祭坛，胜利者将自己的火炬放在祭坛上庆祝神。除了田径、赛马、摔跤、拳击、战车赛等体育比赛外，人们还会举行诗歌朗诵（如诗人品达写下了诸多奥林匹克颂歌）、戏剧表演（如埃斯库罗斯、阿里斯托芬的多部剧作）和各种辩论（如柏拉图、亚里士多德、西塞罗等哲学家徜徉于宙斯神庙边的长廊，一边观看竞技比赛，一边争辩着各种公共议题）。在长达 3 个月的活动期内，各个城邦根据契约，放下武器和敌意，宣布暂时的和平。公民们则将家门洗刷一新，载歌载舞，欢迎凯旋归来的运动员，甚至一醉方休。不过，当拜占庭的罗马皇帝狄奥多西一世（Theodosius，346? —395）于 392 年将基督教确立为国教之后，古希腊的各种宗教祭祀活动被视为异教，带有宗教仪式的奥运会和多神信仰都被禁止，取而代之的是基督教的节日。1896 年，在法国人顾拜旦（Pierre de Coubertin，1863—1937）的不断努力下，现代奥运会才得以恢复，并在《奥林匹克宪章》中制定了符合普世价值的一系列庆典仪式与程序（如坚持和平、友谊、进步的宗旨，4 年一次，在全世界不同城市举办，等等）。2008 年 8 月，北京举办的第 29 届夏季奥运会标志着中国成为世界奥林匹克运动会的组织者和参与者之一。

“狂欢节”类型的节庆活动和与之相关的各种诙谐表演仪式，在以基督教信仰为主导的中世纪占据着重要位置。例如，纪念耶稣的圣诞节（Christmas Day，12 月 25 日纪念耶稣在马槽的诞生）、受难节（Good Friday，复活节前的礼拜五）、复活节（Easter Sunday，3 月 21 日到 4 月 25 日之间，每年春分以后、逢月圆的第一个星期日流行“复活节游戏”），纪念圣徒的万圣节（All Saints'Day，每年 11 月 1 日，亦名鬼节）、“驴节”（纪念玛利亚携圣子耶稣骑驴逃亡埃及，进行特殊的驴弥撒）、“圣礼节”（首次弥撒）、“教堂命名节”，等等。实际上，为了使基督教合法化，教会往往会将一些宗教节日设在原来与多神教仪式有关的日子，从而包容、延续了强大而充满活力的民间文化与原始宗教习俗。由于《新约》中并没有明确耶稣生日，因此在公元头三百年间，基督徒会在不同的日子庆祝耶稣生日。直到 3 世纪中期，基督教在罗马合法化后，罗马主教于公元354年指定12月25日为耶稣诞生日。圣诞节日期的选定与公元纪年的创制密不可分，这个日子并没有可靠的神学根据，但其恰好适应了罗马异教传统。根据传统习俗，12月下旬是北半球的冬至，处于新年春天之前，白天缩为最短，是一年中最农闲的日子，也是最重要的娱神狂欢期。古罗马人在12月17日至12月23日会举行持续一周的"农神节"，庆祝仪式包括公共祭祀、献祭乳猪、全民放假、交换礼物等。在此期间，孩子会收到各种玩具，奴隶会得到暂时的解放，可以对主人不敬，甚至能坐上主人餐桌吃饭。后来，虽然教会普遍接受12月25日为圣诞节，但是又因各地使用的历书不同而没有确定具体日期。于是，教会就将12月24日到次年的1月7日定为圣诞节节期(Christmas Tide)，其可根据当地情况在此期间庆祝。东正教圣诞节在1月7日这一天。比起圣诞节，俄罗斯人更加看重的是复活节。

"圣拉撒路节"(San Lazarus Festival)来源于《新约·约翰福音》11：1—44中记载的人物拉撒路，他在病危时未等到耶稣的救治就死去，但耶稣断定他必将复活。4天后，拉撒路果然从墓穴走出。拉撒路的复活神迹，激励许多人皈依基督教，基督徒追封他为圣人。故"圣拉撒路节"这一庆典往往与物质、肉体和地狱有关，它吸收了某些地方多神教的古老仪式，吸引众人在广场或大街上跳一种"战步舞"，其中伴随着许多动物参与游行。"教堂命名节"通常在集市或广场上表演娱乐活动，如宗教神秘剧和讽刺剧，此时会有巨人、侏儒、傻瓜、残疾人、小丑和经过训练的野兽参与表演，到处弥漫着狂欢节的气氛，将神圣与滑稽、庄严与鄙俗融为一体。

巴赫金认为，早期的狂欢节体现出"严肃"(官方、教会)与"戏谑"(非官方、民间)的双重特征。中世纪后期的诙谐仪式则逐渐摆脱教会的教条主义与神秘主义，丧失了巫术和祈祷性质，变成了一种更接近生活本身的游戏。这种世俗化的庆典与官方、教会和国家的祭祀仪式不同，往往是对严肃庆典的一种戏仿，甚至是嘲弄或亵渎神灵，如奖励竞赛优胜者、移交领地权、册封骑士、戏仿英雄、在酒席上推选开心"皇帝"与"皇后"等。其中，小丑和傻瓜是必不可少的逗乐角色。在狂欢节的庆典上，人们不是袖手旁观，而是置身其中。随着地位的提升与降级、面具或服饰的改变及社会等级结构的逆转，每个人的人生也同时发生了某种翻转,从而赋予生命另一种可能性。因此,"狂欢节具有宇宙的性质,这是整个世界的一种特殊状态,这是人人参与的世界的再生和更新"。[①] 启蒙运动之后,随着资本主义世俗化时代的到来,与日常生活、文化娱乐、商业活动有关的庆典活动越来越多,如愚人节、啤酒节、斗牛节、赛马节、运动赛、文学节、音乐节、歌舞节、集体性商业活动等,每一个节日都有一套自己的主题、形象、观念、人群和特殊的活动程序,人们一连数日在广场、剧场、街道等公共场所举行复杂的表演和游行,展示着民间滑稽文化、化装舞会、吃喝玩乐、运动、艺术创作等方方面面的生活内容。

在欧洲,爱尔兰是一个具有悠久历史和深厚文化传统的岛国,其人居历史可以追溯到公元前7000多年前,位于米思郡的纽格兰奇(Newgrange)的历史比埃及金字塔还要久远。公元前6世纪,凯尔特人抵达此岛,带来了较为统一的文化与语言。公元432年,圣帕特里克(St. Patrick)为爱尔兰带来了基督教和罗马文化。12世纪,英格兰和威尔士的诺曼人入侵,对爱尔兰开始了长达800多年的殖民统治。1541年,英王成为爱尔兰国王,并通过1800年的《合并法》,将其纳入到大英帝国的版图。但在第一次世界大战期间,爱尔兰于1916年爆发了复活节起义,在都柏林宣布成立自由邦。1921年,双方签订《英爱条约》;1922年,爱尔兰获得独立,成立共和国。由此可见,先后来到爱尔兰岛定居的凯尔特人、维京人、诺曼人、英格兰人和苏格兰人陆续带来了不同的文化传统与生活方式,它们彼此冲突交织,逐渐形成了具有爱尔兰特色的信仰、神话、文化、民俗和充满着嬉笑与幽默的生活方式。爱尔兰的节庆名目众多,令人诧异,它们往往与本土神话传说、天主教信仰、祭祀仪式或者某个特殊的伟人或英雄有关。单单属于爱尔兰本土的节日就包括圣布莱特日(Imbole/Saint Blidget's Day,2月1日)、五月节(Bealtain,5月1日)、卢纳撒节(Lughnass,8月1日)、万圣节(Samhain,11月1日)等,它们皆有自身特殊的庆祝对象和娱乐形式,保留了早期宗教仪式的一些痕迹。[②]

① [俄]巴赫金:《拉伯雷的创作与中世纪和文艺复兴时期的民间文化》,载《巴赫金全集》(第六卷),钱中文等译,石家庄:河北教育出版社,1998年,第8页。

② 王振华等编著:《爱尔兰》,北京:社会科学文献出版社,2007年,第21页。

庆典来源于原始宗教活动。正是在集体庆贺活动中，个人才能感受到一种来自集体的情感和力量。庆典带有欢腾、激情和狂乱的特点。在文明的发展过程中，原始宗教逐步发展为呈现出明显规则和秩序的宗教仪式，它为个人提供了精神价值和道德方向。伴随着5世纪的基督教传入爱尔兰，节庆被注入了一神教信仰的精神内涵，同时也糅合了本土古老的神话传说、多神原始宗教和圣人文化崇拜。与英国圣公会从罗马天主教会脱离出来后形成国教（新教传统）不同，爱尔兰的天主教隶属于罗马天主教会。除了圣诞节、复活节（3—4月）、万圣节（11月1日）、圣约翰之夜（6月23日）、圣马丁节（11月11日）、圣史蒂芬（12月26日）外，爱尔兰最隆重的节日庆典是该国所特有的圣帕特里克节（St. Patrick's Day）庆典——纪念第一位来爱尔兰岛传播基督教的圣徒帕特里克。传说帕特里克出生于威尔士，父亲是一个教堂执事，他在16岁时被拐卖到爱尔兰卖身为奴，在斯雷米什山做了6年牧羊人，直到有天晚上一个天使来到他的梦里，告诉他有艘小船在等他。于是，他听从梦境的召唤，离开山里，奔走200公里后乘船漂流到英国和法国，在马茂泰尔修道院修行20多年。有一天，他又听见神灵的呼唤，于是在公元432年前往罗马，接受了教皇切莱斯特的委任，作为主教带领24位随从回到了爱尔兰进行传教。圣帕特里克找到了国王莱里，并向当时担任祭司、法官或导师的一批有学识的"德鲁伊特"（Druid）[①]解释三叶草的寓意，即象征着圣父、圣子、圣灵的"三位一体"。莱里深受感动，皈依了基督教，并授予圣帕特里克在爱尔兰传播基督教的自由。作为第一个来到爱尔兰的伟大传教士，圣帕特里克为这个散漫、落后的异教岛国带来了罗马拉丁文明和基督教信仰与教会制度，这些文明和信仰不断融入爱尔兰人的精神世界和日常生活。随着时间的推移，爱尔兰基督教圣徒帕特里克实际上糅合了祭祀"德鲁伊特"的许多特征，其象征意义逐渐凸显，并最终被视为爱尔兰的守护神。在圣帕特里克节的庆典上，许多仪式符号也体现了爱尔兰不同于其他

① 公元前西欧的爱尔兰、苏格兰与威尔士一带尚处原始社会状态，不存在严格意义上的国家，统称为希伯尼亚和不列颠。公元前1世纪中叶，不列颠首次遭到罗马统帅凯撒军队的入侵。今爱尔兰、苏格兰与威尔士一带的居民属古代凯尔特人，语言学家将遗存至今的爱尔兰语、苏格兰盖尔语和威尔士语归为"印欧语系的凯尔特语族"。"德鲁伊特"（Druid）在凯尔特语中意为"知道橡树"，属于古代凯尔特人原始宗教，该名源于祭司德鲁伊特。

基督教国家的本土特点，如三片心形叶子连在一起的酢浆草——三叶草(Shamrocks)、传说中的绿衣老矮人(Leprechauns)、凯尔特式的十字架等。

根据社会学家泰费尔(Henri Tajfel)的定义，庆典所具有的功能——“社会认同”(Social Identity)——之核心是价值观和道德感，是“个体认识到他属于特定的社会群体，同时也认识到作为群体成员带给他的情感和价值意义……具有能反映一个国家/社会的变化历程的潜力，而且能以最直观的方式给出有关当前社会的基本判断和认识”[①]。与一些民间自发的集体活动相比，国家与官方意义上的重要庆典往往依赖具有权威感的仪式程序来展示其民族文化内涵或文化象征意义，蕴含着属于社会集体记忆的丰富素材，构成了非物质文化遗产的活性载体。1995 年，源远流长的圣帕特里克节被确立为爱尔兰的国庆节，其宗旨是“为世世代代的爱尔兰人民(以及那些有时希望他们是爱尔兰人的人们)提供机会和劳动参与到富于想象力的、多姿多彩的庆祝活动中。在我们临近新千年之际，在国际上把爱尔兰明确塑造成为一个有着广泛吸引力的、富于创造性的、专业的和先进的国家”[②]。显然，“圣帕特里克节”越来越发挥着强化爱尔兰人的民族认同、塑造国家形象及促进国际交流的功能。尤其是在一个全球化的移民时代，通过这个包含了宗教信仰、多元文化和狂欢精神的国庆日，爱尔兰将散落在欧美、日本与中国的爱尔兰裔后代(或希望成为爱尔兰人的人们)凝聚在一起(类似全球华人共庆春节一样)，构成了爱尔兰文化认同和跨文化之间的交流与创新。

二、乔伊斯小说中的庆典叙述

在 20 世纪的爱尔兰节日庆典遗产(Ireland Festival Heritage)谱系中，乔伊斯成为一个继往开来的文学标识，一种精神符号，一个世俗化的“帕特里克”式的艺术先知。1916 年，年轻的乔伊斯就在其自传体小说《艺术家年轻时的写照》(或译作《一个青年艺术家的画像》)中借主人公斯蒂芬之口宣称自己雄心勃勃的理想：“在我心灵的作坊中制造出我的民族的还未曾创造

① 薛亚利：《庆典：集体记忆与社会认同》，载《中国农业大学学报》，2010 年第 2 期，第 63—64 页。

② 王振华等编著：《爱尔兰》，北京：社会科学文献出版社，2007 年，第 25 页。

出来的良心。”[①]自《尤利西斯》于1922年问世以来，乔伊斯的小说文本不仅为从大英帝国的殖民统治中独立出来的爱尔兰提供了一个民族良心和精神灵魂，也为这个新生的小国奠定了从现代主义到后现代主义的文学传奇。1998年，美国兰登书屋下属的“现代文库”评选出20世纪百部最佳英语小说，《尤利西斯》排名第一，《艺术家年轻时的写照》排名第三；1999年，英国“水石书店”评选出20世纪最有影响力的10部小说，《尤利西斯》名列榜首。终其一生，乔伊斯虽然大部分时间远离祖国，但是他一辈子都在书写他“亲爱的、肮脏的都柏林”(Dear Dirty Dublin)，从而通过其文学虚构留下了一座永不消逝的文化之都。

从节日庆典、狂欢节或民间诙谐文化方面来看，爱尔兰丰富的节庆仪式、宗教活动、神话传说及民俗文化，为乔伊斯的创作提供了取之不尽的灵感与激情，包括悠久的民间口头传统(Oral Tradition)、爱尔兰人特有的幽默(Irish humor)、饶舌(gossip)、滑稽、插科打诨等。从《都柏林人》《艺术家年轻时的写照》《尤利西斯》到《为芬尼根守灵》(或译作《芬尼根的守灵夜》)，无不体现出作家对爱尔兰传统节庆形式及其特殊类型之象征意义的挚爱。巴赫金在拉伯雷的《巨人传》中找到了有关民间广场庆典和狂欢节的诸多要素，包括幽默、嘲笑、混战、殴打、辱骂、加冕(戴绿帽子)、诞生与死亡等，所有这些主题同样可以在乔伊斯的文学作品中找到。巴赫金对伟大的拉伯雷的赞颂之语，亦可恰如其分地援用在对乔伊斯的评价上：“拉伯雷从古老的方言、俗语、谚语、学生开玩笑的习惯语等民间习俗中，从傻瓜和小丑的嘴里采集智慧。然而，通过这种打趣逗乐的折射，一个时代的天才及其先知般的力量，充分表现出其伟大。凡是他还无从获得的东西，他都有所预见，他都做出许诺，他都指明了方向。在这梦幻之林中，每一片叶子下面都隐藏着将由未来采集的果子。整个这本书就是一个‘金枝’。”[②]在此，如果将拉伯雷的名字改为乔伊斯，一点也不夸张。换言之，长期漂泊寄居在法国巴黎、意大利

① [爱尔兰]詹姆斯·乔伊斯：《乔伊斯文集2·一个青年艺术家的画像》，安知译，成都：四川文艺出版社，1995年，第348页。

② [俄]巴赫金：《拉伯雷的创作与中世纪和文艺复兴时期的民间文化》，载《巴赫金全集》(第六卷)，钱中文等译，石家庄：河北教育出版社，1998年，第1页。

里雅斯特、瑞士苏黎世等地的乔伊斯继承并发扬了拉伯雷的伟大诙谐文学传统，并深深地扎根于爱尔兰的本土文化，书写了一个现代意义上的（普通）“巨人”形象。

《乔伊斯传》的作者理查德·艾尔曼指出，“乔伊斯不仅是将神话联系在事实上，也把事实往神话上靠。他是在永远不停地使他的生活获得神奇的力量。他的迷信，也使自然现象获得神奇意义的意图。因此，他要他的著作不被看作一般的书，而应该视同预言”。[①] 乔伊斯特别重视爱尔兰的口头传统、民俗与神话，关注爱尔兰的社会实践、仪式及节庆，并将它们展示在家庭、街道、旅馆、餐厅、酒吧、电影院、商场、墓地、沙滩等现代都市空间。诸如圣帕特里克节、圣诞节、婚礼、葬礼等节日庆典，都可以成为乔伊斯小说的情节得以叙述展开的特殊舞台，表现了普通爱尔兰人丰富多彩的衣食住行和多重嘈杂的社会、政治、娱乐生活之场景，使各种不同的甚至冲突的声音、观点和行动得到了充分的渲染与铺成。乔伊斯的文学不再翘首远古，而是聚焦于现代都市普通都柏林人的日常生活，包含着所有人的生老病死、喜怒哀怨与爱恨离愁。这位作家在看似平淡无趣的日常琐屑中，感受到的却是无穷的人生乐趣和生命活力。在乔伊斯眼里，生活自身最终变成了一场值得肯定（yes）和欢呼（charm）的庆典。

（一）《都柏林人》与《艺术家年轻时的写照》中的圣诞节

对于热爱家庭的爱尔兰人而言，圣诞节是一年中亲朋好友得以团聚的最重要时刻，如同中国人的春节。乔伊斯特别喜欢在小说中描写圣诞节，这是因为它可以在很短的时间内集中地体现爱尔兰人生活的各个方面。《都柏林人》之结篇《死者》就是以莫坎家开办的圣诞节聚会（包括烤鹅晚餐、钢琴演奏、华尔兹舞会、演唱《打扮新娘》之类的老歌等活动）作为叙述主线，描绘了男主人公加布里埃尔在圣诞夜的精神复活之旅。乔伊斯以自然主义的笔法，对一个普通的爱尔兰家庭中举办的圣诞晚会做了细致的描述：“对于莫坎家这几位小姐来说，每年一次举行的舞会从来都是大事情。她们熟识的人都要来参加，包括家庭成员，家里的老朋友，茱莉亚唱诗班队员，已经成

① [美]理查德·艾尔曼：《乔伊斯传》（下），金隄、李汉林、王振平译，北京：十月文艺出版社，2006 年，第 622 页。

人的凯特的学生和玛丽·简的一些学生。舞会从来都是尽欢而散。”[①]圣诞节的聚会展示了爱尔兰人丰富的饮食文化:“杯盘碗碟和刀叉汤匙一束束地齐整地排列在餐具柜上。合上了盖子的方形大钢琴的琴顶也被当作了餐具柜使用,放上了各种菜肴和甜点。”[②]“桌子一端放着一只棕黄色的肥鹅,另一端有一只大火腿,放在一个用欧芹细枝装饰的皱纹纸垫上,皮已剥净,撒着干面包粉末,一个精美的纸花边套在筋骨处,紧挨火腿处放着一块五香牛腿肉。”[③]除了必备的佳肴烧鹅、火腿、布丁、果子冻、牛奶冻、葡萄干、杏仁、无花果、巧克力、糖果、芹菜杆外,饮料、酒、水果也是丰富多彩,包括苦味蛇麻子啤酒、黑啤酒、烈性啤酒、淡啤酒、白葡萄酒、雪利酒、混合甜饮料、威士忌、柠檬水、矿泉水、橘子、美洲苹果等。聚会中,男女配对,在钢琴曲的伴奏下“跳四对舞”或引吭高歌。爱尔兰人殷勤好客与幽默奔放的性格体现了这个民族乐观幽默的喜剧性格:“笑闹声和呼喊声,让菜声和辞谢声,刀叉声和开瓶声响成一片。”[④]节日中的筵席交谈是“肉体的盛宴,具有很强的形而下或物质化特征。这不仅是指筵席上的被吃喝所消费的对象,还指筵席上的助兴的言谈本身。”[⑤]圣诞节是莫坎家众亲朋好友聚集交流的美好之夜,大家共享盛宴,谈论陈年往事,歌声飞扬,共享亲情、友情与爱情。但是,在表面欢快的节日庆典背后,人物之间往往暗藏着不和谐与不可思议的矛盾冲突。

《死者》中的核心主人公加布里埃尔是一名在众人眼里才华出众的成功人士,他毕业于皇家大学,在英国某大学工作,过着较为优越的学者生活,为《每日快讯》写些书评,假期则去法国、德国等欧洲国家度假。在朱莉娅和凯特二位姨妈家的圣诞晚宴上,切鹅和发表洋洋洒洒的致辞是加布里埃尔的拿手戏。但事实上,这位知识分子对自己的国家、故土和人民缺乏内在的了解,被大学同学艾弗斯小姐斥为“西布立吞人”(威尔士人)。她讽刺加布里埃尔的言行举止不像真正的爱尔兰人,并质疑他:“难道您没有自己的语言——爱尔兰语,需要保持接触吗?……难道说您没有自己的土地可以去

① [爱尔兰]詹姆斯·乔伊斯:《乔伊斯文集1·都柏林人》,安知译,成都:四川文艺出版社,1995年,第248页。
② 同上,第258页。
③ 同上,第274页。
④ 同上,第276页。
⑤ 王建刚:《狂欢诗学——巴赫金文学思想研究》,北京:学林出版社,2001年,第118页。

看看吗？……您对它毫不知晓的土地，您自己的人民，您自己的祖国？”[1]在此，“筵席交谈”构成了人物之间不同观点的冲突与交锋。艾弗斯小姐的言谈给加布里埃尔当头一棒，让这个假道学的成功人士认清了自己的虚伪。

正是在这个表面上其乐融融的圣诞夜，加布里埃尔第一次从来自爱尔兰西部高尔韦(Galway)的妻子格莉塔那里得知她的初恋悲剧，因为圣诞节之夜的《奥格里姆的姑娘》引发了她关于初恋情人迈克尔·富里的悲伤记忆。富里的爱情与死亡滋生了加布里埃尔不可抑制的嫉妒，摧毁了加布里埃尔自以为是的完美爱情，并最终使他明白作为生者与死者所共同面对的命运：“他的灵魂已挨近了那住着众多死者的领域。”面对爱尔兰圣诞夜这场30年未曾见过的漫天大雪，加布里埃尔领悟到自己作为一个爱尔兰人的身份缺失与内心匮乏，“是该他动身到西方去旅行的时候了”[2]。对于加布里埃尔而言，这个圣诞之夜的一系列意外事件成为他抛弃虚幻空洞的理想，开始寻找真实身份的“灵悟”之机，他决定去爱尔兰西部找寻失落的灵魂，开启自我拯救之路。

在《艺术家年轻时的写照》中，沉闷压抑的寄宿学校里那个过着孤独寂寞生活的少儿斯蒂芬，总是日夜盼望着与家人团聚的圣诞节，因为世界上没有比这更美妙的事了。“缠绕着常春藤的枝形吊灯下，人们已在那里置好了为过圣诞节的酒席。火炉里的火焰很艳丽，它们熊熊地燃着。……斯蒂芬瞧着餐桌上放着的已经火烤而且捆扎过的肥硕的大火鸡。”[3]“碟子、盘子里的火鸡、火腿、芹菜冒着热腾腾的气味，火炉里的艳丽的火苗摇曳多姿，熊熊不熄，绿色的常春藤、红色的冬青令人幸福，在宴会即将完结之时，还会有人端来李子布丁，上面点缀着只剩核仁的杏子及冬青树枝，四周畅流着蓝色的火焰，最上面还飘扬着一面小巧的蓝旗帜。这是他有生以来第一次参加圣诞节的晚餐。”[4]然而，在这个全家欢聚团圆的日子里，分裂与争吵之声打破了斯蒂芬年幼稚嫩、渴望温情的幻想。当一家人围在丰盛的食物前谈笑风

① [爱尔兰]詹姆斯·乔伊斯：《乔伊斯文集 1·都柏林人》，安知译，成都：四川文艺出版社，1995 年，第 266 页。
② 同上，第 306 页。
③ [爱尔兰]詹姆斯·乔伊斯：《乔伊斯文集 2·一个青年艺术家的画像》，安知译，成都：四川文艺出版社，1995 年，第 32—34 页。
④ 同上，第 35 页。

生时，斯蒂芬耳边响起的却是长辈们因为对爱尔兰的宗教与政治及民族主义者帕内尔持有不同的看法而引发的喋喋不休之纷争与对立，包括中立劝和派（母亲迪达勒斯、凯西姨妈、温和的查尔斯大叔）、支持教会反对帕内尔的一方（爱上帝的天主教徒赖尔登太太）、支持民族英雄帕内尔的一方（父亲迪达勒斯、爱国的凯西先生）等。在这个家庭团圆的佳节中，爱尔兰人却始终绕不开政治（民族国家）与天主教（神父）之纷争，一场期待中的团圆节日变成了亲朋好友相互怨恨的分裂之筵。在团聚与分裂、快乐与冲突、他者的权威话语与自我的内心渴求之间充斥着嘈杂之声，众声喧哗伴随着斯蒂芬的艰难成长。乔伊斯通过叙述这场圣诞晚宴中的不和谐之声，预示着小主人公日后将要经历各种困惑、磨难与考验。通过将斯蒂芬置于家庭圣诞夜的场景叙述，乔伊斯深刻地揭示了爱尔兰四分五裂的政治、宗教与历史，为日后逐渐长大成熟的青年艺术家决心通过写作方式来冲出迷宫般的现实困境，提供了多层次的叙述话语。当然，这位成长中的年轻人如果想要找到自己的内在之声——成为一名真正的艺术家，那么他还需要进入充满喧哗嘈杂、艰难险阻的生活深渊——与布鲁姆相遇。

（二）《尤利西斯》中的狂欢化书写

《尤利西斯》被誉为百科全书式的现代史诗之作，“所有学问、各种文体和手法在这里都有，在驾驶一切可表现对象的过程之中，没有遗漏任何表现方式”[①]。乔伊斯曾经将《尤利西斯》视为“人体史诗”，这说明作家尤其强调肉身（物质性、欲望）在世俗生活中的重要性，灵与肉两方面的不可或缺构成了复杂的人性，一如斯蒂芬（子）必须找到布鲁姆（父）与莫莉（母）后，才可能成为一名真正的艺术家。《尤利西斯》第一章到第十三章中的叙述包含了年轻艺术家斯蒂芬富有浪漫色彩、想象力和哲思的意识流；第四章到第十七章的叙述侧重中年男性布鲁姆较为现实、成熟的内心活动；第十八章则全面地展示了莫莉那极富女性生命、奔放的意识流。各具特色的三个人物斯蒂芬、布鲁姆与莫莉代表了以“儿子—父亲—母亲”三人为核心的家庭关系，表现了三种观察世界的方法，以及有关人性的知、情、欲之三个方面，甚至构成了

① Robert H. Deming ed., *James Joyce: The Critical Heritage*, London: Rouledge, 1997, p. 454.

"圣子(儿子)—圣父(父亲)—圣母(母亲)"的神圣之三位一体。

乔伊斯塑造了如同《荷马史诗》中的古代英雄奥德赛(尤利西斯是奥德修斯的拉丁语名字)般的现代英雄布鲁姆。在《荷马史诗》中,昔日叱咤风云的英雄变成了现代都柏林中的一个普通市民。布鲁姆的漫游只是在都柏林大街上闲逛,买猪腰子,参加朋友的葬礼,到报社登载广告,跑澡堂、图书馆、餐厅、酒吧,到医院看望产妇,买食物喂海鸥,救助挨打的年轻人。从小说中,我们甚至看到一些有关布鲁姆日常生活的不为人知之猥亵细节:在厕所静听自己的排便声;买早餐时对排在前面的妇女想入非非;津津有味地吃动物内脏和下水;化名弗洛尔与名叫玛莎的女打字员互通情书;在书店里选择黄色书籍时情欲勃发;在沙滩散步时望见少女心中蠢蠢欲动;既痛恨妻子与情人幽会,又放纵妻子,还在想象中虚构妻子与别人通奸的猥亵场面,等等。奥德修斯面对忠贞的妻子,毫不犹豫地杀掉了所有的情敌;而布鲁姆面对红杏出墙的莫莉,却只能忍气吞声。如此看来,布鲁姆的确是一个非英雄角色,一位现代生活中缺乏英雄气概的可怜虫,一个甘愿戴绿帽子的懦夫,与聪明勇敢、有仇必报的古代英雄奥德修斯背道而驰。此种结论无可厚非,但这事实上并不符合乔伊斯本人所声称的布鲁姆是一个"全面的人"、一个"好人"之意图,他称布鲁姆充分展示了人性的物质和精神之两面。不同于古代英雄奥德修斯的大男子主义,布鲁姆心地善良、同情弱者、慷慨大方,具有较高的文化修养。面对生活中的各种苦难与磨砺,他胸襟坦然;在都柏林令人窒息的氛围中,他总是积极而又低调地生活着;他心甘情愿地在家里为妻子做早餐,以一种平等的态度对待女性;他为死去的朋友奔走料理后事,对死者的遗孤热情关怀,慷慨解囊;他同情不幸的布林太太;他主动搀扶盲人青年过马路,并指点方向;他还到医院看望难产的邻居太太;面对攻击和歧视犹太人的恶人恶语,他毫不妥协地维护自己的民族尊严;他对同样受到歧视与侮辱的斯蒂芬深表同情,冒着被挨打的危险,将这位无家可归的年轻人带到自己的家中。

作为被边缘化的犹太人,布鲁姆比一般人更能理解爱国主义的含义,他反对民族之间的仇恨,反对以暴力对抗暴力,倡导用爱化解一切仇恨。看似荒诞不经、粗俗不堪的鲜明对比之下,他的女性气质得到了特别的强调。在幻想中，布鲁姆甚至变身为“女性化”的形象。这说明布鲁姆的形象具有多变性和立体性，其“一切主义”的特征体现在他既像皇帝、神父、市长一样尊贵威严，又像奴隶、仆人、妓女、男宠一样被人凌辱、欺骗和蹂躏；他有时是一个宣传社会新思潮、雄心勃勃的改革家，有时又是兢兢业业、为生计奔波的广告商；他有时是梦想发财的幻想家，有时是富于同情心的忠实朋友；他有时是戴绿帽子的丈夫，有时也是与其他女人调情的匿名高手或阳萎者；他既被女人崇拜又被女人鞭打，既是像耶稣一样的圣者又是庸庸碌碌的寻常百姓。虽然布鲁姆形象的可塑性如此巨大，但是并不令人感到突兀或不可信，反而给人一种有机统一的感觉。所有这一切都建立在乔伊斯对真正“全面人性”的理解上，即同情与爱，“人类之间的情爱，不论怎么短暂，不论怎么受限制，它也是我们通向乐园的捷径。虽然现在爱失去了它的魅力，但并不是一无是用。……人人都知道那个字已被清楚地证实了”[①]。

巴赫金从民间诙谐文化的角度（如广场语言、节庆形象、筵席、怪诞的人体、物质—肉体的下部形象、粗鄙、饶舌、语言游戏等）分析了拉伯雷小说中的狂欢化现象，体现了民间文化的自由性、开放性与生成性及生活庆典的欢乐气息：“这些形象与一切完成性和稳定性、一切狭隘的严肃性、与思想和世界观领域里的一切现成性和确定性都是相敌对的。”[②]同样，在《尤利西斯》（包括后来的《为芬尼根守灵》）中，乔伊斯将拉伯雷式的戏谑文化展示得有过之而无不及。例如，酒吧中的饶舌语言、爱尔兰民谣小曲、喜剧歌曲、闹剧、开玩笑、恶作剧、幽默讽刺、文字游戏等；又如，天主教教义问答体在传统圣言的写作中因其宗教用途而具有神圣性和严肃性，可是在《尤利西斯》第十七章《伊大嘉》中，这种宏大庄严的叙述话语却被用来提问回答走路、房间的摆设、喝咖啡、小便等日常生活的琐碎事情。通过文体的戏拟、揶揄及夸张，在严肃神圣、学术式的阐释与不具研究价值的卑微对象之间形成了某种反讽效果，无疑也表明了乔伊斯对一切神圣话语的亵渎，以及对文明理性的怀疑与颠覆。同时，这也表达了他将人生视为一场喜剧的见解：“人在这个

① ［美］理查德·艾尔曼：《论〈尤利西斯〉和它的最新版本》，佚名译，载《外国文学动态》，1987年第2期，第41页。
② ［俄］巴赫金：《拉伯雷的创作与中世纪和文艺复兴时期的民间文化》，载《巴赫金全集》（第六卷），钱中文等译，石家庄：河北教育出版社，1998年，第3页。

世界的存在根本上是悲剧性的，但也可以看作是幽默的。”[①]这种戏谑的人生幽默观，恰如其分地体现了爱尔兰人的乐天精神和世俗情怀。“当爱尔兰民间诙谐文化本身的欢乐和自由特征、无限的创造力和生命力吸引了乔伊斯，使他自觉或不自觉地采用了这个文化的语言后，乔伊斯的作品获得了民间诙谐文化所具有的再生的生命力。……与个体的精致相比，群体的狂欢也许缺乏高雅和美，但却充满了勃勃生机。与斯蒂芬相比，布鲁姆和芬尼根的世界可能过于普通，但这个普通的生存价值却正是爱尔兰民间诙谐文化所具有的特殊价值。”[②]通过《尤利西斯》和《为芬尼根守灵》的物质—肉体之诙谐世界与对爱的神圣渴求，乔伊斯的作品达到了复杂的人性与灵性相结合之高度。

(三)《为芬尼根守灵》中的唤醒仪式

在书写睡眠和梦的“黑夜之书”(Book of the Dark)《为芬尼根守灵》中，主人公酗酒后死而复活，乔伊斯借此展现了一个具有特殊意味的“唤醒”庆典仪式，融入了爱尔兰最古老神话中的死而复生之说。“爱尔兰曾有很多与死亡和葬礼有关的信仰和习俗。‘唤醒’死者是一种重要的社会仪式，它涉及祈祷、吟唱、讲故事和玩游戏，目的是歌颂死去的人。”[③]

原始人认为，梦境对国家和社会的持续繁荣负有责任，没有梦境的国家会死亡，社会也会消失。因此，梦境成为原始人的信仰仪式之动力基础。原始人在梦境中将事件重现，进而在创造中成为伙伴。黑夜与梦境之所以吸引乔伊斯，是因为他对爱尔兰的古老神话有着深刻的认识，两者体现了他对人与历史的独特看法。在白天，人与人之间有各种各样的差别，可是到了夜晚和进入睡眠后，一切差别都消失殆尽。“睡眠是一种伟大的平均化的力量：睡梦中的人统统成了同样的人，人们的一切情况都成了相同的情况。民族之间消失了界线，社会阶层不再分明，语言谈吐难分雅俗，时间和空间也消失了划分界限的作用。人的一切活动，都开始融入人的其他一切活动：

① Arthur Power, *Conversations with James Joyce*, Chicago: The University of Chicago Press, 1974, p. 98.

② 戴从容：《乔伊斯与爱尔兰民间诙谐文化》，载戴从容：《乔伊斯、萨伊德和流散知识分子》，上海：华东师大出版社，2012年，第39—40页。

③ 王振华等编著：《爱尔兰》，北京：中国社会科学文献出版社，2007年，第21页。

出一本书融入生一个孩子；打一场战争融入追一个女人。”[①]《为芬尼根守灵》的情节彻底脱离了具体的人物、事件和场景，其潜入到爱尔兰人（或人类）的集体无意识中。做梦者既是一个人，也是一个抽象的群体，他通过变形使自己化身为人类。梦中的事物无法用理性和逻辑来揭示，充满着偶然性和不可知性，一切皆有可能。于是，“灵魂的黑夜”只能用“黑夜的语言”（即“语言之语言”或“元语言”）而非日常语言进行叙述。解构主义批评家德里达(Jacques Derrida, 1930—2004)赞扬《为芬尼根守灵》的叙述语言为后现代小说提供了一个“伟大的范式”(great paradigm)：“为了作品的主题和运作，他使用重复、滑动和混合词汇逐渐获得这种模棱两可的效果。他试图通过最可能的并置方式，以最快的速度来挖掘每一个词语音节中潜在的最丰富的意义，这使得写作变成了分裂的原子，以便完全负荷包括神话、宗教、哲学、科学、心理学和文学在内的人类整个记忆的无意识部分。”[②]乔伊斯使用了大量变形的词语或自造的词语，语言的能指已经超出了语言的所指，不再指涉外部世界和现实时空，而是指涉语言本质和时空本质，指涉“自我世界”和“梦幻世界”，语言的复义性、模糊性、偶然性和不确定性构成了《为芬尼根守灵》（或译作《芬尼根的守灵夜》）中的语言“狂欢化”。

总之，丰富多彩、幽默滑稽的狂欢式爱尔兰庆典构成了乔伊斯小说叙事的主题之一，体现了爱尔兰人独特的群体意识、民族血脉、审美理想、生存智慧、生活方式和痛苦曲折的历史现实。通过富有创新性的文学写作，乔伊斯充分展示了爱尔兰古老的文化传承与风土人情，为民主化、都市化与现代化进程中的爱尔兰人重铸了民族良心和现代精神，他在传统与现代、爱尔兰与世界、乡村神话与都市世俗之间架设了通向未来的文学之桥。

三、爱尔兰的文学庆典：布鲁姆日

（一）布鲁姆日的历史缘由

如果当年自我流放并客死异国他乡的乔伊斯（其墓地位于瑞士苏黎世）

① [美]理查德·艾尔曼：《乔伊斯传（下）》，金隄、李汉林、王振平译，北京：十月文艺出版社，2006年，第807页。

② [美]Derek Attridge 编：《剑桥文学指南：詹姆斯·乔伊斯》，上海：上海外语教育出版社，2005年，第278页。

发现，爱尔兰人如今已视自己为爱尔兰良心的设计师和国家形象的代言人，那么也许他会自鸣得意曾经的预言和梦想变成了真正的现实。随着文学与现实、虚构与真实、作者与读者、历史与时代的不断交织、迁徙和变动，乔伊斯笔下的都柏林因为这位文学巨子的深刻影响而闻名遐迩。当代爱尔兰人根据《尤利西斯》中的虚构主人公布鲁姆(Bloom)和故事发生的时间(1904年6月16日)，为全世界创造了一个举世无双的文学庆典——布鲁姆日(Bloomsday，或译作“布鲁姆节”)。

历史上，全国性节日的设立往往与宗教活动(如奥林匹克运动会或圣诞节)、季节轮回(如中国的春节和清明节)、重要事件(如国庆节)、祖先或英雄伟人纪念活动(如端午节、祭祖仪式和祭孔大典)等有关，但布鲁姆日却是以一部文学作品中的虚构人物为纪念对象，无中生有，由虚而实，竟成为仅次于圣帕特里克节的爱尔兰文学狂欢节，并逐渐从其本国蔓延到包括中国在内的60多个国家和地区，这的确成为了世界节庆史上一个不可思议的传奇。

对于乔伊斯本人而言，《尤利西斯》选取的这个叙述时间可谓意味深长，其重要性不可言喻。1904年6月16日是乔伊斯与后来成为他妻子的诺拉·巴纳克尔(Nora Barnacle)第一次约会的日子，这几乎是一个男人走向女人的成年礼或进入婚姻之前的某种仪式，是一个不谙世事、充满理想的年轻人踏入世俗生活、经历情感体验、理解故土与民族的创造日之始。正如乔伊斯在1909年8月7日写给诺拉的情书中所表达的，“噢，诺拉！诺拉！诺拉！我正在向那个我爱过的女孩说话，她有一头棕红色头发，她从容地向我走来，如此自如地把我揽入怀中，让我成为一个男人”。[1]“或许你和我，诺拉我最亲爱的，会在艺术中发现我们爱情的慰藉。我希望你被艺术中所有美好、美丽与高贵的东西环绕。”[2]事实是，布鲁姆日最初来源于作者本人的怀念。1924年，即《尤利西斯》在巴黎出版后的第二年，乔伊斯躺在医院，这是他第五次做眼睛手术了。虽然视力不佳，但他还是在笔记本上写道：“今天是6月16日，1924年，二十年了。将来有人记得这日子吗。(Today 16 of

① [爱尔兰]詹姆斯·乔伊斯：《致诺拉——乔伊斯情书》，李宏伟译，重庆：重庆大学出版社，2011年，第27页。
② 同上，第36页。

June 1924 twenty years after. Will anybody remember this date.)”很巧合的是,那天恰好朋友们给他送来一大束绣球花,祝贺布鲁姆日(当时有人这么称呼《尤利西斯》的叙述日了)。[1] 在第25个布鲁姆日那天,朋友们又带乔伊斯一起出去吃午餐(据说,贝克特喝醉了酒,在回家的路上摇摇晃晃)。不过,在都柏林本地举办真正意义上的布鲁姆日始于1954年6月16日,当时有6位爱尔兰著名作家在Sandycove的圆心炮台(Martello Tower)聚会,他们计划按照《尤利西斯》中主人公乘坐马车的行走路线,体验一下《尤利西斯》中的场景,一半原因是为了严肃地纪念乔伊斯,另一半原因也是(后辈作家对他的)某种反叛与戏谑。不过,这次小小的作家纪念会最终只是其中的两位作家Flann O'Brien与Patrick Kavanagh爬塔的摔跤比赛。这是爱尔兰当代作家第一次为乔伊斯所做的本地宣传,这一天距《尤利西斯》中的故事之发生恰好50周年。

在节日庆典中,最为明显的标识是具有文化特色的符号,其呈现了历史延续性,并强化了现实感与合法性。布鲁姆日的文化标识符号主要依据《尤利西斯》中的主人公布鲁姆在都柏林的流浪,展示那个时代的生活面貌(如乔治时代的建筑、服装、饮食、历史风貌等),以此为主题的纪念活动(朗诵、学术会议、文化旅行、餐厅与博物馆展示、戏剧表演、绘画音乐纪念等)精彩纷呈。这一天,来自不同国家与地区的大量“乔迷”(Joyce Fans)聚集在都柏林,他们或沿着布鲁姆的行走路线观赏都柏林的历史文化遗迹;或在餐厅品尝布鲁姆餐,在公园或酒吧兴高采烈地朗读《尤利西斯》中的片段;或穿上那个时代男女主人公的服装,甚至模仿乔伊斯本人的模样,在公众场合表演。都柏林官员、商人和文化人一致意识到,这是打造都柏林文化形象的良好契机。于是,一个小说中虚构的日子逐渐演变为一个真实而固定的文学狂欢节。随着多次重复,参与人员越来越多,影响越来越大,赢得了政府、大学和各种文化机构与民间团体的赞助、推动及支持,布鲁姆日最后被定位为爱尔兰的国家文学节,与圣帕特里克节一样获得了历史延续性和合法性,成为一种集体活动的实践形式和集体记忆的现实表达。

---

① [美]理查德·艾尔曼:《乔伊斯传(下)》,金隄、李汉林、王振平译,北京:十月文艺出版社,2006年,第639页。

布鲁姆日的庆典时间甚至越来越长，不再局限于6月16日这一天或一周，而是长达数周，甚至半年，纪念程序由最初的数项逐渐增至上百项。其中，最盛大的一次庆典是2004年恰逢布鲁姆漫游都柏林100周年，爱尔兰在4月1日至8月31日举行了长达5个月的布鲁姆节，其标题为"重现乔伊斯·都柏林·2004"（Rejoyce 2004，此词与"rejoice"同音），包括学术研讨会、景点游览、灯火表演、大型广场游艺表演、音乐会、朗诵会、街头戏剧、艺术展、书展、电影等80多项纪念活动。[①] 从世界80多个国家和地区来到都柏林的乔伊斯迷与研究专家近千人，单是说明书就有62项内容。无数"乔迷"从乔治街的乔伊斯研究中心开始，沿着小说中布鲁姆的行程，走过《自由人》杂志编辑部，经过奥康奈桥、爱尔兰三一学院，最后到达爱尔兰众议院前的凯达尔大街，完成了他们的"都柏林之旅"。这天的活动高潮是在奥康纳大街举行的由上万人参加的免费露天"布鲁姆早餐"（Bloom's breakfast），其中很多人穿着100年前爱德华时代的服装。市政府在利菲河上建造了一座由著名建筑师Santiago Calatrave设计的乔伊斯桥（James Joyce Bridge）。通过政府隆重推动、学者或专家纪念、商人积极响应，以及"乔迷"或游客的热情参与，布鲁姆日由一颗小小的种子慢慢长大，并灿烂开花（bloom）。参与了2004年庆典和"第19届国际乔伊斯学术研讨会"的中国乔学学者、《为芬尼根守灵》第一卷的中译者戴从容教授讲到了曾经亲历的有趣故事："乔伊斯在都柏林不但有名，而且有用。我过爱尔兰海关时，海关对非欧共体的人盘问得非常仔细。我告诉海关的人我是来参加乔伊斯国际学术研讨会的，他就让我讲讲《尤利西斯》。我略微讲了之后，他显得非常开心，很快让我过去，并祝我在都柏林过得愉快。"[②]

布鲁姆日的最大魅力在于它的创造力与凝聚力，尤其是公众的积极参与，这使得封闭在学院书斋中的文学作品成为日常可以体验的现实，提升了普通民众对爱尔兰文学的阅读兴趣与欣赏趣味。文学导游带领旅客穿行在昔日布鲁姆走过的地方或乔伊斯生活过的地方，恍若身临其境；街头化装游

① 王湘云、申富英：《从爱尔兰的布鲁姆节谈文学与文化遗产保护之间的关系》，载《民俗研究》，2010年第1期。
② 戴从容：《都柏林纪行》，载戴从容：《自由之书：〈芬尼根的守灵夜〉解读》，上海：华东师范大学出版社，2007年，第6页。

行或朗读活动，让公众亲身体会到《尤利西斯》中不同人物的内心世界，一路目睹爱尔兰民族的服饰、礼仪、音乐及建筑文化，体验爱尔兰美食和爱尔兰人的热情好客，从而大大地带动了餐饮、宾馆、书店、商场等旅游服务行业。有中国学者指出，“布鲁姆节的庆祝活动不是单一的歌曲或舞蹈，而是由多种活动构成，不仅有民歌演唱、民间音乐演奏、民间饮食品尝等传统庆祝活动，而且还有戏剧演出、电影展映、化装游行、公众朗读、博物馆展览、学术讲座等丰富多彩的适用于不同人群的活动；纪念活动不仅仅局限于某个表演团体或某个组织机构，而是由公众、学术团体、博物馆、餐馆、酒店、宾馆、剧院、影院、学校等各个阶层的人共同完成；而且这些活动也是相互结合，综合在一起进行。布鲁姆节纪念活动的综合性使这个节日避免了单调与乏味，吸引了不同层次、爱好各异的观众和参与者。同时，布鲁姆节也将爱尔兰民族文化的多种表现形式展现在世人面前，使世人能够更深入、更全面地了解爱尔兰民族文化遗产”。[①]

2011 年底，笔者申报到国家留学基金委“中爱互换奖学金”项目，开始了长达 8 个月的爱尔兰之行。借此良机，笔者亲历了 2012 年度的布鲁姆日。以下内容使用了第一人称“我”之叙述方式，记录了一个中国乔学学者对乔伊斯文学遗产和庆典的快乐体验与切身感悟。

（二）从文本到现实：乔伊斯的都柏林

为了深入地观察这个令乔伊斯一辈子魂牵梦萦、爱恨交加的城市都柏林，我特地在市中心的唐人街租住下来。我居住的公寓离乔伊斯中心(James Joyce Centre)、作家博物馆(Dublin Writer's Museum)、爱尔兰作家中心(Irish Writers Centre)、休恩美术馆(Hugh lane Gallery)、盖特剧院(Gate Theatre)、阿比剧院(Abby Theatre)等文化场所非常近，步行只需十多分钟。周边乔治时代风格的老建筑、不同风格的古老教堂、现代化的大商场、购物街、电影院、美术馆、剧院、酒吧、中国餐厅等一应俱全。位于市中心主道的奥康奈尔大街以献身于爱尔兰独立事业的民族英雄丹尼尔·奥康内尔(Daniel O'Connell)命名。除了这位民族英雄的巨型雕像外，沿主街还伫

① 王湘云、申富英：《从爱尔兰的布鲁姆节谈文学与文化遗产保护之间的关系》，载《民俗研究》，2010 年第 1 期。

立着民族运动领袖查尔斯·帕内尔、社会活动家马修神父、詹姆斯·拉金、威廉·史密斯·奥布莱恩等人物的雕像(他们中的许多人物出现在乔伊斯的小说中)。1916年复活节起义的旧址——一幢乔治风格的大厦如今成为行人进进出出的邮政总局,里面的博物馆陈列着《爱尔兰独立宣言》。高耸云端的尖塔(Dublin Spire)也称"千禧年纪念碑",是都柏林的一个现代化路标,成为游客辨认方位的参照物。其东面交叉路口站立着一尊著名的乔伊斯青铜雕像,真人一般模样,他手持拐杖,头戴礼帽,身穿敞开翻卷的西服,带着圆形的高度近视镜,一副冷眼睨视芸芸众生的冷峻神情,内心却翻滚着多少难忘的诗句和奔腾的言语。有时候,一位化装成乔伊斯的演员会突然一动不动地站立在这尊雕像边,让熙熙攘攘的行人们好奇地猜测谁真谁假。

如今,在乔伊斯去世半个多世纪之后,其文学遗产已成为都柏林的城市名片,与之相关的历史遗迹、纪念符号和文化创意随处可见。乔伊斯出生、居住、求学或小说中出现的众多遗迹被悉心地保存、标示出来。乔伊斯家人曾经租住过的位于利菲河边的老屋,门边写有纪念文字,在某个特定的日子会打开大门,供人参观。横跨利菲河的"乔伊斯桥"(James Joyce Bridge)于2004年的布鲁姆日通行,桥对面 Usher's Island 街15号是《死者》中的男主人公加布里埃尔与妻子居住过的旅馆。市中心一区有一条"乔伊斯街"(James Joyce Street),据说作家本人曾居住在附近的一间简陋的公寓内。位于 North Great George 街的"乔伊斯中心"是一排英国乔治式风格百年老建筑中的一个单元,收藏了世界各地最权威、最完备的乔伊斯译本,还用实物和现代媒介展示了乔伊斯曾经居住的空间、生平、家族画像、文稿真迹、研究资料等,甚至还收藏了《尤利西斯》中布鲁姆家的那扇门(以故事为背景的原址被拆迁了)。"乔伊斯中心"常年接待四方游客,定期开展乔伊斯学术研讨会和纪念活动,有专门的文学导游或志愿者召集游客或"乔迷",带领他们行走在乔伊斯文本中曾经提及的各处地点,可谓都柏林最有特色的"乔伊斯旅游"(Joyce Tours)。此外,"乔迷"通过该中心的网站 info@jamesjoyce.ie,可以获悉各种与乔伊斯有关的活动信息和研究资料。

我访学的都柏林大学(The University College of Dublin,简称 UCD)是乔伊斯曾经就读的母校(旧址位于斯蒂芬公园附近),如今成为爱尔兰规模最大、发展最快的国立大学。新校区位于都柏林南郊一片非常开阔、环境优雅的区域，校园中心的僻静花园可以寻觅到乔伊斯的头像；大学图书馆命名为“乔伊斯图书馆”(James Joyce Library)，收藏了世界各地的乔学研究之重要出版物。其中，最权威的“乔伊斯研究中心”(James Joyce Research Centre)设在UCD的英语、戏剧与电影系，该中心的负责人是系主任Anne Fogarty教授，她是国际著名的乔学专家和多次乔伊斯国际学术会议的召集者，发表过《詹姆斯·乔伊斯与文化记忆：〈尤利西斯〉中的历史》(*James Joyce and Cultural Memory: Reading History in Ulysses*)等著作，目前担任“国际乔伊斯基金”(The International James Joyce Foundation)的主席。当我在Fogarty的办公室第一次与她面谈时，她热情地送给我一本由她和Luca Crispi博士一起于2008年创办的《都柏林乔伊斯研究期刊》(*Dublin James Joyce Journal*)。我选修了Fogarty教授开设的课程“阅读《尤利西斯》”，听她用浓重的科克口音带领研究生们一起细读《尤利西斯》。每次上课前，她都会通过公共邮箱寄出相关的研究资料或讨论议题。思维敏锐、年轻有为的Luca Crispi博士是一位来自意大利的乔学学者，他的授课风格有趣而富有启发性。在讲到《尤利西斯》中的音乐时，他会给大家放一段与此相关的乐曲；在提及原稿与定稿的区别时，他会用图片展示小说的不同版本。此外，“爱尔兰小说与国家”(The Irish Novel and the Nation)、“性别与爱尔兰诗歌”(Gender and Irish Poetry)、“贝克特戏剧”(S. Becket's Drama)等系列课程也加深了我对爱尔兰文学的理解。

在2012年2月2日乔伊斯诞辰130周年和《尤利西斯》出版90周年纪念日，我特地参加了在北爱尔兰贝尔法斯特(Belfast)女王大学(Queen's University)召开的“第五届乔伊斯研究博士生论坛”，主题为“多维度乔伊斯：北方、南方和远方”(Polymedial Joyce: North, South, and Beyond)。此次论坛聚集了来自北方的剑桥大学、伦敦大学与女王大学，南方的三一学院与都柏林大学，以及更远的瑞士、美国、意大利等国的乔学专家和在读博士。这次论坛专门为在校生提供宣读博士论文报告的舞台，分为“乔伊斯与政治的边界”“乔伊斯小说中的政治与宗教”“《尤利西斯》中的另类空间”等议题。与老一辈资深的乔学学者相比，新一代的博士生研究思路犀利而新颖，极富个性。一位来自中国台湾地区，就读于伦敦大学的博士生宣读的论文涉及《尤利西斯》中的格蒂与伦敦时装杂志的关联；另一位博士生讨论了航海家哥伦布与乔伊斯对帝国叙述的解构。奇谈怪论真不少，有人兴致勃勃地深究《尤利西斯》第十六章《尤迈奥》中跨边界的异国性爱；也有人痴迷于《为芬尼根守灵》中的酒与梦。会后，我认识了来自瑞士的"苏黎世乔伊斯基金会"(Zurich James Joyce Foundation)之创立者和负责人 Fritz Senn。这位年过八旬、一头白发的老先生连大学都未读完，却凭着坚韧的毅力，从年轻时代的一位"乔迷"，成为乔学研究领域的著名专家和乔学事业的推广者。他几乎参加了每一届的乔伊斯国际学术研讨会，亲自留下每一次会议的学者签名或珍贵照片。当然，这一次我也有机会与他畅谈中国的乔学研究，并在他的本子上写下中文签名。

2012 年 6 月 10 至 6 月 16 日，在持续了一周的活动中，我参加了由三一学院和都柏林大学联合举办的"第 23 届乔伊斯国际学术研讨会"，主题为"乔伊斯、都柏林及近郊"(Joyce, Dublin & Environs)。来自美国、法国、英国、意大利、瑞士、日本等国的近百名乔学学者聚集在都柏林，就小说文本的解读方式、乔伊斯与现代艺术(摄影、电影、音乐、绘画、戏剧)、各种思潮(现代主义、后现代主义与后殖民主义、女性主义、国家身份、环境伦理)、科技(汽车、有轨电车、电器、收音机)、通俗文化(城市、酒吧、餐厅、卡通、新闻报纸、网络传播)、出版发行(版权、改编修订、翻译及接受、图书馆与资料索引)等各种话题进行了讨论，论述范围之广泛，研究方法之多元，令人耳目一新。其间，来自都柏林的艺术家亲自朗诵并表演了《尤利西斯》和《为芬尼根守灵》(或译作《芬尼根的守灵夜》)中的著名片段；当代爱尔兰著名作家 Anne Enright、Colm Toibin 和 Patrick MaCabe 亲临现场，朗诵自己的作品，并同与会者热烈对谈。在这次会议上，我再次见到了那位和蔼可亲的银发长者 Fritz Senn，在他身上感受到了一个"乔迷"的终生执着。正是因为拥有如此多的知音与热爱者，世界乔学事业才会如此兴盛不衰。

(三)"乔迷"参与和公众创意

自《尤利西斯》与《为芬尼根守灵》问世以来，乔伊斯的小说就被视为现代主义的硬骨头，是挑衅读者的“天书”。虽然诸多能干的注释家、翻译家和专家做出了卓有成效的努力，但是至今仍然没有任何一个人声称乔伊斯可以被完全理解，一些学术指南甚至认为诸如《尤利西斯》《为芬尼根守灵》这类“可写性”而非“可读性”的文本不能供普通读者阅读，只能供少数学者钻研。但时过境迁，当代都柏林人却如鱼得水地穿行在乔伊斯的文学迷宫中，触摸爱尔兰精神世界的曲径幽道，这得益于诸多学术机构、民间组织和“乔迷”与志愿者。例如，林肯广场的斯威尼药店（Sweeny Pharmacy）位于古老的三一学院和国家美术馆附近，是一幢风格雅致、古色古香的老建筑，它曾是《尤利西斯》中的布鲁姆购买香皂的药房，如今被民间的乔伊斯爱好者接管，改为一个旧书店。几位志愿者负责管理日常事务，接待来自全世界各地的乔伊斯参观者，其中一个经典项目就是组织每天的乔伊斯小说朗读，形成了小有名气的“乔伊斯阅读团体”（Joyce's Reading Groups）。

有一天，我踏入了这个“乔迷”聚集的弹丸之地，满头白发、热情洋溢的默菲先生（P. G. Murphy）热情友好地接待了我，让我在厚厚的登记册上签名。默菲平时的工作是一所中学的法语老师，空闲时来此管理各种事务。他友善而富于亲和力，总是穿着一件医生一样的白大褂，脖子上系有一个红色领结，把红框眼镜架在头顶，一副神气十足、幽默机智的爱尔兰绅士模样。我第一次来此，恰逢圣诞节前夕，大家轮流朗诵《都柏林人》中的最后一个短篇小说《死者》。我的感觉很奇妙，亲身体悟到小说中有关爱尔兰人欢庆圣诞节、家人团聚的热闹气氛和冰天雪地的凛冽之感。朗诵结束后，我被邀请去对面的乔伊斯酒吧（James Joyce Pub）继续有关乔伊斯的话题，与众人狂欢至深夜。

第二次再来书店时，默菲先生见到我后十分兴奋，他兴致勃勃地向在座的朗读者介绍我是来自北京的乔伊斯学者，还是他的汉语老师。我向在座的阅读者展示了王逢振的中译本《都柏林人》。大家想听听我的中文朗诵，我选择了《伊芙琳》的开始和结尾。虽然各位听我的中文发音比起听《为芬尼根守灵》要困难得多，不过他们都非常富有耐心，最后还报以热烈的掌声，惊叹书本上如同天书的汉字。我更喜欢参加每周五晚上的读书会，这个时间来参与诵读的人形形色色，老少皆有。有一天晚上，小书屋竟然挤下了二十几位朗诵者，其中有专门来自日本、巴西、意大利、西班牙等国的游客。大家轮流朗诵《尤利西斯》第二部的第四、五章，内容是布鲁姆早饭后走出家门，开始了一天的奥德赛漂流。当有人读到第五章中出现的斯威尼药店的名字和药剂师时，大家哈哈大笑，一起顿足，发出啪啪的声音。原来，我们所在之地就是布鲁姆于 1904 年 6 月 16 日上午 10 点多钟光临之处，他在这里买了一块香皂。时光流转，恍若隔世，如今的斯威尼药房依旧保持着百年前的原貌，书架顶端塞满了装着各种草药和糖果的瓶瓶罐罐、乳钵与乳钵槌，到处散落着陈年的老照片、明信片、报纸和工艺品，边角发黄的旧书像一位老人，诉说着似水流年的都柏林往事。除了各种有关乔伊斯的著作，最显眼的纪念品是用淡黄色的薄纸包裹着的柠檬清香的蜡状香皂。在《尤利西斯》中，随身携带的香皂变为布鲁姆的护身符，跟随他经历了一次尤利西斯式的历险。在这个污秽混浊的尘世中，布鲁姆的香皂成为洗涤罪恶和仇恨的神奇之物，它象征着主人公洁身自好、不与世俗同流合污的高贵品德。我像光顾药店的许多"乔迷"一样，购买了这样一块香皂，自己恍惚之间也似乎变身为百年前的都柏林人。这以一种更为直接而形象的方式提醒我们，原来乔伊斯的文本是深入民间和本土的，其越来越为当代都柏林人所阅读和熟悉。而且，这些文本更适合大众朗诵，而非象牙塔里故纸堆式的考证钻研，其音乐般抑扬顿挫的语言词汇、爱尔兰式的幽默与滑稽对话、富有戏剧性展示的场景，只有在朗诵(对话)中才能够微妙细致地传达出来。

作为描绘都市普通人日常生活的文本，乔伊斯的作品不仅适合朗诵，而且适合在各种环境中进行表演。《死者》《艺术家年轻时的写照》和《尤利西斯》相继被拍成电影，无数的艺术家从乔伊斯的文字中获取绘画、雕刻、摄影、音乐、服装、设计、旅游的灵感和无限的想象，从而将爱尔兰人的文学传奇发扬光大。爱尔兰著名导演和演员 Patrick Fitzgerald 在 2010 年竟然将《尤利西斯》中布鲁姆夫妇的故事搬上了舞台，改编为《直布罗陀》(*Gibraltar*)。剧名源自布鲁姆和莫莉早年的相识与相爱之地——直布罗陀。2012 年元旦开始，该剧在圣殿酒吧区的新剧场(The New Theatre)连续上演了两周。演出的最后一晚，我早早地赶到剧场，却被告知票已售罄。售票员让我等到 8 点开演之际，看看有无余票。最终，我幸运地等到了一张退票。这座实验型剧场只能容纳一百多位观众。舞台背景几乎全为黑色，布景简单，右角面摆设了一张大床，铺着软软的枕头和被子，床头墙上挂着一副女性的裸体画。卧室中间凸凹处摆设了一个希腊小爱神丘比特的裸体雕刻，在黑色背景的衬托下非常醒目。左边有一张桌子作为可以移动的道具。以上这些就构成了布鲁姆和莫莉的家。整个演出只有男女两位演员。Patrick Fitzgerald扮演布鲁姆，他并没有化装，而是以实际年龄登台，一个白发鬓鬓的瘦老头的形象与《尤利西斯》中年仅38岁的布鲁姆并不吻合。扮演莫莉的女演员Cara Seymour是一位年轻漂亮、丰满的女子，身穿白色宽大的睡衣，美丽性感、姿色宜人。两个人如何演一出戏呢？毕竟还有其他形形色色的人物出现在舞台上。有趣的是，在遇到其他角色时，两位演员随机应变，换顶帽子或披件外套，运用不同的腔调和表情，充当临时角色，如酒吧和餐厅的服务员、葬礼上的牧师、书摊的零售商、海滩的少女格蒂、妓院的妓女等。在其中一个场景里，女演员扮演布鲁姆，男演员则成为攻击布鲁姆的市民。

开幕之际，布鲁姆起床、回答莫莉提出的问题、给她拿信、做早饭、逗弄猫咪、吃饭、读女儿的明信片、思念早逝的儿子等生活细节在舞台上一一展示。另外，布鲁姆还在厕所一边大便一边读报纸。在《尤利西斯》出版之际，这个场景被视为淫秽或不雅，但现在却真实地呈现在舞台上。但如何在舞台上展示莫莉躺在床上绵延不绝、一泻千里的意识流呢？这可是《尤利西斯》最经典、最繁缛之处。扮演莫莉的女演员半倚在床头，自言自语长达半个多小时，她一口气滔滔不绝地唠叨着和丈夫的相识、相爱、家庭生活、感情危机、日常琐事和浪漫梦想，其高超的演技令人惊叹！其间，她还下床找出便盆拉尿，又恰逢来例假，毫无顾忌地道出了许多有关女性生理的切身感受，引发台下的阵阵窃笑。戏剧版《直布罗陀》赢得了观众们的热烈掌声。令人出乎意料的是，男演员竟然穿着短裤，手拉穿着睡衣的女演员，连续三次出来谢幕。我想象着，如果乔伊斯本人坐在剧场，大概也不得不佩服这位编剧家的高明幽默、哗众取宠。

虽然专家们认为真正能够读懂乔伊斯的读者实在太少，但是现实中的都柏林人却以不可思议的耐心和热情参与到乔伊斯的文学阐释与艺术创造之中。有人用诗歌或文章向乔伊斯顶礼膜拜，追寻着如同赛壬的歌声一样诱惑人心的“乔梦”；有人用音乐、绘画、摄影、涂鸦，甚至是美酒佳肴的形式，表达着对《尤利西斯》与《为芬尼根守灵》的新发现，将晦涩难懂的文本融入到日常生活的场景中。一些为本土文化和商业资本所驱动的商人则在都柏林的大街小巷开发与乔伊斯有关的纪念品、餐厅、宾馆、酒吧和旅行线路。例如，游客们可以入住市中心一家名为“尤利西斯”的宾馆，点一份布鲁姆吃过的炒猪肝，然后像他一样，走过利菲河上的大桥，用面包屑喂食飞来飞去的白色海鸥，并沿着 D'olier 街路过哈里森饭馆（现在是星马泰餐厅），最后行经古老的三一学院，来到位于 Grafton 街的伯顿餐厅。如果不喜欢肉食，游客们可以转身来到附近的戴维餐厅（Davy Byenes），点一份布鲁姆吃过的原汁原味的三明治、戈尔贡佐拉奶酪、芥末与勃艮第葡萄酒，这家餐厅的现任经理 Frank 先生还会兴高采烈地告诉大家有关这家 1889 年开始营业的餐厅与乔伊斯的历史渊源。当然，游客们也可以来到奥德蒙酒吧，倾听忧郁迷人的都柏林小调，喝上一杯冒泡的黑色吉尼斯啤酒；或者，游客们还可以去到凤凰公园，观赏或购买一位来自日本的女摄影家、忠实“乔迷”拍摄的“都柏林：乔伊斯的阴影”（Dublin：James Joyce's Shadow）作品。如果想走得更远些，那么“乔迷”还可以坐公交车来到位于都柏林湾的 Sandyford 沙滩，登上《尤利西斯》第一章出现的圆形炮台（现为“乔伊斯博物馆”），亲自目睹像母亲一样忧郁的爱尔兰蔚蓝色大海。游客们甚至能登上按照乔伊斯小说情节设计的“尤利西斯”号游船，像奥德赛一样穿越三个多小时的航程，乘风破浪，抵达英国威尔斯的小港口 Holywood。这艘“文学之船”在不同的大厅悬挂着 18 个圆形时钟，标示着《尤利西斯》的每一章及相关内容介绍，爱好者需要一一寻觅、拼贴，才能组合成完整的小说章节。船上的“布鲁姆餐厅”提供地道的爱尔兰传统美食，与乔伊斯有关的旅游纪念品（如明信片、水晶雕刻、首饰等）设计独特，令人爱不释手。

与达达主义、超现实主义或格鲁特·斯坦因式的实验主义、卡夫卡式的表现主义等流派竭力使小说的现实物理时空淡化、虚化的意图相反，乔伊斯在《尤利西斯》中以异常精确和真实的物质材料在艺术中留存了地理上的都柏林。正如有的批评家所断定的，如果有一天都柏林突然从地球上消失了，那么人们根据《尤利西斯》完全可以重新建造一个与原来一样的都柏林。事实证明，这并非夸张。如今，每年的6月16日这一天，来自全世界各地的崇拜者与乔伊斯迷都特地聚集在都柏林，他们穿上乔伊斯时代的服装，徜徉在当年《尤利西斯》中人们走过的大街小巷，感受丰富多彩的都柏林风光。人们于街巷间追寻布鲁姆的足迹，力图寻找和重温那个早已荡然无存的生活图景。在穿越完整个都柏林之后，读者似乎也变成了一位都柏林人，他们像乔伊斯本人一样生活在爱尔兰的首都和人民之中，沉浸在爱尔兰的物质生活与精神世界里，体会他们的言谈、幽默、忧郁、感伤、讥讽、痛楚和希望。

通过艺术的记录方式，乔伊斯让布鲁姆漫游的这一天成为一个不朽的文学庆典，它承载着爱尔兰人的精神、肉体、情感、日常生活等方方面面，颠覆了"英—爱"之间殖民与被殖民的文化等级秩序，反映了爱尔兰追求民族独立、民族自尊和文化身份的信念。由乔伊斯的文学遗产而引发的丰富多彩的文化景观，为都柏林这座城市增添了令人神往的魅力和创造活力，它们聚集了连接不同人群、不同种族、不同行业的共同话题。每个来到都柏林的人都可以用奇思妙想、焕然一新的方式来解读、改写、衍生，甚至颠覆、解构乔伊斯的文本，从而在我与他、个人与传统、读者与作者、文学与城市之间创造各种可能性。

(四) 乔学产业与城市名片

在世界文化遗产(UNESCO)"文学之都"(City of Literature)排行榜中，都柏林位居第四位。那么，都柏林人如何以乔伊斯为中心，让爱尔兰的文学精英们成为这座城市的灵魂，从而吸引无数游客慕名而来并满意而归呢？如何以文学和文化带动旅游、教育、居住、投资、移民等各行各业，以向全世界展示独一无二的都柏林之魂？文学可以凝聚或发挥一座城市的哪些功能，由此让现代都市人获得精神的慰藉和生活的舒适感？在巴黎、伦敦、爱丁堡、布拉格、维也纳、柏林、慕尼黑、纽约等国际化的大城市排名竞争中，都柏林以何取胜？乔伊斯立下的功劳无人企及。被当代文学评论家誉为"爱尔兰民族寓言"的《尤利西斯》成为了都柏林的一张文化名片。将一部小说中的虚构人物和事件打造为一个令世人瞩目的文学节，这大概只有都柏林人才能想象并实施出来。都柏林人以令人惊讶不已的智慧铸造了一个融文学与旅游、高雅与通俗、严肃与狂欢于一体的布鲁姆日，并在爱尔兰乃至全世界推动着充满文化创意、多姿多彩的庆祝活动和乔伊斯研究成果的文化产业——"乔学工业"(Joyce's Industry)之发展。乔伊斯的小说被改编成电影，搬上舞台；其诗歌被制作成歌曲，灌制唱片；无数雕刻家、画家和批评家从乔伊斯的文学遗产中挖掘矿藏；世界各地有专门研究乔伊斯的期刊、杂志和协会；每年有不同的城市举办乔伊斯国际学术研讨会；各种学术著作汗牛充栋；与乔伊斯相关的文化产业成为都柏林的诱人亮点。时至今日，爱尔兰充分利用以乔伊斯为核心的文学艺术遗产，将自身塑造成为一个有文化与科学吸引力、富有想象和创造性的先进国家。如果说布鲁姆日的文学庆典呈现了对乔伊斯所处时代(尤其是 1904 年)有关都柏林的集体记忆的话，那么它通过现代的参与者，可以不断制造新形式的集体记忆，激发出有关当下和未来的可能性之灵感，从而构成传统与现实、前辈与后代之间的不断衔接、衍生和再创。

2012 年 6 月 16 日，都柏林迎来了长达一周的布鲁姆节，围绕乔伊斯的各种文学艺术活动、学术活动和旅游活动引人入胜。[①] 在"乔伊斯中心"，慕名而来的"乔迷"和游客络绎不绝，他们在专业的文学导游之带领下，沿着布鲁姆当年走过的路线，亲自穿越都柏林的大街小巷，了解每一栋建筑背后的悠久历史与情感记忆，聆听引领者绘声绘色地朗诵《艺术家年轻时的写照》或《尤利西斯》中的精彩片段。不经意间，他们会发现自己的双脚踏在一块坚硬的铜板雕刻上，上面撰刻着布鲁姆行走的模样、走过的街名和建筑名、在路边与谁搭话，以及在哪个地方(报社、邮局、餐厅、医院、图书馆、酒吧)驻足过。虚构的布鲁姆形象俨然已变身为现实中的真实人物，成为人人皆知的文学符号之一。

2012 年 6 月 16 日这一天，布鲁姆节迎来高潮。在绿意盎然的斯蒂芬公园(St Stephen's Green)的草地上，从下午 3 点到晚上 6 点，连续 4 个小时的

① Richard J. Gerber, *Bloomsday 2012 at Croton Falls: A Review of "Our First Ever Bloomsday Celebration", 16 June 2012, The Schoolhouse Theater, Croton Falls, New York*, in *James Joyce Quarterly*, Volume 48, Number 3, Spring 2011, pp. 403 - 405.

狂欢庆典拉开序幕，除了以乔伊斯作品为音乐主题的钢琴和吉他曲外，还有富有特色的乔伊斯作品诵读、舞台表演与歌曲演唱。都柏林现任市长Andrew Montague身穿宽大的蓝绿相间的传统市长服，配上显示高贵身份的绶带，亲自登台吟诵，显示其卓越不凡的文学修养和对文学节的积极推动。著名的乔学专家John Shevlin则身着黑色西服和礼帽，戴着一副厚厚的金丝眼镜，手拿一根拐杖，扮演乔伊斯的摸样，引来众人与之合影。一位高挑漂亮的女士则扮演莫莉，她身穿时髦艳丽的旧时代服饰，头戴着饰有红花和翎毛的高帽，手提装满布鲁姆香皂的篮子，穿梭于人群中，吸引着众人的目光。这一天，乔伊斯本人从尘封的历史中走出，以充满爱意的笑容行走在熙熙攘攘的人群中；1904年的布鲁姆和莫莉也不再游走在虚构的文本中，他们已然成为大众中名副其实的一员。他们居住的房屋，走过的街道、餐厅、医院和墓地，用过的东西，发表的演说，经历过的痛苦与忧伤，历经曲折而顿悟的精神复活、爱的团圆及高贵的英雄气概，深深地感动着每一个在场的现代人。

在Mont Clare Hotel的酒吧厅，我和众多"乔迷"经历了难忘的"布鲁姆之夜"(Bloomnight)。从晚上7点到深夜2点，许多业余演员和"乔迷"各显其能，有人化装为乔伊斯笔下的某位古板或滑稽的都柏林人，有人声情并茂地演示着乔伊斯的作品片段，也有人用盖尔语和英语演唱《尤利西斯》中的爱尔兰民歌。一位年轻靓丽的女演员化身莫莉，柔情蜜意地倾吐着她在黑夜中一泻千里的内心独白。听众们陶醉在温情无限、跌宕起伏的"是的"(Yes)中，感受着一位爱尔兰母亲、妻子和女儿对美好生活的憧憬与对爱的许诺。

我身边坐着一位打扮得异常时髦的中年女士，她不时地在一张洁白的餐巾纸上涂涂画画，令我迷惑不解。等到她跑到麦克风前激情昂扬地朗诵自己的诗作时，我才意识到这一天恰好是她50岁的生日。在大家的祝福声中，她动情地喊道："生日快乐，Bloomsday！乔伊斯，我永远爱你！""乔迷"对乔伊斯的无限痴迷、狂热之状，大概连作家本人也会目瞪口呆吧?！更令人惊诧的是，在爱尔兰作家中心，111位自愿报名的作家从6月15日上午10点起便开始了持续28小时的文学朗诵活动，通宵达旦，直到6月16日下午

2点才结束。1995年诺贝尔文学奖得主、诗人希尼及其夫人亲自出现在朗诵台上。整个过程现场直播,向全世界宣告爱尔兰作家打破了德国作家保持的作家朗诵吉尼斯纪录。在开场白中,作家 David Temple 向全世界声称:“虽然爱尔兰是一个小国,但是其作家之多之盛,令人惊叹!”迄今为止,面积仅7万平方公里、人口400多万的爱尔兰已有4位作家获得诺贝尔文学奖(萧伯纳、叶芝、贝克特、希尼),其现任总统迈克尔·希金斯(Michael D. Higgins)还是著有几本诗集的诗人,他时不时会独自现身于某个文学活动场所。在三一学院举行的一次题为“当科学遭遇诗歌”(Science meets Poetry)的会议上,我目睹了希金斯与希尼的亲切交谈。

精明而富有远见的都柏林人除了将乔伊斯打造为“文学之都”的名片外,还充分挖掘其他著名作家和艺术家所蕴含的宝贵资源,并为成长中的年轻艺术家提供自由的创作空间,以此构筑了一个引以为傲的文化艺术之群像:斯威夫特的墓保存在古老的圣帕特里克教堂(St. Patricks Cathedral);萧伯纳博物馆和王尔德故居成为许多朝拜者的光顾之地;国立图书馆内的叶芝展览馆常年开放,可以查找全世界最完备的叶芝档案;在叶芝的故乡史莱戈(Sligo),每年8月定期举办“国际叶芝暑期班”;西部讲盖尔语的戈尔韦(Galway)建有乔伊斯的妻子诺拉的纪念馆;在城市的公园、酒吧、餐厅和景区,人们随处可与爱尔兰文学家和著名历史人物的雕像不期而遇;一些作家坚持不懈地使用盖尔语或双语写作,利菲河边建有专门的“诗人酒吧”;贝克特就读的三一学院设有“贝克特写作中心”,为各种实验戏剧提供表演舞台;都柏林大学与三一学院设有“驻校作家”,向学子们讲授文学的魅力;一年四季,琳琅满目的文学节、音乐节、宗教节(圣帕特里克节、复活节、圣诞节等)、美食街、啤酒节、设计节、赛马节、文学竞赛、写作训练营、文化旅游周等吸引着来自世界各地的爱好者或游客……如今,在新年来临之际,一年一度的“中国年”成为了展示中国文化的平台。

拥有120多万人口的都柏林已入选“全球化和世界城市调查”(Globalization and World Cities Research Network,简称 GaWC)排行榜,并在全球30个世界级的优秀城市中名列首位。然而,都柏林人并不知足,他们依旧在为自己所居住的城市绞尽脑汁、奋发图强。文学艺术实乃都柏林这座“文学之都”的精神凝聚力，它所昭示的核心词就是自由、想象与创造。PIVOT2014 年世界设计之都的竞标语录如此概括：“都柏林是一座充满矛盾的城市。它位居高处又身在低处，既原始质朴又风霜尽力，既活泼多趣又充满紧张。都柏林激发热情，引人投入。她荒诞而严肃，凌乱而清澈。无数座墙和藩篱把她隔开又连接在一起。这些城市屏障之处是交流和商讨的绝佳之所。……都柏林不追求冷酷的完美，也非永恒的单调。都柏林注重的是差异的价值，是人、关系、创造和文化碰撞时可能发生的一切。”一座具有无限吸引力和迷人风姿的城市不仅拥有悠久深厚的历史文化传统和璀璨闪耀的艺术家，而且在每一天的现实中焕发出卓越的创新力；不仅提供洁净的空气、水和阳光，优美的自然与人文环境，而且充满善意地面对他者，海纳百川地在争辩中引发创意，在对话中启示灵感，以自信、从容而优雅的姿态塑造更美好的未来，让每一个前来的人毫不犹豫、一心一意地热爱这座城市，并以居住在这座城市为骄傲。如今，随着文学与现实、虚构与真实、作者与读者、历史与时代的不断迁徙和再造，都柏林因乔伊斯的文学创造而变得愈加闻名遐迩。

四、跨文化交流中的文学庆典

（一）透过布鲁姆来想象中国

布鲁姆于 1904 年 6 月 16 日在都柏林行走时，中国是以怎样的形象出现在他的意识中的呢？100 多年后的中国人又是如何与乔伊斯笔下的布鲁姆相遇的呢？这是一个令人好奇且十分有趣的话题。像同时代的现代主义作家庞德、艾略特、叶芝、伍尔夫、艾米·罗威尔等人一样，乔伊斯对印度、斯里兰卡、中国、日本等远东国家怀有浓厚的兴趣和浪漫的想象。显然，他对东方的了解主要来自于书本（历史书、游记、日记、新闻报道）阅读、朋友交谈或道听途说，这决定了他像多数西方人一样，赋予了东方不同于西方或者与西方形成比照的乌托邦想象。一方面，东方被视为与基督教文明形成鲜明对比的异在，一个充满美妙想象与异国情调的神奇未知之地；另一方面，东方成为渴慕与同情的对象，零碎的知识片断，奇怪的风俗信仰，精致高雅的饰品摆设，审美的生活方式，伟大与琐屑、神秘与古怪的混合物，这些难免使人染上后殖民主义理论家赛义德所说的东方主义色彩。不过，正是通过对东方犹太身份的自觉认同，对他者怀有理解的注视与观照，以及对异域文化的渴慕、同情与想象，布鲁姆才显得与众不同，成为了一个庸人时代中的英雄。[①]

自从印度成为大英帝国的殖民地之后，西方与东方在经济、文化和政治上的交流就越来越频繁，这在1904年6月16日这一天的都柏林日常生活中可见一斑。当布鲁姆经过都柏林街道两旁琳琅满目的商店时，来自东印度公司的进口红茶和炎炎夏日引发了他有关南印度热带地区的丰富联想："远东。那准是个可爱的地方，不啻是世界的乐园（The far east. Lovely spot it must be: the garden of the world）。"[②]爱花如命的布鲁姆将远东和各式各样的热带植物与鲜花联系在一起，而这一点也不奇怪，因为布鲁姆这个普通的犹太姓氏"Bloom"就含有"开花"之意。布鲁姆不仅向往地理上鲜花遍地的印度次大陆，而且向往精神上的东方乐园——佛教涅槃境界。布鲁姆身上体现出某种东方气质和多元包容的精神向度。难怪到了结尾，莫莉甚至感觉到他类似佛陀，"一只手摁着鼻子呼吸活脱儿像那位印度神"[③]。莫莉的感觉并不奇怪，比起庸庸碌碌、醉生梦死的都柏林人，布鲁姆身上更具有某种英雄主义和理想主义精神。布鲁姆曾像先知一样告诉众人："暴力，仇恨，历史，所有这一切。对男人和女人来说，侮辱和仇恨并不是生命。每一个人都晓得真正的生命同那是恰恰相反的。"[④]乔伊斯将他笔下的主人公布鲁姆与奥德赛、耶稣、佛陀等相提并论，称之为"来到异邦人当中的新使徒"。

布鲁姆对古老遥远的中国怀有极大的兴趣和好奇心，如《尤利西斯》第十七章提到他家摆放了一本引人注目的《中国纪行》。关于中国的传统文化，布鲁姆也略知一二："礼记汉爱吻茶蒲州（Li Chi Han lovey up kissy Cha Pu Chow）。"[⑤]在此，布鲁姆用一种玩弄文字语法的戏谑方式，将《礼记》与福

① 刘燕：《〈尤利西斯〉：叙述中的时空形式》，北京：文津出版社，2010年。
② [爱尔兰]詹姆斯·乔伊斯：《尤利西斯（上下）》，萧乾、文洁若译，北京：文化艺术出版社，2002年，第160页。
③ 同上，第1260页。
④ 同上，第627—628页。
⑤ 同上，第628页。

建蒲州的茶叶组合在一起。在他看来，中国除了是一个礼仪之邦和儒家统治的国家，还是茶叶、丝绸等商品的出口大国。关于中国人的外表与穿着打扮，布鲁姆也饶有兴趣，甚至在一出梦幻舞台剧上，让都柏林人穿上了中国人的衣服："他领着约翰·埃格林顿走进来，后者穿的是印有蜥蜴形文字的黄色中国朝服，头戴宝塔式高帽。"[①]《尤利西斯》对中国形象的描述既有对古老文明（长城、儒家、《礼记》等）的惊叹与感慨，又有对茶叶、丝绸、服饰、饮食等充满异国情调的中国生活方式之好奇与神往；既有对西方殖民主义入侵中国的野蛮无耻行为之尖锐批判，又充满着许多莫名其妙的猎奇和偏见。在小说最后一章，莫莉的白日梦也不时包裹在有关东方的老生常谈之中，如闺房、辫子、油膏、丝绸等，她对中国人的最深印象是"辫子"。"几点过一刻啦　可真不是个时候　我猜想在中国　人们这会儿准正在起来梳辫子哪　好开始当天的生活。"[②]包括长城、《礼记》、佛陀、茶叶、丝绸、辫子、汉服、和服、屏风等在内的各种各样的奇异风景或商品，代表了不同于当下的想象符号，诱发的是一个遥不可及、浪漫未知、远离现实的乌托邦之梦，以及另一种可能的优雅生活方式。这在100年前的乔伊斯时代是一件极为困难且无法想象的事情，那是一个大英帝国长驱直入、耀武扬威地殖民亚洲的黑暗时期，是一个欧洲白人中心主义蔑视东方的残酷年代。然而，乔伊斯却鼓起勇气赋予其主人公以东方气质、全球视野和普世情怀，这恰恰是对殖民帝国的话语霸权和中心地位之动摇与颠覆。

布鲁姆身上所具有的高贵品质是他不求狭义的归属，不讲究民族性的界限，他是既代表西方又代表东方的一个人，是人类大家庭中的一个"国际主义者"，是用爱拯救世界的"和平主义者"与"人道主义者"。正是在这一点上，当代的布鲁姆日才能够在全世界赢得越来越多的参与者与倾慕者，都柏林才能成为"乔迷"的魂牵梦萦之地。

（二）上海的布鲁姆日（2011—2015）

随着中爱文化交流越来越频繁，来自中国的学者、译者、留学生和旅行

① ［爱尔兰］詹姆斯·乔伊斯：《尤利西斯（上下）》，萧乾、文洁若译，北京：文化艺术出版社，2002年，第883页。
② 同上，第1277页。

者也以多种途径参与到中爱文化交流和布鲁姆日的庆典中。一种方式是有人直接前往爱尔兰参会、访问、求学或旅游，亲历了都柏林举行的布鲁姆日；另一种方式则是在中国举行以爱尔兰文学与文化为主题的学术会议，同时开展布鲁姆日的庆典活动，让更多的中国人了解爱尔兰的当代文化，促进中爱之间在教育、经济、政治、文化、翻译等各个领域的合作。例如，1996 年 7 月 5 日至 7 月 9 日，北京与天津两地隆重举行了“中国首届詹姆斯·乔伊斯国际学术研讨会”，这次会议由天津外国语学院、爱尔兰驻华使馆、美国弗吉尼亚大学、国际乔伊斯学会、中国社会科学院外文所、北京大学、人民文学出版社、台湾九歌出版社等单位联合主办，来自世界各地的 70 余位专家学者参加了研讨会。2014 年 3 月 28 至 3 月 29 日，北京外国语大学爱尔兰研究中心举办了“20 世纪爱尔兰文学、文化与国家建构”国际学术研讨会，爱尔兰新任驻华大使康宝乐(Paul Kavanagh)莅临会场，欧洲爱尔兰研究联合会主席 Seán Crosson 博士致辞，国际爱尔兰文学研究会主席 Margaret Kelleher 教授也发来贺词。会上，康宝乐大使与闫国华副校长亲自为爱尔兰研究学术共同体——“爱尔兰研究学术网络”揭牌，这标志着中国学术界通过学术网络的新形式，加入到国际爱尔兰研究的大家庭中，共同分享彼此的研究成果。2015 年 5 月 30 日，北京外国语大学爱尔兰研究中心主办了“第九届英语学院研究生学术论坛暨中国爱尔兰研究学术网络研究生论坛”(The Ninth SEIS Postgraduate Forum & Postgraduate Forum for the Irish Studies Network in China)，该论坛面向国内在读的硕士与博士研究生及在华的外国留学生。在开幕式上，康宝乐大使与都柏林大学的 Amanda Kelly 教授分别致辞，并亲自为学术论文获奖同学颁发了荣誉证书及奖品。这次活动使更多的年轻大学生对爱尔兰文学与文化产生了兴趣和热情。除了北京外国语大学，复旦大学、上海师范大学、上海对外经贸大学、南京大学、江西师范大学、湖南师范大学等高校均设立了爱尔兰研究中心或相关研究机构。

如果要在中国寻找类似都柏林那样充满活力和现代性的大都市(metropolis)，那么被誉为“东方巴黎”的上海或许最为接近。这不仅仅是因为上海作为一个“半殖民地”(租界与最早发展的资本主义贸易中心)的历史境遇与都柏林相似，还与其国际交流、商业活动、摩登时代、市民阶层、经济创新、文化创意、城市建设、冒险精神等方面有关。自 2011 年起，上海连续举办了 5 届布鲁姆日。2011 年 6 月 16 日，上海这一天的纪念时间与都柏林同步，并且在庆贺内容上也颇具中国特色和跨文化体验（虽然公众参与的范围比较有限）。在活动之前，组织者一般会通过上海领事馆、主要的国际文化交流机构、媒体、全国一些大学的爱尔兰研究中心或乔学学者及“乔迷”来发布该次布鲁姆日活动的议程，到处张贴海报。2011 年的上海布鲁姆日有 Irishman's Bar at Thumb Plaza 的布鲁姆早餐（Bloom Breakfast）、音乐演奏（by Paul Curran of the Bloney Stone），以及来自爱尔兰本地的画展（There will be a small auction of oil paitings in aid of various causes from Le Chéile to Milford Hospice In Ireland），包括为孩子们准备的油画获奖作品。当然，这些作品的内容要么是作家乔伊斯的画像（脸型很夸张、幽默），要么与其作品中的某个人物（如布鲁姆、莫莉等）或某种艺术阐释（小说结构、象征意蕴等）有关。

笔者于 2014 年 6 月 13 日至 6 月 16 日参与了第四届上海布鲁姆日的庆典活动，并应邀参加了由上海对外经贸大学主办、上海鲁迅纪念馆协办、爱尔兰驻沪总领事馆支持的“爱尔兰的凯尔特文学与文化”国际学术研讨会（International Conference on Celtic Literature and Culture in Ireland）。本次会议的主要议题包括爱尔兰的凯尔特语言、文化与文学研究、翻译与“中—爱”关系、爱尔兰文学的中译本、爱尔兰作家及其世界、中国高校爱尔兰文学教育、布鲁姆日在中国等。来自北京外国语大学、北京第二外国语学院、四川大学、复旦大学、上海外国语大学、上海对外经贸大学、上海鲁迅纪念馆、译文出版社、台湾大学、爱尔兰科克大学、新加坡新跃大学的学者和研究生一起讨论爱尔兰文学与文化，参与者包括爱尔兰驻上海总领事馆总领事 Eoghan Duffy 先生、《尤利西斯》的著名译者文洁若女士、《为芬尼根守灵》（或译作《芬尼根的守灵夜》）第一卷的译者戴从容、贝克特作品的译者曹波，以及爱尔兰文学研究专家，如陈恕、冯建明、孙建、曾丽玲（台湾大学外语系）等。2014 年 6 月 14 日，在上海鲁迅博物馆举行的国际学术研讨会中，一些参会者提出以鲁迅的生日 9 月 25 日设立“鲁迅文学节”，在“鲁迅—乔伊斯”之间搭建起高层交流平台，以此推动城市的文化建设与国际交流。在6月14日的会议结束后的第二天，与会者和参与者一起聚集在上海黄浦江边，与另一波参加布鲁姆日庆典的“乔迷”汇合，共同来到“米式西餐厅”举办了精彩的纪念活动，来自上海各高校的师生与爱尔兰领事馆的朋友一起朗诵了乔伊斯的作品片段。其中，《尤利西斯》的译者之一文洁若女士和北京外国语大学的吴青教授亲自登台，用英语朗诵了《尤利西斯》中的片段。随后，参与者去往上海戏剧学院，观看了大学生自导自演的中国版《尤利西斯》第十五章。不难看出，越来越多的中国年轻人通过这个节日了解到了爱尔兰文化与文学。

在2015年的上海布鲁姆日中，爱尔兰驻上海总领事馆与五所高校（复旦大学、上海师范大学、上海外国语大学、上海对外经贸大学、同济大学）、上海大剧院、《东方早报·上海书评》合作，通过朗诵、谈话、美食鉴赏、服装和音乐的形式，将《尤利西斯》呈现在现实生活中。在此过程中，一系列活动得到了从事爱尔兰文化与文学研究的老师及其研究生的大力支持，爱尔兰在上海的社区组织Le Chéil热情参与。这次活动的行程包括：(1)6月14日周日12:00—2:00 p.m.：午餐和朗诵会，地点为The Blarney Stone Irish Pub（永康路77号，近襄阳路），这里可以品赏到布鲁姆爱吃的戈尔根朱勒干酪、三明治和勃艮第葡萄酒；“乔迷”朗诵了《尤利西斯》中的片段，并与观众互动。(2)结束后，集体前往上海大剧院（人民大道300号，近黄陂北路）。3:00—4:00 p.m.：与插画家、资深“乔迷”Robert Berry对话。Berry曾为《死者》《尤利西斯》等书画过插画，他向参与者展示了自己的画作。(3)结束之后，大家坐大巴前往酒吧Tipsy Fiddler Bar（法华镇路135弄6号，近幸福路），这个活动从下午4点30分一直持续到深夜。除了朗诵与欣赏爱尔兰音乐和舞蹈外，还有化装舞会，参与者一起度过了难忘的“布鲁姆之夜”。

光阴流转中，在1904年6月16日这一天，包括斯蒂芬、布鲁姆、莫莉等都柏林人在内的个体生命构成了现代人的一组群像，而布鲁姆这个普通平凡的爱尔兰犹太人穿越都柏林的一天旅程也成为贯穿整个人类历史的象征——一个现代城市的漂泊者、一个工业（信息）文明时代庸众中的英雄，他可以是你，也可以是我，我们分享了他身上的某一部分。如今，作为乔伊斯塑造的一个令人难忘的文学形象，布鲁姆跨越了文化和空间上的沟壑，成为一个传扬人类之爱的使者，他在每年6月16日这一天行走于上海（也包括伦敦、巴黎、柏林、罗马、苏黎世、纽约、东京等其他城市），为“乔迷”带来了欢乐的团聚与尽情的狂欢。正如爱尔兰艺术、体育和旅游部部长马丁·加伦（Martin Cullen）所言：“布鲁姆日激发了公众与文学界的想象，已成为詹姆斯·乔伊斯的粉丝们纪念作为语言巨匠的乔伊斯及其独特创作技巧的节日，同时它也变成了我们首都一个意义重大的盛会……对于很多人来说，乔伊斯就是都柏林。”①

（三）文学遗产中的乔伊斯与鲁迅

布鲁姆日的庆典令人联想到有千年悠久传统的纪念诗人屈原（约前340—前278）之重要节日——端午节，这一天也是自古以来中国人生活中最带有文学意味和富有诗情画意的狂欢节，其与龙舟、粽子、春游、游戏、团聚、欢庆等民俗仪式相关。不过，在我们的节日庆典中，人们往往忽略了与屈原有关的文学诗歌和古典文化内涵。屈原更多地被戴上了“爱国主义”的帽子，遭人误解与误读，端午节只是一个源远流长的节日符号，而未注入一种现代人的创新精神与文化想象。屈原那恣意横溢、华丽章辞、桀骜不逊、自由高洁、瑰丽无比的神话书写被掩盖，后人对他所承载的（尤其是代表楚文化的）厚重历史和《离骚》《九章》《九歌》等骚体诗感到十分陌生。除了某些研究先秦古典文学的专家，几乎少有读者或参与者在端午节认真阅读屈原的诗作，并了解其深刻的求索与形而上的探问。近些年，一些电视台在端午节播出了围绕屈原的古典诗歌朗诵会，但这些节目也只是提供了引人注目的视觉或听觉盛宴，既缺乏民众的主动参与，又没有对文学经典的深入阅读，更无法影响各种文学研究机构、大学和民间团体。

如果说端午节离现代人过于遥远的话，那么我们是否同样可以打造一个以现代作家命名的文学节呢？我们自然会想到与乔伊斯相提并论（进行比较）的鲁迅（1881—1936）。实际上，鲁迅只比乔伊斯大半岁，他们生活在（东西半球的）同一个时代，而且都经历了民族国家最伤痛、最杂乱的转型时

① 王湘云、申富英：《从爱尔兰的布鲁姆节谈文学与文化遗产保护之间的关系》，载《民俗研究》，2010年第1期。

代。对于乔伊斯而言,故土是从大英帝国的殖民统治下获得独立自主的弱小的爱尔兰;对于鲁迅而言,故土是从半殖民地半封建的清帝国转变为民主国家的现代中国。因此,他们对国民的劣根性和灵魂的匮乏都持有激烈的批判态度,他们创作的小说在主题上亦有许多类似或可比之处,鲁迅对"阿Q精神胜利法"的揭露与乔伊斯对都柏林人"麻痹瘫痪症"的痛斥异曲同工,他们皆因性格耿直、血气方刚、疾病缠身而过早离世。鲁迅非常推崇爱尔兰民族和爱尔兰文化,他密切关注包括乔伊斯、叶芝、辛格、萧伯纳等人在内的爱尔兰作家。鲁迅于1929年翻译过日本人野口米次郎的文章《爱尔兰文学之回顾》。此外,"1933年萧伯纳访问上海,鲁迅愉快地与萧伯纳会见并交谈,并明确表示喜欢萧伯纳的为人。……两个民族的伟人的历史性会面和一见如故的融洽相处,为我们今日的两国人民友好相处树立了范本。也就是说,我们两国国民性格中有某些共同的特点,使我们相处更加融洽、更加默契"。[①]

我们看到,获得民族独立后的爱尔兰人千方百计地消除乔伊斯曾经尖锐批评的"精神麻痹症",将肮脏落后、萎靡不振的都柏林改造为充满生机与活力的现代化国际都市,从而为我们思考文学的地域性与国际性、庆典与文化之都、文学旅行与文化产业等课题提供了可资借鉴的榜样。爱尔兰学者杰鲁莎·麦科马克认为,"爱尔兰与中国的新关系的复杂性将远远超出单维度的双边交流,双方相互学习的领域十分广阔,尽管两国在人口数量、领土面积、历史经历、文化传统方面存在巨大差异,但都可以相互起到一面镜子的作用,从新鲜的,甚至是难解的视角,反思本国文化。"[②]布鲁姆日作为一个文学节的成功经验的确令人深思。在出生地浙江绍兴,以及长期的居住与写作地北京、上海和广州,作为一座城市的文学符号之鲁迅是如何呈现的呢?鲁迅故里绍兴留下了丰富的文化遗迹,成为了令人神往的文化旅游名城。绍兴建有藏品丰富、风格现代的鲁迅纪念馆,鲁迅故居、三味书屋、药

① 王锡荣:《鲁迅与爱尔兰文学》,载冯建明主编:《爱尔兰作家和爱尔兰文学》,上海:上海三联书店,2011年,第261页。

② [爱尔兰]杰鲁莎·麦科马克主编:《爱尔兰人与中国》,王展鹏、吴文安等译,北京:人民出版社,2010年,第12页。

店、特产黄酒、茴香豆、咸亨酒店、人力三人车、乌篷船等，均在焕然一新的“鲁迅故里”老街上出现，旅行者可以看到根据鲁迅小说改编的电影《祝福》《故乡》《阿Q正传》《孔乙己》等。如今，名胜古迹遍布的绍兴成为“鲁迷”的必去之地。在北京，鲁迅的故居开辟为国内第一流的作家博物馆——鲁迅博物馆，而上海也建有鲁迅故居、鲁迅博物馆、鲁迅公园等。此外，中国作家协会设有“鲁迅文学奖”。不过，与“乔学工业”相比，“鲁学工业”依然差距甚远。作为一个伟大作家，鲁迅的影响力和号召力却仅限于少数专家学者，民众（一般读者、普通游客、青少年）的参与力度远远不够，缺少富有创意的阐释与再创作，大多数活动是被动式的观光浏览，且更多地弥漫着商业气息。相比之下，由乔伊斯的小说《尤利西斯》所引发出来的布鲁姆日经过60多年的不断发展、完善与丰富，从一个文学界纪念乔伊斯的活动，扩展到都柏林人集体参与的文学庆典，并最终演变为全世界“乔迷”共享的爱尔兰国际文学节，被视为爱尔兰人的“精神共同体”。

结论

乔伊斯的文学作品之所以博大精深，能够激发现代人的阅读、阐释和创造，是因为它恰恰满足了“爱尔兰身份意识”（地域性）与“世界主义意识”（世界性）两个方面的需求。乔伊斯的文学作品并没有停留在特定的民族、城市或国家之范畴内，而是继续推动爱尔兰走向世界，从而不仅为都柏林人，也为来自全世界的“乔迷”展示了丰富的爱尔兰非物质文化遗产和惊人的艺术创造力。自21世纪初以来，近十多年间，北京频繁召开的爱尔兰文学和乔学研讨会，以及上海连续举办多年的布鲁姆日，已经成为中爱跨文化交流与合作的一个好兆头。我们目睹了“乔学工业”的生机勃勃，也期待着中国的“鲁学工业”“孔子学院”“一带一路”等在走向世界的过程中，成为开放自我、理解他者、融入世界的跨文化之桥。

第四章　乔伊斯与爱尔兰民谣

引论

民谣流传于民间，体现了群体记忆的共有情感和共有知识。从文化学角度看，民谣是非物质文化的重要组成部分，属于“人类社会实践和意识活动中长期蕴化出来的价值观念、审美情趣、思维方式等构成的心态文化层”。[①] 民谣具有口头性、集体性、地域性等特征。由于传唱或吟诵中不断地受到改写和加工，因此民谣还兼具历时性。正如葛莱西所说，民谣不应仅仅被当成幸存的文物，而应被视为另类的记忆库。[②] 因此，在现代社会，当大写的历史愈发受到质疑时，民谣为历史书写新增了一种可能。萨义德批评西方学术精英笔下的历史让被殖民者失声，因此新马克思学者们试图通过庶民(the subaltern)的视角来重新审视历史。在这样的形势下，作为一种独立于社会观念和体制范筹之外的文化复合体，民谣在提供历史叙事的同时，也具有颠覆历史神话的力量。本章所讨论的爱尔兰民谣是指在爱尔兰流传的、反映爱尔兰生活情感的歌谣，可以分为无调的谣和有曲的歌两种。当然，很多谣后来也有配乐，但本章关注的焦点是民谣的文字部分。

① 张岱年、方克立：《中国文化概论》，北京：北京师范大学出版社，2004 年，第 16 页。

② Antonio Gramsci, *Prison Notebooks: Volume I*, New York: Colombia University Press, 1992, p. 187.

一、爱尔兰民谣

爱尔兰民谣的历史源远流长，可以追溯到公元3世纪。爱尔兰民谣最早是一种诗文音乐的结合体。根据威廉·弗勒德(William H. Grattan Flood)的记述，古时爱尔兰的法律医疗条文甚至都是以诗文的形式加音乐演绎出来的。[①] 该观点得到了马克思和恩格斯的印证。《马克思恩格斯全集》第16卷记载的古制全书(爱尔兰最早的法律汇编)是诗文形式写成的，具有特殊的格律和音韵，确切地说是一种只押子音的音韵。此外，民谣也时常参与当时的宫廷活动。在古爱尔兰，能够行走于宫廷中的只有10个人，即王子的随从、三名管家、大法官(Brehon)、德鲁伊教的神职人员(Druid)、大医官、首席诗人(An Ard File)、欧拉(Ollamh)及其乐手。其中，欧拉指的就是唱诵民谣的吟游诗人(Bard)，但他们要经过12年以上的学习才能获得欧拉的称号。由此可见，在爱尔兰的历史中，民谣扮演着非常重要的角色。[②]

公元4世纪到公元8世纪，爱尔兰进入了文化发展的黄金时代，凯尔特音乐艺术以前所未有的规模传播起来。14世纪与15世纪时，民谣在苏格兰南部低地已相当兴盛。事实上，爱尔兰和苏格兰同为凯尔特族群，有着很深的渊源。苏格兰人原是3世纪时从爱尔兰分出去的一支。在中世纪初期的所有文献中，爱尔兰人都被称作苏格兰人。所以，爱尔兰民谣和苏格兰民谣之间至今仍存在大量共有曲目，很难做出清晰的界定。16世纪后，随着外族入侵的加剧，民谣日渐受到欧洲诗歌形式的冲击，诸如意大利的十四行诗、法国的双韵体诗及无韵体诗等体裁逐渐浸入爱尔兰。1603年，英格兰彻底占领爱尔兰后，实施了一系列民族钳制政策，使得爱尔兰文化岌岌可危。与此同时，盎格鲁语言文化迅速向西推进，其影响力在1870年时已从爱尔兰岛东岸推进到该岛中部，几乎覆盖了半个岛屿。[③] 待到18世纪与19

① Flood, William H. Grattan, *A History of Irish Music*, http://www.libraryireland.com/IrishMusic/Contents.php, 2016-01-25.

② Ibid.

③ E.G. Ravenstein, *On the Celtic Languages of the British Isles: A Statistical Survey*, *Journal of the Statistical Society of London*. 1879(42,3), p.584.

世纪，受欧洲浪漫主义抑或是民族主义运动的影响，爱尔兰民谣开始复兴。正如德国浪漫主义运动将民俗与民族身份相联系一样，民谣在爱尔兰也被赋予了复兴民族文化的政治含义。1791 年，贝尔法斯特的有识之士创建了爱尔兰古音乐学会。1807 年，28 岁的穆尔（Thomas Moore）开始为 124 首爱尔兰古韵作词，并留下了现存最完整的民谣集《爱尔兰旋律》（*Irish Melodies*）。1845 年，查尔斯·达菲（Charles Gavan Duffy）编写了《爱尔兰民谣史》。紧接着，《民族》报社收录并发表了主题为"民族精神"的系列歌谣集。① 1892 年，道格拉斯·海德（Douglas Hyde）在国家文学会（the National Literary Society）上发表了题目为《爱尔兰去盎格鲁化的必要性》的讲演，进一步将音乐与爱尔兰的民族诉求紧密联系在一起。他指出，"我们音乐的盎格鲁化已经到了令人警醒的程度。……爱尔兰音乐的复兴必须与我们文学会致力推进的爱尔兰观念及凯尔特思维的复兴携起手来"。②

在漫漫的历史长河中，爱尔兰民谣记录了这个美丽岛国的跌宕起伏，也抒写着其中的情感变化。由此可见，民谣并非静默的文化遗产，而是历史的传诵者，民族诉求的发声者。正如《夏天的最后一朵玫瑰花》中唱到的那样："夏天里最后一朵玫瑰还在孤独地开放，所有它可爱的伴侣都已凋谢死亡。再没有鲜花陪伴，映照它绯红脸庞，与它一同叹息悲伤。"③

二、乔伊斯早期生活与爱尔兰民谣

作为爱尔兰之子的乔伊斯与民谣有着不解之缘。乔伊斯出生在一个音

---

① John Moulden, *One Green Hill: Journeys through Irish Songs*, *Folk Music Journal*, 2007(9,2), pp. 264 - 265.

② "Our music, too, has become Anglicised to an alarming extent. Not only has the national instrument, the harp ... become extinct, but even the Irish pipes are threatened with the same fate. In the place of the pipers and fiddlers, who even twenty years ago, were comparatively common, we are now in many places menaced by the German band and the barrel organ ... the revival of our Irish music must go hand in hand with the revival of Irish ideas and Celtic modes of thought which our Society is seeking to bring about."
Hyde, Douglas, *The Necessity for De-Anglicising Ireland*, *Douglas Hyde: Language, Lore, and Lyrics*, ed. Breandán Ó Conaire, Dublin: Irish Academic Press, 1986, p. 167.

③ Thomas Moore, *Irish Melodies*, London: Broosey & C., 1895, p. 58.

乐世家，从小对民谣耳熟能详，他的父亲约翰·乔伊斯(John Stanislaus Joyce)一度被认为是爱尔兰最好的男高音，他的母亲玛丽的家族中除了神父与教师外都是歌唱家。在乔伊斯的成长过程中，爱尔兰民族情绪日渐高涨，凯尔特联盟致力于从各个方面复兴爱尔兰文化。在这个过程中，民谣自然成为了乔伊斯写作中不可或缺的资源。"有证据表明，乔伊斯知道几百首民谣……这些歌谣的歌词曲调时常萦绕在乔伊斯耳边。"[①]

三、乔伊斯作品与爱尔兰民谣

乔伊斯的小说作品中充满了对民谣的大量指涉。《室内乐》从某种意义上讲就是一部民谣集。在《都柏林人》和《艺术家年轻时的写照》[②](或译作《一个青年艺术家的画像》)中，民谣的痕迹均很明显。《尤利西斯》提及了43首民谣，并且还专门设置了一个研究爱尔兰民俗的人物——海恩斯。《为芬尼根守灵》(或译作《芬尼根的守灵夜》)中的民谣指涉更是达到百余处。据霍格特(Matthew J. Hodgart)研究发现，乔伊斯在《为芬尼根守灵》中表现出了对托马斯·穆尔的民谣集《爱尔兰旋律》(*Irish Melodies*)之特别钟爱，他对其中124首民谣几乎进行了全部指涉。[①]《为芬尼根守灵》这个题目本身就是一首民谣，讲述了泥瓦匠蒂姆·芬尼根神奇复活的故事。蒂姆的闹剧在小说《为芬尼根守灵》中变成了贯穿始终的旋律。小说第一章几乎就是一个民谣故事的重现，到了最后一部分，该歌谣更是深入到日常生活中，成为了街头巷尾的经典话题。"这是他们的福气。对于老人，他可以在香榭丽舍大街寻找过退休日子的幽静场所；而对于年轻人，他们可以在香榭丽舍大街过一种东游西荡的生活，并且给伙伴们讲一讲'为芬尼根守灵'中

---

① Worthington, M. P., *Irish Folk songs in Joyce's Ulysses*, *PMLA*, 1956(71,3), pp. 321-339.

② 在世界文学领域，被称作"艺术家"的人都有文学成就。乔伊斯自传性作品中的主角斯蒂芬当时仅是一名学生，他除了写过数量有限的短诗之外，还没有公开发表过任何作品。斯蒂芬尽管具有文学天赋，并最终决定要走艺术创新之路，但他暂时还没有成为文学领域的"艺术家"。乔伊斯这部带自传性的小说的书名似乎至少有两种译文，把"*A Portrait of the Artist as a Young Man*"译作《艺术家年轻时的写照》，暗示着当时的斯蒂芬仅仅是一名"未来的艺术家"。

① Matthew J. C. Hodgart & M. P. Worthington, *Song in the Works of James Joyce*, New York: Columbia University Press, 1959, p. 9.

好多有趣的事儿。"[①]不仅如此，乔伊斯甚至借故事人物之口，亲自创作了一首民谣——《帕西奥雷利之歌》(*The Ballad of Persse O'Reilly*)，记录下关于 HCE 的种种传闻。

那么，乔伊斯作品中出现的民谣是一种偶然还是别有深意呢？学界对此的关注始于 20 世纪 40 年代末。斯特朗、普利斯考特、史密斯、博文[②]等许多学者，对乔伊斯作品中的音乐进行了细致的梳理，尤其是霍格特和渥斯顿的《詹姆斯·乔伊斯作品中的歌曲》[③]对乔伊斯作品中提及的 1000 多首歌曲及它们在文中的具体出处进行了逐一列举，从而为后续研究提供了极大的便利。总之，多数学者注意到了乔伊斯作品中的音乐特性[④]，也有部分学者试图考察音乐与文学形象之间的嬗变，并从心理学角度揭示出音乐对小说情节、结构、人物、主题等的推进[⑤]，更有学者直接将乔氏音乐视为美学的尝试[⑥]和现代主义的表征[⑦]。然而，所有这些研究都只是将民谣看成是一种锦上添花的技巧或者文学叙述的附属品。事实上，民谣本身也构成了一种叙

---

① "It is their segnall for old Champelysied to seek the shades of his retirement and for young Chappielassies to tear a round and tease their partners lovesoftfun at Finnegan's Wake." James Joyce. Ellsworth Mason and Richard Ellmann, ed. *The Critical Writings of James Joyce*, New York: Viking Press, 1959, p. 607.

② Leonard Strong, *James Joyce and Vocal Music*, Oxford: OUP, 1946.
James Penny Smith, *Musical Allusions in James Joyce's Ulysses*, University of North Carolina, 1968.
Joseph Prescott, *Local Allusions in Joyce's Ulysses*, New York: Modern Language Association of America, 1953.
Zack R. Bowen, *Musical Allusions in the Works of James Joyce*, New York: State University of New York Press, 1974.

③ Matthew J. C. Hodgart and Mabel P. Worthington, *Song in the works of James Joyce*, New York: Columbia University Press, 1959.

④ David Herman, *Sirens after Schönberg*, *James Joyce Quarterly*, 1994(31,4), pp. 473 - 494.
Vernon Hall, *Joyce's Use of Da Ponte and Mozart's Don Giovanni*, *PMLA*, 1951(66,2), pp. 78 - 84.
Martin Timothy P., *Joyce, Wagner, and the Artist-Hero*, *Journal of Modern Literature*, 1984(11,1), pp. 66 - 88.

⑤ Zach Bowen, *Bloom's Old Sweet Song: Essays on Joyce and Music*, Gainesville: University Press of Florida, 1995.
Jack W. Weaver, *Joyce's Music and Noise: Theme and Variation in his Writings*, Gainesville: University Press of Florida, 1998.
Brad Bucknell, *Literary Modernism and Musical Aesthetics: Pater, Pound, Joyce, and Stein*, Cambridge: Cambridge University Press, 2001.

⑥ Ian Crump, Vincent J. Cheng, et al., ed., *Joyce's Aesthetic Theory and Drafts of a Portrait*, in *Joyce in Context*, Cambridge: Cambridge University Press, 1992.

⑦ Angela Frattarola, *Developing an Ear for the Modernist Novel*, *Journal of Modern Literature*, 2005(33,1), pp. 132 - 153.

事系统，并在与文本的相互交错互动中，展现出独立的表征意义。

《室内乐》中的 36 首民谣，以不同的方式讲述着同一个主题——爱情的流逝。“琴弦在大地和空中/奏出甜美的乐曲/河岸旁琴瑟和鸣/柳树成阴/乐声悠扬/因为爱神在那里徜徉。”而当爱情已经不在时，昔日的欢唱，转眼化成挽歌：“我的爱人，我的爱人，我的爱人，你为什么将我抛弃。”[①]

对爱情的感怀，背后实际是对昔日美好的无限追思。爱尔兰曾被称作“银色海洋中的绿宝石”“圣徒与智者的宝岛”“北方的希腊”，“这个岛国曾经是名副其实的圣洁和智性的中心，她向欧洲大陆传播着文化和富有生命力的能量。她的香客和隐士、学者和贤人把知识的火炬从一个国家传递到另一个国家”[②]。这片土地的富庶与美丽在孕育哲学文化的同时，也成了灾难的祸根（战争、殖民与掠夺），历史的噩梦从此开始。

在短篇小说集《都柏林人》中，乔伊斯进一步点出了民谣与历史的关系，从而为后来的作品定下了基调。《都柏林人》中出现了四首爱尔兰民谣。《阿拉比》中的《我要把阿拉比之歌唱给你听》（*I Will Sing Thee Songs of Araby*）[③]是由爱尔兰剧作家威尔斯（W. G. Wills，1828—1891）创作的一首民谣，后来也出现在了《为芬尼根守灵》中。这首民谣开宗明义，几乎涵盖了乔伊斯作品中所有重要的元素，包括音乐、历史、幻灭、觉醒等。“支离破碎的歌声”唱出了过往，“甜美的梦想被击碎，彩虹升起，灵魂的每个细胞奋力苏醒”。歌声是联系过往与现在的桥梁，也是打破幻象与唤醒心灵的良药。在只言片语中，我们不难看出乔伊斯对民谣主体性的肯定。它们或许不是主文本，甚至可能不完整，但绝非可有可无的装饰。事实上，作为并行的潜文本，这些若隐若现的歌声引领着人们重新审视爱尔兰历史，帮助大家获得新知。

在接下来的两首民谣中，乔伊斯用哀怨的曲调引入了苦难的姑娘形象，以此作为爱尔兰的表征。《两个浪子》中的《安静吧，哦，莫伊尔》（*Silent, O*

① ［爱尔兰］詹姆斯·乔伊斯：《乔伊斯诗歌全集》，傅浩译，石家庄：河北教育出版社，2002 年，第 41 页。

② James Joyce, Ellsworth Mason and Richard Ellmann ed., *The Critical Writings of James Joyce*, New York: Viking Press, 1959, p. 154.

③ James Joyce, *The Dead and Other Stories: A Broadview Anthology of British Literature Edition*, Broadview Press, 2014, p. 125.

Moyle!）源于托马斯·穆尔的《菲奥努阿拉之歌》（*The Song of Fionnuala*）[①]，讲述了菲奥努阿拉（Fionnuala）的流离失所。菲奥努阿拉是海神里尔（Lir）最小的女儿，她和其他三个兄弟姊妹受到邪恶的继母阿奥伊芙的诅咒，变成了天鹅。他们失去了人形，却有幸保留着人类的语言能力和音乐天赋。900年间，他们无家可归，只能在爱尔兰的周边孤独地徜徉。第一个300年在达弗拉（Darvra）湖，第二个300年在莫伊尔（Moyle）海峡，第三个300年在无边的西海。900年间，他们历经苦难，只为等待魔咒化解，获得自由。在《两个浪子》中，乔伊斯让一个手拿竖琴的街头艺人唱起了这首民谣，从而成功地将过去与现在连接起来。“命运给我长久的折磨，艾琳仍在黑暗中沉睡，纯洁之光仍未划过黎明。何时启明之星才会缓缓升起，用和平慈爱温暖这个岛屿？何时甜美的钟声才会敲响，召唤我们的灵魂重返天堂？”[②]不幸的菲奥努阿拉、遭人遗弃的艾琳和竖琴上半裸的女人都成为了爱尔兰的化身，透过歌声述说着饱受凌辱的故事。在《尤利西斯》中，这首民谣再次出现，斯蒂芬进一步将“里尔最孤独的女儿”——菲奥努阿拉与莎士比亚《李尔王》中的小女儿考狄利亚（Codelia）进行连接，暗示着从苦难到死亡的民族命运。

《死者》中的《奥格里姆的姑娘》（*The Lass of Augrim*）进一步强化了这一形象。这是一首佚名的爱尔兰民谣，讲述了一个贫苦无助的姑娘雨中造访旧情人而被拒之门外的故事。

> 哦，雨点打着我浓密的头发
> 露珠儿沾湿我的皮肤
> 我的婴儿寒冷地躺着……[③]

歌中的奥格里姆（Aughrim）是爱尔兰真实存在的村落，因此该曲带有强烈的民族指涉性。1691年7月，正是在这里，金克尔率领的威廉部队打

---

① Thomas Moore, *Irish Melodies*, London: Boosey & C., 1895, p. 39.

② Thomas Moore, *Irish Melodies*, London: Boosey & C., 1895, p. 39.

③ ［爱尔兰］詹姆斯·乔伊斯：《都柏林人》，孙梁等译，上海：上海译文出版社，1984年，第247页。

败圣鲁思统帅的爱尔兰—法国联军，结束了历时2年的爱尔兰战争。在这场反对威廉三世的战争里，不同的角色有着不同的目的。法国国王路易十四企图通过这场战争，使威廉放弃在佛兰德的作战；天主教会是为了支持国王詹姆斯二世，而詹姆斯二世所想的却只是自己的卷土重来。可怜的爱尔兰就如同歌中的奥格里姆的姑娘一样，只是一个被利用的对象，没有人在乎她的伤痛。

让雨点打在我的黄色发簪上，
让露珠打湿我的肌肤
孩子冰冷地躺在我的臂弯，
格里高利大人，求你让我进去
我的孩子冰冷地躺在我的臂弯，
格里高利大人，求你让我进去
让骨瘦如柴的奥格里姆姑娘和她的孩子进来吧。[①]

与《菲奥努阿拉》不同的是，《奥格里姆的姑娘》中除了凄苦无助的女子形象外，还有暗示死亡来临的"冰冷的孩子"。事实上，《死者》中充斥着死亡的意象。莫坎家墙上挂着被谋杀的王子的画，桌上是已故亲人的照片，人们讨论的是过世的男主人、他死去的老马、睡在棺木中的僧人、死去的迈克尔·富里等。死亡是一种精神的麻痹，有些人活着却过着死寂的生活，有些人逝去却虽死犹生。正如民谣《哦，死者》所唱的，"即便死亡，依然吐气如兰"。[②] 在莫坎家一年一度的聚会最后，歌声飘远，死亡的余音却依然绕梁不止。在《艺术家年轻时的写照》里，民谣中的死亡声音开始渐强。伴随着斯蒂芬成长的脚步，死亡的曲调几乎成为主旋律。故事开篇就是一曲挽歌，牙牙学语的斯蒂芬最爱唱的是"哦，在一片小巧的绿园中，野玫瑰花正在不停

① Hugh Shields, Gerard Gillen and Harry Whiteed, *The History of The Lass of Aughrim*, In *Irish Musical Studies* 1: *Musicology in Ireland*, Dublin: Irish Academic Press, 1990, p. 60.

② Thomas Moore, *Oh, Ye Dead*, In *Irish Melodies*, London: Boosey & C., 1895, p. 180.

地开放”[①]。这其实是一首19世纪流行于爱尔兰的歌谣——《莉莉黛尔》(*Lily Dale*)[②],讲述的是一个姑娘染病去世的故事。一个月光如洗的宁静夜晚,莉莉黛尔永远地离开了她的朋友。疾病击溃了她,这个“可怜的,迷失的”姑娘终于在死后回到故乡。在溪水潺潺、鲜花盛开的山谷,在葱茏的树下,茵茵的坟冢上,野玫瑰娇艳绽放。[③] 斯蒂芬慢慢长大,只身来到严苛的住宿学校。在那儿,他被韦尔斯推进污水坑里,因此高烧不退。躺在床上的他默默唱起了布里基德教他唱的《叮叮当! 钟声响》(*Dingdong! The Castle Bell*):

叮叮当! 钟声响
再见,我的母亲!
请把我埋在古老的坟场里,
埋在我的大哥哥的身旁,
我的棺材必须漆成黑色,
让六个天使围在我的身边,
两个唱歌,两个祈祷,
另外两个带着我的灵魂飘荡。[④]

这也是一首婉约的丧歌,它的原型《我是个小孤女》(*I'm a Little Orphan Girl*)讲述了一个孤苦女孩的凄惨离世。她的父亲是个酒鬼,即便在她倚在窗台,饿得有气无力之时,他也不愿给她买片面包。她的母亲兄弟都已去世,现在她也要追随他们而去。“告诉我妈妈住在哪里,请将我葬在古老的墓地,紧挨着我年长的兄弟。”[⑤]

---

① [爱尔兰]詹姆斯·乔伊斯:《一个青年艺术家的画像》,黄雨石译,北京:人民文学出版社,2011年,第1页。
② Unknown collector, *Songs of Ireland and Other Lands*, New York: D. & J. Sadlier & Co., 1847, pp. 134-135.
③ [爱尔兰]詹姆斯·乔伊斯:《一个青年艺术家的画像》,黄雨石译,北京:人民文学出版社,2011年,第1页。
④ 同上,第23页。
⑤ Dingdong! The Castle Bell
http://www.traditionalmusic.co.uk/folk-song-lyrics/Im_a_Little_Orphan_Girl.htm, 2016-01-25.
Tell me where my mother dwells,
Bury me in the old churchyard,
Beside my oldest brother.

随着情节的演进，之后出现的民谣（如《蓝色的眼睛和金色的头发》《耶路撒冷的女儿》《青春和无知》等）也有着相似的结构，美丽的姑娘“枯萎死去，像山谷中的露滴”[①]。生命的凋亡与生长的力量在《一个青年艺术家的画像》中形成了极大的张力。民谣述说着过往，也见证了斯蒂芬成长的每一步，将历史和现实进行了完美整合。

《莉莉黛尔》的歌声再次响起，是在斯蒂芬的数学课上。阿纳尔神父在黑板上写了一道很难的数学题，然后说：“看你们谁会得第一？快算吧，约克！快算吧，兰开斯特！”[②]这无疑是在指向1445年至1485年的玫瑰战争（The War of the Roses）。玫瑰战争是英国爱德华三世的两支后裔——兰开斯特家族（House of Lancaster）和约克家族（House of York）的支持者为争夺英格兰王位而发生的内战。两个家族都是金雀花王朝（Plantagenet）的皇族分支，分别选用了红玫瑰和白玫瑰作为徽记。战争的开始就是以两朵玫瑰被拔为标志。这场战争最终以兰开斯特家族的亨利七世即位，与约克家族的伊丽莎白联姻而结束。在这场战争中，作为英属殖民地的爱尔兰不幸选择了支持约克家族。战争结束后，新上任的都铎王朝进一步加强了对爱尔兰的统治。1494年，著名的《波因宁法案》（Poyning's Law）获得通过，其规定英格兰的所有法律在爱尔兰自动生效。自此，爱尔兰彻底失去了政治话语权，爱尔兰贵族直到17世纪都未担任过总督。[③]

在数学竞赛中，斯蒂芬如同当年的爱尔兰一样，也佩戴着代表约克的白玫瑰。然而，面对难题，斯蒂芬却显然有着更开阔的思路。他没有固守过去，而是认为美丽的玫瑰有各种颜色。“他记起了他自己的那首歌……你没法找到一朵绿色的玫瑰，但也许在世界上什么地方你能找到。”[④]

《莉莉黛尔》原本是首哀伤的歌，可斯蒂芬却赋予了它不同的阐释。事实上，在《莉莉黛尔》第一次响起时，乔伊斯就已经埋下了伏笔。在原版的民谣中，野玫瑰盛开在“绿色的坟墓”（green grave）[⑤]，而斯蒂芬却不经意地将

① [爱尔兰]詹姆斯·乔伊斯：《一个青年艺术家的画像》，黄雨石译，北京：人民文学出版社，2011年，第94页。
② 同上，第7页。
③ 张亚中：《小国崛起》，台北：联经出版事业公司，2008年，第217—218页。
④ [爱尔兰]詹姆斯·乔伊斯：《一个青年艺术家的画像》，黄雨石译，北京：人民文学出版社，2011年，第8页。
⑤ “Now the wild rose blossoms, O'er her little green grave.”

它换成了“绿园”(green place)。这里的绿园是否就是墓地呢？直到故事最后，这一谜题才得以揭晓。斯蒂芬一边想着克兰利关于宗教的奇谈，一边穿过圣斯蒂芬绿地公园，心里想着“那是，我的绿园”(Crossing Stephen's, that is, my green)。[①] 由此可见，斯蒂芬的绿园并不是阴霾笼罩的坟墓，而是充满创造力、生机盎然的公园——一个开满绿色玫瑰的地方。正如斯蒂芬唱到的，“哦，绿色的玫瑰开放开放”[②]。

《叮叮当！钟声响》也是如此。这首民谣曾出现在莎士比亚的两部戏剧中。在《暴风雨》中，山林女神敲响了丧钟，叮叮当；在《威尼斯商人》中，则变成了梦幻的钟声，叮叮当。乔伊斯则将两者合二为一。悲戚的葬礼因为天使环绕，而充满清脆的钟声、歌声与祈祷声。这样的字句让斯蒂芬陶醉：“多么凄惨多么美丽啊！他想偷偷哭上一场，但不是为了自己，而是为了那如此美好、如此凄凉的歌词。”[③]

在谈及艺术美学时，斯蒂芬提到了艺术的三个层次，即情绪的抒发、史诗的叙述与戏剧的再现。他认为，唯有感同身受又能置身事外时，才能获得“一种恰当的、无形的、美学上的生命力”[④]。这恰恰也是乔伊斯对爱尔兰命运的思考。面对苦难，自哀自怨的抒情显然于事无补，因为任何“悲伤的情绪是一张向两面观望的脸，一面朝着恐惧，一面朝着怜悯”。无论是希求怜悯，还是暗藏恐惧，都表明苦难“扣留他的心灵”[⑤]。因此，只有走出悲伤，通过史诗的叙述才能看清过去，而后升华净化，重新透射出生命的力量。

肩负着这样的使命，斯蒂芬英雄横空出世，踏上了史诗般的旅途。与此同时，《尤利西斯》中的民谣也蕴含着爱尔兰史诗中的常见元素，其中之一就

① 在《一个青年艺术家的画像》的中译本中，黄雨石先生将这句译作“走过斯蒂芬的，也就是我的菜园子”。事实上，原文中的“Stephen's”指的是“St Stephen's Green”，即位于都柏林市中心的一处占地27英亩的公园，始建于1670年。参见A. Nicholas Fargnoli, *James Joyce A to Z: The Essential Reference to the Life and Work*, Oxford: Oxford University Press, 1996, p. 196.

② [爱尔兰]詹姆斯·乔伊斯：《一个青年艺术家的画像》，黄雨石译，北京：人民文学出版社，2011年，第1页。

③ 同上，第22页。

④ 同上，第237页。

⑤ 同上，第225页。

是作为民族表征的女性形象。实际上，以女性形象表征爱尔兰可谓古来有之。[①] 在早期的爱尔兰传说中，女神像土地一样久远，国王通过与女神结合而成为一国之主，女神也因此更加丰饶，国王登基被称作"国王的婚礼"(banaisrighe, wedding of the king)就是来源于此。女神赐予国王美酒，由此宣告他统治的合法性。最典型的例子是《弗雷修斯》(*Flaithius*)中的女神，她的名字就叫"主权"(The Sovereignty)。到了 17 世纪，随着外族入侵，爱尔兰主权丧失，文学传统中的女性形象开始走下神坛，并分化为两类，即楚楚可怜的女子与丑陋但有智慧的女巫。她们都有着内心的魔力，能感召天下英雄为她效力。一旦成功，女巫又会变回妙龄少女。待到 18 世纪末，殖民统治不断加深，爱尔兰的主权象征开始更多地转向贫瘠丑陋的老妪，而这个老妪也愈发具有了政治的隐喻。

《贫穷的老妪》(*The Shan Van Vocht*)就是一例[②]。最早，这是一首略带讽刺的歌谣，讲述的是年轻小伙迎娶富有老妇的故事。到 18 世纪末，原来的曲调被重新填词，成为了一首赞誉 1796 年法国登陆的爱国歌曲。

哦，法国人正在海上，
贫穷的老妪说道，
哦，法国人已经进入海湾，
没有延误，他们一定会到。
……
他们会在哪里安营扎寨？
贫穷的老妪说道
在基尔代尔的卡拉
小伙子们会在那里聚集
带上他们修缮的武器
贫穷的老妪说道

① Maria Tymoczko, *The Irish Ulysses*, California: University of California Press, 1997, pp. 100 - 103; Diane E. Bessai, *Who Was Cathleen Ni Houlihan*, *The Malahat Review*, 1977(42), pp. 114 - 129.

② Seumas MacManus, *The Story of the Irish Race*, Old Greenwich: The Devin-Adair Company, 1990, p. 511.

……

爱尔兰会自由吗？
贫穷的老妪说道
是的。古老的爱尔兰会自由
从中部到海洋
欢呼吧，为了自由
贫穷的老妪说道[①]

歌谣中的老妇不再是一个具体的人物，而是成为一种文化代码。她像先知一样预言着法国军队的到来、农民揭竿而起及橙色军的瓦解，昭示出爱尔兰自由的明天。

这种悲情浪漫主义恰恰是爱尔兰复兴运动所需要的。叶芝与格里高利夫人曾号召以“悲壮且浪漫的过去的呼唤来修复破碎的民族记忆”[②]，通过古爱尔兰的语言、神话、艺术来重构一个基于乡村的、传统的爱尔兰想象共同体。在这种形势下，爱尔兰的老妪形象自然备受青睐，甚至借体还魂成就了剧本《豁牙子凯思林》(*Cathleen Ni Houlihan*[③], 1902)。在叶芝的这部歌剧中，一名流浪的老妇在米歇尔婚礼前夕来到了基拉拉(Killala)海湾。然而，她并不是来参加婚礼的。相反，她希望用她的故事激励年轻人拿起武器，奋起抗击。她在歌中唱到：

陌生人闯入我的房子，四片美丽的绿野被他们抢走……
许多人为了爱我而死去……
许多人曾经朝气蓬勃，如今两鬓苍苍；
许多人曾经在山林沼泽自由徜徉，如今却被迫远渡重洋，艰难行走在异国他乡；

① Seumas MacManus, *The Story of the Irish Race*, Old Greenwich: The Devin-Adair Company, 1990, p. 511.

② 郭军：《乔伊斯：叙述他的民族——从〈都柏林人〉到〈尤利西斯〉》，北京：外语教学与研究出版社，2010 年，第 141 页。

③ 题目为爱尔兰语，英语表述为“Cathleen, daughter of Houlihan”，即《胡里汉的女儿凯瑟琳》，也有人译为《胡里痕的凯瑟琳》。为了引用方便，本书还是采用萧乾版《尤利西斯》中的意译《豁牙子凯思林》。

许多美好的计划面临破产；许多人有钱却不会为了享受而缠绵；
许多孩子出生后将没有父亲，为他洗礼命名。
为了我他们红颜换了白发，尽管如此，他们依然无悔无怨。
他们将被铭记，
永垂不朽，
他们将永远诉说，流芳百世。[①]

这里的陌生人就是入侵的殖民者，那四片美丽的绿野就是英国占领的爱尔兰四省，即阿尔斯特(Ulster)、伦斯特(Leinster)、芒斯特(Munster)及康诺特(Connacht)。[②] 叶芝的老妪无疑就是失去家园的爱尔兰。对此，在1903年给格里高利夫人的留言中，叶芝曾明确表示："无数的歌曲曾为爱尔兰唱起，无数的人为她赴死。"[③]

通过这样的比拟，叶芝以爱尔兰形象来激发民族斗志。在《豁牙子凯思林》的最后，法军登陆了基拉拉，凯思林恍惚间又化身美丽的女子，如皇后般款款而行。这种"再生"反映出了叶芝等复兴派重塑爱尔兰荣光的强烈愿望。然而，针对文化复兴，乔伊斯并不完全赞同。在《詹姆斯·乔伊斯与民族主义》一书中，埃墨尔·诺兰用专章探讨了乔伊斯与爱尔兰复兴运动的关系。事实上，乔伊斯一直游离于这场运动之外，并与叶芝保持着距离。[④] 在他看来，这场复兴运动无异于"一种重复的表演，一种使当下成为过去的重述"。正如马克思所说："一切已死的先辈们的传统像梦魇一样纠缠着活人的头脑。……他们请出亡灵来为他们效劳，以便穿着这种久受崇敬的服装，用这种借来的语言演出世界历史的新的一幕。"

正因为如此，在作品中，乔伊斯也对"贫穷的老妪"进行了大量指涉，如在《尤利西斯》中出现了3次，在《为芬尼根守灵》中被提及7次。甚至在《尤

① W. B. Yeats, *Cathleen Ni Houlihan*, In *Modern Irish Drama*, John P. Harrington ed., New York & London: Norton, 1991, p. 10.

② [爱尔兰]詹姆斯·乔伊斯：《尤利西斯(上)》，萧乾、文洁若译，上海：译林出版社，1994年，第270页。

③ "for whom so many songs had been sung and for whom so many had gone to their death."这是1903年叶芝给格里高利夫人的留言。参见 A *Commentary on the Collected Plays of W. B. Yeats*, A. Norman Jeffares and A. S. Knowland ed., Stanford: Stanford University Press, 1973.

④ Emer Nolan, *James Joyce and Nationalism*, London: Routledge, 1995, pp. 50-52.

利西斯》中，乔伊斯还专门提到了叶芝的“豁牙子凯思林”。“另一个老妪就是豁牙子凯思林，她那四片美丽的绿野，她家里的陌生人。”[①]不过，在乔伊斯笔下，老妪却有着不同的含义。她依然贫穷，以送奶为生，但生命的乳汁却早已干涸。她生于爱尔兰的土地，却没有故土情结。她不会盖尔语，甚至也不在意来自英国的海恩斯能否说盖尔语，虽然她也承认爱尔兰语是伟大的语言。她没有美貌也没有优雅，喜欢大嗓门粗俗的穆里根远远胜过温文尔雅的斯蒂芬。她甚至也失去了传说中的魔力，只是“衰老干瘪的乳房。……最漂亮的牛，贫穷的老妪，这是往昔对她的称呼。一个到处流浪、满脸皱纹的老太婆”[②]，她“戴着一顶塔糖状的帽子，坐在毒菌上出现，胸前插着一朵生枯萎病凋谢了的土豆花”[③]。

通过这样的戏仿颠覆，乔伊斯希望展示的是更真实的历史，而不是自欺欺人的梦呓。民谣中的贫穷老妪言之凿凿——法国舰队已经来到，爱尔兰的自由就在前方。事实上，1796 年 12 月，由 43 艘战舰组成的法国舰队载着 15,000 名法国军人和大量武器弹药开往爱尔兰，但其在途中遭遇风暴，只得返回法国。这时，由于盟国西班牙与荷兰在同英国的斗争中也纷纷落败，因此法国已经缺乏足够的海军力量再次在爱尔兰登陆。[④] 在《尤利西斯》中，我们随处可见对此无情的嘲讽：“哎嘿！我认识你，老奶奶！哈姆莱特，报复！吃掉自己的猪崽子的老母猪！”“哎哟！哎哟！毛皮像绢丝般的牛（她哀号着说）。你遇见了可怜的老爱尔兰，她怎样啦？”[⑤]“缺牙的老奶奶说上午八点三十五分你就该升天堂了，爱尔兰将获得自由。”[⑥]

通过民谣与文本的对话，乔伊斯试图打破爱尔兰与女性特质的联系。在他看来，女性气质的形象除了催生自哀自怨的情绪，更是在无意间与英国塑造的男性特质相对应，形成稳定的二元对立，从而加速殖民话语的构建，使爱尔兰成为了理所当然的“他者”。从这个意义上讲，正是“女神假借这个

① [爱尔兰]詹姆斯·乔伊斯：《尤利西斯（上）》，萧乾、文洁若译，上海：译林出版社，1994 年，第 240 页。
② 同上，第 28 页。
③ [爱尔兰]詹姆斯·乔伊斯：《尤利西斯（下）》，萧乾、文洁若译，上海：译林出版社，1994 年，第 171 页。
④ John O'Beirne Ranelagh, *A Short History of Ireland*, London: Cambridge University Press, 1994, p. 83.
⑤ [爱尔兰]詹姆斯·乔伊斯：《尤利西斯（下）》，萧乾、文洁若译，上海：译林出版社，1994 年，第 171 页。
⑥ 同上，第 174 页。

卑贱者的形象，伺候着她的征服者与她那快乐的叛徒”[①]。

当爱尔兰的女性特质逐渐被消解之后，乔伊斯开始将目光投向凯尔特文化传统中的另一个重要元素——英雄。在他后期的作品《尤利西斯》和《为芬尼根守灵》中，关于少年英雄的民谣比比皆是。例如，《推平头的小伙》(*The Croppy Boy*)在《尤利西斯》中出现了 10 次，在《为芬尼根守灵》中出现 2 次；《韦克斯福德的男子汉》(*The Boys of Wexford*)在《尤利西斯》中出现了 6 次，在《为芬尼根守灵》中出现了 1 次；《死者的记忆》(*The Memory of the Dead*)在《尤利西斯》中出现了 6 次，在《为芬尼根守灵》中出现了 3 次；《吟游的小伙》(*The Minstrel Boy*)在《尤利西斯》中出现了 1 次，在《为芬尼根守灵》中出现了 2 次。这些民谣几乎无一例外地颂扬了 1798 年爱尔兰起义中的少年英雄。

《韦克斯福德的男子汉》[②]反映的是在 1798 年起义中，起义军于奥拉尔特镇与北科克义勇军艰苦对垒时勇敢无畏的众生相。

> 我们是韦克斯福德的男子汉
> 凭着胆量和双臂酣战
> 我们英勇无畏攻克了罗斯和韦克斯福德镇
> 因为缺乏指挥，我们输掉了醋山岗
> 我们时刻准备冲锋陷阵，爱我们的国家不曾改变

然而，英勇不曾言说的另一面却是生命的代价。韦克斯福德是爱尔兰东南端伦斯特省下的一个郡，也指该郡的海湾和首府。在 1798 年的民众起义中，起义军的指挥部就设在韦克斯福德郡恩尼斯科西的醋山岗。由于缺乏得力的统帅，韦克斯福德于 1798 年 6 月 21 日遭到雷克将军率领的 13000 名士兵之攻打。起义以惨败告终，无数年轻的生命也就此消失。[③] 约翰·英

① [爱尔兰]詹姆斯·乔伊斯：《尤利西斯(上)》，萧乾、文洁若译，上海：译林出版社，1994 年，第 28 页。

② Duncathail, *Street Ballads, Popular Poetry and Household Songs of Ireland*, Dublin: McGlashan & Gill, 1865, pp. 100 - 101.

③ [爱尔兰]埃德蒙·柯蒂斯：《爱尔兰史》，江苏师范学院翻译组译，南京：江苏人民出版社，1974 年，第 652 页。

格拉姆(John Kells Ingram)的《死者的记忆》[①]便是对此的记录：

他们从黑暗罪恶中站起
要把正义带回家园
他们在这里点燃熊熊火焰
没有什么能承受它的温度
啊！强权战胜了公理
他们倒下离去
但真正的男子汉，如你们
在这里层出不穷

歌中的“他们”大义凛然、慷慨激昂，呈现出了一个英雄群体的形象。他们为了正义不惜献出自己的生命，但除此之外，他们的形象却是模糊的，没有人知道他们是谁。于是，在接下来的叙述中，乔伊斯借着歌声，将镜头逐渐推近，英雄的形象由此慢慢清晰起来。在托马斯·穆尔的《吟游的小伙》[②]中，英雄不再是一个群体，而是一个仗剑而行、且行且歌的少年。

参战的吟游小伙已消逝
在死亡的序列中你能把他找寻
父辈的宝剑紧握胸前
狂野的竖琴挂在身后
歌唱的土地，战斗的诗人如是说
即便全世界都背叛了你
至少有一把剑捍卫你的权利
至少有一支竖琴忠实地赞颂你

① Freiligrath Ferdinand, *The Rose, Thistle and Shamrock*, Waldenburg: E. Hallberger, 1853, pp. 189 - 190.
② Thomas Moore, *Irish Melodies*, London: Boosey & C., 1895, p. 106.

吟游诗人倒下了！但工头的枷锁
无法压倒这颗骄傲的心灵
他深爱的竖琴从此断音
因为他扯断了琴弦说
“没有锁链会将你玷污”
你的灵魂充满爱与果敢
你的歌声唱出纯洁与自由
它们永远不会在奴隶制下发声

果敢、纯洁、骄傲，少年英雄的形象渐渐凸显出来，然而这样的形象依然带有浓厚的浪漫想象色彩。到了《推平头的小伙》[①]中，英雄终于回到现实，变得有血有肉。1845 年，威廉·麦克伯尼(William B. McBurney)创作的这首民谣之背景，依然是 1798 年的韦克斯福德起义，主角依然是一个年轻人。但与之前民谣不同的是，这个推平头的小伙并非义无反顾。在参战的途中，他不无悲伤地想起了他的父母兄弟，并满怀愧疚地反省自己。

罗斯围剿中我的父亲英勇就义
在戈雷我亲爱的兄弟们离我而去
我成了这个姓氏这个家族唯一的幸存
我要去韦克斯福德接替他们的灵魂
去年复活节至今，
我曾有过三次咒骂
我曾在弥撒时外出玩耍
我曾从墓地匆匆走过
却忘了为母亲的安息祈祷
对于万物生灵我没有仇恨
只是我爱我的国家胜过国王

① http://worldmusic.about.com/od/irishsonglyrics/p/The-Croppy-Boy.htm，2016-01-25.

内心的不安让他选择了去教堂忏悔，“空空如也的教堂中，只有一个神父身着长袍，孤独地坐在椅子上。小伙子跪下来开始忏悔”。然而，他没有想到的是，神父竟是英军假扮而成，“冒牌神父窸窸窣窣地脱掉长袍，露出戎装。义勇骑兵队队长”[①]。小伙子最终以叛国罪被处死示众。在《尤利西斯》中，这首民谣几乎贯穿整个第十一章，并伴随着有500年历史的爱尔兰古韵。本多拉德的歌声响起，那是阴郁沉重的曲调与苦难的声音。“黑暗时代的声音，无情的声音，大地的疲惫，使得坟墓接近，带来痛苦。那声音来自远方，来自苍白的群山，呼唤善良、地道的人们。”[②]与之形成鲜明对比的，是狂欢喧哗的人群，“玫瑰花、裹在缎衣里的酥胸、爱抚的手、溢出的酒”[③]。事实上，在《尤利西斯》和《为芬尼根守灵》中，有不少将英雄与寻欢买醉相联系的讽刺民谣，如《神圣的蓝带军》(*The Ballyhooly Blue Ribbon Army*)[④]。神圣的蓝带军原本指的是节制禁欲的队伍，而这支神圣队伍中的战士却只关心是否能喝上威士忌。“他们不在乎吃什么，只要在蓝带军中喝上干净的威士忌”，“无畏的战士小伙”(The Bowld Sojer Boy/bold soldier boy)成了情爱的俘虏。“穿行在每个城镇，都有女子透过窗棂，在队列中找到她们的新欢。”

尽管如此，在浪漫想象和迷幻的现实之间，始终存在着另一种不变的声音。

> 遥远。遥远。遥远。遥远。
> 笃笃。笃笃。笃笃。笃笃。
> 笃笃的盲人，笃笃地敲着走，笃笃地一路敲着边石，笃笃又笃笃。[⑤]
> 笃笃。笃笃。一个双目失明的青年用手杖笃笃地跺路。[⑥]

---

① [爱尔兰]詹姆斯·乔伊斯：《尤利西斯(上)》，萧乾、文洁若译，上海：译林出版社，1994年，第363页。
② 同上，第362页。
③ 同上，第365页。
④ J. E. Carpenter, *The New Military Song Book*, Pittsburgh: F. Warne & Company, 1865, pp. 55-56.
⑤ [爱尔兰]詹姆斯·乔伊斯：《尤利西斯(上)》，萧乾、文洁若译，上海：译林出版社，1994年，第366页。
⑥ 同上，第367页。

这个声音伴随着本多拉德的歌声响起，并随着歌声的激昂而愈发密集。这个盲眼的青年似乎要用他的手杖敲醒沉迷的人们。

念一声祷文，抹一滴眼泪。然而，他想必是生来有点傻，竟没有看出那是个义勇骑兵队队长[①]。

在《市民》一章中，这种荒诞进一步以剧本的形式演绎出来。

推平头的小伙子（脖子上套着绞索，用双手按住淌出来的内脏）

对世人我不仇恨，

爱祖国胜过国王。

推平头的小伙子忘、记、为、母、祈、冥、福。

（他咽了气。由于被绞死者急剧的勃起，精液透过尸体迸溅到鹅卵石上。贝林厄姆夫人、耶尔弗顿·巴里夫人和默雯·塔尔博伊贵夫人赶紧冲上前，用她们的手绢把精液蘸起。）”[②]

唱着英雄的赞歌，推平头的小伙被送上了绞架。所谓的“舍身取义”，最后只剩下荷尔蒙之痕。这完全是1798年起义的真实写照，体现了乔伊斯用民谣指涉这次起义的用意。这场被渲染成爱国主义华章的起义，本质上不过是狭隘的宗教利益纷争。18世纪的格拉顿议会时期，实际上是爱尔兰在经济方面日趋繁荣的阶段，1784年通过的《福斯特谷物法》极大地推动了农业的发展。然而，种植园的兴盛促使地主不断提高地租。为了维护自身的利益，农民开始结社。新教移民的涌入使农民自然分成了信仰天主教的护教派和维护新教权利的橙带党，双方因为土地的利益而冲突不断。与此同时，在美国独立战争与法国大革命的影响下，民主自由精神开始在爱尔兰弥漫，以汤恩为代表的爱尔兰联合会期望通过改革来摆脱帝制，从而实现平等。1793年，由于法国对英宣战，军事需求压倒了一切改革的可能。在这

① ［爱尔兰］詹姆斯·乔伊斯：《尤利西斯（上）》，萧乾、文洁若译，上海：译林出版社，1994年，第367页。

② ［爱尔兰］詹姆斯·乔伊斯：《尤利西斯（下）》，萧乾、文洁若译，上海：译林出版社，1994年，第170页。

种情况下，爱尔兰联合会选择了革命，并借势煽动天主教农民造反，1798年起义由此爆发。起义的结果是无数人因此丧生，而争取天主教徒的平等权利、整顿议会、实施新宪法等政治诉求却并没有实现。[①] 无怪乎乔伊斯在《尤利西斯》中借拉塞尔之口，以诡谲的口吻警告说："在世界上引起的革命运动，原是在山麓间，在一个庄稼汉的梦境和幻象中产生的。"[②]当革命的面纱被掀开，慷慨就义瞬间失去了原有的宏伟意义，甚至变成对生命的戏谑，这从乔伊斯对民谣《她远离故土》的戏仿中可见一斑。《她远离故土》（*She is Far from the Land*）是托马斯·穆尔创作的一首民谣，歌中反映了英雄埃米特牺牲后，他的未婚妻萨拉·柯伦对他的怀念。

她远离了那片土地，
她年轻的英雄沉睡在那里
仰慕者们在她身边叹息
她默默哭泣，冷冷地避开他们的凝视，
因为她的心早已随他埋葬。[③]

在《尤利西斯》中，这首民谣却被演绎成了一场滑稽闹剧。"朗博尔德身穿笔挺的常礼服，佩带着一朵他心爱的血迹斑斑的剑兰花，安详、谦逊地走上断头台……他精神抖擞，视死如归。"[④]在宏大的铺陈之后，期待中的慷慨陈词却变成了不相干的膳食分配。这时，准新娘出现，她"涨红了脸，拨开围观者密集的行列冲过来，投进为了她的缘故而即将被送入永恒世界的那个人壮健的胸脯……英雄深情地搂抱着她那苗条的身子，亲昵地低声说：'希拉，我心爱的。'"剧情达到高潮，没有一双眼睛不被泪水浸润。然而，就在此时，翻转的一幕发生了："一个以敬重妇女著称的年轻英俊的牛津大学毕业生走上前去，递上自己的名片、银行存折和家谱，并向那位不幸的少女求

① [爱尔兰]埃德蒙·柯蒂斯：《爱尔兰史》，江苏师范学院翻译组译，南京：江苏人民出版社，1974年，第625—652页。

② [爱尔兰]詹姆斯·乔伊斯：《尤利西斯(上)》，萧乾、文洁若译，上海：译林出版社，1994年，第242页。

③ Thomas Moore, *Irish Melodies*, London: Boosey & C., 1895, p. 84.

④ [爱尔兰]詹姆斯·乔伊斯：《尤利西斯(上)》，萧乾、文洁若译，上海：译林出版社，1994年，第397页。

婚，恳请她定下日期。她当场就首肯了。”[①]这里的希拉常用作对爱尔兰的指代，而那个有钱有势、仪表堂堂的牛津大学毕业生无疑代表着英国。在乔伊斯看来，革命带来的不仅是无谓的牺牲，更是爱尔兰更深的沦陷。对此，坎登勋爵有过生动的描述：“爱尔兰好比一条着火的船，要么把火扑灭，要么把缆绳砍断，让它漂走。”[②]1798 年起义的结果是，“庞大的英国军队坐镇在爱尔兰，甚至连自由党政治讨论和政治活动都遭到了禁止”。[③]

随着英雄形象从群体到个体、从浪漫到现实的演进，乔伊斯逐步揭示出了英雄的虚幻想象本质。在《为芬尼根守灵》中，这种反思变得愈发彻底，英雄的高大形象瞬间坍塌瓦解。《约翰尼，我几乎认不出你了》(*Johnny, I Hardly Knew Ye*)就是一个典型的例子。[④] 从题目开始，这首民谣就表现出对英雄身份的质疑和否定。这首民谣一改之前以英雄为中心的述说方式，赋予了一个妻子言说及审视的权利。在她的眼里，约翰尼不是英雄，而是她的丈夫与孩子的父亲。看着从战场九死一生归来的约翰尼，她没有赞颂，没有仰视，甚至没有骄傲。

你柔和的目光去了哪里
你柔和的目光去了哪里
你柔和的目光去了哪里
是它第一次拨动我的心弦，让我着迷
……
你奔跑的双腿去了哪里
你奔跑的双腿去了哪里
你奔跑的双腿去了哪里
当你第一次扛上枪
尽情舞蹈的日子就此终结

① [爱尔兰]詹姆斯·乔伊斯：《尤利西斯(上)》，萧乾、文洁若译，上海：译林出版社，1994 年，第 397 页。
② [爱尔兰]埃德蒙·柯蒂斯：《爱尔兰史》，江苏师范学院翻译组译，南京：江苏人民出版社，1974 年，第 656 页。
③ 同上，第 656 页。
④ Padraic Colum, *Anthology of Irish Verse*, New York: Boni and Liveright, 1922, No. 28.

连续三次的追问，语气渐强，充分展示出了面对英雄的震惊和哀伤。如果说至此歌声中还有些许残留的感伤情怀，那么接下来的描述则尽显恐怖怪异："你就是个没有眼睛，没有鼻子，孵不出小鸡的蛋……你只能带着碗去乞讨。"从无所不能到无力无助，这样的语言彻底颠覆了神话中英雄那勇往直前、所向披靡的形象。

事实上，《为芬尼根守灵》从一开始就设定了英雄垂死的基调。芬尼根的原型就是古爱尔兰英雄芬恩(Finn mac Cumhaill)。根据《芬尼亚传奇》(*Fenian Cycle*)[①]，芬恩是费奥纳勇士团——也称芬尼亚勇士(Fenian)——最杰出的领袖，是古爱尔兰伟大的明君康马克·麦·亚特(Cormac mac Airt)的护卫者。费奥纳勇士团在公元3世纪左右处于最鼎盛时期。在芬恩的领导下，他们打倒恐怖的魔鬼与巨人，抵抗外族入侵，保卫当地的秩序与安宁。但是，芬恩最终还是退出了历史舞台。和亚瑟王传说中的传奇国王一样，人们相信这位爱尔兰的英雄沉睡在都柏林城下的洞窟里，其他幸存的费奥纳骑士睡在他周围。

然而，世上没有不死的英雄。历史上的芬恩与至尊王康马克·麦·亚特(Cormac mac Airt)的女儿格兰妮和亲未成，再加上费奥纳的实力越来越强大，至尊王认为这股势力已经对王位产生了巨大的威胁，两人渐生嫌隙。国王康马克的儿子卡布利设计暗杀芬恩不成，在继位后再次率军与费奥纳勇士团对战。他的从众包括塔拉的人、布莱吉亚平原的人、米斯省的人，以及卡曼地方的人。双方两败俱伤，整个费奥纳几乎全军覆没。

费奥纳骑士团的灭亡不仅仅是因为王军的攻击，还由于内部的分裂。费奥纳在和平时期分为三个战团，战时则为七个，各分团长都是某部族的族长——也许叫酋长更准确些。尽管费奥纳成员来自各个部族，但是实际上只有两大派别，即芬恩率领的拜森或巴斯金部族(Clan Baiscne/Clan Baskin)与高尔率领的摩纳部族(Clan Morna)。两派争斗夺权是意料之中的事，更别提高尔还是芬恩的杀父仇人了。拜森部族的势力范围是伦斯特省与爱尔兰南部的芒斯特省，摩纳部族的势力范围是北部的康纳特省。虽

① [爱尔兰]托马斯·威廉·罗尔斯顿：《凯尔特神话传说》，西安：陕西师范大学出版总社有限公司，2013年，第164—173页。

然国王的御座在自北伦斯特分离而出的米斯，但是他的祖籍也是康纳特。后来，在费奥纳与王军对阵时，摩纳部族选择支持了王军，背叛了费奥纳。[①]

乔伊斯以铿锵雄壮的英雄赞歌拉开序曲，却在多音节、多语言的破碎声中，演绎出了一曲荒诞的民谣。英勇的芬恩摇身一变，成了滑稽的泥瓦匠蒂姆。醉酒的蒂姆从梯子上不慎坠落，摔碎了头盖骨。当大家都以为他已死去，决定为他守夜时，他却因为溅落的威士忌而奇迹般苏醒过来。这看似轻松的戏仿，让古老的神话殿堂在现实面前瞬间坍塌。

当幻想的英雄被剥去了华丽的外衣，只剩下残破的身体时，真实的英雄又在哪里？他们又能否拯救爱尔兰于危难之中呢？《为芬尼根守灵》中反复出现的有关谋杀的民谣，成为了这一问题的最好注脚。

虽然死亡的歌曲一直萦绕在乔伊斯的作品中，但是直指谋杀的民谣却是《为芬尼根守灵》的一个特点。《胡立根的圣诞蛋糕》（*Hooligan's Christmas Cake*）就是一例。这首歌谣讲述的是，胡立根小姐邀请大家来品尝她的圣诞蛋糕，然而她的蛋糕制作过程相当怪异，让人不禁联想到《麦克白》中的女巫添加各种原料熬汤之过程。蛋糕中加入了李子、西梅、樱桃、橘子、葡萄干、肉桂、豆蔻、三叶草、梅子等材料，甚至还有让人腹痛的种子。蛋糕的酥皮是用胶水粘上去的。蛋糕奇硬无比，食客们必须借助锯子、斧头等工具，花上一个多小时才能分割。这样的蛋糕"足以让他们的下巴瘫痪"。尽管如此，胡立根小姐仍然不断招呼大家吃蛋糕。吃下蛋糕的客人有的出现疝气，有的歇斯底里，还有的生不如死。歌谣的最后，人们终于对胡立根一起发出了谋杀的指控，"每个人都发誓，是胡立根的蛋糕让他们中毒"。

乔伊斯很喜欢这首民谣，在小说中反复提及了三次。那么，胡立根代表的是什么呢？她害死的又是谁？我们从歌谣中不难看出，蛋糕从制作到食用都离不开武力，钉子、榔头、斧头、锯子等充满暴力色彩的词汇不断出现在歌谣之中。在整个过程中，胡立根的态度是强势的，她"像孔雀般骄傲"，她会冲着客人嚷道："你没有吃蛋糕！"强硬是胡立根的行为方式，其实也是爱尔兰寻求独立的方式，战争、起义、叛乱、暗杀等词语曾经充斥着爱尔兰的历

① https://baike.baidu.com/item/%E8%8A%AC%E6%81%A9%C2%B7%E9%BA%A6%E5%85%8B%E5%BA%93%E5%B0%94/19360720?fr=aladdin，2016-01-25.

史。然而,在乔伊斯眼中,暴力革命与悲情的述说一样,无法带来自由,其只会阻碍民族诉求的实现。

《为芬尼根守灵》中的凤凰公园案件无疑是对此最好的阐释。故事一开始,HCE 就因为凤凰公园案件而成为众矢之的。他的妻子 ALP 试图为他洗刷罪名,他的儿子舍姆与肖恩也卷入其中,他们分别扮演着执笔者和邮差的角色。在充满梦呓的破碎叙述中,凤凰公园案件成为了难得的一条贯穿始终之线索。那么,为什么乔伊斯要特别强调凤凰公园案件呢?这个案件有什么深意吗?

实际上,这里的凤凰公园案件所指向的,是历史上的凤凰公园暗杀案。凤凰公园是位于都柏林利费伊河北岸的一处古老的城市公园,始建于 1662 年,占地 1750 英亩。1882 年 5 月 6 日黄昏,爱尔兰首席大臣坎文迪斯(Lord Frederick Cavendish)和常务次长博科(Thomas Henry Burke)在这里被"爱尔兰民族常胜军"的几名年轻人刺杀身亡。这一事件在当时引起了极大的反响,拉开了暴力暗杀的序幕,甚至几乎断送了爱尔兰的未来。常胜军是一个激进民族主义组织,他们反对与英国妥协,主张以激烈的方式来谋求独立,刺杀坎文迪斯仅仅是因为他代表英国。然而,坎文迪斯虽然受英国政府指派,但是他一直以温和的方式致力于改善爱尔兰民主状况。他多方斡旋,帮助格兰达首相(William Gladstone)与爱尔兰联合会的帕内尔达成共识,并最终形成了《凯尔美汉姆条约》(Kilmainham Treaty)。这一条约旨在完善 1881 年出台的土地法案,使土地租金更为合理化,极大地保障了爱尔兰农民的利益。然而,就在条约达成后的第五天,坎文迪斯却遇刺身亡,这不得不说是一个巨大的损失。这一事件的直接结果是"威压法"的颁布及保守党在大选中的上台。进行中的爱尔兰区域自治计划就此搁浅,并整整推迟了 28 年。[①]

凤凰公园案件的另一个指涉则是帕内尔。在《为芬尼根守灵》中,HCE 卷入的是一起色情案件。有人说他偷窥少女小便,有人说他在公园排泄,也有人说他跟老婆做爱。流言四起,甚至由此演生出《帕西奥雷利之歌》对

① Sena Molony, *The Phoenix Park Murders*, Georgia: Mercer Press Ltd., 2006.

HCE 进行了粗俗的指责。实际上，这就是帕内尔经历的写照。

查尔斯·帕内尔(Charles Stewart Parnell，1846—1891)是 19 世纪爱尔兰著名的自治运动领袖，在爱尔兰享有“无冕之王”(uncrowned king of Ireland)的称号，他主张以合作的方式争取爱尔兰的自由平等权利。在他的努力下，1870 年和 1881 年通过的土地法案，为爱尔兰人赢得了经济的平等。他的地方自治理念更是对后来产生了深远的影响，第一次有效地制约了英国对爱尔兰的控制。然而，1889 年，因为被指控与威廉·奥谢的妻子通奸，帕内尔遭到了舆论的猛烈攻击，声名与事业一落千丈。正如《帕西奥雷利之歌》所唱到的，“众神之父身败名裂”。他被迫淡出政坛，并于两年之后在家里郁郁而终。爱尔兰从此失去了它真正的英雄。某种意义上讲，凤凰公园的谋杀“改变了整个爱尔兰历史”。[①]

从坎文迪斯到帕内尔，凤凰公园见证了身体暴力与语言暴力对爱尔兰的伤害，这也正是乔伊斯指涉“胡立根夫人的圣诞蛋糕”之深层含义。胡立根(Hooligan)是爱尔兰一个常见的姓氏“Houlihan”的变形，在 1880 年至 1890 年的报刊文学和音乐创作中时常出现。[②] 叶芝的《胡里汉之女》就是一例。胡立根的女性身份加上这一姓氏的普适性，使其自然具有了对爱尔兰的指代作用。然而，歌谣对胡立根的暴力呈现却与“Hooligan”的本意相去甚远。从词源上讲，“Hooligan”源于爱尔兰俚语“Hooley”，意思是喧闹的舞会，热衷于这样舞会的人则被称为“派对迷”(Hooley gang)。[③] 到了 1890 年，这个原本代表爱尔兰式欢乐的词却与爱尔兰保镖帕特里克·胡立汉(Patrick Hoolihan)联系到了一起，并频繁出现在英国报纸有关犯罪的报道中。[④] 自此，“Hooligan”的所指开始转向那些以破坏性方式解决问题的年轻人(Hooligan boy)。时至今日，“Hooligan”更是成为了暴力蛮横、肆意妄为的代名词。胡立根词义的转变实际代表着爱尔兰形象的嬗变。虽然其中不乏殖民话语对爱尔兰形象的扭曲，但是这也与爱尔兰的暴力革命不无关系。

---

① James Fairhall, *James Joyce and the Question of History*, London: CUP, 1995, p. 18.

② http://www.etymonline.com/index.php? term=hooligan, 2016-03-01.

③ Anatoly Liberman, *Word Origin and How We Know Them*, London: OUP, 2009, p. 121.

④ Clarence Rook, *Hooligan Nights*, London: OUP, 1979.

在乔伊斯看来，暴力的解决办法除了造成反抗力量的内耗外，还意味着对殖民逻辑的顺从，其在不自觉中赋予了殖民统治正义性与合理性。

经济的落后与政治的不独立使得爱尔兰的政治局面纷乱不堪，爱尔兰呼唤着英雄的出现。然而，一边是传说中虚幻的英雄，一边是真实世界中陨落的英雄，那么到底是谁杀死了英雄呢？民谣《谁杀死了知更鸟》(*Who killed Cock Robin*)[①]就此给出了发人深省的答案。这首歌最早被收录在1774年出版的《汤米·萨姆的歌本》中(*Tommy Thumb's Pretty Song Book*)。然而，从起源上讲，我们可以追溯到更古老的时候。歌中被杀的知更鸟(Cock Robin)就是凯尔特传说中的太阳神之子，他的名字在盖尔语中为"Coch Rich Ben"。据说，他被射死后就化作了知更鸟，每年8月1日的收获节(Lughnasadh or "Lammas" day)就是为了纪念他的。在古凯尔特的日历上，这一天总是用弓箭标志出来。在《为芬尼根守灵》中，这首歌谣出现了15次之多，可见乔伊斯对它的重视。从题目上看，这首歌谣所展示的是对杀戮的质询。"是谁杀死了知更鸟？是我，麻雀说道。我用弓箭杀死了知更鸟。"凶手似乎毫不费劲地被找到了。然而，在之后的12节中，随着询问的深入，更多的细节开始浮出水面。"是谁看着他死的？""是谁吸干他的血？""是谁为他做了寿衣？""是谁给他挖的坟墓？""是谁为他敲响的丧钟"……这场谋杀最终证明是一场群体事件，是集体无意识的体现。所有的动物似乎都在哀悼，又都同时参与了谋杀。

这是爱尔兰当时状况的再现。从表面上看，英国的殖民统治是造成爱尔兰困境的元凶，然而天主教对民众精神心灵的禁锢、不同政治势力间的相互争斗、革命力量错误的决策、全社会的精神瘫痪等也都是共谋。"男人们和女人们，那即将到来的民族将从你们之中诞生，你们那民众之光正在经受分娩的阵痛，有竞争力的命令被用来反对自身，精英政治已被取代，在一个疯狂的社会的普遍的瘫痪状态之中，合谋者将会积极活动。"[②]

从某种意义上讲，爱尔兰已经将压迫内化为民族思维的一部分。这就

① Albert Jack, *Pop Goes the Weasel: The Secret Meanings of Nursery Rhymes*, London: Penguin, 2009.

② [爱尔兰]西莫斯·迪恩：《艺术家·民族·历史》，载[爱尔兰]乔伊斯：《一个青年艺术家的画像》，黄雨石译，北京：人民文学出版社，2011年，第291页。

是他们之所以一面沉湎于神话的想象，一面又痛恨艺术创造；一面崇拜着个人英雄，一面又无法承担成为自我所附带的责任，继而转为暴民的原因。

结论

在乔伊斯的作品中，民谣成为了连接现实与历史的桥梁。它一面讲述着伊芙尔与加布里埃尔的故事、斯蒂芬的成长及 HCE 的经历，一面又述说着爱尔兰的历史，从外族入侵的苦难到玫瑰革命、奥格里姆战役与韦克斯福德起义，从文化复兴到暴力革命，从坎文迪斯的被害到帕内尔的陨落。在与文本的互动中，民谣犹如镜子（mirror）和擦亮的窥镜（polished looking glass），一方面映照出爱尔兰的创伤，一方面又不断"向历史的深度探查，显现出一幅民族病理的基因图谱"[①]。它将虚幻的美好砸碎，以真实并近乎残忍的方式呈现出来。不缅怀，不悲悯，迎头棒喝，将人们从麻痹瘫痪中唤醒。正如斯蒂芬所说："历史，是我正努力从中醒过来的一场恶梦。"[②]

半盲的乔伊斯如荷马般行走吟唱，他拨动着古老的琴弦，传唱的却是现代的歌谣。通过音乐的灵悟，过去与现在共时存在，个体升华为普遍，瞬时凝聚为永恒。在文本与潜文本的交相呼应中，民族觉醒与救赎的复调乐曲悄然奏响。"声音飞翔着，一只鸟儿，不停地飞翔，迅疾、清越的叫声。蹁跹吧，银色的球体；它安详地跳跃，迅疾地，持续地来到了……高高地翱翔，在高处闪耀，燃烧，头戴王冠，高高地在象征性的光辉中，高高地在上苍的怀抱里，高高地在浩瀚、至高无上的光芒普照中，全都飞翔着，全都环绕着万有而旋转，绵绵无绝期，无绝期，无绝期。"[③]

① 郭军：《隐含的历史政治修辞—以〈都柏林人〉中的两个故事为例》，载《外国文学研究》，2005 年第 1 期，第 56 页。

② [爱尔兰]詹姆斯·乔伊斯：《尤利西斯(上)》，萧乾、文洁若译，上海：译林出版社，1994 年，第 54 页。

③ 同上，第 355—356 页。

第五章　乔伊斯与爱尔兰典故

引论

民间文学、民间艺术、民俗活动等民间非物质文化遗产，是千百年来人民集体智慧的结晶，是人民日常生活的重要组成部分。[①] 人们从小就听故事、唱儿歌，在婚丧嫁娶、节日庆典等民俗活动中逐渐熟悉民间文化。非物质文化内涵丰富，其诸多内容甚至源于人们的无意识，受到大众的喜爱。在世界文学中，荷马、但丁、莎士比亚、歌德、普希金、屈原、李白、杜甫、白居易、关汉卿、王实甫、罗贯中、曹雪芹、蒲松龄、鲁迅等作家都曾运用民间文学的成果，创作出传世之作。

作为世界文化的重要组成部分，爱尔兰文化是人类留下的宝贵非物质文化遗产。在叶芝看来，爱尔兰已变得千疮百孔，只有重构爱尔兰神话和民间传说，才能恢复传统，从而让世界认同真正的爱尔兰岛和爱尔兰民族精神，因此要摈弃英语，重拾本土盖尔语，彻底挣脱英国强加在爱尔兰身上的枷锁，用暴力手段求独立，用血与火的洗礼迎自由。可以看出，叶芝关注的是如何借幸存的爱尔兰民间传说和神话来重构爱尔兰本土与民间文化。在叶芝眼里，爱尔兰的民族精神是不灭的火种，它就隐藏在古爱尔兰文化的断简残篇中。

① 段宝林：《非物质文化遗产精要》，北京：中国社会出版社，2008年，第3页。

作为诗人，叶芝以诗作讴歌了爱尔兰传统文化的生命力；作为小说家，乔伊斯则以叙事形式既展现了爱尔兰非物质文化遗产的无穷魅力，又剖析了爱尔兰的现实和现代城市里的爱尔兰人之文化心理。乔伊斯认为，“恰如盛极一时的古埃及文明，古爱尔兰已死亡了。灵歌已曲终，墓碑上已刻下铭文”。[①] 在乔伊斯眼里，古凯尔特吟游诗人的三人团体传统终结了。“今天，其他的理想鼓舞着其他的吟游诗人呐喊、战斗。”[②]

在乔伊斯的作品中，爱尔兰典故[③]具有重要的叙事作用和象征意义，对深入理解乔伊斯的叙事艺术和美学观点具有重要的研究价值。这些典故主要源于三个方面：其一，爱尔兰民间故事、传说与神话；其二，爱尔兰史书或爱尔兰文学作品中的故事和人物；其三，《圣经》和宗教的故事、人物、礼仪等。乔伊斯以爱尔兰典故的源头为框架，重构了爱尔兰的过去、现在与未来。他借助爱尔兰典故，直接或间接地揭示出一脉相承的爱尔兰文化本质。

一、乔伊斯与“囚禁”典故

在乔伊斯的小说作品中，“囚禁”一直是个重要的母题，表现了乔伊斯眼中的都柏林之生存状况。这与爱尔兰的地理位置不无关系，爱尔兰本身就是一个岛屿。在乔伊斯笔下，爱尔兰岛被描绘成受英国殖民统治和天主教管辖的“大监牢”。

同样，爱尔兰文化中不乏有关“囚禁”的典故，这也印证了爱尔兰的地缘因素对其文化的深远影响。例如，在爱尔兰神话中，弗魔族的国王巴洛尔听一位德鲁伊教的预言家说，他将被自己的外孙杀死。巴洛尔只有一个女儿，当时还是婴儿，名叫恩雅。像希腊神话中达那厄的父亲阿克里西俄斯(Acrisios)一样，为了避免厄运，巴洛尔专门建造了一座高塔囚禁恩雅。同时，他还安排了 12 名女仆看守，严禁恩雅看见男人的脸，甚至还要避免她知

① 陶家俊：《爱尔兰，永远的爱尔兰——乔伊斯式的爱尔兰性，兼论否定性身份认同》，载《国外文学》，2004 年第 4 期，第 51 页。

② 同上。

③ 依据《辞海》，“典故”是“诗文中引用的古代故事和有来历出处的词语”。在本章的讨论中，“诗文”不仅指诗歌，也指包括小说在内的所有文学体裁。

道有异性的存在。在这种与世隔绝的环境下，恩雅长大了——像所有被囚禁的公主一样，她出落成一个绝世佳人。[①] 囚禁，这种古老的刑罚不仅剥夺人的自由，而且让人在压抑的狭促空间里性格扭曲，其本质是对人性的禁锢。不自由，毋宁死。人类历史书写的正是各族人民为自由而战的一曲曲悲壮颂歌。

鲁迅先生说："假如一间铁屋子，是绝无窗户而万难破毁的，里面有许多熟睡的人们，不久都要闷死了，然而是从昏睡入死灭，并不感到就死的悲哀。现在你大嚷起来，惊起了较为清醒的几个人，使这不幸的少数者来受无可挽救的临终的苦楚，你倒以为对得起他们么？"[②]

在爱尔兰这间"铁屋子"中，有少数人会惊醒。在能从中醒悟的人中，有像乔伊斯和贝克特这样的作家，也有其他敏感和有着强烈自省的人。这些醒悟的人用深邃的目光审视着这冰冷的、充满敌意的环境，对所有扭曲人性的枷锁和桎梏深恶痛绝。他们自知没有足够的力量打碎这间"铁屋子"，于是他们选择了另一种抗争手段——文学、流亡和谋略。

（一）乔伊斯自画像与"囚禁"

神话的激情、想象与豪迈精神开启了文艺上的浪漫主义传统，屈原、李白、吴承恩等作家都深受此影响。众多神话故事和艺术形象成为后世民间故事与作家创作的重要参考素材。心理分析学家认为，神话作为集体潜意识在人类头脑中代代遗传，在潜移默化中对文学创作产生了很大影响。[③]

在希腊神话中，3000 多年前的克里特岛上有座克诺索斯城，其国王米诺斯命令代达罗斯建造了一座宏大复杂的迷宫，用来豢养一个牛首人身的怪物米诺陶。米诺陶力大无穷，并且十分凶残，食人成性。米诺斯国王要求雅典每年进贡 7 对童男童女作为米诺陶的祭品。这年又轮到雅典进贡。雅典王的独生子忒修斯自告奋勇带着童男童女渡海来到克里特岛。忒修斯勇敢英俊、智慧过人，赢得了克诺索斯国王的女儿阿里亚娜的芳心。于是，阿

① 叶舒宪主编：《凯尔特神话传说》，西安：陕西师范大学出版总社有限公司，2013 年，第 68 页。
② 林呐主编：《鲁迅散文选集》，天津：百花文艺出版社，1991 年，第 324 页。
③ 段宝林：《非物质文化遗产精要》，北京：中国社会出版社，2008 年，第 58 页。

里亚娜请求代达罗斯助意中人一臂之力。代达罗斯给了忒修斯一团线。借助这团线,忒修斯在杀掉怪兽之后顺利走出迷宫,而这令米诺斯王同时失去了宠物和爱女,于是他恼羞成怒,要降罪于代达罗斯。与此同时,代达罗斯也意识到了自己的危险境地,决定带着他的独生子伊卡洛斯出逃。米诺斯国王认为,只要守住克里特的所有港口,代达罗斯就插翅难飞,但他却没有料到,代达罗斯父子竟然真的插上了用羽毛和蜂蜡制成的翅膀飞出重围。不幸的是,伊卡洛斯忘记了父亲临行前的嘱咐,他越飞越高,太阳的炽热使蜂蜡熔化、羽毛脱落。最终,伊卡洛斯坠入海中,葬身鱼腹。代达罗斯悲痛欲绝地在雅典城等待他那永远等不到的儿子。

在乔伊斯的自传体小说《艺术家年轻时的写照》(*A Portrait of the Artist as a Young Man*, 1916,以下称《写照》)中,主人公斯蒂芬将爱尔兰视为一座巨大的迷宫,而民族、语言和宗教则成为束缚羽翼未丰的艺术家之网罗。当斯蒂芬意识到自己的艺术使命时,他下定决心要冲破这些网罗,“我不愿意去为我已经不再相信的东西卖力,不管他把自己叫作我的家、我的祖国或我的教堂都一样”[1],而他所用的手段则是“沉默,流亡和狡黠”[2]。

> I will tell you what I will do and what I will not do. I will not serve that in which I no longer believe, whether it call itself my home, my fatherland, or my church: and I will try to express myself in some mode of life or art as freely as I can and as wholly as I can, using my defence the only arms I allow myself to use-silence, exile, and cunning. [3]

在另一种意义上,斯蒂芬也可以被视为米诺陶的化身,二者分别被囚禁在两座孤岛之上——爱尔兰岛和克里特岛。米诺陶似乎很享受这种“被囚禁”,因为每年有 7 对童男童女可以享用,然而他也是孤独和痛苦的,亦是无

① James Joyce, *A Portrait of the Artist as a Young Man*, New York: Simon & Schuster, Inc., 2005, p. 256.
② Ibid.
③ Ibid.

辜的。作为一个骄傲的王子，米诺陶本应该享受万民的膜拜与景仰，可是天生的丑陋剥夺了这属于他的一切，还导致他被投入暗无天日的监牢。在《写照》中，斯蒂芬自喻为天才工匠的儿子伊卡洛斯，而在《尤里西斯》中，他又以犹豫的王子哈姆雷特——甚至耶稣这位神的独子——自居。高贵的出身与后天的经历之巨大反差，同样让斯蒂芬痛苦不堪。成长期间，他遭受着多次诱惑，这些诱惑包括耶稣会的教职、妓女的怀抱等，正如那使米诺陶得以果腹却将其永远栓在岛上的祭品童男童女。天生的骄傲驱使着斯蒂芬奋起对抗这冷漠而充满敌意的环境，米诺陶可以说是斯蒂芬的原始本能之体现。可贵的是，斯蒂芬的理性战胜了本能，他选择了逃离和流亡。正如斯蒂芬一样，乔伊斯也一直试图挣脱爱尔兰这座巨大迷宫的束缚，甚至为了追求艺术和自由，他不惜背井离乡、远赴重洋，投向欧陆之怀抱。

(二)《尤利西斯》与"囚禁"

"囚禁"的典故也存在于《尤利西斯》(*Ulysses*，1922)之中，其是乔伊斯重构《尤利西斯》的一个重要方面。在《奥德赛》里，仙女卡鲁普索施展魔法，将尤利西斯囚禁在海岛上达 7 年之久，不让他回家与妻子团圆。与之呼应的是，早晨 8 点钟，广告经纪商犹太人布鲁姆在家中为自己煎好一份猪腰子，又为妻子莫莉准备了一顿早餐。婚姻就像一座围城，外面的人想进去，而里面的人却迫不及待地想要逃出来。对于布鲁姆夫妇而言，婚姻早已成了束缚两人的锁链，"食之无味，弃之可惜"。两人都在挣扎，却得不到自己想要的东西。莫莉收到博伊兰的来信，得知他下午 4 点到莫莉家排练一首歌曲。莫莉知道她偷情的机会来了。布鲁姆遭到妻子性欲方面的拒绝后，另辟蹊径，与别的女人在暗中交换情书，通过幻想获得性欲上的满足。在这一章，莫莉成为仙女卡鲁普索的化身，挂在布鲁姆家墙上的一副"仙女沐浴"图，象征性地将莫莉与卡鲁普索联系了起来。莫莉拒绝布鲁姆享有夫妻天伦之乐的要求，与《奥德赛》中卡鲁普索拒绝尤利西斯回家团圆的愿望形成了一种对应。

"囚禁"同样是《尤利西斯》中的重要母题之一。考虑到与《奥德赛》的互文关系，在《奥德赛》中，尤利西斯遭到了卡鲁普索的囚禁，并且成为其性奴。

奥德修斯曾被仙女卡鲁普索囚禁于奥鸠吉岛达7年之久，据说二人在岛上过着神仙眷侣般的生活——洞口绿荫环绕，泉水清冽，野芳幽香，佳木丰茂。在乐不思蜀中，尤利西斯的强大内省机制使得他内心充满挣扎地想要离开，而卡鲁普索却尽力施展魔力留住他。直到雅典娜到宙斯面前求情干预，奥德修斯才得以解脱。当人们一味拷问并关注珀涅罗珀的忠贞时，无疑她坚守住了——在丈夫漂泊的十年间，她独守闺房，抵挡住了求婚者的侵扰。反观大英雄奥德修斯，表面上看，奥德修斯思乡心切，但是事实上他已然不忠在先，和仙女有了7年的夫妻之实，甚至与卡鲁普索有了爱情的结晶——瑙西洛俄斯（Nausinous）。在《荷马史诗》中，仙女卡鲁普索与奥德修斯相遇也是冥冥中的安排，传说她是被自己的父亲阿特拉斯囚禁在岛上的。卡鲁普索所受到的惩罚就是，命运女神每过一段时间就送一个需要帮助的英雄，但送来的英雄都不可能留下，卡鲁普索偏偏陷入爱河。如此说来，奥德修斯也是卡鲁普索的命运枷锁，二者在命运的主宰下相爱相害。最终，在奥德修斯走后，卡鲁普索也心碎而死，这体现了古希腊人强大的宿命观。

在小说最后一章《珀涅罗珀》中，女主人公莫莉无疑又化身为现代的珀涅罗珀。在小说中，莫莉是一个曾经受到许多误解的女人，其贯穿整整一个章节的香艳露骨之内心独白，并不是人们说的淫乱顶峰。如果莫莉真是行为放荡的女人，那么乔伊斯就不会把她当作女主人公，因为他需要的就是一个普通女人，这样才能和布鲁姆的一些怪癖抗衡。[①] 但是，首先，我们并无确凿的证据判定莫莉与博伊兰的私通之实。布鲁姆的怪癖影射了乔伊斯在浑然忘我的创作中的那些畸形趣味。为了体验嫉妒并将其写进小说，乔伊斯居然怂恿诺拉去勾引其他男人，这使诺拉伤心不已。因此，我们完全应该质疑小说中莫莉的不贞是否属实，是否仅仅是布鲁姆意识中的意淫。其次，书中显示莫莉与布鲁姆的家庭生活尚且和谐、恩爱，从布鲁姆每天为莫莉悉心准备早餐可见一斑。这完全出于布鲁姆的心甘情愿，并且他似乎很享受这种效劳。此外，丧子之痛对二人打击不小。布鲁姆有着自己的发泄途径，如意淫大街上的女人、和梦中情人写情书调情、在海滩一边偷窥戈蒂一边手淫

① [美]理查德·艾尔曼：《乔伊斯传(上下)》，金陡、李汉林、王振平译，北京：十月文艺出版社，2006年，第433页。

等，这些都展现了布鲁姆强大而旺盛的性意识，但也体现了现代人扭曲变态的性心理和性行为。在《奥德赛》中，珀涅罗珀被求婚者围困，苦守闺房长达10年之久，而与之对应的则是《尤利西斯》中莫莉长达12年之久的无性生活。对于有着正常生理欲望的莫莉来说，这也造成了极度的压抑和禁锢。从该角度来说，莫莉的风流成性，作为其排遣欲望的一种方式是可以理解的。

在滔滔不绝的意识流梦呓中，莫莉纵然经历了多个男性情人，但是最终仍是回到了布鲁姆身上，还是觉得他最好。作为莫莉原型的诺拉，不仅是乔伊斯生活中的主角，而且是其小说中众多女性形象的源头，为乔伊斯的小说创作直接提供了无穷无尽的素材和灵感。在某种意义上，选择了乔伊斯就意味着冒险，是需要相当胆量的。现实中的诺拉自信、独立而坚强，她深爱着乔伊斯，但并不让自己迷失在对乔伊斯的爱中。身为天主教徒，她容忍着乔伊斯对天主教的刻毒嘲讽，并仍然坚守着对这一宗教的虔诚。诚然，爱情与自尊之间不可能永远保持住默契，同乔伊斯私奔便是一个极好的明证。她笃信天主教义，但为了爱情还是勇敢地冒犯了该教义。[①] 然而，诺拉对乔伊斯的奉献不仅于此。在流亡生涯中，诺拉不仅要面对贫困这个劲敌，而且要招架乔伊斯的酗酒恶习、眼疾等劲敌，这种压力不亚于《奥德赛》中珀涅罗珀被求婚者围困的艰难处境。诺拉也曾心力交瘁、不堪忍受，几次想一走了之，但因着那份深沉的爱，她还是默默地承受下来，守候在乔伊斯身边，做着他最忠贞的珀涅罗珀。其实，莫莉与多个男人关系的隐喻，从中折射出爱尔兰的多元文化走向，即坦然接受异族文化，而后反观本民族文化，并且认可与改造本民族文化。

二、乔伊斯与“战争”典故

“战争”典故是乔伊斯作品的重要原素，展示了人类历史与战争的密切联系。在大自然面前，人类无比渺小、微不足道，但是他们可以精诚团结、励

① 路文斌：《乔伊斯的主角》，载《出版广角》，广西：广西出版杂志社，1998年。

精图治。在希伯来人的《圣经》中，早期的人类曾经异想天开地要造一座通天之塔。结果，这看似不可能完成的任务却让上帝惊出一身冷汗，他不得不叫停工程并混乱语言。其实，这反映了人类在繁衍生息的过程中和大自然之抗争历程。人类社会随着发展逐渐分化，产生出不同的种族、宗教、派别与意识形态，以至于利益纠葛不断、战乱丛生。

爱尔兰是一个苦难深重的民族，一直以来深受异族统治和宗教的压迫。乔伊斯在成年后虽然一直流亡海外，但是仍然心系故土，他笔下记录的无不是“亲爱的肮脏的都柏林”(Dear Dirty Dublin)的风土人情与一草一木。乔伊斯曾对诺拉说：“我是这一代也许最终能从我们这个糟糕的民族的灵魂中制造良心的作家之一。”[①]可以说，乔伊斯以笔为矛，一生都在为爱尔兰民族的觉醒进行着不懈的抗争，他懂得这场斗争的性质及所需要付出的代价。孤军作战，无尽的攻击和毁谤，“我仿佛觉得自己在与爱尔兰的每一种宗教和社会势力进行较量，我孤立无援，只得依靠自己”[②]。然而，乔伊斯毅然直面这惨淡的人生与悲苦的境遇，经过几十年的笔耕不辍，他借助文学创作，全面、真实地表现出家乡的生活气息和精神面貌，并且展现了一个正直、无畏的爱尔兰艺术家之灵魂。

牛是爱尔兰神话传说中一种很重要的动物，在爱尔兰传说中常与争端联系在一起。“凯恩有一头神奇的母牛，可以源源不断地产奶，所以每个人都想得到它，于是凯恩必须严密保护它。然而巴洛尔却想霸占这头奶牛。”[③]之后，巴洛尔用诡计骗来奶牛。于是，夺牛之恨引发了一场复仇之战。

在爱尔兰典故中，《夺牛记》是笔墨最为浓重的传说之一。这场战争是由阿尔斯特的邻国康诺特的王后梅芙(Maeve)和自己的丈夫麦特之子艾利尔(Ailill mac Mate)在枕边争论他们两个谁更加富有而引发的。梅芙知道自己的丈夫拥有一头银白色的神牛，因此她希望能得到菲查那(Fiachna)儿子达尔(Dare)的棕褐色大牛唐·库利来赢过丈夫。于是，梅芙派出使者向达尔借牛，希望能借一年时间并许以重酬。镇邦之宝岂可轻易拱手相让？

① 李维屏：《英国小说人物史》，上海：上海外语教育出版社，2008年，第28页。

② 同上。

③ 叶舒宪主编：《凯尔特神话传说》，西安：陕西师范大学出版总社有限公司，2013年，第68页。

借牛之事遭到达尔拒绝。借牛不成，任性的梅芙悍然决定夺牛。她联合其他两个国家，组成三国联军杀向阿尔斯特。一场因牛而引发的战争就此爆发。

在那个年代，战斗前要请德鲁伊或吟游诗人拜祭天地，选好良辰吉日再出征。康诺特女诗人菲德伍（Fedelm）向梅芙预示此行将艰难无比，因为那位英雄——库丘林将挡在她的面前。梅芙仍一意孤行。果然，在行军途中，库丘林屡次给梅芙的军队以沉重打击。梅芙便企图以女儿为诱饵，收买库丘林。无奈库丘林不为所动，梅芙的美人计落空。于是，梅芙一计不成，又生一计。弗狄亚（Ferdia）是弗伯格人达曼之子，也是库丘林的密友，并且与库丘林都师从斯卡哈。梅芙对弗狄亚百般奚落，挑拨他与朋友决斗。最后，弗狄亚为库丘林所杀。这场战争一直持续了 7 年之久。库丘林一直支持着居于劣势的阿尔斯特军，英勇对抗康诺特的三国联军。虽然库丘林没能守住阿尔斯特的神牛，但是他的孤军奋战还是成功延滞了联军进攻的脚步。库丘林甚至一度抓住了战争的元凶梅芙，最后以“不得再侵犯阿尔斯特”为条件放了她。之后，康诺特和阿尔斯特得以和平相处了 7 年。阿尔斯特的库丘林荣耀而归。至此，《夺牛记》里所讲述的库丘林的故事已经结束，但这场战争却只是暂告段落。

在《夺牛记》中，牛成了战争和杀戮的根源与不祥的象征。在乔伊斯的小说中，牛的意象层出不穷。在《写照》中，“丑牛”意象对应了腐败的爱尔兰。斯蒂芬在孩提时代听过的第一个故事，就是父亲讲给他的关于“哞哞奶牛沿着大路走过来”[①]。牛是爱尔兰的传统象征。在婴儿斯蒂芬的眼中，牛赫然是个庞然大物。迎面走来的牛对婴儿斯蒂芬是个巨大威胁，这预示了斯蒂芬将面对来自各种势力的威胁。牛是晚安故事中的主角，并且被认为是所有家畜中最漂亮的。随后，关于牛的描述却令人不快。在第二章中，斯蒂芬对牛的肮脏产生了深深的厌恶感，牛圈使人联想到肮脏。这里，斯蒂芬自比大力神赫克里斯，然而他缺乏完成英雄使命的能力。牛圈成了爱尔兰腐败社会现实的真实写照，这一幕暗示了斯蒂芬面对肮脏社会时的尴尬。

① James Joyce, *A Portrait of the Artist as a Young Man*, New York: Simon & Schuster, Inc., 2005, p. 5.

与妓女苟合让斯蒂芬产生了幻觉，他恍惚发现自己置身于“肮脏污秽的杂草丛中”[①]。这肮脏的情景其实正是斯蒂芬污秽混乱的内心世界之反映。随后，形如山羊的魔鬼出现在野地里。他们是“色太”(satyr)——自然界旺盛情欲的化身，在希腊神话中是半人半羊的形象。换言之，这种山羊似的生物可以被视为牛的变形，二者均残忍、恶毒和贪婪，正如腐败的爱尔兰吞噬着爱尔兰人的良心。

牛的意象精妙地再现和强化了小说的主题。《尤利西斯》的第十四章《太阳神的牛》所对应的，是《奥德赛》里尤利西斯到访太阳神岛的情节。尤利西斯提醒他的手下不要碰牛，因为牛对于太阳神来说是神圣的。可是，当尤利西斯睡着时，他的手下把牛宰掉吃了。宙斯为太阳神复仇，杀死了所有的人，只留下尤利西斯。这位英雄回家的日期又被推延了。乔伊斯通过大量关于牛的想象来展示这种相关性。在产院里，一群人对避孕与性的话题肆无忌惮地发表着看法，表现了亵渎神圣这一主题。然而，关于这一话题的讨论，同样引发了众人之间的激烈争辩。

爱尔兰的典故中充满了斗争和杀戮。其实，爱尔兰的历史就是一部记录爱尔兰各个部落和势力之间的角逐和争斗，以及爱尔兰人民抵御异族侵略者的抗争史。牛是爱尔兰民族的图腾。在爱尔兰的古代典故和乔伊斯的小说中，牛被赋予了独特的内涵，其游走于战争与和平的两端。由此可见，“乔伊斯们”的文学创造具有重要意义——使爱尔兰文学焕发了新的生机。

三、乔伊斯与“流亡”和“自由”典故

在乔伊斯笔下，“流亡”和“自由”典故是表现爱尔兰人意识形态的重要叙事成分。

(一) 飞鸟:“流亡”和“自由”

飞鸟是乔伊斯小说中屡次出现的意象，尤其在《写照》中，乔伊斯创造性地赋予了飞鸟丰富的象征意义。通过运用飞鸟之意象，乔伊斯最终将斯蒂

① James Joyce, *A Portrait of the Artist as a Young Man*, New York: Simon & Schuster, Inc., 2005, p. 141.

芬与代达罗斯神话中的“鹰一般的男人”关联了起来。然而，这些意象同样展示了斯蒂芬的成长体验和他对自由的追求。生活中的艺术和美，突然令斯蒂芬顿悟。听到了“鸟一般女孩”的艺术召唤后，他决心飞离。在最后一章中，鸟的意象重复出现，在空中翱翔的鸟激发了斯蒂芬的艺术灵感和无穷想象力。

飞鸟是流浪的象征。数年后，斯蒂芬站在图书馆的台阶上，看着数十只鸟儿在头顶盘旋，想着这些是什么鸟。看着燕子自由飞在空中，斯蒂芬想起了燕子的迁徙。对于斯蒂芬来说，燕子成了离别的象征，抑或孤独的信号。

飞鸟同样是自由的象征。斯蒂芬想象着飞鸟的形象，更加显得焦躁不安。对于斯蒂芬来说，“这非人的鸣叫对他的耳朵却是一种安慰”。[①] 斯蒂芬从鸟儿的振翅中找到了慰藉。鸟儿是斯蒂芬决心寻求的自由之重要象征，他希望从社会中获得解放。为了追寻真正的解放，斯蒂芬必须像鸟儿那样飞离。斯蒂芬的离开应该是他的最终觉醒，他意识到艺术家无法在充满敌意的环境中生存，因此他必须去更广阔的天地探寻永远的自由，无论是心灵的还是肉体的。

周围的环境造就了斯蒂芬的成长经历和人生抉择。在乔伊斯的《写照》中，斯蒂芬与鸟的意象之联系，定义了他在社会中所追求的角色。

以图书馆为背景有着深刻的寓意。图书馆通常是知识和艺术的象征。斯蒂芬逐渐意识到，只有艺术，而不是刻板的、冷漠的宗教生活，才能成就他恒久的追求。在此基础上，斯蒂芬下定决心要通过自我放逐来追求知识和艺术。

在《写照》的结尾，斯蒂芬离开了爱尔兰，这自然地唤醒了读者脑海中的神话图景——那位伟大的工匠为自己打造了一对翅膀。因此，乔伊斯最后展示了一个鸟的意象——通过艺术翅膀，斯蒂芬像他的老父亲那样，成为了自由和流放的象征。

(二) 涉水姑娘：天使

然而，在乔伊斯笔下，飞鸟不仅仅是自由和艺术的象征。在作者对黑暗

① James Joyce, *A Portrait of the Artist as a Young Man*, New York: Simon & Schuster, Inc., 2005, p. 232.

现实进行了深邃思考之后，飞鸟之意象又获得了新的解读，飞鸟的形象陆续变形为涉水姑娘的形象、蝙蝠般灵魂女性的形象，以及《尤利西斯》中的塞壬的形象。

涉水姑娘代表着某种自然美。起初，斯蒂芬总是沉浸在对圣母玛利亚神圣之爱的迷恋中，这种力量来自宗教。当在海滩偶遇涉水姑娘时，他突然发现了追寻已久的美和艺术。海滩偶遇涉水姑娘对于斯蒂芬来说是一个顿悟的时刻，他呼叫着“上帝啊！”在“一种世俗的喜悦的迸发中”。[①] 在涉水姑娘的形象上，斯蒂芬意识到孤独对于美的赏析之重要性。他可以“膜拜”她，仿佛她是艺术的化身，他不再为那种对她的欲望而感到羞耻。她向斯蒂芬揭示了他的使命，抑或他的“召唤”，那就是充分生活，别怕犯错，与此同时，“从生活中创造生活”[②]。

她处于一种自然的状态，因为她具有一种凡间的美。整部小说曾出现过许多鸟的意象，而涉水姑娘代表了最美的那只鸟。她的美对斯蒂芬是一种召唤。在斯蒂芬的凝视下，她表现出一种安静之态，其形象深深地震撼了斯蒂芬，这和斯蒂芬接触过的爱尔兰蝙蝠般灵魂的女性们是截然不同的。

同时，在斯蒂芬看来，涉水姑娘还是天使的化身。通常，天使被视为天堂的使者。作为来自生命殿堂的使者，涉水姑娘“在他面前打开了种种通向错误和光荣的大门”[③]。正如加百利来到玛利亚的房间，宣布了耶稣的新生命，涉水姑娘同样如使者一般宣布了斯蒂芬的新生。

斯蒂芬领悟到，那种俗世的美——而不是宗教——将会是自己的归宿。涉水姑娘这一幕引出了小说中最重要的顿悟。斯蒂芬是在拒绝接受神职后不久遇到涉水姑娘的。那一刻，斯蒂芬决定去赞美生活、人性和自由，而不再理睬任何使自己偏离此道的诱惑。他曾有两次屈从于诱惑：第一次，一个“粗暴而无味的声音”[④]让他沉沦于肮脏都柏林的妓女怀抱；第二次，一个“非人的声音”[⑤]将他引入冰冷的、乏味的、无情的教士的世界。无论是种种

① James Joyce, *A Portrait of the Artist as a Young Man*, New York: Simon & Schuster, Inc., 2005, p. 177.
② Ibid.
③ Ibid.
④ [爱尔兰]詹姆斯·乔伊斯：《乔伊斯读本》，黄雨石等译，北京：人民文学出版社，2013 年，第 310 页。
⑤ James Joyce, *A Portrait of the Artist as a Young Man*, New York: Simon & Schuster, Inc., 2005, p. 177.

诱惑，还是成为艺术家的召唤，都是作用于斯蒂芬的外力。这一幕暗示着，斯蒂芬决意投身艺术殿堂。

(三) 蝙蝠般灵魂：良知

在乔伊斯的作品中，蝙蝠颇具象征意义。达文故事中的女人让斯蒂芬回想起以前自己在克兰看到的农村妇女，从而体现了"良知"母题。在《艺术家年轻时的写照》中，"蝙蝠一样的灵魂"指爱尔兰的民族良知。乔伊斯认为，在天主教的统治下，普通的爱尔兰人失去了活力，甚至失去了本性。

然而，这个"蝙蝠一样灵魂"的女人之大胆举动，在一定程度上震撼了斯蒂芬，他意识到"这毫无忸怩之态的女人的眼神、声音和姿态"[①]，正是他的民族寻求已久的良知，并且"邀请一个陌生人到她床上去"[②]是她在黑暗隐秘和孤独中的天性之觉醒。

在与爱玛的交谈中，斯蒂芬发现，自己心仪的女孩同样有一颗"蝙蝠一样的灵魂"。她的行为不是非法的，只不过"没有爱情没有罪孽的和她温和的爱人一块儿呆上一会"。[③] 她必须让他去神父那里坦白他那天真的过失。在宗教的压力下，爱玛的本性扭曲了。事实上，不仅爱玛的形象被扭曲，斯蒂芬遇到的妓女、斯蒂芬的母亲、疯修女等人都是两种势力的受害者。在政治上，英国统治爱尔兰女性；在精神上，罗马天主教控制爱尔兰妇女观。爱尔兰的普通妇女如迷途的行人，又恰似黑暗中的蝙蝠，无不在迷惘中挣扎、探索与求生。

此刻，"鹰一般的人"找到了对应物——"蝙蝠一样的灵魂"——被囚禁在家里，必须从黑暗中寻找救助。为了找到他的民族之良心，斯蒂芬立誓要效法"鹰一般的人"——他的同名之人——代达罗斯，这位伟大的巧匠将翱翔于过去的宗教和文化束缚之上，飞向艺术那自由的未来天空。

(四) 塞壬：诱惑

据《奥德赛》第十二卷记载，塞壬是一种人面鸟身的海妖，常以无比美妙

① James Joyce, *A Portrait of the Artist as a Young Man*, New York: Simon & Schuster, Inc., 2005, p. 189.

② Ibid.

③ Ibid., p. 228.

的歌声诱惑水手，使船触礁沉没。塞壬体现了“诱惑”母题，展示了诱惑对人的影响力。尤利西斯听从女巫瑟西的劝告，预先用蜡将伙伴的耳朵塞住，并让他人把自己捆在桅杆上。当船驶过塞壬的海岛时，尤利西斯虽被音乐迷惑，但因不能动弹而安然脱险。在《尤利西斯》中，两名女招待就是海妖塞壬的化身，而酒吧内悦耳动听的音乐和歌曲则象征着塞壬的歌声。同尤利西斯一样，布鲁姆在酒吧里并未被乐曲和吧女迷惑。在此章中，乔伊斯极富创造性地运用了赋格手法，将不同场景中的诸多人物和事件凝聚在同一个音簇的奏鸣中。乔伊斯有着很高的音乐天赋，他在所有作品中都不放过利用音乐和歌曲的机会，而且音乐素材作为写作材料历来在他的笔记本上占有醒目的比重。在《尤利西斯》和《为芬尼根守灵》中，乔伊斯的这个特别嗜好和特殊才能得到了尽情展示。

作为现代主义小说中的典型“反英雄”人物，布鲁姆的世俗化行径与其在《奥德赛》中的对应者尤利西斯大相径庭。布鲁姆随性、好色、俗不可耐，他毫不掩饰对异性的好感，来者不拒。然而，布鲁姆同样展示了小人物英雄主义的一面。布鲁姆起初被风骚的酒吧女招待们迷倒——他本不想停留太久，但还是伫立良久盯着杜丝小姐看。沙龙中演唱的爱情歌曲弥漫了整个酒吧，这代表了塞壬的歌声，同样让布鲁姆欲罢不能。但是，他只是为了暂时转移对妻子红杏出墙的不爽和无奈。随后，布鲁姆战胜了诱惑，拒绝再听不断增强的伤感乐章。

食色，人之性也。布鲁姆只是一介凡夫俗子，他身上反映出的不过是当时西方社会的芸芸众生相罢了。所以，他的失态和庸俗是情有可原的。其实，尤利西斯也并非圣贤。正因为自知难以经受住女妖的诱惑，所以他才有先见之明地让人将自己捆在桅杆上。如此说来，现代“尤利西斯”布鲁姆的作为还是难能可贵的。

四、乔伊斯与“民族性”典故

众所周知，爱尔兰民族的历史就是一部爱尔兰人民抵御外族侵略、争取民族独立的抗争史。然而，爱尔兰民族命途多舛，先后被来自挪威的维京人、诺曼人、法国的亨利二世、英王亨利、克伦威尔等侵略者统治压迫着。19世纪中后期，爱尔兰的佃农甚至被驱赶出自己的家园，流亡异乡。然而，爱尔兰人并没有被压垮，他们不断起来斗争，以捍卫民族尊严。

爱尔兰文学有着悠久的传统，它包含了凯尔特文学和"英-爱"文学。现存最古老的爱尔兰神话及传说文献可以分为四大类，依次为：神话故事群，也叫入侵故事群；乌托尼恩故事群；莪相或芬妮娅故事群；以及大量难以归入任何历史时期的故事和传说。入侵故事群包括以下部分：(1)帕特兰来到爱尔兰；(2)诺曼德来到爱尔兰；(3)弗伯格人来到爱尔兰；(4)达纳神族的入侵；(5)来自西班牙的米莱西安人的入侵及他们对达纳神族臣民的征服。从米莱西安人起，我们开始接触到类似的历史——爱尔兰传说，他们代表凯尔特民族；也是从他们起，爱尔兰的王室开始走向衰落。[①] 在爱尔兰神话传说中，篇幅较长的有《地名的传说》和《侵略史》。据《侵略史》记载，西班牙王米勒的三个儿子来到爱尔兰，他们抢占了土地，但最后都在战争中死去。后来广为流传的杜伦三兄弟与乌斯那契三兄弟之故事都以悲剧告终，这是米勒三个儿子的故事之衍生和演变。[②]

作为醉心于凯尔特文化的著名学者和诗人，罗尔斯顿坚信，"神话是一个民族最初形成的核心动力之一"。[③] 众多爱尔兰文人与学者力图借助神话和诗歌来重塑爱尔兰文化传统，以此强化爱尔兰的文化身份。爱尔兰著名作家叶芝就深知爱尔兰神话、传奇和民间文学中凝聚了深层的民族经验与民族精神。在他所生活的年代，反对英国殖民统治的呼声日益高涨，文学家们相信到古代英雄传奇和民间传说中去，能够消除身上的殖民烙印。面对在各种恶势力之束缚下精神麻木瘫痪的同胞，乔伊斯大声疾呼要以艺术为武器来锻造爱尔兰的民族良知。他从不隐瞒自己嫉恶如仇的态度，也从不违心地同爱尔兰的现存制度妥协。在作品中，乔伊斯以巧妙的艺术形式，充分地揭露了当时爱尔兰社会的肮脏腐朽、英国殖民者的丑陋及宗教势力的虚伪恶毒。乔伊斯立足于爱尔兰文化，又不被狭隘的民族主义束缚，体现了

① 叶舒宪主编：《凯尔特神话传说》，西安：陕西师范大学出版总社有限公司，2013年，第58页。
② 丁振祺编译：《爱尔兰民间故事选编》，昆明：云南人民出版社，2011年，第369页。
③ 叶舒宪主编：《凯尔特神话传说》，西安：陕西师范大学出版总社有限公司，2013年，第3页。

一种超越一己民族观的世界主义视野。

(一) 乔伊斯自传性作品中的"民族性"

在《写照》中,爱尔兰人民与英国殖民者之间的民族矛盾极为突出。童年时期的斯蒂芬同情民族主义者,在得知帕内尔的死讯后,他也曾伤心落泪。然而,随着成长,斯蒂芬逐渐形成了自己的民族观,周围人们那种狭隘的民族主义行径变得让他深恶痛绝。斯蒂芬发现他们虚伪而善变,为了自己的利益可以毫不犹豫地出卖自己的同胞。在与达文的谈话中,斯蒂芬指出,从托恩的时代到帕内尔的时代,"没有一个正派、诚实的,为爱尔兰牺牲自己的生命、青春和爱情的人,不是被你们出卖给敌人就是在他最需要你们的时候被你们抛弃掉或者受到了你们的诅咒"。[①] 斯蒂芬甚至一针见血地指出,"爱尔兰是一个吃掉自己的猪崽子的老母猪"。[②] 因此,斯蒂芬拒绝在请愿书上签名。同时,斯蒂芬出生在天主教家庭,上的是教会寄宿学校。虽然斯蒂芬深受教会的影响,但是他也难以忍受教会那一套迂腐的陈规陋习。尤其是严苛的天主教教义中关于罪与罚的阐释,更是让斯蒂芬不寒而栗。他意识到,教会势力是爱尔兰人民精神上的网罗,紧紧束缚着人们,已成为英国殖民者的帮凶。在斯蒂芬眼中,教导主任成为英国文化枷锁的化身。

教导主任对斯蒂芬所说的"通盘"一词感到费解。这看似一个很小的细节,但是它实际上反映了英国与爱尔兰的文化冲突。教导主任是英国人,在斯蒂芬眼里,他就是所有英国传统势力和威望的代表。斯蒂芬的"通盘"是爱尔兰语,不是英语,因此教导主任让人想起了英国和爱尔兰之间的语言文化之分歧。斯蒂芬的伤心绝望从侧面反映出,这种分歧是难以根除的。同时,这种失望也强调了他对陈腐乏味的大学生活之不满。

在某种意义上,爱尔兰是对斯蒂芬施加影响的迷宫之象征。这个国家与斯蒂芬的理想背道而驰,因为爱尔兰甘于为异国势力和异域文化所奴役。英国人在政治上控制他们,而罗马天主教则在精神上奴役他们。由此看来,爱尔兰是两种统治势力的受害者,这两种势力同爱尔兰的民族本性是格格

① [爱尔兰]詹姆斯·乔伊斯:《乔伊斯读本》,黄雨石等译,北京:人民文学出版社,2013年,第342页。
② 同上,第343页。

不入的。

斯蒂芬的诉求之一，是突破这个外邦统治的文化历史网罗。斯蒂芬早早就意识到了爱尔兰和英国殖民者及其喉舌——天主教势力的冲突，因为那次家庭圣诞聚会上的激烈争吵对他有着深刻影响，这显示了斯蒂芬和天主教势力在自己的历史与使命方面之巨大分歧。于是，教导主任成为了异域文化之枷锁的化身，他被描述为英国殖民者的喉舌，因为他通过宗教教义来协助英国殖民者控制爱尔兰人的思想。正如斯蒂芬的父亲和凯西所说的，爱尔兰是一个"由神父控制的"国家，教堂是迫害者的化身。

在《尤利西斯》中，斯蒂芬的成长最终超越了民族主义，并通向了世界主义。

(二)《尤利西斯》：乔伊斯笔下的"民族性"

"民族性"作为《尤利西斯》中的重要主题多次出现，因为小说本身就是关于爱尔兰民族和犹太民族追求独立的史诗。

1.《尤利西斯》与两个民族

在第十五章中，斯蒂芬大闹妓院后逃离，来到街上遭遇英国士兵卡尔，并大声斥责后者，说爱尔兰不需要英国军队——这表达了对英国殖民者的控诉。斯蒂芬承认，自己愿意在精神上臣服于牧师与国王。卡尔觉得他的国王被侮辱了，因此威胁要揍斯蒂芬。然而，好友林奇此时却不耐烦地走开了，斯蒂芬斥责他是"犹大"。在此，斯蒂芬成为了受难耶稣的化身。卡尔将斯蒂芬打倒在地。随后，警察来了。最终，布鲁姆将失去知觉的斯蒂芬从卡尔和警察手中解救出来。

在《尤利西斯》中，乔伊斯同样表达了对犹太人的深切关注和同情。1920年，乔伊斯在一封信中谈到，《尤利西斯》是"一部两个民族(以色列和爱尔兰)的史诗"①。作为爱尔兰人，尤其是都柏林人，乔伊斯在排犹严重的欧洲能够如此强烈地对一个到处遭人排挤、受人欺凌、饱经磨难的弱小民族给予关注和表达，这是相当不容易的。这种情感可用下列因素来解释：爱尔兰和以色列民族都曾被欺压侵略、丧失主权、没有自由；许多人无家可归，

① [爱尔兰]詹姆斯·乔伊斯：《尤利西斯》，金隄译，北京：人民文学出版社，1997年，第1页。

到处漂泊流浪,可以说是受尽折磨,因此他们渴望独立自治,盼望和平安定的生活。再者,作为一生流浪异国他乡的漂泊者,乔伊斯深切感受到了流浪的滋味和无家可归的痛楚,因此他对"永世"漂泊的犹太人产生了亲近感和认同感,体现了一种深厚的人道主义情怀。正是以色列和爱尔兰这两个民族的相似经历,引起了乔伊斯的兴趣与关注。

乔伊斯有意地将以色列和爱尔兰并置在一起,因为这两个民族的经历惊人般相似。自公元70年罗马人摧毁"第二圣殿"到1948年以色列复国,犹太人在此期间经历了将近1900年的流浪生涯。在这漫长的流浪岁月里,他们历经种种折磨、压迫与屠杀。在旅居的国度里,犹太人始终是社会动乱首当其冲的受害者和战争的首批伤亡者。尤其在二战中,多达500多万的犹太人死于希特勒之手。

与以色列相似,爱尔兰也长期处于被殖民统治的地位,广大爱尔兰人民过着受压迫、受奴役的生活。公元12世纪,爱尔兰进入封建社会。1169年,英军侵入爱尔兰。1171年,英王亨利成了爱尔兰的君主,从此英国人开始在爱尔兰大肆掠夺资源和财产。在1640年开始的英国资产阶级革命中,克伦威尔登陆爱尔兰,侵占了将近三分之二的土地。《谷物法》于1864年被废除之后,爱尔兰的佃户因被驱赶出国而流亡海外。此后,大批的爱国人士不断起来斗争,发起各种民族独立运动。

正是对民族自由解放的追求,以及对重建家园的热切渴望,构成了两个民族生生不息的斗争史。饱受压迫与欺凌的奴役生活、无家可归的流浪状态,这一切深深地激励着两个民族的斗争。在这一点上,漂泊的犹太人和被压迫的爱尔兰人达成了共识。在乔伊斯看来,这两个民族是饱受苦难的典型。通过对犹太民族的苦难与斗争历史之描写,《尤利西斯》超越了一己民族的悲欢,呈现了人类普遍的生存处境,体现了乔伊斯的人道主义精神与世界主义情怀。

1936年,乔伊斯曾经对一名丹麦的评论家说:"你得自己尝到流亡的滋味,才能理解我的书。"[①]从这个意义上讲,在流浪和漂泊生涯中,这个非犹太

① 金隄:《西方文学的一部奇书》,载《世界文学》,1986年第1期,第234页。

人具有了和犹太人相似的情感经历与生命体验，因此其能够理解和接受两个民族拯救自我与世界的“救世”情怀。

2. 乔伊斯笔下的民族性与世界主义

在对待民族和社会问题时，爱尔兰人（以公民等为代表）显得封闭、保守、愚昧，具有极端狭隘的民族主义倾向，尤其表现在对犹太人的恶毒攻击和敌视上。他们不敢正视现实，沉迷于对古老文化的回忆，以及对革命的浪漫而虚幻之想象。相反，犹太人（以布鲁姆为代表）则表现出宽容的态度和宽宏的视野。虽然受到了侮辱和歧视，但是布鲁姆仍然没有丧失对人的同情和关怀，他希望世界和平及各民族和谐共处，从而明显表现出一种世界主义的视野和倾向。通过这种对比，乔伊斯批判了爱尔兰人与欧洲人的狭隘观念，以及地方主义和民族主义的偏见，展现了他的世界视野。

犹太精神的一个重要体现，就是犹太人作为“上帝”的“选民”所秉承的普遍的救世情结或人道主义情怀。乔伊斯在布鲁姆身上体现了要摆脱狭隘的地方主义困境之精神，寄托了乔伊斯向往世界和平、安宁与幸福的美好愿望，以及要超越种族与国家界限的世界主义诉求。

第十二章《独眼巨人》代表了小说全部公共团体的合围——全部其他社会团体都围绕着布鲁姆这个犹太人建立起了敌对面，市民成了爱尔兰民族主义的一个典型。市民的思想根基是种族排外。通过单一视角，市民虽能观察到大英帝国埋藏的祸端，但没能探明爱尔兰社会的陋习。市民对布鲁姆的敌视和排斥，体现出一种狭隘民族主义的荒谬。

与之形成鲜明对比的是，布鲁姆的人道主义情怀冲破了他卑琐的外在表现，呈现了他完整全面的人性与高尚的情怀，“（热心地）高尚的事业！我在哈德路十字桥上，看见一名有轨马车车夫折磨那匹已经被马具磨破皮的可怜牲口，我就责备他”[①]。布鲁姆不仅对人同情，他对动物也满怀怜悯，不愿看到残忍局面。可以说，布鲁姆是乔伊斯苦心经营的象征性形象，是乔伊斯情感和思想的隐蔽代言人。

其实，在小说中，布鲁姆就是作为“弥赛亚”来拯救他的民族与世界的。

① ［爱尔兰］詹姆斯·乔伊斯：《尤利西斯》，金隄译，北京：人民文学出版社，1997年，第660页。

虽然布鲁姆的形象在一般人眼中是猥琐的、极其平庸的，但是这只是表面现象，或者说只是人性的一个层面。实际上，布鲁姆的真正人格体现在其他方面。他身上具备着承受苦难、呼唤和平与正义的人道之心，有一种极其宽容与博大的关怀感，以及拯救罪孽中的众生之救世理想。他就是上帝的“选民”和“圣子”，唯一的救世者。

爱是他的信仰，是用来救助世人的法宝。在第十一章的最后，“布鲁姆·以利亚”乘着战车飞上了天空：

> 人们看到，战车中的他全身身披金光，服装似太阳，容貌似月亮，而威仪骇人，使人们都不敢正视。这时一个声音自天而降，呼唤着：以利亚！以利亚！他的回答是一声有力的叫喊：阿爸！上主！[①]

犹太人认为，以利亚就是上帝派来拯救世人的先知。在第十五章中，梦游中的布鲁姆做了都柏林的市长，向他的市民宣讲施政纲领，说要领导他们进入一个新时代，“一个未来的黄金城市，未来世界的新海勃尼亚的新布鲁姆撒冷”[②]。这正是“永世”流浪的犹太人所向往的圣城，一个精神的归宿，一个没有仇恨与战争的和平安宁之世界。显而易见，布鲁姆身上充满了浓郁的救世情结。布鲁姆追求爱与宽容，反对仇恨与侮辱，是以利亚的象征，他要带领人们进入没有压迫与欺凌的人间天国。

在施政纲领中，布鲁姆还阐发了自己仁慈的统治方式，强调种族之间应该打破藩篱和仇恨，进行广泛的交流。“我主张改革全市公共道德，推行明白实在的十诫。旧世界要改为新世界。团结一切人，犹太人、穆斯林、非犹太人……结核病、疯狂愚蠢、战争、行乞都必须从此绝迹……世界通用世界语，世界大同。再也不许那些在酒店里混酒喝的人和水肿的骗子满口爱国……宗教要自由开放，国家要自由无宗教。……异族共处，异族通婚。”[③]

在处理民族矛盾和社会问题时，与民族主义者的激进态度相比，布鲁姆

① [爱尔兰]詹姆斯·乔伊斯：《尤利西斯》，金隄译，北京：人民文学出版社，1997 年，第 523 页。
② 同上，第 700 页。
③ 同上，第 697—698 页。

反对暴力，主张和平与平等。在斯蒂芬谈到自己由于在小酒馆里和那帮闲汉发生冲突而被公民追打的事件时，布鲁姆发表了对种族仇视的批驳与对暴力冲突的不满："我反对任何形式、任何模样的暴力和偏激。它从来就达不到任何目的，也阻止不了任何事情。革命必须用分期付款的方式实现。因为人家住在相邻的街上而讲另一种方言就恨人家，可以这么说吧，一看就知道这是不折不扣的荒谬。"[①]显而易见，这正是对爱尔兰人的狭隘观念之批判，是对地方主义和种族主义偏见的超越。

虽然斯蒂芬和布鲁姆属于不同的种族，但是在小说中，与周围的爱尔兰人相比，他们两个人显得另类和特异。他们疏离于那些庸俗卑琐的市民，并且有着自己的见解；他们在几乎相同的时间里思考着大致相同的问题，并且在许多问题上取得了一致看法；他们互相救助，并且隐秘地感觉到了对方的吸引力和亲近感，像一对父子那样产生了精神上的沟通。我们可以将这一重要现象理解为一种暗示，一种民族间和平交流范式的象征。

在《尤利西斯》中，斯蒂芬和布鲁姆分别代表着爱尔兰人与犹太人。他们的相互寻找和心灵相通，以及两人的互相信任和帮助，实际上就体现了乔伊斯所追求的民族之间和谐共存、相互平等交流之愿望。斯蒂芬和布鲁姆在许多地方都是相似的，如他们都具有反抗性，都反对狭隘的种族思想，都追求艺术的独立与自由表达，都对许多社会现象表示不满，等等。在某种意义上，叛逆的爱尔兰青年斯蒂芬正是青年时代的布鲁姆之化身。

毫无疑问，布鲁姆和斯蒂芬的精神血缘是浓烈且难以割舍的，这在文本中的许多地方都是以隐晦的方式表达出来的，但还是有清晰可循的线索。在第十五章中，斯蒂芬回忆起自己拒绝了母亲请求他忏悔的情景，表达了他独立的人格和对宗教的反抗精神。布鲁姆将喝醉的斯蒂芬从列兵那里解救出来，并且在看着斯蒂芬的时候，他将斯蒂芬和自己死去的儿子联系了起来。布鲁姆对斯蒂芬的救助暗含了一种宗教情结，即以色列对世界的拯救。《圣经·旧约·以赛亚书》曾预言，以色列的救世主最终将成为"非犹太人之光"。

① [爱尔兰]詹姆斯·乔伊斯：《尤利西斯》，金隄译，北京：人民文学出版社，1997年，第872页。

第三部的标题是“回家”。布鲁姆和斯蒂芬结束游荡后的归来，象征着各民族之间达成了对话的基础。乔伊斯明确指出了两人的“共同的类似处”：

> 二人对艺术均敏感，对音乐尤甚于雕塑与绘画，二人均喜大陆生活方式甚于岛国生活方式，愿在大西洋此岸而不愿在彼岸居住。二人均由于早年家庭教育的影响已根深蒂固，并已继承一种固执的非正统抗拒心理，因此对宗教、民族、社会、伦理等方面的许多正统观念均表示怀疑。[①]

两人在一整夜的游荡中形成的相互理解与深刻的精神认同，则象征着他们之间民族差异的消融与跨越，从而走向进一步的友好对话与和平共处。在他们的交谈之中，“二人中是否有一人公然提及二人之间的种族区别？没有”。但是，他们自己非常明确对方的身份，并且明白对方对自己身份的认识：“他想他想他是犹太人，而他知道他知道他知道他不是。”[②]

斯蒂芬感觉到，布鲁姆的深沉苍老的声音中积累着过去的历史。在布鲁姆的眼中，斯蒂芬是一个才思敏捷的青年，这预示着爱尔兰未来的命运。他们有着共同的文化渊源、共同的祖先，以及相似的民族经历，这种共性象征着世界各民族共同的起源和公共的生存环境。爱尔兰和以色列这两个民族对和平解放生活的持续追求，无疑是人类各民族的共同缩影。

因此，在《尤利西斯》中，乔伊斯有意将以色列和爱尔兰的历史并置一处。通过民族特性的对比，乔伊斯批驳了狭隘的种族主义和地方主义，这就使文本摆脱了单纯的民族视线，具有了宏阔的世界视野。通过犹太人布鲁姆的世界情怀，乔伊斯展现了他强烈的犹太意识，以及在此基础上寄寓的世界主义倾向与世界视野，从而使这部20世纪的“天书”具有了现代“启示录”的色彩。

---

① ［爱尔兰］詹姆斯·乔伊斯：《尤利西斯》金隄译，北京：人民文学出版社，1997年，第915页。
② 同上，第923页。

五、乔伊斯与“英雄”典故

在爱尔兰典故中，有关英雄的传说比比皆是，它们被乔伊斯巧妙地运用于叙事之中。大英雄库丘林、芬恩与费奥纳英雄们的传奇故事广为流传，这些英雄史诗为我们描摹了一幅幅反映民族生活的历史画卷。古希腊时期的史诗式英雄介于神与人之间，他们通常被神化了。自中世纪和 17 世纪以来，英雄日趋世俗化。19 世纪的自然主义小说兴起后，众多草根式英雄——《尤利西斯》中的布鲁姆、《麦田守望者》中的霍尔顿、《在路上》中的迪安等纷纷涌现出来，他们大都在无能为力的境遇中挣扎。英雄主义已然崩塌，这些“反英雄”可谓现代小说的产物。这种现象反映出，在经济与科技飞速发展的同时，人的主导性却愈发退化，“物进人退，人役于物”的尴尬愈发明显。随着时代的发展，人类变得物质化与世俗化，安逸的生活环境消磨了人类往昔战天斗地的英雄气概，反倒是骨子里的惰性开始占据上风，人们不思进取、贪图享乐，面对既得的奋斗成果沾沾自喜。于是，世风日下、不法之事增多、罪孽泛滥、战争、瘟疫、环境恶化等资本主义上升时期经济大发展过程中的副作用同时发作，让人类措手不及、不知所措。在此种状况下，人类开始迷惘惶惑，怀疑起自己长久以来的努力和成果。我劝天公重抖擞，不拘一格降英雄。信仰缺失的人们心中呼唤着昔日那些英雄奇才能够从天而降，挽狂澜于既倒，救万民于水火，而文学中的反英雄之出现恰恰满足了人类对英雄主义的诉求。

(一) 乔伊斯自画像中的英雄

在乔伊斯的小说中，“英雄”母题得到了重要体现。例如，《艺术家年轻时的写照》的初稿名为《斯蒂芬英雄》。在这部小说中，斯蒂芬似乎难以和英雄联系到一起。然而，从斯蒂芬·迪达勒斯的象征性名字、斯蒂芬的普罗米修斯意象、斯蒂芬的内心叛逆、斯蒂芬自我苦修的毅力及作为一个创造性艺术家的独特勇气这五个方面来看，斯蒂芬的英雄形象跃然纸上。

事实上，主人公的姓氏“迪达勒斯”(Dedalus)只比古希腊著名艺术家

"代达罗斯"(Daedalus)的名字少一个字母。在希腊神话中,代达罗斯这位伟大的能工巧匠和儿子伊卡洛斯试图借助用羽毛和蜂蜡制成的翅膀来逃离克里特岛——这座自己亲手打造的囚禁自己之迷宫。"迪达勒斯"本身既是一个背叛和自由的象征,又是一个预言的象征。斯蒂芬的顿悟发生在小说第四章。当斯蒂芬在海边漫步时,被同学们戏称为"斯蒂夫诺斯·代达罗斯",一种从未有过的感觉涌上心头。斯蒂芬终于明白,他不但拥有代达罗斯的姓氏,而且他的姓氏本身就预言了他的使命,那就是凭着灵魂的自由和力量去创造出崭新的、神秘的、充满活力的艺术作品。

正如《圣经》中记载的那样,圣斯蒂芬是第一个基督教殉教者的名字,"献身"将斯蒂芬·迪达勒斯和圣斯蒂芬联系起来。圣斯蒂芬献身于宗教,而斯蒂芬·迪达勒斯献身于艺术创造。斯蒂芬的转变发生在第四章。为了能上大学,他放弃了进入耶稣会的机会。斯蒂芬的拒绝和随后海滩上的顿悟,标志着他从信仰宗教到追求艺术美的转变。斯蒂芬还是一个充满敌意环境下的受害者,社会和宗教对他的毒害颇深。斯蒂芬逃避他的群体,拒绝接受政治参与、宗教献身及家庭义务的束缚。斯蒂芬在小说结尾的决定,暗示着乔伊斯将艺术家视为一个必然孤独的人。

斯蒂芬·迪达勒斯的姓氏很重要,其暗指一个能依靠技术使自己超脱世界的异教徒角色,而他的名字则暗指第一个基督教殉道士圣斯蒂芬。在第五章中,斯蒂芬开始将重点从自己的名字转移到姓氏上。"斯蒂芬"是献身的代名词,而"迪达勒斯"则代表着具有审美价值的创造性作品。

神话中的生与死、爱情、人与自然的关系、美好理想等内容具有普遍性与永恒性,在乔伊斯的作品中发挥着深化主题之作用。神话表现了人类童年的天真,成为人类回首往事的一大乐趣[①],体现了虚拟的文学世界之基本特征。

在《写照》中,柔弱的斯蒂芬很难与英雄联系起来。然而,斯蒂芬的普罗米修斯意象在全书中多次出现。斯蒂芬对隐藏的被禁知识与真理之探寻是一个贯穿小说始终的主题,并且同神话中的普罗米修斯之盗火形象呼应起

① 段宝林:《非物质文化遗产精要》,北京:中国社会出版社,2008年,第58页。

来。这位泰坦从宙斯那里盗得火种。作为惩罚，宙斯将普罗米修斯缚于高加索山的岩石上，每天派一只恶鹰啄食其肝脏。这种意象暗示了斯蒂芬童年时的情景。斯蒂芬在童年时跟丹特阿姨学来的儿歌，正是他被一些权威力量折磨之写照。斯蒂芬用自己的声音重新构造了这些学来的歌词，而这一简单的韵律对比了两个挥之不去的意象，即道歉与啄掉眼睛。眼睛是心灵的窗口，道歉则是在内心深处经过自我审视后做出的一种自我谴责。对于普罗米修斯而言，尽管要遭受巨大的肉体痛苦，他仍然选择为人类的福祉献身；而对于斯蒂芬这个在童年时期遭受眼疾的小男孩而言，谈论“啄掉眼睛”显然是比单纯的道歉更为严厉之惩罚。因此，为了从未知的世界获取充分的知识，小斯蒂芬注定要遭受更多来自肉体和精神的折磨与考验。

斯蒂芬“他常常觉得很奇怪，为什么文森特·赫伦生着一张鸟一样的脸，同时也取了一个鸟一样的名字”。[①] 这些关于赫伦的鸟的形象之描述，自然引发了读者对啄食普罗米修斯心脏的宙斯之鹰的联想，而随后的情节也证实了这种判断。赫伦嘲笑斯蒂芬的父亲和斯蒂芬心仪的女孩——二者都是斯蒂芬内心最柔软的地方，这可以被视为一种精神上的惩罚。此后，赫伦和他的同党用棍子抽打斯蒂芬，这可以被视为一种肉体上的折磨。这一幕是斯蒂芬探寻真理过程中的勇敢行为之一，如同普罗米修斯盗火的壮举，显示了斯蒂芬的英雄主义。

斯蒂芬想当斯蒂芬式的英雄，他的自我认识体现了其成长的一个重要方面。在一次拉丁文课上，神父多兰发现斯蒂芬没写作业并询问原因。尽管斯蒂芬解释说是因为打碎了眼镜，可是多兰神父还是不依不饶地责打了斯蒂芬。随后，同学们纷纷谈论这一事件，并且鼓动斯蒂芬去校长那里告发多兰神父。起初，斯蒂芬很勉强。最终，他鼓起勇气，走上那条挂满先贤画像的长廊，来到校长的办公室。斯蒂芬告诉校长发生的一切，校长答应将和多兰谈话。当斯蒂芬告诉其他孩子他已经报告校长时，他们将他像英雄一般举过头顶。同伴将斯蒂芬高高举起并抛向空中，他们还喊他英雄。这一幕具有很深刻的象征意义，因为它使我们目睹了斯蒂芬罕见的英勇一面。

① [爱尔兰]詹姆斯·乔伊斯：《乔伊斯读本》，黄雨石等译，北京：人民文学出版社，2013年，第227页。

乔伊斯借助斯蒂芬在走廊上看到的先贤头像，强调了这两种英雄主义的区别。斯蒂芬从这些正直的英雄形象前走过，暗示了他可能也会加入他们的行列。斯蒂芬在道德方面取得的胜利，预示着他后来的远大抱负——立志成为自己国家的精神向导。但对于斯蒂芬而言，当个英雄并不是件容易的事。他被同学们举起，“直到他挣扎着从他们手里挣脱出来”。这一情景暗示了英雄主义是一种负担，会使人受到束缚。重要的是，斯蒂芬的英雄角色并没有让他产生一种社会归属感。欢呼过后，斯蒂芬发现他还是孤身一人。即使成为英雄，斯蒂芬依然感到孤独，仍然是一个受到排斥的局外人。

在第二章中，面对无法逃避的压力和无法排解的欲望，斯蒂芬最终投入了妓女的怀抱，并且找到了短暂的慰藉。然而，到了第四章，阿诺神父关于地狱的布道让斯蒂芬恐惧不已，这前所未有的恐惧迫使他在教堂里向神父忏悔并向上帝祈求宽恕。随后，斯蒂芬甚至强迫自己遵守一种严苛的宗教法规，并且心甘情愿地接受令人难以置信的苦修，这恰恰说明了他具有坚强的意志和英雄气概。早期的那些基督苦修者和隐士们曾在沙漠里住过，他们曾吃过蝗虫。与这些人一样，斯蒂芬也显示了他克制各种欲望和证实灵魂之至高无上的惊人能力，从而证明了自己和那些圣人十分相似。

在《写照》的结尾，斯蒂芬展示了在追寻属于自己和自己民族之独特艺术形式过程中的决心和勇气。在小说快结束时，乔伊斯转为采用日记体形式，这种形式上的变化旨在强调斯蒂芬一直在努力寻找自己的声音，因为日记可以通过语言记载来揭示一个人存在的问题。斯蒂芬不再借助别人的声音，而是用自己的声音来传达思想。这种形式和小说开头通过迪达勒斯给儿子讲故事的形式一起，构建了整部小说的框架。在整部小说中，斯蒂芬一直在寻找着自己的声音。一开始，他引用了权威人士亚里士多德和阿奎那的一些话，后来还引用了一些英国诗歌。最后，斯蒂芬意识到他必须创造出自己的语言，因为使用他人的语言不会令他感到快乐。在小说结尾，斯蒂芬成功地实现了这一梦想。他既没有模仿他人，也没有引用他人的言语，而是用自己的语言描述了自己的梦想及对事物的理解。从风格上说，这个部分不如小说开始的几个部分结构严谨和完美，但这种不完美正说明了斯蒂芬内心的坦率和真诚。面对着巨大的压力，斯蒂芬敢于发出自己的声音——

一种全新的声音。再一次，斯蒂芬展示了他独特的英雄主义。

反英雄也是英雄，只不过他们是远古英雄的一种重构和变形。为了实现自我的价值，他们将个人置于与社会对立的地位，这可谓对现代非人社会的抗议。他们企图通过摆脱一切社会组织和社会关系的束缚来实现个人的绝对自由，但这未免是虚妄的，只能导致失败的结局。对于斯蒂芬来说，追求艺术生命的途径最终只能归于流亡他乡。

（二）《尤利西斯》中的“英雄”

在所有希腊罗马神话传说的英雄之中，尤利西斯无论在性格上还是经历上都是最复杂的。很多人认为，荷马的尤利西斯绝非简单的远古历史事实之人格化，而是已经成为一个活生生的、血肉丰满的人。这个性格复杂、多棱多面的人，是一个具有某种人格魅力的、完整的人。他是国王，英明能干；他是演说家，能言善辩；他是政治家，足智多谋；他是军事家，攻城略地；他是漂泊者，历尽艰辛；他是探险者，坚忍不拔；他是热爱家庭的人，胜利复仇；当然，他还是发明家，有着浮士德般的无穷智慧。他不但体能过人、智勇双全，而且熟谙人情世故，为人圆滑、处事有方；他颇有心计，善使计谋，也善于掩饰和伪装自己；他可以说假话哄骗对方，也可以忍气吞声地乔装乞丐……然而，不管怎样，他总是保持着人格尊严和气质。

如果说荷马的《奥德赛》体现的是人的心智和毅力战胜并驾驭了客观环境及外部世界的种种艰难险阻，那么乔伊斯的《尤利西斯》体现的就是现代西方社会的客观环境对人的心智和精神之异化或征服。作为一个人，布鲁姆同尤利西斯一样，具有种种社会关系和角色。更重要的是，尽管布鲁姆的行动与尤利西斯的行动形成强烈的反差，但是他的性格在面临外部变化时会表现出多样化的连续性和完整性。在《荷马史诗》里，尤利西斯的英雄气质及其弱点是通过他的种种社会关系及他在面临不断变化的外部环境时所采取的行动逐渐展现出来的。在乔伊斯的作品里，主人公的性格、气质、优点和弱点一方面围绕他的种种社会关系展示出来，另一方面也通过他在万花筒般变动不已的都市生活环境中不断涌现的内心思绪活动展示出来。这位现代的“尤利西斯”站立在读者面前，向人们展示了他那复杂多样，甚至充满矛盾的悲喜剧性格。他可敬可佩，但又十分可笑；他厌恶种族歧视，但又听之任之；他热情好客、富有同情心，但往往自讨没趣；他精明能干，考虑问题十分周到，但什么事情总是在心里盘算，从未付诸实际；他通情达理、思想豁达，但又常常为一些低级庸俗的迷恋所困扰；他人到中年一事无成，但又不无自我优越感；他自视清高，但头脑里不时出现一些邪念头；他爱耍小聪明，有时占些小便宜，但总是乐于助人，甚至表现出侠义精神……这个20世纪的“尤利西斯”无疑是个性格复杂、有血有肉的人。

从另一方面来看，这位20世纪的“尤利西斯”尽管碌碌无为、处处失意，但是他仍表现出《荷马史诗》中的英雄气质。然而，这种气质主要表现在他隐秘的内心世界里。在内心的旅程中，他可谓一个事业和婚姻生活的失败者、一个屡遭轻慢的都柏林人、一个无法在政治生活中有所作为的人、一个难以出人头地的弱者。作为一个小人物，他没有踌躇满志的雄心和抱负。在夜镇里，他在一种梦幻般的状态下想象自己成为显赫的大人物，接着又当选为深受民众爱戴的都柏林大市长，并在充满激情的演说中滔滔不绝地阐述了自己的施政纲领。这样，这个最无英雄气质的小市民一下子成为一个英明卓越的政治家。事实上，他崇尚正义与公正。即使在一整天的游荡中，他脑子里也转动着如何促进爱尔兰社会福利与繁荣的计划。当然，他也十分清楚，他永远也成不了政治家和伟人，他只是做做白日梦而已。布鲁姆还表现出其他的“尤利西斯”之性格特征，如老成持重，做事谨慎；足智多谋，谙于为人处世之道；有克制力，善于谈判；情感丰富，富于同情心；心灵手巧，是个多面手。此外，作为20世纪的“尤利西斯”，布鲁姆还有几个特点值得我们注意，即性意识的躁动、好奇心及向往远方。

布鲁姆性欲很强，他爱看女性及女性内衣，他手淫，而且他与女性有色情的书信来往。作者对主人公性意识的大胆披露，可以看作现代西方社会生活的反映和写照。一方面，这表明作者对自己所处时代的道德沦丧之谴责，其中当然也包含着对普通小人物所处困境的同情；另一方面，这也表明作者受当时欧洲流行的弗洛伊德精神分析学说的影响，过分强调了人的潜意识和性意识。

布鲁姆爱好甚多，从艺人的口技到牲畜的疾病，他都一一涉猎。从他不停转动的思绪中，我们还可以发现一些基本的希腊气质，如孩童般的惊喜、对万事万物的好奇心、洞察事物的天赋、虚心好学、不隐瞒自己的无知等。此外，他还喜欢音乐，而音乐正是古希腊人对公民进行教育的基础，并且其也是当时最高雅的艺术之一。

布鲁姆虽然整天在都柏林的大街小巷游荡，但是通过意识世界的漫游，他成为"尤利西斯"式的漂泊者，他的思绪和想象使他远远地飞越了爱尔兰。早饭后刚离开家，他的思绪就飘到了遥远的东方国度。此外，他还在想象中漫游了欧洲最有名的一些地方，并由此一直航行到"西藏"和"爱斯基摩"地区。然而，无论怎样，布鲁姆本人都不会离家远走，他内心的旅程成为逃避现实的一种方式。从某种意义上看，布鲁姆同荷马笔下的尤利西斯一样，代表着社会中向心的、稳定的、富于建设性的因素。尽管在生活中屡遭挫折、一筹莫展，但是布鲁姆绝不会像乔伊斯一样远走高飞，做一个永不归来的流亡者。通过内心的旅程和白日梦，他调和了内心潜藏的流亡意识，从心向往之的英雄世界回到平凡庸俗而又令人痛苦不堪的现实世界，逆来顺受地安于现状。

《尤利西斯》与《奥德赛》的对应关系不仅仅是借古喻今，更重要的是体现了一种古往今来的人类意识之连续性，是一种"荷马化"的对现代生活和人生之探索。如果说《奥德赛》的史诗性就是人类寻求解脱，试图超越时代的所有焦虑，去追寻希望的努力，那么《尤利西斯》的出现则表明作者找到了一种重塑现代西方人空虚和扭曲心态的神话方法。换言之，如果说《荷马史诗》提供了让现代人追溯和探求人类在远古时期对外部世界与生存环境进行反映之途径，那么乔伊斯则是从中找到了寄托和灵感来表现生活在 20 世纪的当代人。

六、乔伊斯与"变形"典故

变形是原始初民在观念形态中满足内心的一种极为强烈之欲望及渴求，其在乔伊斯的作品中以典故形式出现，表现了乔伊斯眼中的一个爱尔兰文化之侧面。与文明人相比，原始人必须常常赤裸地面对严酷的现实，尤其是死亡。可是，由于当时缺乏对死亡的正确认识，原始初民只好在宗教信仰中祈求生命的延续和复归，而表述这种信仰的语言形式就是变形神话。因此，变形也往往是原始人对死亡的解脱，或者说神话用变形来代替生命终结这一事实。他们将延续生命的希望寄托于变形，并以此战胜死亡带给人的恐惧感。

在爱尔兰文化中，关于"变形"的典故屡屡出现，这反映了爱尔兰文化的丰富想象力和创造力。

大约写于公元1100年的凯瑞之子端的变形记让人心旷神怡。他先是变形为一只雄鹿，成为爱尔兰的鹿王；继而变成一头野猪，成为爱尔兰整个猪群之王；当他年老的时候，又变成了"一只伟大的海之鹰"；九天九夜不吃东西后，他变成一只大马哈鱼，多年之后被逮住送给了国家首领之妻——"她特别喜欢我，就把我整个吃了下去，于是我就钻进她的子宫"[①]又获得重生，成为首领凯瑞的儿子。他重生后，仍保留了端先前的记忆，包括他的前世、变形及从帕特兰起的爱尔兰历史。他将这些事情统统告诉了基督教的修士，让对方仔细记录下来。这个离奇的故事带有远古的色彩，又具备童话的奇幻性，我们从中可以看出凯尔特人的幻想中一直有灵魂转世的教义。

摩瑞甘(Morrigan)[②]是爱尔兰神话中的死神，乌鸦是她的心爱之物。在达努神族与深海巨人族之间的两次大战中，这位死神均站在了达努神族一方。摩瑞甘与库丘林之间还有一段恩怨情仇。库丘林不但拒绝了她的求爱，而且愤怒之下还伤害了摩瑞甘，因此英雄命中注定难逃一死。库丘林战死时，摩瑞甘狂喜之极，甚至化身为乌鸦飞落在了英雄的肩膀上。

尼曼(Nemain)乃"恶毒"或"恐怖"之意，是爱尔兰神话中的女战神。她和巴德布、摩瑞甘及玛查并列为战争神祇。有时她们化身为年轻女子，有时又变身为乌鸦，盘旋在硝烟弥漫的空中。相传，尼曼曾嫁与达努神族领袖努阿达为妻。

在小说中，乔伊斯将"变形"这一主题发扬光大。在《尤利西斯》中的《变形之神普鲁托》一章里，"变形"无处不在——转世、繁殖、神秘的词素变体，

① 叶舒宪主编：《凯尔特神话传说》，西安：陕西师范大学出版总社有限公司，2013年，第61页。

② 同上，第78页。

以及物质的变化。斯蒂芬看到了他周围的人物与自然，并在他的诗歌意识中将他们变形。例如，他将奔跑中的狗与其他动物（如熊、幼鹿、狼、牛犊、豹、秃鹫等）联系起来。变形——一种元素转换成新的集合（如灵魂转换成新的肉体）——集中体现出斯蒂芬思绪变化的特点，他的联想与主题跳跃并非总是符合逻辑的，经常是一个词甚至是一个词的声音就在他脑海中引出全部的思绪。例如，狗与豹的词素转换使斯蒂芬联想到海恩斯做的那个有黑豹的梦，它使斯蒂芬被惊醒后试图回想起他自己刚才做了怎样的一个梦。

《为芬尼根守灵》中的变形艺术更是登峰造极，这充分体现了作为爱尔兰小说艺术变革代表人物的乔伊斯对爱尔兰文学及爱尔兰文化的巨大贡献。例如，小说主人公的名字体现了强烈的符号化倾向。“HCE”既是伊尔维克（H. C. Earwicker）的缩写，又代表了“here comes everyone”、芬尼根、耶稣、乔伊斯、人类始祖、城堡和市郊、官员、家族、强盗、山、昆虫、芸芸众生等意象；“ALP”既是安娜的缩写，又代表了河流女神、母鸡、茉莉、夏娃、世界之母、玛利亚等意象。

第八章《浅滩的洗衣者》则对应了维科的“野蛮时代”。本章主要是关于两个洗衣妇在利菲河畔对安娜和埃里克的议论。每件衣服都能让她们想起一个故事。随着水面变宽和夜幕降临，这对洗衣妇逐渐变化成一棵榆树和一块石头。她们不再是普通的爱尔兰妇女，而是大自然的化身。她们对安娜的议论不是诽谤而是赞颂，一首对安娜的赞歌，赞颂了安娜的母性、美丽和永恒。

在题材上，民间文艺往往成为艺术家的创作素材，许多不朽的巨著正是在民间文艺的基础上加工创作而成的。例如，《为芬尼根守灵》就源自爱尔兰民歌。甚至可以说，民间文艺的起源就是整个文艺的起源。

关于《为芬尼根守灵》中的变形艺术，我们可以将其与中国传统神话小说《西游记》做一对比。在《西游记》中，孙悟空及各种神魔常常根据斗争的需要而变化形象；在《为芬尼根守灵》中，事物则常常通过各种典故来改变身份，以表现人物的非理性特征。这种变形看似荒诞，实际上却是“意料之外，情理之中”。乔伊斯的精妙构思让人拍案叫绝。

七、乔伊斯与“女权”典故

在爱尔兰典故中，许许多多的过往故事都是围绕王国的统治权而展开的，其中包括体现一种权利观的“女权”主题。至高无上的王后和傀儡般的国王渗透在全部凯尔特传统文学中，这样的女神既是抽象的统治者之象征，又是客观的现实存在。其中，最典型的要算是《夺牛记》中的王后梅芙了。她是一个悍妇，也是一个淫妇。她有不少配偶，因为梅芙是女神般的人物，对凡夫俗子她不屑一顾。在传布和信仰基督教的文人笔下，她被描述成活跃的、傲慢自大的专制君主，合法的国王则成了名义上的统治者。

无独有偶，在现代社会中，随着女权意识的觉醒，“半边天”们掌握了越来越多的话语权。在《尤利西斯》中，该观点则通过布鲁姆夫妇的形象塑造表现出来。

布鲁姆之妻莫莉·布鲁姆是一名职业歌手，她身材丰满，相貌美丽，性格风骚轻浮。莫莉没有受过良好教育，但是天资聪颖，而且有主见。在他们的儿子鲁迪 11 年前夭折后，布鲁姆就再也没有和她亲热过，两人的夫妻关系名存实亡。在小说所描绘的这一天，现代社会的女性意识通过莫莉的霸气，生动地表现了出来。莫莉在家中的主导性，对应了《奥德赛》中的女性所具有的攻击性。智勇非凡的奥德修斯一度成为刻尔吉的性奴隶；而莫莉使唤布鲁姆做早餐，并将做好的饭端到床上供她享用，恰恰好似一个刻尔吉式的征服者和奴隶之间的关系。另外，与《奥德赛》中的阿伽门农之妻克吕泰妮丝特拉的不贞与杀夫暴行呼应，莫莉红杏出墙，毫不掩饰地与情人来往，从而使布鲁姆尊严扫地。然而，布鲁姆却只是委曲求全、逃避现实，为情敌让出爱巢，没有丝毫的抗争，懦弱至极。

在《奥德赛》中，女性的攻击性突出了古代男权统治社会中女性潜在的威力；而在《尤利西斯》中，莫莉的家庭主导性则显示了西方女性主义解放运动对社会的冲击。

莫莉的放荡与激情澎湃，同样也是一种千百年来的爱尔兰乃至世界女性被禁锢欲望之宣泄。随着社会文明的发展，女性逐渐打破历史与现实的缄默，探索着用更加适合自身性别特征的语言与方式，去书写和表达自己的身体与心灵感受，以及对性别关系的新思考。女性应“积极地面对现实，与同为父权文化受害者的男性携手努力，追求双性和谐的美好未来”。[①] 同样，莫莉象征了长期以来为社会伦理所禁锢的女性抗议者形象。在男权主义占绝对统治地位的社会环境中，女性被全面压制，缺乏经济与政治地位，以及工作、学习、追求艺术和自我发展的空间，而《尤利西斯》中的莫莉则以一个女强人的形象，对当时的男权统治提出了挑战。莫莉不仅有着美艳动人的外表，在经济上有着强大的话语权（有着比丈夫更多的进项），而且有着自己的事业（歌唱事业），在艺术活动上极其活跃（经常巡回演出），这是乔伊斯对女性权利的一种肯定，体现了乔伊斯平等客观的两性视角。在《悲剧的诞生》(1872)中，尼采惊世骇俗地提出了“日神精神”和“酒神精神”。狄俄尼索斯是希腊神话中的酒神，他纵情狂欢且注重感官享受，代表的是“原始的人”。“他们寻找一条返回生命发源地的道路——即逃离自我的禁锢。”[②]作为与《奥德赛》形成互文的现代珀涅罗珀形象，莫莉真性情的率真释放就代表了古希腊人的酒神精神，而且体现了自文艺复兴以来的解放自我与发展自我的人文主义精神。

八、乔伊斯与《圣经》典故

作为世界文化的源头之一，《圣经》文化对爱尔兰文化影响至深，是乔伊斯作品的重要因素。爱尔兰历来是一个宗教国家，天主教在爱尔兰极为盛行。随着社会的发展，宗教文化已经融入到爱尔兰文化之中，成为其不可或缺的组成部分。因此，要讨论爱尔兰典故，《圣经》文化是不可回避的话题。并且，在乔伊斯的作品中，《圣经》典故层出不穷。尤其是在乔伊斯的演绎下，《圣经》典故具有了独特的爱尔兰身份。

例如，在《都柏林人》(*Dubliners*，1914)的《死者》一文中，主人公加布里埃尔(Gabriel)这个名字极具象征意义，其在《圣经》中被译为“加百利”。加

① 杨莉馨：《20世纪文坛上的英伦百合——弗吉尼亚·伍尔夫在中国》，北京：人民出版社，2009年，第329页。
② 张韶宁：《尼采》，北京：外语教学与研究出版社，2000年，第11页。

百利在《圣经》中被认为是替上帝向世人传递好消息的天使，这在《新约》和《旧约》中都有被提到。在《旧约》中，加百利向但以理显现，并传递给他对愿景的解释。在《路德福音》中，加百利分别向撒迦利亚和圣母玛利亚显现，并预言了施洗约翰和耶稣的诞生。

在《死者》中，加布里埃尔同样履行了向世人传递讯息的使命。在舞会上，他遭遇了狂热的爱尔兰文化捍卫者艾弗斯小姐。在艾弗斯小姐咄咄逼人的追问下，加布里埃尔宣布他对爱尔兰已经厌烦了，这不啻向人们传递了一个重磅讯息，即在麻木僵化的生活中，人们将逐渐失去自我。作为少有的觉醒者，加布里埃尔痛并清醒着，他徘徊在生死之间，期待着解放自我，并打破令人麻木的常规和过去的桎梏。

之后，加布里埃尔整晚心神不宁，并在和格莉塔相处时达到顶点。最后，和格莉塔的冲突终于迫使加布里埃尔正视自己对世界的冷酷观察。在旅馆里，格莉塔向加布里埃尔坦白她在想初恋情人的时候，他对她狂怒不已，并意识到他没有拥有她，也永远不会成为她的"主人"。得知另一个人先于他走进格莉塔的生活，他无从嫉妒但感到悲哀，因为他从未体验过迈克尔那痛苦的爱。想到自己的感情受到压抑和毫无激情的生活，他明白了生命的短暂，认识到那些像迈克尔一样带着强烈的激情离开这个世界的人，实际上比自己这样的人活得更加充实。

同样，在基督教中，"Michael"是天使的名字，其汉语译文为"米迦勒"。在《但以理书》中，米迦勒作为以色列的守卫者形象出现。在《新约》的《启示录》中，米迦勒率领上帝的军队与撒旦的势力征战，并在天堂之战中击败了撒旦。

乔伊斯选择"Michael"作为《死者》中的亡人，具有明显的象征性。作为普通人名，"Michael"通常译作"迈克尔"。在乔伊斯的小说中，迈克尔在格莉塔心中留下的挥之不去的情愫也暗示了这种守卫的含义，即精神的往往比物质的更长久，并且更难以抗拒和战胜。这正是加布里埃尔耿耿于怀之处。此情节不禁引发人们的思考，究竟谁是生者，谁是死者？活着的人之精神已麻木如逝，而死去的人却久久活在人们心中。怎样才能得到"永生"？也许只有放下心中一切怨念去宽容。过去只是一种经历，而不是一种负担，放下负担才能奔向新的生命。

结论

作为爱尔兰非物质文化遗产的重要组成部分，爱尔兰典故不但自身有着宝贵的研究价值，而且为乔伊斯的文学创作提供了取之不尽的素材。在整个爱尔兰民族的文化体系和实际生活中，爱尔兰典故发挥着巨大的作用。这些典故广泛地存在于社会生活之中，涉及民众生活的方方面面，其本身就是一种文化和生活。爱尔兰典故延续了当地的文化传统，深刻影响着当地人的日常生活。具体来说，爱尔兰典故有着以下几方面的价值：

（一）民众教化功能

爱尔兰典故中的英雄传说是爱尔兰民族精神的集中体现，其勇敢、忠诚、不畏强暴、热爱生活的精神，对爱尔兰民族产生了巨大的感召力。爱尔兰典故推动了爱尔兰民族品格的形成。面对天主教和英国殖民者的双重压迫，乔伊斯意识到了爱尔兰人精神上的瘫痪。于是，乔伊斯以文学为武器，以典故为素材，在小说中揭露了民众的“瘫痪”和社会的腐败，起到了唤醒民族良知的效果。同样，为了医治民众的肉体，鲁迅先生在早年间曾经立志学医。然而，残酷的现实让他意识到，仅仅医治肉体是远远不够的，民众需要医治的是精神上的顽疾。于是，鲁迅先生毅然弃医从文，以笔为矛，写出一篇篇针砭时弊的檄文。这些文章像匕首一样刺向敌人的心脏，极大地唤醒了麻木的国人。

（二）美育功能

这些典故是爱尔兰民族将生活诗意化的产物，其中深刻地凝聚着爱尔兰民族及其各地区民众的审美理想、审美观念与审美情趣。例如，《为芬尼根守灵》这首民歌将爱尔兰民族的幽默与诙谐表现得淋漓尽致。同时，其演唱能使民众在繁重的工作之后享受健康的娱乐和休息，从而获得精神上的愉悦和满足。

(三) 历史传承功能

爱尔兰典故是开展历史教育的工具，是历史的承载者。民族历史需要借助这些民间文学来进行传承。在某种程度上，民间文学富有历史含义。地方风物传说不仅有助于人们了解过去，而且可以深化特定区域的历史内涵。一本地方风物传说，就是一本乡土教材，它反映了当时那个时代的风貌。[①]

① 万建中：《民间文学引论》，北京：北京大学出版社，2006 年，第 92—93 页。

第六章　乔伊斯与爱尔兰人名

引论

文学即人学，其创作历来以人为核心。小说家往往通过人物命名、社会背景、人物经历、语言对话、心理活动等要素塑造人物形象、预示人物命运、宣示作品母题。可以说，小说人物不仅是作家个人才华与智慧的结晶，更是社会生活和国民意识的微型载体。在针对作品人物的研究中，姓名的研究尤为重要。姓名属于人类社会中最普遍的语言现象，从某些方面来说，它是一个生命个体的代号，所谓人如其名。姓名蕴含了人的精、气、神，传承了人的情、意、志，传达着天地的玄机。姓名乃是心理学、社会学、哲学、历史学、民俗学等学科的综合性成果，是一个人的形象与素质品位之标志。作为一种文化符号，姓名往往有着强大的暗示力，在人类交往与交流中潜移默化地影响着人类，甚至足以支配人的命运。因此，在给孩子起名时，父母总会于名字中寄寓某种希望或祝福。在文学作品中，人物就是作家的“孩子”，主人公的名字大多是作者煞费苦心埋下的伏笔，绝非信手杜撰。通过设计姓名，作者寄托了某种期许，为读者营造出对作品人物的第一印象。除了作为形象符号的功能外，叙事作品中的姓名还具有指示性或象征意义，属于叙事学中的叙述者干预之手段，其意识形态作用不容忽视。[①] 作者往往利用命名

① 张春楠：《叙事作品中人物名称的意向性探究——以〈蛙〉中的人名为例》，载《外文研究》，2014 年第 2 期，第 4 页。

权，将人物的性格特征、外部形象、社会地位、生活状况等信息寓于名字之中。合适的名字可以展示人物形象，昭示人物性格，暗示人物命运。作者将人名作为载体，寄托感情、表明立场、反映观点，体现了其创作意图。[①]

通常，文学作品的人物命名方式主要有四种：隐名于音，闻音知义；寓意于名，顾名思义；借名于典，与文学或文化产生共鸣，望典生义；引名于史，逼真度高，警醒读者以史为鉴。正如尼科诺夫在《人名与社会》中所言："越是著名的大师，越是谨慎地为自己作品主人公选择名字。"[②]20世纪最伟大的作家之一，爱尔兰著名小说家、诗人詹姆斯·乔伊斯就是这样一位出神入化的命名大师，其作品人物的命名巧妙地运用了各种命名技巧，别具特色、寓意丰富，起到了深化母题的效果。下文将以詹姆斯·乔伊斯的四部代表性小说《都柏林人》《艺术家年轻时的写照》《尤利西斯》和《为芬尼根守灵》为研究载体，分析人名在命名艺术及这些人名在这四部作品母题的多元性、共性和意义的普遍性方面之研究价值与文学魅力。

乔伊斯的短篇小说集《都柏林人》中角色众多，其人物命名方式灵活多变，或隐名于音，或寓意于名，或借名于典，或引名于史。他的第二部小说《艺术家年轻时的写照》借名于典，追求神话与现实的有机结合，巧妙地通过神话典故来反映作品母题。整部小说的母题都与主人公的姓名"斯蒂芬·代达罗斯"(Stephen Dedalus)密切相关。[③] 第三部小说《尤利西斯》虽然在人物、结构和情节上与《奥德赛》平行对应，暗示了该小说的现代史诗性，但是其中的人名并未全盘照搬《奥德赛》，而是按照不同角色的性格与命运做了调整，与《奥德赛》中对应的原型人物姓名相似甚至相反，体现出了《尤利西斯》中的角色与《奥德赛》中的人物之创新性继承关系。乔伊斯的最后一部小说《为芬尼根守灵》在人物的命名上更是煞费苦心。其中，男主人公汉弗莱·钦普登·埃里克(Humphrey Chimpden Earwicker)的姓名简称"HCE"就有多种解读，如"芸芸众生都来了"(Here Comes Everybody)、"子女满天下之人"(Havth Childers Everywhere)，抑或是一种往人耳朵里钻的微不足

① 包惠南：《文化语境与文化翻译》，北京：中国对外翻译出版公司，2001年，第73—75页。

② 同上，第73页。

③ 李维屏：《乔伊斯的美学思想与小说艺术》，上海：上海外语教育出版社，2000年，第123页。

道的小昆虫。汉弗莱既是主人公本身，又暗指每一个人。在作品中，乔伊斯通过命名艺术深化了“常规”与“宗教禁锢”、“逃离”与“流亡”、“忠诚”与“背叛”、“瘫痪”与“顿悟”等重要母题。

一、作为“常规”或“宗教禁锢”代表词的爱尔兰人名

乔伊斯笔下的人名常与都柏林人的生活紧密相关，呈现出多重含义。都柏林人生活在日复一日、单调乏味的日常琐事之禁锢下，“爱尔兰人的房子便是他的棺材”[①]，这种死气沉沉的禁锢压抑着人们的生活与思想，往往会引发孤独、暴虐、单恋等后果。1904年7月，乔伊斯致信友人克兰(Curran)，他认为《都柏林人》是一系列揭示日常生活细节的意义的片段，旨在将“瘫痪的城市的灵魂显现出来”[②]。乔伊斯将这些片段称为“epicleti”，这是他自创的词。“epicleti”的拉丁文“epiclesses”或希腊文“epicleseis”是一种“求降圣灵文”，即天主教教徒(现在主要用于东正教)在圣餐仪式上乞求圣灵将圣餐变成基督的身体和血，祈祷与基督同在，以使生命具有意义。[③] 乔伊斯曾对他弟弟说，他的艺术也具备将日常琐事转变成有意义的事之能力。然而，这个意义不再是生活智慧或道德寓意，而是使人们“在智力、道德、精神上自我提升”[④]。通过描述这些不起眼的日常琐事，乔伊斯实现了凸显母题、警醒读者的目的。

(一) 小钱德勒与“矮小”和“不足”

“小钱德勒”(Little Chandler)这一来源于职业的名字极具象征意义，表明《一朵小云》的主人公钱德勒是一个未长大的成年人，他个子矮小、存在感低。在小说开头，对他外貌的描写也与这种“小”(Little)的形象相呼应：

① James Joyce, *Ulysses*, New York: Vintage Books, A Division of Random House, 1961, p. 110.
② James Joyce, *Selected Letters of James Joyce*, Richard Ellmann ed., London: Faber and Faber, 1992, p. 22.
③ 郭军：《乔伊斯：叙述他的民族——从〈都柏林人〉到〈尤利西斯〉》，北京：外语教学与研究出版社，2010年，第176页。
④ Richard Ellmann, *James Joyce*, Oxford: Oxford University Press, 1984, p. 163.

> 他给人一种小男人的印象。他的手又白又小，外形柔弱，声音安静，举止优雅。他总是精心梳理柔软而有光泽的浅色头发与八字胡须，并在手帕上小心地洒一点儿香水。他那弯弯的指甲轮修剪得十分纤美。[①]

这一形象精致得像个小女子，丝毫感受不到男子气概，暗示了他的害羞、胆小、软弱与虚荣。汤米（Tommy）是托马斯（Thomas）的昵称，听起来有些孩子气，更像是他襁褓中的儿子的名字。用汤米来做一个32岁男人的名字，可见主人公的幼稚。当荣归故里的单身汉加拉赫问到他的婚姻状况时，已经为人父的汤米每次都会“脸红”，这再次强调了他心理上的不成熟。小钱德勒为生活环境的贫穷、落后与肮脏感到压抑和沮丧，他将自己的窘迫处境归因于没有离开爱尔兰，因为加拉赫在8年前离开都柏林时只是穷光蛋一个，无论是出身还是教养都不及他，可如今却在国外成了名声大噪的大记者，名利双收，所以他认为“要有所成就，就非得离开这儿，……在都柏林你会一事无成”[②]。这是一个双重的讽喻：一是乔伊斯本人痛恨爱尔兰，他在20岁时便离开了都柏林，开始了终生的异国流亡生涯；二是嘲讽小钱德勒的天真单纯、不谙世事，如孩童般幼稚[③]，以为只要走出爱尔兰，就可以轻易复制别人的成功。

正如名字里面的“小”字一样，小钱德勒不仅在社会中是个小角色，人微言轻，在家中也是个小男人，没有话语权。尽管他已经到了而立之年，但是仍然只是个小职员，事业上没有建树，每天做着重复而又无意义的工作。生活中，他也过得不幸福，与妻子缺乏共同语言，沟通甚少，无法得到她的温暖。同时，他也不会去体贴关怀妻子，将日子过得相当枯燥乏味，是个不合格的丈夫。在照顾孩子方面，他笨手笨脚，当怀中的婴儿开始哭而打扰他读拜伦的诗时，他束手无策，胡乱哄了两下不见效便开始大发脾气，对孩子大吼“别哭了”，完全不像一般的父亲那样温柔而又耐心地安抚尚在襁褓中的

① ［爱尔兰］詹姆斯·乔伊斯：《都柏林人》，张冰梅译，天津：天津科技翻译出版公司，2008年，第53页。
② James Joyce, *Dubliners*, London: Penguin Books, 1956, p. 79.
③ 格非：《博尔赫斯的面孔》，南京：译林出版社，2014年，第433页。

婴孩，没有一点慈父的样子，是位不称职的父亲。[1] 他的吼叫显得十分可笑，如此的吼叫不仅毫无实际用途，还会吓到孩子。更糟糕的是，当他遇上妻子"那双眸子中的恨意"时，顿时一蹶不振，甚至"心跳暂停了"。显然，在妻子面前，小钱德勒终究难改懦弱无用的小男人形象，这种阴盛阳衰体现出长期压抑的生活处境造成了他性格的扭曲与精神上的瘫痪。拜伦以其叛逆且富有战斗激情的文学风格而著称，因此小钱德勒崇尚拜伦的诗就暗示了他对现实的不满和妄图改变现实的强烈诉求。然而，人生的枷锁将他无情地禁锢在"这座小小的房子"里。浪漫的诗篇和困顿的人生境况形成了鲜明的对比，因此充满讽刺意味。此刻，他名字里面的"小"字显得意义非凡，因为这些幼稚的举动正好印证了他是个没长大的"小男人"。其实，小钱德勒的爆发只不过是他对囚徒般生活的无力而又无奈之抗议罢了。这种抗争的无力感和前后主人公的绝望心情形成了巨大的落差，从而淋漓尽致地勾画出当时爱尔兰人的可悲可鄙之奴性嘴脸——空有一身抱负却畏首畏尾怯于改变现状，不由让人"哀其不幸，怒其不争"，这也正是乔伊斯以笔为矛去锻造其民族良知的良苦用心之所在。

"钱德勒"(Chandler)这个姓氏源于祖辈的职业，意为"做蜡烛的人"[2]，这与小说中反复出现的蜡烛意象相呼应，表现出主人公的渺小和生活的乏味。做蜡烛本身是一项没有什么技术含量的程序化与重复性劳动，做出的蜡烛虽然能带给人象征希望的光和热，但是力量非常微弱，一阵清风便能将之吹灭，这象征着主人公小钱德勒的卑微与渺小。他谨小慎微，过着一成不变的生活，每天按时上下班，碌碌无为。小钱德勒对周遭沉闷的环境感到厌恶，对平淡枯燥的生活感到厌倦，对哭闹的孩子感到不耐烦，但他却无能为力，只能日复一日地过着糟心的日子。他喜欢思考人生的意义，这在其所处的没有意义的环境中是一种"智慧的负担"[3]。当小钱德勒接到在伦敦功成名就、如今衣锦还乡的老同学加拉赫邀他去酒吧见面的邀请时，他激动万

① James Joyce, *Dubliners*, Clayton: Prestwick House Inc., 2006, p. 84.

② 李慎廉：《英语姓名词典》，北京：外语教学与研究出版社，2002 年，第 71 页。

③ 郭军：《乔伊斯：叙述他的民族——从〈都柏林人〉到〈尤利西斯〉》，北京：外语教学与研究出版社，2010 年，第 171 页。

分，满心希望能得到这位发达了的老同学的帮助，摆脱都柏林令人窒息的生活，到外面光鲜亮丽的世界大展拳脚。[①] 在去赴约的路上，他兴奋地幻想着、思考着，并最终得出一个重要结论，即加拉赫之所以能成功，除了聪明才智外，更多的是因为他的勇敢与野心。[②] 多愁善感的小钱德勒对诗歌颇感兴趣，但他一首诗都没写过，就大胆幻想着自己能成为一位诗人。然而，胆小懦弱的性格、婚姻的禁锢与家庭的责任使小钱德勒止步不前，从而使他的梦想永远只能停留在做梦阶段，不能够像加拉赫一样为梦想远行。小钱德勒与加拉赫的截然相反之性格与观念，注定了他们大相径庭的命运。在酒馆喝酒时，加拉赫每次都是一饮而尽，小钱德勒则总是小呷一口，并解释说自己很少喝酒。因此，加拉赫说像“波西米亚咖啡馆”这样的地方不适合像小钱德勒这样虔诚的伙计。的确，小钱德勒是一个虔诚、节制、守规矩的人。谈到婚姻时，小钱德勒满脸羞涩，而他实际上对妻子没什么感情，他们之间有的不过是婚姻的躯壳及程序化的生活。婚姻于小钱德勒而言成了一种让人瘫痪的禁锢力量，阻碍他实现个人价值。他对自己的孩子也没有多少感情，觉得孩子是个麻烦。加拉赫却表示自己不会结婚，即使要结婚，他也要在进入婚姻这个“麻布袋”前，先去外面的世界看看，体验一下不同的生活，最后放纵一下。由此可见，贫穷与压抑的生活使都柏林的男人们失去了爱的能力，男女之间最自然的关系被物质化了。当这种纯粹的关系变得只剩下金钱利益时，这些男人们是多么可悲而又可鄙，他们空虚的感情世界也像生活一样，犹如柔弱的花儿在贫瘠的土地上枯萎凋谢，最终陷入瘫痪。当小钱德勒去加拉赫家里做客的请求被婉拒时，他最终看明白了都柏林甚至整个爱尔兰的瘫痪与狭隘。回到家中，他冷冷地看着妻子照片上的那对眼睛，发现它们也对他冷眼相看。妻子虽美，但脸上带着庸俗的感觉。孩子的哭声强烈地震动着他的耳膜，妻子随之而来的呵斥使他厌恶至极。此时，故事也进入高潮。他终于认清了自己的现状：生活的囚徒！他被囚禁在陋室、办公室、都柏林和爱尔兰，没有自由可言。乏味的工作、禁锢的婚姻与沉闷

① 张杏玲、柴正猛：《评析乔伊斯短篇小说〈小云朵〉中小钱德勒的“精神顿悟”》，载《长春理工大学学报》，2011年第4期，第98—99页。

② 陈超霞：《小钱德勒与“瘫痪”主题——评析〈一朵浮云〉》，载《赤峰学院学报》，2010年第2期，第97页。

的生活磨光了他对生活的热情和憧憬。最终，小钱德勒领悟到自己性格的懦弱和社会的死气沉沉阻碍了他的成功与发展，此刻他很清楚梦想如同空中的小云朵，可望而不可及。小钱德勒对目前的处境无能为力，他以后的生活也仍会如此处处受限、死气沉沉。本篇的题目虽然叫《一小片云》，但是通篇并没有"云朵"出现，这是极为耐人寻味的。其实，"*A Little Cloud*"这个题目与《圣经》典故渊源颇深，小说的原文题注就表明其取自于《圣经》。《列王纪》第十八章第四十四节记载："第七次仆人说：我看见有一小片云从海里上来。"故事讲述的是当时撒玛利亚长久干旱，饿殍遍地，但当居民信仰耶和华为上帝后便开始降雨。[①] 因此，《圣经》中的"一小片云"意指雨的前兆，象征生活的希望和生命的萌发。文中与之对应的，是小钱德勒那愁云惨淡的生活境况，以及其虚无缥缈、不切实际的精神状态。作者通篇营造的这种气氛和情绪，已让读者真切地感受到主人公周身弥漫的无望气息。在此，《圣经》里象征"希望"的"一小片云"与小说真正表现的"无望"思想形成了强烈的反差。通过这种对比，乔伊斯在更加有力地凸显主人公死水般麻木荒凉的精神状况之同时，也极大地渲染了小钱德勒"无望"的悲剧气氛。诚然，小钱德勒在现实面前是渺小的，但他的悲剧却具有普遍意义，他因压抑而扭曲的灵魂不过是当时都柏林人精神瘫痪的一个缩影。

（二）法林敦与"乏味"

在《无独有偶》中，"法林敦"(Farrington)这个比喻性的名字象征了主人公乏味、失败的"圈养"人生，暗示了他被生活禁锢并最终瘫痪的命运。"法林敦"(Farrington)这个名字来源于古英语，含义是"蕨＋圈用地，居留地"(fern＋enclosure，settlement)。"enclosure"是用篱笆围起来的土地。[②]《委员会办公室的常春藤日》中的克罗夫顿(Crofton)的姓氏也是这个含义。人如其名，法林敦与克罗夫顿都生活在一小块圈地之中，困住他们的篱笆名为社会与家庭。法林敦遭遇问题的根源在于，他被束缚在那块小小的、令人发疯的"圈地"内，不愿也不能冲破那道"篱笆"。他在令人窒息的家庭和工作

① 王佐良：《英国文学名篇选注》，北京：商务印书馆，2006 年，第 184 页。
② 徐惟诚：《不列颠百科全书(国际中文版)》，北京：中国大百科全书出版社，1999 年，第 62 页。

环境之限制中饱受折磨，男性的力量在这些日常琐事中消耗殆尽，得不到正常的发展和成长。他的工作就是日复一日、麻木而机械地替严格的上司抄文书，这份不用动脑子的重复性工作反映出他沉闷的社交。很多丈夫的残忍都源于生活环境的压迫和家庭生活的不幸福。有着“围城”之称的婚姻在为男人提供了一个家的同时，也形成了一种对男性力量的束缚和压抑。男人们受制于外界环境的约束，情感世界要么被压抑，要么被扭曲，他们因处于瘫痪状态而无力维护男性的尊严。[①] 法林敦的妻子个子虽小，但面相刻薄。在法林敦酒醒时，她动不动就呵斥他。法林敦根本无法说服自己爱家庭、爱妻子、爱孩子，他唯一的乐趣就是去酒吧，因为他在这里能自欺欺人地将自己幻想成一个很强壮且讨女人喜欢的人。在因工作失误而与上司翻脸后，为了发泄自己心中的愤懑，法林敦不惜当了珍贵的表，豪爽地请所谓的朋友喝酒，妄图在酒馆的声色犬马中得到暂时的解脱。然而，他却在朋友们面前出了洋相，掰手腕输给了韦瑟斯，丢了大力士的名号，自此他成了彻头彻尾的失败者。顶撞上司，自毁前程；当表换钱，挥霍一空；想与少妇调情也因为没钱也没胆而失败——法林敦的种种幻想破灭了，他的自尊心受到严重伤害，最终陷入瘫痪的死循环中。[②] 法林敦将自己的积怨和对生活的不满发泄到孩子身上，用拐棍打伤了他的腿，让他跪地求饶。法林敦对孩子的无端暴力行为是长期饱受压抑状态之下的爆发，是弱者在令人窒息的生活压力下的无奈挣扎，是作者对都柏林社会与宗教秩序的一种讽刺。法林敦的这种暴虐行为到头来只会让都柏林的情感瘫痪悲剧循环下去，延续到下一代。

“法林敦”(Farrington＝fern＋enclosure)这个比喻性的名字象征了主人公被禁锢而导致瘫痪的命运，这代表了每一个都柏林人的命运。“fern(蕨)”是“一类不开花的维管植物”[③]，而在南斯拉夫神话里，蕨类植物一年开花一次，但极难被发现，有幸找到的人，余生都将会变得快乐而富有。无独

① 韩立娟、张健稳、毕淑媛：《情感瘫痪——评詹姆斯·乔伊斯〈都柏林人〉的主题》，载《唐山师范学院学报》，2006年第4期，第52页。

② [爱尔兰]詹姆斯·乔伊斯：《都柏林人》，张冰梅译，天津：天津科技翻译出版公司，2008年，第129页。

③ 徐惟诚：《不列颠百科全书(国际中文版)》，北京：中国大百科全书出版社，1999年，第270页。

有偶，在芬兰亦有类似传说，即若有人找到了在仲夏夜开花的蕨类的种子，其将被一种不可见的魔力引导至永恒闪烁着的鬼火所标示的藏宝地。但是，传说终归只是传说，"蕨类会开花"就像是天方夜谭、海市蜃楼般可遇而不可求。愿望是美好的，但现实是残酷的。蕨类的花从未有人见过，寄望都柏林人创造奇迹更是痴人说梦，他们中的大部分人像普通的未开花蕨类一样，平庸地度过一生。法林敦是这么一种蕨类，他的都柏林同胞也是如此。因此，法林敦的命运代表了所有都柏林人的共同命运，即在禁锢中瘫痪。

在另一个意义上，"云"在《圣经》中还代表着指引和天启。"日间，耶和华在云柱中领他们的路；夜间，在火柱中光照他们，使他们日夜都可以行走。日间云柱，夜间火柱，总不离开百姓的面前。"(《出埃及记》13：21—22)但是，在文中，小钱德勒的困顿生活毫无出路，"云"的缺席实则暗示了象征指引的"云"对于主人公来说仅仅是虚幻的存在而已。此外，乔伊斯的后期作品《尤利西斯》也运用了"云"的典故："一个菜园子的栅栏门，迎着康米神父展现出一畦一畦的圆白菜，抖开了丰满的菜叶向他屈膝行礼。天空为他铺出一群小朵小朵的云，缓缓地顺风飘过。"[①]此为小说《游岩》这一章，描写的是康米神父的行走路线。众所周知，爱尔兰当时深受大英帝国和天主教这两座大山的压迫，大英帝国在政治上与经济上压迫和剥削爱尔兰，而天主教则为虎作伥，在思想上控制和麻痹爱尔兰人。作为天主教会的喉舌，康米神父的举手投足充满了象征意味。巧合的是，康米神父也是乔伊斯自传体小说《艺术家年轻时的写照》中的重要人物，他是斯蒂芬在小学蒙冤后，为其主持公道的最高裁决者。可见，康米神父在爱尔兰社会中扮演着拥有最终话语权和裁判权的角色，象征着神权在爱尔兰的主导地位，乔伊斯在字里行间也表达了这种社会现状。"丰满的菜叶向他屈膝行礼"[②]这一拟人手法，形象地表达了爱尔兰人面对自己思想主宰时的卑微和奴性，而后文中的"天空为他铺出一群小朵的云"[③]则让人不由将康米神父与上帝联系起来。通常，《圣经》里的上帝总是驾云而来，因此这里的"云"强化了康米神父作为神权代表

① [爱尔兰]詹姆斯·乔伊斯：《尤利西斯》，金隄译，北京：人民文学出版社，2005年，第351页。
② 同上。
③ 同上。

的高高在上之形象。在这个意义上,"一小片云"就成为了小钱德勒的写照和化身,他一生卑微渺小、谨小慎微,到头来一事无成,充其量只是家庭生活的奴隶。综合以上分析,乔伊斯的这种隐喻命题法升华了小说的主题,强化了小说的批判意义。

(三) 达菲:"恶劣环境"和"刻板的生活"

在《悲痛的往事》中,主人公达菲先生(Mr. James Duffy)的姓氏暗示着,对重复不变的日常生活之痴迷使得他错失良缘,遭受爱情受挫的命运,从而凸显了"禁锢"这一母题。"Duffy"是英化并简化了的盖尔语(盖尔语是爱尔兰的第一官方语言,英语是爱尔兰的第二官方语言)名字"dubhsíth"。其中,"dubh"的意思是"black or dark"(黑的或暗的),象征达菲先生居住的环境之阴暗与严肃;"síth"的意思是"peace"(宁静)[①],代表了达菲生活的一成不变与内心的异常平静。"Duffy"令人联想到恶劣的环境和刻板的生活。达菲先生一点都不喜欢都柏林,甚至为了尽量远离这个与他的公民身份发生联系的地方,他选择住在偏远的郊区查佩利佐德。他选择这个地方,另一个原因是他自命不凡,觉得都柏林的其他郊区都很平庸、现代化。他像家庭主妇一样,将大部分时间都花在整理住所与保持室内整洁有序上。家中的家具精简而实用,书架上的书按照体积从小到大整齐排列,写字台上总是摆着纸、笔等文具,因为"达菲先生厌恶一切显示物质上或精神上混乱的事物"[②]。他在一家银行工作,每天准时做着同样的事情,早上乘电车从查佩利佐德去上班,中午总是去同一家餐厅丹・伯克餐馆吃午餐,吃的东西永远是一瓶淡啤酒和一小盘用竹芋粉制成的饼,下午 4 点下班去乔治路另一家固定的餐馆吃晚饭,因为这里比较安静,能避免与都柏林的公子哥们碰面,这让他感到安全。达菲先生没有同伴或朋友,也没有加入过教会或支持其他信仰,他就独自过着自己的精神生活,拒绝和其他人进行思想或情感的交流。只有在不得不出席的场合,如圣诞节要拜访亲戚,或者亲戚过世时要护送他们的遗体去墓地,他才会现身来履行社交上的义务,因为他要按照古旧

① Claire A Culleton, *Names and Naming in Joyce*, Wisconsin: University of Wisconsin Press, 1994, p. 95.

② James Joyce, *Dubliners*, Clayton: Prestwick House Inc., 2006, p. 88.

的礼节来保持自己的身份。至于其他支配公民生活的任何传统习惯，他绝对不会做出让步，而是一律拒绝。晚上的时候，他无非就是留在家中听女房东弹钢琴，或者在郊区漫步，或者去听歌剧或音乐会，这些是他仅有的消遣。也正是这仅有的娱乐方式，为整个故事的发展做了铺垫。达菲先生在音乐会上遇到了改变他生活状态的辛尼科太太——一位婚姻不幸但风韵犹存的贵妇。在遇到她之前，达菲先生的生活如他的名字一般阴暗、单调、没有色彩。辛尼科太太和达菲先生一样，对音乐和政治充满兴趣。两人相遇后相谈甚欢，发现彼此互相吸引。在第三次偶遇她时，达菲先生鼓起勇气向她提出约会，她也真的赴约了。之后，他们又约见了几次。他们总是在晚上见面，而且每次都是找一些最安静的地方一起散步。达菲先生的生活也因此增添了一抹色彩。达菲先生讨厌这种在黑夜里不够光明正大的行为，不喜欢这样偷偷摸摸地会面，便迫使辛尼科太太邀请自己去她的家里见面。辛尼科太太的丈夫经常出航，女儿也总在外面教音乐课，因此她和达菲先生有很多独处的时间。他们一起谈论书籍和音乐，思想逐渐纠缠在一起，关系也因此变得日益亲近。辛尼科太太像母亲般关怀着达菲先生，使他在她面前毫无保留地展示自己的本性，她变成了他的"忏悔神甫"。然而，当辛尼科太太情不自禁地抓起他的手去贴紧她的脸蛋时，他被吓到了，决定与她断绝关系。

从此，达菲先生的生活回归到了之前的常规与平静。直到4年后的某一天，在看报纸时，他突然读到辛尼科太太遭遇火车事故而身亡的新闻。辛尼科太太的女儿告诉达菲先生，最近辛尼科太太总是深夜出门买醉。起初，达菲先生对辛尼科太太突如其来的有失体面的死感到愤怒，但是当他去酒馆里喝了些酒，回顾他们一起度过的那些时光时，他开始为她感到悲伤，并意识到自己是孤独的，并且他将孤独终老。他所居住的郊区的名字"Chapelizod"（查佩利佐德）来源于法语的"Chapel d'Iseult"（伊索德教堂）。"Iseult"（伊索德）是爱尔兰公主，她与特里斯爱恨交加的爱情故事是文学作品和歌剧中最具讽刺意味的主题。[①] 达菲先生住在一个以伊索德命名的地

① Claire A Culleton, *Names and Naming in Joyce*, Wisconsin: University of Wisconsin Press, 1994, p. 95.

方，这注定了他的爱情无疾而终。报纸将辛尼科太太的死称为悲剧，但事实上，真正的悲剧主角是达菲先生。他的肉体虽然还活着，但是在某种意义上他已经死了。他没有爱欲，没有生活的动力与激情，每天过着机械化的日子。更可悲的是，他的理智还能隐约感受到自己的孤独与荒谬，他清楚自己与辛尼科太太的交往不完全是她主导的，是自己主动接近对方在先，之后也抓住机会和她拉近关系，可是当她做出示爱的举动时，他猛然发现自己的心已经死了，丧失了爱的能力。达菲先生不愿也无力改变他常规化的生活和思考模式，他对秩序、金钱与地位的痴迷，使得自己成为一个在情感上有缺陷的人，过着令人窒息的乏味生活。房间中随处可见的"白色"物品（白色被褥、白色灯罩、白木书架等），像《死者》中贯穿全文的皑皑白雪一样，与达菲先生名字里的"黑色"形成强烈的反差。乔伊斯描述达菲先生那饱经风霜的脸黝黑得像都柏林街道，其实他那禁锢下的生活也黑暗得像黑夜下的都柏林的街道，看不见光亮和希望。"他那庄重的、正直的生活使他感到苦恼，他觉得自己是个被人生的盛宴排斥在外的人。"[①]他只能避开生活，最终"被弃于生活的盛宴之外"，行尸走肉一般，乖戾而冷漠。他竭力逃避"精神瘫痪"的感染，却受到最彻底的感染。[②]

无独有偶，达菲先生的经历与另一位文学巨匠契诃夫的《套中人》(1898)有着惊人的相似性。《套中人》的主角别里科夫是一位中学希腊语教师，其生活中的僵化守旧与达菲先生相比，可谓有过之而无不及。

《套中人》描写了19世纪末20世纪初俄国民众中的一个因循守旧的反动群体。20世纪初的爱尔兰人同样苦难深重，他们因受英国殖民者和天主教的双重压迫而窒息难捱、身心瘫痪。爱尔兰人天生有着逆来顺受的劣根性，历史上有着多次被异族征服的惨痛经历。在追求民族独立的过程中，爱尔兰社会的各个阶层分化严重，新教派、天主教派、亲英派民族主义者各怀鬼胎。在涉及自身利益时，各个阶层往往置国家大义于不顾。引领爱尔兰走向自治的"无冕之王"帕内尔恰恰是被自己人出卖，从而身败名裂、郁郁而

---

① James Joyce, *Dubliners*, Clayton: Prestwick House Inc., 2006, p. 88.

② 郭军：《乔伊斯：叙述他的民族——从〈都柏林人〉到〈尤利西斯〉》，北京：外语教学与研究出版社，2010年，第174页。

终。正如《艺术家年轻时的写照》中的斯蒂芬所领悟到的那样——“爱尔兰就是一个吃掉自己猪崽子的老母猪”[①]，而这也是乔伊斯在后来与所谓的“主义”们划清界限、分道扬镳的主要动因。

达菲先生从生活到灵魂的种种表现，无异于将自己装进一个个无形的套子里，而契诃夫则是以夸张的手法具象化了种种“套子”，如外表的套子（雨鞋、雨伞、棉大衣、黑眼镜、羊毛衫等）、职业的套子（借教古代语言沉溺过去）、思想的套子（只相信政府的告示和报纸上的文章）、论调的套子（“千万别闹出什么乱子”）及生活的套子（卧室像箱子、睡觉蒙头、不跟人并排走路等）。达菲先生的封闭生活造成了辛尼科太太死亡的悲剧，而别里科夫却将“整个中学”辖制了“足足十五年”，连“全城都受着他辖制”。更可悲的是，他葬送了美好的爱情并搭上了自己的性命。这些夸张的描写是契诃夫对当时俄国社会生活的高度概括，揭示了社会的本质。“套中人”别里科夫代表了顽固守旧的反动势力对民众的专制压迫，契诃夫借此讽刺了丑陋的反动势力，而乔伊斯则借达菲先生反映了爱尔兰民众的精神瘫痪，二者有异曲同工之妙。

别里科夫虽然死了，但是社会上千千万万生活在“套子里”的人还存在着；达菲先生虽然活着，但是其灵魂已经死亡。然而，令人欣慰的是，契诃夫在小说中也揭示了一种积极的力量，以瓦连卡姐弟为代表的人物，展示了一种革命性的进步力量，他们积极向上，敢于追求自由，生活充满活力，让人看到希望。

反观乔伊斯在《都柏林人》中塑造的形形色色的角色，无一不存在着精神瘫痪的状况。这种瘫痪是普遍存在的，死亡的阴影笼罩着整个爱尔兰社会，令人压抑绝望。这不禁让人想到鲁迅先生笔下的“铁屋子”，人们生活在窒息的铁屋中却浑然不觉，只有极为少数的人清醒着、挣扎着、抗争着。这些清醒的人就是以乔伊斯为代表的爱尔兰知识分子，他们走上了一条未知的探索道路——以笔为矛，用艺术去探索爱尔兰民族复兴的希望，力图在熔炉中锻造出爱尔兰的良知。

① [爱尔兰]詹姆斯·乔伊斯：《乔伊斯读本》，黄雨石等译，北京：人民文学出版社，2013年，第343页。

(四) 伊芙琳:"压抑"

"伊芙琳"(Eveline)这个蕴含典故的名字有着多层象征意义,与夏娃(Eve)的关联预示着主人公像夏娃一样放弃乐园,被禁锢在都柏林的家中,无法逃离,日复一日、麻木不仁地孤独生活下去。"伊芙琳"(Eveline)是英语中的男女通用名"伊夫林"(Evelyn)之变体[①]。"伊夫林"(Evelyn)源自"阿维拉"(Avila)派生而出的一个姓氏,而"阿维拉"(Avila)是女性名"艾维斯"(Avis)的中世纪拉丁名,与拉丁语"avis"(鸟)有关。伊芙琳像被囚禁在笼子里的鸟儿一样,被禁锢在单调而压抑的家庭生活中。虽然伊芙琳一心渴望自由,但是她却不敢踏出牢笼,生怕走出后便无法生存。"家成为世界的中心,甚至唯一的现实……家是避难所、退隐处,是洞穴、子宫。"[②]家庭生活虽然困苦,但是伊芙琳觉得"无论怎么说,在家里她有安顿之处,有吃的,四周是从小朝夕相处的亲人。"[③]伊芙琳依恋传统女性的生存空间——"家"的心理,表明了市民文化对女性的心理侵蚀。市民文化只关注普通的衣食住行、嬉戏玩乐等形而下的基本生命活动,缺少对生命的意义等形而上问题的思考,人们容易产生得过且过、知足认命的惰性,从而无力摆脱生活常规的禁锢。[④]

伊芙琳在《都柏林人》的整个故事叙述中占有重要地位,她的故事是这本小说中第一个使用第三人称叙述的故事。与此同时,伊芙琳是这本集子中第一个被关注的女性主人公,她的故事也是唯一一个用人物名字给小说命名的故事。此外,伊芙琳还是第一个以成年人身份出场的中心人物。伊芙琳的故事不受此前故事第一人称视角的限制,暗示了 20 世纪早期的都柏林女性普遍遭受限制和苦难。伊芙琳的痛苦抉择极富悲剧色彩,为之后许多故事中的克制和恐惧定下基调。不管是伊芙琳,还是《偶遇》中逃学的孩童、《一小片云》中的小钱德勒、《寄寓》中的多伦先生等人物,摆脱不愉快处境的冲动是乔伊斯笔下的都柏林人之一大特色。然而,动机的强烈和行动

① 资谷生:《英语人名追根溯源》,云南:云南人民出版社,2010 年,第 117 页。
② [法]西蒙·波伏娃:《第二性——女人(第二卷)》,桑竹影、南珊译,长沙:湖南文艺出版社,1986 年,第 23 页。
③ [爱尔兰]詹姆斯·乔伊斯:《都柏林人》,林六辰译,武汉:武汉大学出版社,2014 年,第 115 页。
④ 王苹:《民族精神史的书写:乔伊斯与鲁迅短篇小说比较论》,安徽:安徽大学出版社,2010 年,第 221 页。

的无力产生了巨大的背离，从而导致了小说人物的悲剧性结局。

二、作为“逃离”或“流亡”代名词的人名

乔伊斯小说中的角色大多是都柏林人，但是他们中的很多人都渴望逃离这个令人窒息的城市，去其他国家谋出路，即流亡。流亡是爱尔兰人的传统。史学家罗伯特·凯伊(Robert Kee)指出，爱尔兰是几个世纪的殖民统治中“最受难的国家”，其民族创伤(folk-trauma)几乎赶上了犹太人。[①]“自1840年的土豆饥荒以来，对于每个爱尔兰年轻人来说，向外移民都是不可避免的问题。”[②]到20世纪20年代，爱尔兰人口中已有43%移居到了海外。[③]爱尔兰是一座远离大陆的孤岛，但是爱尔兰人并没有受岛国的限制，他们不甘心将自己封闭在一个狭小的空间里，而是以浪迹天涯来释放生命的激情与热爱，从而寻求超越和终极的人生意义。他们以博大的胸襟传播着智慧和友善，并收获着奉献与殉道的快乐。国家灾难和个人困境迫使乔伊斯踏上了流亡之路。[④]“对于乔伊斯来说，流亡是必然的。”[⑤]他无法忍受爱尔兰内忧患外、混沌萎靡的“瘫痪”现状，选择离开一方面是为逃避这一可怕的生存环境，另一方面也是其以艺术为武器来实践曲线救国的重要探索。乔伊斯笔下的角色也有着同样的逃离梦想，然而几乎没有哪个主人公真正实现了这个梦想。《两个浪子》中的莱内汉想要逃离自己满是阴谋与欺诈的生活，但是他无法采取行动去落实。《寄宿公寓》中的多伦先生想要逃离不得不娶波莉的陷阱，但他清楚自己必须包容这一切，不然后果堪忧。想要逃离不愉快处境的冲动和无能付诸实践的绝望充斥着乔伊斯的小说，似乎只有《一小片云》中的加拉赫是唯一比较成功的，至少他去了国外并且发展得不错。

---

① Robert Kee, *The Most Distressful Country*, London, Melbourne, New York: Quartet Books Limited, 1976, p. 8.

② Brenda Maddox, *Nora The Real Life of Molly Bloom*, Boston: Houghton Mifflin, 1988, p. 3.

③ Terence Brown, *Ireland: A Social and Cultural History, 1992 - 2002*, London: Harper Perennial, 2004, p. 10.

④ 郝云：《乔伊斯流亡美学研究》，南京：南京大学出版社，2014年，第15页。

⑤ Seamus Deane, *A short History of Irish Literature*, London: Hutchinson, 1986, p. 187.

（一）伊格内修斯・加拉赫："热烈"和"陌生"

伊格内修斯・加拉赫的名字"伊格内修斯"(Ignatius)代表了他热情火爆的性格，而他的姓氏"加拉赫"(Gallaher)则象征着他"异国帮助者"的身份与流亡他乡的愿望。加拉赫这个角色在小说集《都柏林人》里的《一小片云》和小说《尤利西斯》中都出现过，他是乔伊斯认识的一位都柏林记者佛瑞德・加拉赫(Fred Gallaher)与乔伊斯的朋友奥利弗・戈加蒂(Oliver Gogarty，系《尤利西斯》中的玛拉基・马利根之原型)的结合体，继承了前者的姓氏与职业及后者冷漠无情的性格。[①] 主人公的名"Ignatius"的意思是"热烈的，暴躁的，燃烧的"(Ardent, fiery, burning)，与主人公的性格相呼应。"加拉赫"(Gallaher)在爱尔兰的姓氏中比较罕见，其来源于爱尔兰姓氏"Ó Gallchobhair"。在爱尔兰语中，"Ó"加在姓氏前表示该姓氏人物的后代，所以"加拉赫"(Gallaher)是指"Gallchobhar"的孙子(the grandson of Gallchobhar)。"Gallchobhar"意为"外国帮手或助手；有价值的访客"(the foreign helper or assistant or valoros victor)[②]，因此作为孙辈的"加拉赫"这一姓氏也带有这层意思。"Foreign"这个词在英文里有多种意思，一种意思是最常见的"外国的"，还有一种意思是"陌生的，不熟悉的"，这两种含义都符合加拉赫的形象，即从异国回归的陌生人。当在伦敦发迹的他衣锦还乡时，老同学小钱德勒将他当成了能够提携自己一把的好帮手，然而他却根本不愿意承担这样的角色。约见老友时，加拉赫只顾着吹嘘自己的经历，他常常夹带一些法语词汇来彰显自己的高人一等，话里话外充满了嘲弄与鄙视，连心智不成熟的小钱德勒都察觉到了他言谈举止的浅薄粗俗。加拉赫表达自己的方式和口气让人感到不舒服，可见他归国后的邀约只不过是为了炫耀一番。针对这位所谓的老同学的窘境，加拉赫没有丝毫的同情，所以他也根本不可能成为小钱德勒所期望的那种"帮手"。此刻，"加拉赫"这个姓氏就变得非常具有讽刺意味了。他有能力做"名副其实"的"帮手"却不愿意这

① James Joyce, John Wyse Jackson & Bernard McGinley, *James Joyce's Dubliners: An Illustrated Edition with Annotations*, New York: St. Martin's Press 1993, p. 62.

② Ibid.

么做，这种对比揭示了当时都柏林人的冷漠无情，并且也警醒都柏林人不要奢望会突然有外来的帮助来改变爱尔兰的现状。联系近代中国的百年沧桑史，中国人民和爱尔兰人民同样有着受侵略的屈辱经历，但我们终究抛弃了求助外力的幻想。中国共产党英明领导并发动了中国最广大的劳动人民，自力更生、艰苦奋斗，实现了民族的独立富强。因此，小到个人，大到一个民族，其命运终究要靠自己的奋斗来改变。

(二) 鲍勃·多伦："声望"和"流亡"

《寄宿公寓》的男主人公鲍勃·多伦(Bob Doran)的名字"鲍勃"(Bob)代表了他的身份与价值，这正是他最为注重的东西，也是为他设陷的寄宿公寓女老板穆尼太太看中的地方，更是使他陷入进退维谷的窘境之关键。"鲍勃"(Bob)源于日耳曼语的"Hrodebert"，"hrod"意为"名声，名望"(fame)，"beraht"意为"光鲜的"(bright)，这与鲍勃·多伦光鲜亮丽、颇有名望的身份十分相符。他在一位天主教酒商开办的公司里有一份体面的工作，薪水很可观，工作了13年，存有一笔不小的积蓄。在出生于屠夫家庭，独自一人打理公寓，每天靠和各种小职员房客周旋来讨生活的穆尼太太看来，鲍勃·多伦是个"金龟婿"的绝佳人选。穆尼太太(Mrs. Mooney)的姓氏里就很明显地包含了"金钱"(Money)二字，与她贪财的本性十分匹配。她安排女儿波莉在公寓帮忙，只是为了让她多接触些男人，从而好钓金龟婿。她任凭女儿跟男房客们调情，却发现这些人中没有哪个是真心对波莉的。正当她打算将波莉送回去当打字员时，她"发现"波莉与房客鲍勃·多伦关系暧昧。穆尼太太没有干预，甚至当房客间开始蜚短流长，纷纷议论这桩艳事时，她也对之置若罔闻。这看似包容，实则是她老谋深算了许久。文中多次重复穆尼太太对处理这件事很有信心和把握，知道自己胜券在握，因为她知道多伦先生和其他没什么身份的小职员不一样，她吃准了他不会弃自己的名声于不顾这一点。等到时机成熟，她便拿女儿的清誉与名声对鲍勃·多伦施压，强迫他迎娶波莉。

鲍勃·多伦(Bob Doran)的姓氏"多伦"(Doran)和"莱内汉"一样，都蕴含"流亡"(Exile)的意思，预示着多伦先生迫切渴望逃离穆尼太太和她女儿波莉合伙设下的婚姻陷阱。“多伦”这个爱尔兰姓氏是英化了的盖尔语姓氏“Ó Deoradháin”之简化形式，“deoradh”代表“朝圣者，陌生人，流亡者”(pilgrim，stranger，exile)。[①]《寄宿公寓》是《都柏林人》中唯一提供了男女双方对彼此之间感情的感觉和看法之短篇，《阿拉比》始终只有小男孩的视角，《圣恩》仅仅描写了卡尼太太对丈夫的看法，而《死者》则单单告知了读者加布里埃尔对格莉塔的感情。由此可见，乔伊斯对《寄宿公寓》中的情感问题相当重视。多伦先生是个彻头彻尾的酒鬼，但也正是因着他酗酒的恶习才有了艳事，从而推动了故事的发展。当穆尼太太确认了波莉与多伦先生的艳事属实时，多伦先生开始怀疑自己与她是否彼此适合。此前，这个问题从未出现在他的考虑范围内，由此我们不难推断出他从没想过娶她，只是一时贪图美色而已。在鲍勃·多伦看来，波莉虽然年轻貌美、充满活力，可她出身寒酸、父母离异，父亲是个名声扫地的酒鬼，母亲抛头露面开寄宿公寓也不大体面，她自己也没受过什么教育，胸无点墨，行为举止里透着轻浮。当鲍勃·多伦发现自己被穆尼太太一步步逼得进退两难的时候，他有了种上当的感觉，并一直在纠结从与不从的后果。如果他拒绝迎娶波莉，那么他们的风流韵事一旦传出去(看穆尼太太的架势，肯定不会让他好过，必然会传出去的)，老板就会怀疑他的人品，然后他很可能会因此丢了金饭碗，这等于他过去那么些年的努力与付出都白费了。[②] 尽管还有一定的存款，但是他不确定万一失业以后自己能否应对得来。可是迎娶波莉的话，他又不敢保证就能够幸福，而且他觉得男人一旦结婚了，就不自由了，他的人生就完了。在穆尼太太找他谈话时，他就意识到自己被算计了，这一切都是她布的局——她极力想给女儿找个好归宿，所以设陷让波莉和他传出绯闻，等到时机成熟，便用舆论的压力和丢工作的后果来威胁他接受这门亲事。可惜的是，他醒悟得太迟了，一切已无法挽回，寄宿公寓里的人都知道了他们的风流韵事，即便他再想要逃离这样的婚姻陷阱，也不敢轻举妄动，因为一旦他拒绝对波莉负责，事情很快就会传遍全城，而这样严重的后果是他承受不起的。因此，鲍勃·多伦陷入了两难的窘境。归根到底，在世俗而势力的社会

① 资谷生：《英语人名追根溯源》，云南：云南人民出版社，2010 年，第 112 页。

② James Joyce, *Dubliners*, Clayton: Prestwick House Inc., 2006, p. 12.

环境下，爱尔兰人其实成了金钱的奴隶与欲望的牺牲品。人役于物，这是心灵扭曲、精神瘫痪的外在表现，爱尔兰人就一筹莫展地受困在冷漠无情的现实中。

（三）代达罗斯（Daedlaus）与“自由”

作为姓氏，“代达罗斯”（Daedlaus）尤其指那位被囚禁在克里特岛的希腊建筑师代达罗斯。该工匠发挥自己的聪明才智，逃出孤岛，重获自由。乔伊斯以代达罗斯作为人物名字，暗示了小说中的人物也想要逃离禁锢之地。如果神话也算作历史记录的话，那么代达罗斯就是西方文化史上的第一位艺术家。[①]

在希腊神话中，心灵手巧的代达罗斯急中生智，用蜂蜡和羽毛为自己与儿子各自制作了一对翅膀，从而挥翅飞离了孤岛迷宫，翱翔在自由的天空中。不幸的是，兴奋的伊卡洛斯对父亲的劝告置若罔闻，他飞得离太阳过近，从而因蜂蜡融化、翅翼解体而坠海死亡，代达罗斯则成功地飞回到西西里岛重获新生。[②] 建筑师代达罗斯的成功逃亡，代表了叛逆精神的胜利和对独裁者的蔑视。相反，《艺术家年轻时的写照》中的青年代达罗斯没能实现真正的逃离，他始终没能离开爱尔兰，从而只是个精神上与心理上的流亡者。《尤利西斯》中的斯蒂芬·代达罗斯到了中年时期终于实现了流亡，去了乔伊斯的流亡地巴黎。这一神话象征在《艺术家年轻时的写照》中不仅体现在主角的名字上，也体现在小说正文开篇所引用的罗马诗人普布利乌斯·奥维德·那索（Publius Ovidius Naso）在《变形记》（*Metamorphoses*）第八卷中的卷首语：“Et ignotas animum dimittit in artes.”（“他倾注全部才智创作从未有过的物品。”）[③]这里的“他”，便是代达罗斯（Daedalus）。该引语揭示代达罗斯竭尽全力，运用新颖的艺术技巧来制作逃离的羽翼，而这何尝不代表着该书主人公斯蒂芬·代达罗斯对都柏林的“抗拒”和“逃避”，预示了他渴望逃离都柏林，逃离爱尔兰，流亡到海外去追寻自己作为艺术家的人

① 戴从容：《乔伊斯、萨义德和流散知识分子》，上海：华东师范大学出版社，2012 年，第 7 页。

② Don Gifford, *Notes for Joyce's Dubliners and A Portrait of the Artist as a Young Man*, New York: E. P. Dutton & CO. INC., 1967, p. 86.

③ 冯建明：《乔伊斯长篇小说人物塑造》，北京：人民文学出版社，2010 年，第 7 页。

生使命这一母题。“抗拒”与“逃避”主要表现在三个方面，即国家、宗教和父亲。“代达罗斯”这个姓氏本身就是自由反叛的艺术家之象征，是一种预言，象征其艺术创造的生涯，又暗示了他吉凶未卜的前程，“作者意在使他与传说中的建筑家相媲美或是超越他”[①]。斯蒂芬的最终的目标，就是借助艺术的翅膀逃离家庭和社会生活的迷宫，去追寻艺术家的人生使命。姓氏是一个家族的象征，斯蒂芬从父亲那里继承了姓，这是血脉继承，而他与代达罗斯则是艺术上的继承。在海滩上漫步的时候，斯蒂芬听到他的同学们开玩笑地叫他的名字：“斯蒂夫诺斯·代达罗斯！布斯·斯蒂夫努梅诺斯！布斯·斯蒂夫尼弗若斯！”[②]此时，他没有愠怒，而是想象着自己像那位巧匠一样展翅翱翔于蓝天，他感受到灵魂已经接受了一种新生活的召唤：

> 他的灵魂已经从儿童时期的坟墓中重新站了起来，抛掉了身上的尸衣。是的！是的！是的！像那位跟他同姓的伟大工匠一样，凭着灵魂的自由与力量，他将自豪地创造出一个崭新的、飞翔的、美丽的、神秘莫测的、活力永驻的生命。[③]

“这时，像从前从来没有过的，斯蒂芬发觉他的奇怪的姓氏是一个预言。”[④]斯蒂芬真正意识到，他与代达罗斯之间有着艺术上的继承关系。“此刻，当听到那位传说中的能工巧匠的名字时，他仿佛隐隐约约地听到了大海的波涛声……”[⑤]在恍惚之中，他看见“一个形影张着双翅，在波涛上飞翔，缓缓地升入空中……一个像鹰一样的人在海面上朝着太阳飞去”。[⑥] 一种从未有过的感觉涌上心头，斯蒂芬终于意识到了他名字中的预言，并正确认识到了自己的身份——他“正如与他名字相同的那位伟大的建筑家一样”[⑦]，“他

① William York Tindall, *James Joyce: his way of interpreting the modern world*, New York: Charles Scribner's Sons, 1950, p. 5.

② James Joyce, *A Portrait of the Artist as a Young Man*, New York: the Viking Press, 1968, p. 430.

③ Ibid.

④ Ibid.

⑤ Ibid.

⑥ Ibid.

⑦ Ibid.

命里注定要服务于从童年与少年时代起就一直追求的理想”[①]，这也是作家借用这个姓氏所要传达的信息。

马利根给斯蒂芬·代达罗斯所起的绰号“金赤”，标志着斯蒂芬思想的锐利。斯蒂芬具备独特的艺术家气质，他总是在思考人生、世界和宇宙，这正是他的过人之处。马利根觉得斯蒂芬像把利刃，所以用“金赤”来模仿利刃的切割声。“金赤”意为“刀锋”，是“艺术的柳叶刀”[②]，即思想的利刃。这一点颇似斯蒂芬的另一个原型，即莎士比亚笔下的哈姆雷特。他们同样脆弱，英雄事迹也不是体现在行动中，而是体现在具有批判性和哲理性的思想与内心活动上。斯蒂芬、布鲁姆与莫莉三人是《尤利西斯》中内心活动最多的人物，布鲁姆和莫莉的联想是横向描述式的，而斯蒂芬的联想则是纵向深化的，更具有知识分子的思辨性。例如，面对靠打工发家致富的“农民工”拉里·奥克洛时，明知没可能从他那儿揽到广告赚钱，斯蒂芬却并没有对他有任何负面想法，还热情地跟他打招呼。同样是面对爱尔兰的劳苦大众，斯蒂芬看到送奶老妇人时，将她视为“伺候着她的征服者与她那快乐叛徒”[③]的爱尔兰，把她联想为只想向给他治病的医生和听她忏悔的神父低头的低贱女性，“不屑于祈求她的青睐”[④]。这样的联想正如哈姆雷特对奥菲利亚的嘲讽一样刻薄，但不可否认，这是人在面对残酷社会时，保持头脑锐利的正常反应。在看到空中的飞鸟时，斯蒂芬感觉受到了鼓舞，他跃跃欲试，想要远走高飞：

> 他想放开喉咙大声喊叫，这像是空中鹰隼的叫声，对自己能在空中翱翔而欢呼。这就是新的生活对他的灵魂发出的召唤……骤然展翅使他获得了自由，内心的呼喊使他情绪激昂。[⑤]

飞鸟也使斯蒂芬获得了“精神顿悟”，从而最终看清了自己的奋斗目标。

---

① James Joyce, *A Portrait of the Artist as a Young Man*, New York: the Viking Press, 1968, p. 430.

② James Joyce, *Ulysses*, New York: Vintage Books, A Division of Random House, 1961, p. 4.

③ Ibid., p. 14.

④ Ibid.

⑤ James Joyce, *A Portrait of the Artist as a Young Man*, New York: the Viking Press, 1968, p. 430.

斯蒂芬不但拥有代达罗斯的姓氏，而且肩负着这个姓氏所承担的使命。若想成为真正的艺术家，他就必须像代达罗斯一样逃离迷宫，“去生活、去犯错、去跌倒、去胜利，去从生命中再创生命”[①]！他“身上的尸衣”包括家庭的、民族的、宗教的网，“父亲是他试图要颠覆的权威形象”[②]，他的复活是艺术家的复活。“我的家族”(my race)指艺术家的家族而非爱尔兰，他们的成员以追求自由为第一生命，因此在现代社会中最终将要走向流亡。在第四章的结尾处，斯蒂芬于海边目睹的水中少女那仙女下凡般的美好形象，不仅展示了他的“精神顿悟”，而且烘托和铺垫了小说的高潮：

> 一位姑娘一动不动地独自站在他面前的海水中，眼睛望着大海。她仿佛被魔术改变过似的，长得极像一只陌生而美丽的海鸟。她那两条裸露的细长的小腿像仙鹤的腿一样娇嫩，看上去非常纯洁，只是腿上显露出某些宝绿色的水藻的痕迹。她那一直裸露到臀部的同象牙一样丰满和美丽……她的胸部像小鸟一样柔软和苗条，像黑色羽毛的鸽子的胸脯那样柔软和苗条。她那美丽的长发显示出一种少女的纯真，而她的脸蛋则具有一种奇迹般的尘世间的美丽。[③]

这一代表艺术美的形象使斯蒂芬看到了自己的理想和事业，听到了生活的召唤。为了摆脱社会、家庭和宗教对他施加的诸多束缚，斯蒂芬决定离家奔赴欧洲追求艺术事业。离乡之际，他在日记里恳求代达罗斯这位神话中的创造神赐予他从事艺术创作的勇气、信心和启示：“老父亲，老艺人，请你现在并永远帮助我吧。”[④]随后，小说戛然而止。至此，代达罗斯彻底摈弃了现实生活中令他失望的一味酗酒放荡的亲生父亲，转而推崇传说中的建筑家作为精神之父。斯蒂芬对精神之父的追求暗示了西蒙·代达罗斯的失

---

① James Joyce, *A Portrait of the Artist as a Young Man*, New York: the Viking Press, 1968, p. 198.

② David Seed, James Joyce's A Portrait of the Artist as a Young Man, New York: Harvester Wheatsheaf, 1992, p. 119.

③ James Joyce, *A Portrait of the Artist as a Young Man*, New York: Viking Press, 1968, p. 431.

④ David Seed, *James Joyce's A Portrait of the Artist as a Young Man*, New York: Harvester Wheatsheaf, 1992, p. 253.

败，这是一种普遍现象，代表着20世纪初爱尔兰人的一种悲哀。[1]《尤利西斯》中的代达罗斯任凭他的母亲在病床上挣扎，任凭他的弟弟妹妹们忍饥挨饿，毅然决然背井离乡，张开了他那能工巧匠般的羽翼，飞向了他所认为的自由国度。

乔伊斯曾将代达罗斯(Dedalus)用作笔名[2]，表明他年轻时便立志要成为一名现代的代达罗斯，他还在自传性作品中特意将主人公姓氏的第一个"a"删掉。关于改名的动机，著名乔伊斯研究专家理查德·大卫·埃尔曼(Richard David Ellmann)在其著作《乔伊斯的意识》(*The Consciousness of Joyce*, 1977)中解读道："乔伊斯将'a'从'daedalus'中的二合元音字母去掉，以减弱该词看上去所显露的希腊风格，使它与源于当地的父名的姓更为一致。对于爱尔兰人来说，它仍然是个奇怪的名字。"[3]乔伊斯的羽翼是他不断创新的写作艺术，从《都伯林人》到《为芬尼根守灵》，越来越不落俗套、出奇制胜，像离迷宫越来越远的代达罗斯一样，打开新的意义空间。

三、作为"忠诚"或"背叛"(Loyalty & Treachery)代名词的人名

"背叛"在乔伊斯的小说中随处可见，它常与爱尔兰的一些人名联系起来，让读者对某些人名产生联想，从而使得这些人名成为作品中的原创性符号，表现了乔伊斯本人对背叛的痛恨与恐惧。乔伊斯出生在一个被英国和天主教钳制的爱尔兰，爱尔兰的自治事业从小就牵动着他的心。这一伟大事业的代言人是乔伊斯心目中永远的英雄查尔斯·斯图尔特·帕内尔，他是爱尔兰民族自治运动中的伟大政治领袖。1889年，有人用一封假信诬陷帕内尔参与了1882年的凤凰公园谋杀案(Phoenix Park murders of 1882)，

① 冯建明：《乔伊斯长篇小说人物塑造》，北京：人民文学出版社，2010年，第37页。

② 1904年6月3日，乔伊斯写信给好友奥利弗·圣约翰·戈加蒂(1878—1957，《尤利西斯》中的马利根之原型)时的署名，以及同年8月、9月和12月发表《姐妹》《伊芙琳》和《车赛之后》时的署名，都是斯蒂芬·代达罗斯(Stephen Daedalus)。

③ Richard Ellmann, *The consciousness of Joyce*, London: Faber & Faber, 1977, p. 15.

但是这个阴谋失败了。同年，他被欧希尔上校控告与其妻子通奸。[①] 原本，帕内尔能经受住这次丑闻的打击，他在审判结果出来之前还向爱尔兰政党(Irish Party)保证自己会被宣告无罪，然而政敌和虔诚的天主教徒所组成的联盟迫不及待地想尽办法把他赶下了台，对天主教义有偏执信念的爱尔兰民众对他恨之入骨，甚至连发誓永远效忠他的陆军中尉蒂姆·希利(Tim Healy)也背叛了他，对他倒戈相向。因此，帕内尔的追随者一直认为，遭人背叛是导致他失败的根本原因。乔伊斯的父亲和帕内尔的政治立场一样，都是民族主义，并且他也是帕内尔的追随者，他曾多次叮咛乔伊斯绝不能做“告密者”[②]。受到帕内尔及父亲的双重影响，乔伊斯从小就欣赏忠诚、痛恨背叛。在与敌人们对战了一年之后，帕内尔于1891年9月6日离世，他的死与乔伊斯的家道中落几乎是同时发生的，这对乔伊斯的精神世界造成很大打击。天主教会在分裂帕内尔的政党同盟中所起的消极作用，使乔伊斯对天主教干政深恶痛绝，这些反感的情绪最终体现在了他的小说作品中。乔伊斯借助诸多的人物姓名和这些姓名所代表的形象来揭露卖友求荣者和宗教干政者的嘴脸，他设定女性化的希利来批判背叛好友的蒂姆·希利，用基翁神父这一形象来讽刺天主教神职人员干政，刻画乔·海恩斯与马特·奥康纳来肯定忠诚的品质。

(一) 希利(Miss Healy)作为“背叛”的原创性符号

在《母亲》中，钢琴师凯瑟琳(Kathleen)小姐的名字和让帕内尔卷入丑闻且后来成为帕内尔太太的凯瑟琳·帕内尔(Kitty Parnell)的名字(“Kitty”系“Kathleen”的昵称)相同，而凯瑟琳小姐的朋友希利小姐(Miss Healy)的姓氏也与背叛帕奈尔的亲信陆军中尉蒂姆·希利(Tim Healy)的姓氏相同，这预示了希利小姐会像臭名昭著的蒂姆·希利背叛帕内尔那样背叛她的好朋友凯瑟琳。蒂姆·希利是男性，但乔伊斯却将希利在故事中的性别设定成了女性，这颇有讽刺他算不上是个男人的意味。凯瑟琳将希

---

① [美]艾伯特·哈伯德：《爱情的肖像：历史上的伟大恋人》，苏世军译，北京：金城出版社，2009年，第141—142页。

② 罗廷攀：《论查尔斯·帕内尔对詹姆斯·乔伊斯〈选委会办公室里的常春藤日〉为文学样本分析》，载《语文知识》，2016年第21期，第34页。

利小姐当作挚友，她一家人还经常邀请希利来家里玩。然而，出人意料的是，在故事的结尾，正当卡尼太太以不先付费就不让女儿凯瑟琳再继续给第二场音乐会伴奏为筹码跟霍拉汉先生谈判时，希利小姐突然答应取代凯瑟琳的位子，上台弹钢琴伴奏以保证音乐会正常进行。她突如其来的背叛给了卡尼太太致命一击，使得她最后鲁莽地为女儿争取报酬的背水一战以尴尬收尾。我们可以想象卡尼家的女人在走出音乐厅时，嘴里可能低声念叨着："希利，你也这样？"(Et tu, Healy?)[1]这不仅是1891年的乔伊斯第一首诗之标题[2]，更暗指了帕内尔的亲信蒂姆·希利对帕内尔的背叛。希利小姐的姓氏凸显了小说的"背叛"母题，并使之上升到了政治层面。希利小姐背叛凯瑟琳的决定具有象征性，其与肮脏的性偏见和歧视相关，乔伊斯视之为现代爱尔兰的国家悲剧。[3]

也许会有人像当初不明就里的民众一样，为希利辩解说是帕内尔道德败坏在先，希利弃他而去才是正道，可事实上，又有多少人去了解过真相？普通的爱尔兰大众都是从各种媒体或夸大或捕风捉影或扭曲事实的报道中去了解整件事情，很少有人知道帕内尔的这段恋情也没有那么不堪。相反，他顶着巨大的舆论压力，仍保持着对凯瑟琳忠贞不渝的爱，这是十分伟大的。凯瑟琳是一位智慧不凡的女人，她心系爱尔兰事业，关心穷人的生计和爱尔兰的前途。她在家中设立销售厅，贩卖爱尔兰佃农手工制作的地毯、篮子和格饰物。可惜凯瑟琳的丈夫是个随遇而安的地主，和她没有什么共同语言，他们的婚姻很不幸福，常年分居。起初，帕内尔与凯瑟琳并没有男女之情，他们只是热爱共同的事物，并且在政治观点上有很多相似之处，因此彼此很聊得来。据帕内尔自己所言，她是他见过的除了他母亲之外，唯一能听懂他在谈什么的女人。帕内尔不善交际，更不懂女人，他一度认为女人"是碎嘴巴，是小孩子，是低档的"[4]，可当他听到凯瑟琳·欧希尔谈爱尔兰事业时，听着听着就从忧郁中走出来了。由此可见，凯瑟琳是帕内尔的绝佳精

---

① Claire A. Culleton, *Names and Naming in Joyce*, Wisconsin: University of Wisconsin Press, 1994, p. 89.

② 诗名是《希利，你也这样》。

③ Joseph Valente, *James Joyce and the Problem of Justice: Negotiating Sexual and Colonial Difference*, Urbana: University of Illinois, 1995, p. 62.

④ [美]艾伯特·哈伯德：《爱情的肖像：历史上的伟大恋人》，苏世军译，北京：金城出版社，2009年，第138页。

神伴侣。然而，凯瑟琳的丈夫并不这么认为，他将这种精神交流视为出轨，因为他在妻子房中发现了帕内尔的一只手提箱。他公然向帕内尔挑战，要求决斗，而帕内尔也接受了挑战。但是，决斗最终因为托马斯·梅因的干预而取消了。事实上，人们也没把这次挑战当回事，权当是一个头脑发热的恶棍想要通过挑战伟人来提升自己的名声。固然帕内尔将手提箱留在有夫之妇房中是个过失，但人们对这种事已习以为常了，因为当时伦敦乱伦风气盛行，离家而未带家属的议员难免都有些风流韵事。彼时，严肃的恋情是很少见的，他们不相信不吸烟、不喝烈酒、不骂人的清教徒帕内尔会傻到对一个女子忠贞不二，他们仍认为他是爱尔兰的救星。

这出闹剧虽未引起重视，但悄然为之后的丑闻埋下了火种。[①] 1886 年，爱尔兰政治风波再起，有声明提出欧希尔上校是下议院戈尔韦选区的候选人，他在选举中胜出是因为有帕内尔做后盾。在此背景下，外界都认为帕内尔和欧希尔上校达成了交易，即帕内尔占有欧希尔的妻子，而欧希尔在帕内尔的帮助下进入议会。[②] 新闻界像饿狼扑向瘸马一样，对帕内尔展开猛烈的进攻，内容无非是丑闻、闲话和诽谤这类符合读者需求的八卦，因为人们渴望听八卦！1889 年 12 月 24 日，欧希尔上校以通奸罪控告妻子和帕内尔，起诉离婚，他的预谋不仅是要离婚，更是要以最轰动、最淫秽的方式进行报复。他递交了一本厚厚的起诉书，用恶心至极的语言描述了帕内尔的行为。欧希尔上校试图引起人们对帕内尔的强烈反感和愤怒，从而使他倡导的进步无法实现。直到 1890 年 11 月 15 日，此案才被法院受理。历时 2 天的审判宣告帕内尔和欧希尔太太是长期情人关系，并作出了在指定日期前不提出反对理由即行生效的离婚判决。对此，帕内尔没有辩护。数月之后，帕内尔依据民法娶凯瑟琳为妻，但因未经国家或天主教批准，从而再度掀起舆论浪潮。报社雇佣人监视这对夫妻的一举一动，连帕内尔纽扣眼里别着玫瑰花或三叶草、帕内尔太太哼个小曲或脸上挂着微笑等小细节都会被爆料成无耻的罪行。[③]

① [美]艾伯特·哈伯德：《爱情的肖像：历史上的伟大恋人》，苏世军译，北京：金城出版社，2009 年，第 139 页。
② 同上，第 140 页。
③ 同上，第 145 页。

此时，正值下议院准备授予爱尔兰地方自治权，而这一“丑闻”和希利之后的倒戈使人们对帕内尔恨之入骨，从而毁了帕内尔，也毁了爱尔兰的地方自治。爱尔兰是一个传统的天主教国家，几乎所有爱尔兰人都对天主教教义有着近乎偏执的坚持，通奸是他们所不能容忍的。帕内尔的通奸新闻一出，希利和其他帕内尔的伙伴中的多数人便相继倒戈，开始反对帕内尔继续担任领导，他们坚信由这样一位私生活不检点的人当首领，毋庸置疑会严重威胁与格莱斯顿自由主义的联盟，因此他们开始施压将帕内尔赶出政坛。希利，这个曾经热烈拥护帕内尔的亲信，突然成为了最直言不讳地批评帕内尔的人，他在公共场合对帕内尔的野蛮攻击源于他保守的天主教思想。有些爱尔兰人永远无法原谅希利在帕内尔离婚案危机中所起到的作用，他的一系列背叛举动毁了他自己在公众心中的形象。帕内尔饱受舆论的煎熬，与这些反对者的长期对抗使得他的健康状况每况愈下。他变得紧张、忧虑，婚后半年便死于神经损伤。这个病根是在10年前被传丑闻时就种下的，始终未见缓解。大部分爱尔兰人认为，是欧希尔上校、帕内尔、凯瑟琳·欧希尔、格拉德斯通等人破坏了爱尔兰的自治。事实上，是爱尔兰推开了它。[①] 当人们最终了解到帕内尔默默爱一位十分高尚、智慧、诚实、优秀的同样心系爱尔兰事业的、渴望解放爱尔兰的女人直到他生命的尽头，且从未爱过其他女人时，他们才意识到自己错了。高尚专一的爱情及在精神上的和谐统一是不同寻常的。爱尔兰人声讨、指责、抛弃拥有如此爱情的帕内尔与凯瑟琳，是对自我智慧的批判。世人逐渐意识到，在爱情中专一坚定、矢志不渝的人适合做领导。如果所谓的丑闻爆发时，他们能站在帕内尔那边，那么他依然会是爱尔兰的领袖，并且能带领爱尔兰走向人们渴望的自治。是爱尔兰人先抛弃了帕内尔，格拉德斯通才会抛弃爱尔兰的事业。格拉德斯通是个世俗之人，世仇和派系使他十分沮丧，他本可以支持帕内尔并稳定国家主义者，直至人们的固执与偏见停息，但当他看到自己既不需要逃跑也无需投降就能从前途渺茫的事业中逃离时，他便要求帕内尔主动辞职，而不是去帮助这位唯一的过错是爱一位女人的伟大政治家，从而将这个在大不列

① [美]艾伯特·哈伯德：《爱情的肖像：历史上的伟大恋人》，苏世军译，北京：金城出版社，2009年，第142页。

颠唯一与他职权相当的人逼入绝境。自此，爱尔兰的地方自治法成为了一个笑话，爱尔兰人民失去了地方自治权，他们的保守与冲动使一切化为泡影。爱尔兰人民的偏见被英国人利用了，他们被仇恨冲昏了头脑，用短棍敲打他们领袖的头。帕内尔没有背叛他的人民，相反，从文化角度看，乔伊斯认为是人们背叛了帕内尔，而这也就等于背叛了爱尔兰。[①] 想要获得自治的人们必须先学会治理自己的思想和精神生活，这样才有可能实现社会和政治生活的自主治理。帕内尔的悲剧不由让人想起美国诗人惠特曼的《草叶集》中的诗篇——《啊船长我的船长哟》。这首诗是为悼念美国第 16 任总统林肯而作。在任期内，林肯为维护国家统一、废除蓄奴制而领导了南北战争，解放了黑人奴隶。就在美国人民欢庆胜利的时刻，反动势力雇佣的刺客杀害了他。历史总是惊人的相似，两位伟人同是为了本民族的独立和统一而战，却皆因政治利益的分歧而遭到迫害，让人唏嘘不已。这也印证了历史的前进是以血和牺牲为代价的铁律，而伟人与英雄的光环不啻是一个沉重的负担。这一点在乔伊斯的《艺术家年轻时的写照》一书中也得到了体现。在《艺术家年轻时的写照》的第一章中，为了维护自己的名誉，小斯蒂芬鼓起勇气去向校长告发多兰神父对自己的冤枉。之后，他被同学们当作英雄高举、膜拜，然而这种感觉并不美好。此时，不胜其烦的斯蒂芬明白了，英雄意味着一种负担。

（二）基翁与所谓的“富贵”

《委员会办公室的常春藤日》中的背叛元素十分显著，其中的代表人物是基翁神父（Father Keon）。故事是由无名氏用第三人称叙述的，时间设定在 1902 年 10 月 6 日，即帕内尔的忌日，此时自治法尚未通过。[②] 故事中，几个为选举拉选票的人陆续从都柏林街道上走进委员会办公室，到小火炉旁取暖，然后他们百无聊赖地开始讨论起政治来。其中，有理查德·蒂尔尼的拉票人奥康纳、汉基与里昂，以及科尔根的支持者乔·海恩斯，谈话的主题

① ［英］安德鲁·吉布森：《詹姆斯·乔伊斯》，宋庆宝译，北京：北京大学出版社，2013 年。

② Don Creighton Gifford ed., *Joyce Annotated: Notes for Dubliners and A Portrait of the Artist as a Young Man*, Berkeley: U of California, 1982.

围绕着那些为了从英国政府那儿得到一点点认可而背叛帕内尔的叛徒。随后，基翁神父突然走了进来，寻找一位根本不在场的人物。基翁神父(Father Keon)的名字是对他个人形象的讽刺。尽管基翁神父只在故事中简单地露了一次面，但是他却是个重要角色。他的姓氏“基翁”(Keon)的来源之一“尤恩”(Ewan)，含义是“出身富贵”(well born or noble)。[①] 然而，事实上，从文中可以看出，恰恰相反，他是个出生卑微的穷人，这是一个反讽。第一次出场时，基翁神父就是个穷困潦倒的四不像牧师形象。文中描述他像个穷教士或寒酸演员，他的面色仿佛湿漉漉的黄奶酪，让人感觉容易融化，不坚定。[②] “基翁”(Keon)姓氏的另一种来源是英语和希伯来语中的“约翰”(John)。[③] 在《圣经》中，有两位重要的约翰，分别是耶稣的施洗人约翰和耶稣的门徒约翰。第一位施洗人约翰在出生时便注定了是耶和华忠实的使徒。很多人慕名而来，找约翰倾诉和忏悔自己的罪恶，并让他在约旦河帮自己施洗，甚至耶稣本人也从加利利赶来找他施洗。施洗人约翰的毕生工作就是为主耶稣基督铺路。约翰是耶稣最喜爱的门徒，也是唯一一位没有被迫害而寿终正寝的门徒，他的虔诚让他见证了耶和华的神迹。

《圣经》中的两位约翰都是耶稣的忠诚追随者，而乔伊斯笔下的“约翰”绝非是天主教的忠实信徒。故事后面的叙述表明，基翁神父来委员会办公室是为了选举。作为一名神职人员，他并不安心传教，而是四处奔走，忙着拉票选举，还在“卡瓦纳店”做政治交易，由此可以看出爱尔兰天主教会的“瘫痪”。[④] 他说他找法宁先生(Mr. Fanning)是为了点生意上的事，这不禁让人疑惑，一个牧师会做什么生意？大家可能会联想到圣职买卖。此外，汉基先生当上市长的白日梦桥段反映了都柏林政治选举的腐败，正如他自己所说：

---

① 李慎廉：《英语姓名词典》，北京：外语教学与研究出版社，2002 年，第 152 页。

② 罗廷攀：《论查尔斯·帕内尔对詹姆斯·乔伊斯〈选委会办公室里的常春藤日〉为文学样本分析》，载《语文知识》，2016 年第 21 期，第 35 页。

③ 李慎廉：《英语姓名词典》，北京：外语教学与研究出版社，2002 年，第 152 页。

④ 罗廷攀：《论查尔斯·帕内尔对詹姆斯·乔伊斯〈选委会办公室里的常春藤日〉为文学样本分析》，载《语文知识》，2016 年第 21 期，第 35 页。

我想我知道他的小把戏。如果你想当市长大人，你不给城里的这些议员老爹钱，然后他们会让你如愿以偿。上帝呀！我自己都想去当议员了。你们觉得怎么样？我适合这份工作么？[①]

这段畅想和《都柏林人》呼应了开篇《姐妹们》所提及的圣职买卖罪，是精神堕落的表现。在乔伊斯眼中，宗教、政治及社会的腐败、信仰缺失、良知丧失、唯利是图、坑蒙拐骗等都代表精神堕落，诸如此类的现象好比"垃圾坑、旧丧服和下水的臭气"[②]，渗透在《都柏林人》的每一个故事中。当汉基先生的白日梦实现时，他想要基翁神父当他的私人牧师，这一行为象征着天主教和腐败的政府狼狈为奸。他们压榨百姓的血汗钱，禁锢民众的思想。代表着天主教会的基翁神父在下楼梯时拒绝杰克老汉拿蜡烛给他照明，这暗示着创作《都柏林人》时的天主教不愿意接受其他各方在发展爱尔兰方面所提供的帮助，以及这个被帕内尔丑闻激怒的天主教会对人民水深火热的生存状况仍是两眼一抹黑。基翁神父穿的法衣不伦不类，分不清是牧师服还是平信徒的普通衣服，而且他不隶属于任何教堂、教会或其他机构。[③] 在汉基先生与奥康纳的对话中，基翁神父的面目被揭开了，他被免去了神职，被剥夺了做弥撒和听取忏悔的职能，只能依靠教职身份蒙骗教民来糊口。[④] 他对政治并不了解，热衷于选举也不过是为了讨生活。至于他被免职的原因，可能有两种。上黑啤酒时，汉基先生说基翁神父能喝一打[⑤]，所以第一个原因可能是酗酒。在《都柏林人》的首稿中，基翁神父的声音被描述为鸡奸者和忏悔者的声音[⑥]，这一描写似乎在暗示另一个原因可能是基翁神父犯下了淫秽罪。不管是出于何种原因，这都是对天主教的背叛。基翁神父不仅背叛天主教，而且还背叛了帕内尔主义，也就是背叛了帕内尔所代表的民族主义。在基翁神父之前到来的那批选举拉票说客进委员会办公室的门时，作

① James Joyce, *Dubliners*, Clayton: Prestwick House Inc., 2006, p. 118.

② Richard Ellmann ed., *Selected Letters of James Joyce*, London: Faber and Faber Limited, 1975.

③ 杨阳：《从〈都柏林人〉中的牧师形象分析乔伊斯的宗教情结》，载《才智》，2011 年第 3 期，第 186 页。

④ Don Creighton Gifford ed., *Joyce Annotated: Notes for Dubliners and A Portrait of the Artist as a Young Man*, Berkeley: U of California, 1982.

⑤ [爱尔兰]詹姆斯·乔伊斯：《都柏林人》，林六辰译，武汉：武汉大学出版社，2014 年。

⑥ 同上。

者强调，他们无一例外地在衣领上佩戴了一枚常春藤叶，这是帕内尔的标志。每年的10月6日是帕内尔的忌日，爱尔兰人民称之为常春藤日。在这一天，帕内尔的拥护者都会佩戴常春藤叶来纪念这位伟大的领袖。然而，当基翁神父第一次露脸时，乔伊斯只交代了他破旧大衣的领子翻起，裹着脖子，没扣好的纽扣反射着蜡烛的光[①]，这似乎是要告诉读者他根本没有戴常春藤叶，从而暗示基翁神父是个彻头彻尾的帕纳尔主义的叛徒，他所代表的天主教会是伙同英国政府和国内反动者联手谋害帕内尔的帮凶。在故事的末尾，海因斯先生背诵了他几年前写的一首诗《帕内尔之死，1891年10月6日》（这首诗与乔伊斯惊闻帕内尔逝世时发表在一家小报上的诗极为相似，当时他才9岁）：

我们未冕的国王死了
啊，爱尔兰，为他哭泣，为他哀悼！
因为他之所以倒下死去，
完全是当今凶恶的伪君子们所为。
……
可恶，那些卑劣的懦夫小人
把魔爪伸向他们的主子，用亲吻
将其出卖给那些谄媚的教士
一群乌合鼓噪之徒——绝非他的朋友。[②]

这首诗并不专业，修辞也一般，然而它却传递出真实的悲哀和真正的忠诚。[③] 借海因斯之口，乔伊斯痛斥落井下石、置帕内尔于死地的乌合之众。基翁神父也在乔伊斯要痛斥的范围内，因为他如委员会办公室里的那些伪善政客所说的一样，是牧师里面的害群之马。酗酒的淫乱神父基翁身后，是彻底腐败和混乱的政府与政治体系。与“基翁”（Keon）所代表的“上帝的厚

① James Joyce, *Dubliners*, Clayton: Prestwick House Inc., 2006, p. 98.
② ［爱尔兰］詹姆斯·乔伊斯：《都柏林人》，林六辰译，武汉：武汉大学出版社，2014年，第148—149页。
③ ［爱尔兰］詹姆斯·乔伊斯：《乔伊斯文集：都柏林人》，王逢振译，上海：上海译文出版社，2013年，第i页。

礼”相反，基翁神父是上帝的诅咒，是都柏林人的撒旦，他带领他们走向通往地狱的死路。

（三）马特与“信仰”

尽管《都柏林人》中存在很多令人失望的、不忠诚的牧师和所谓的朋友，但令人欣慰的是，尚还有些市民信念坚定，忠于自己所信仰的人和事物，如《委员会办公室的常春藤日》中的马特·奥康纳就是其中之一。像名字所代表的《圣经》人物马修（Mathew，“Mat”系“Mathew”的简称）一样，马特·奥康纳虽然做着自己讨厌的工作，但是他的内心依然是忠于他的“主人”的。“马特”（Mat）意为“耶和华的礼物”。在《圣经》中，马修是耶稣的十二门徒之一，在基督教传统中被尊为圣人，曾经担任着税务官的职务。当马修昧着良心向穷苦百姓收税时，他的内心备受煎熬，因为他是宽容慈爱的上帝之忠实追随者。在故事的发展过程中，马特是唯一留在委员会办公室里的人：杰克老汉出门去取煤块；有些人物进门待了会儿，如汉基、里昂、科尔根；有些人来了又走了，像基翁神父和小男孩；还有来了又走，走了又回来的人，如海恩斯。表面上看，马特·奥康纳对老板还没支付报酬感到沮丧，他总是担心蒂尔尼赖账：“我向上帝祈祷，他不会弃我们于危难之中。”[①]似乎，他只在意钱的问题。但是，当我们去细读文本，并观察他的种种细节时会发现，其实在内心深处，他和海恩斯一样，是帕内尔的坚定支持者。首先，蒂尔尼雇佣奥康纳帮自己负责选区某些区域的拉票活动，可是看得出，他并不愿意出门去给蒂尔尼拉票，因为他将常春藤日当天的大部分时间都花在了烤火取暖上。文中只是简短地交代，因为天气寒冷异常，他的靴子湿了。当政客们谈到英国国王爱德华可能要来访爱尔兰时，其中有些人表现得很伪善。奥康纳是反对英王来访的，因为他觉得如果帕内尔还活着，他也不会允许这样的事情发生。另一个细节是，当奥康纳点烟时，他用的是蒂尔尼拉票的宣传卡片。尽管杰克老汉已经表示要给他根火柴，但是他却拒绝了。奥康纳直接从宣传卡片上撕下来一条，点着了。后一句紧接着指明，当他点火时，火光照亮了他衣领上泛着光的常春藤叶子，这一描述相当具有讽刺意味——

① O'Grady, *Ivy Day in the Committee Room, The Use and Abuse of Parnell*, *Eire-Ireland 21*, 1986, p. 31.

蒂尔尼燃烧着的拉票宣传卡片照亮了代表帕内尔的常春藤叶。其次，奥康纳一直提到海恩斯几年前写的《帕内尔之死》一诗，他也是唯一一个希望海恩斯将这首诗大声朗读出来的人。当海恩斯照做以后，奥康纳情绪激动，他很喜欢这首诗，却又不得不隐藏自己的情绪，因为他毕竟是帕内尔政敌蒂尔尼的选举拉票人。从这些细节可以看出，奥康纳对蒂尔尼没有丝毫尊敬，帕内尔才是他心中唯一的领导候选人。奥康纳接下了替蒂尔尼拉票的活是背叛了自己的内心，但是他又以糟糕的天气为借口不出门去履行自己的职责——给蒂尔尼拉票，从而表明了对蒂尔尼的背叛和对帕内尔的忠诚。

常春藤日里委员会办公室中形形色色的人物，不过是爱尔兰社会的一个缩影。面对帕内尔事件，不同阵营的人们表现出了迥异的态度。从作品中可以看出，乔伊斯起初是同情和支持帕内尔所代表的民族主义派的，然而随着成长和阅历的丰富，他越来越体会到，狭隘的民族主义无法真正引领爱尔兰走向独立。在乔伊斯看来，所谓的“主义”，都是有害的东西，因此在大学里，他拒绝了在请愿书上签名。后来，乔伊斯转向了另一种更为开阔的意识形态——世界主义。在《尤利西斯》中，布鲁姆的施政纲领就是最好的体现。乔伊斯的眼界和他的作品一样，跨越了民族与国界，走向世界大同，体现了一种宏大、包容的闪耀着人性光芒之普世观。

四、作为“瘫痪”或“顿悟”代名词的人名

在乔伊斯的作品中，诸多人名与“瘫痪”或“顿悟”有关，它们成为了“瘫痪”或“顿悟”的原创性符号。“瘫痪”原本是个医学术语，意为神经伤残，而乔伊斯笔下的“瘫痪”则是对“整个爱尔兰民族精神状况的一种隐喻”[①]，它不仅是“个人与社会的瘫痪”“道德和精神的瘫痪”及“都柏林城市文化和中产阶级文化的瘫痪”[②]，更是一个民族“偏瘫的或瘫痪的灵魂”[③]，即“瘫痪”的民

① James Joyce, *Dubliners*, ‘Introduction’ by Terence Brown, London: Penguin Books, 1992, xxxvi.

② Michael Levenson, Daniel R. Schwarz ed., *Living History in “The Dead”*, Boston and NewYork: Bedford-St. Martin’s, 1994, p. 65.

③ Ibid., p. 55.

族文化心理。[1] 乔伊斯之所以会采用这个医学术语，是因为他自打做学生时便对医学诊断很感兴趣。乔伊斯对都柏林使人无法进步与成长，也无法忘记或逃离的令人窒息之环境感到深恶痛绝，他断定都柏林人患上了一种可怕的民族文化痼疾——“精神瘫痪”，一种意识方面的残疾[2]，而他们所生活的这座“可爱的脏兮兮的城市”则沦为了“瘫痪的中心”[3]。在写给出版商理查兹的信中，乔伊斯道明了他创作《都柏林人》时的想法：“我的意图是要写作一章关于我国的道德史，我之所以选择都柏林作为场景，是因为这座城市在我看来就是瘫痪的中心。我已从童年、青年、壮年和社会生活这四个方面，设法把这座城市呈现给那些冷漠的公众。故事的编排即按照这一顺序，其中的大部分故事我是用一种审慎的平庸文体写成的。”[4]《都柏林人》既是一部“道德史”，又是一部“民族的心灵史”。[5] 通过刻画一群都柏林的平民百姓，乔伊斯是要用“审慎的平庸文体”[6]来揭示爱尔兰民族文化心理“瘫痪”的种种表现形态，从而将国人从精神麻木中唤醒，为推动“爱尔兰的文明进程”和民族的“精神解放”跨出关键的一步。[7]

“精神瘫痪”是乔伊斯创作《都柏林人》时对都柏林人的评价，这一母题通过人名的参与，也延续到了后期作品《艺术家年轻时的写照》和《尤利西斯》中。通过人名的参与，《都柏林人》表现了“道德瘫痪”或“精神顿悟”；《艺术家年轻时的写照》也通过人名的参与，描述了斯蒂芬从童年到青年在都柏林的“瘫痪”中之成长过程，其中涉及更多的是错综复杂的意识活动。[8]《尤利西斯》中的多个章节突出反映了都柏林的精神瘫痪：第六章将布鲁姆朋友的葬礼现场描述为像阴曹地府般阴暗、凄凉，从而暗示道德瘫痪的爱尔兰

① 李兰生：《从〈姐妹〉与〈圣恩〉看乔伊斯的文化焦虑》，载《中南大学学报（科学社会版）》，2011 年第 4 期，第 138 页。

② Florence L. Walzl, *Pattern of Paralysis in Joyce's Dubliners: A Study of the Original Framework in College English*, Chicago: National Council of Teachers of English, 1961, p. 122.

③ James Joyce, *Dubliners*, New York: Garland Publishing, 1993, p. 134.

④ Richard Ellmann ed., *Letters of James Joyce*. Vol. II, New York: The Viking Press, 1966, p. 134.

⑤ Brewster Ghiselin, *The Unities of Joyce's Dubliners*, Accent 1956(16), p. 76.

⑥ Richard Ellmann ed., *Letters of James Joyce*. Vol. II, New York: The Viking Press, 1966, p. 134.

⑦ Ellsworth Mason and Richard Ellmann eds., *The Critical Writings of James Joyce*, New York: The Viking Press, 1959, p. 88.

⑧ 李维屏：《乔伊斯的美学思想与小说艺术》，上海：上海外语教育出版社，2000 年，第 119 页。

社会像地狱一样可怕;第九章的下午3点都柏林街头的19个活动场面则暗示了行色匆匆的都柏林人的精神虚脱。都柏林人之所以“精神瘫痪”,是因为他们固步自封,缺乏独立思考,不明确自己的立场和目标,更缺少为理想而奋斗的勇气,即缺少“灵魂”。斯蒂芬虽有灵魂,但其灵魂太过于苛求完美,无法向残酷的现实妥协。[①]

(一) 伊芙琳(Eveline)与“边缘”

伊芙琳的顿悟发生在光明与黑暗的交织中。她的名字“Eveline”与傍晚“evening”谐音,象征着边缘性和人生选择。乔伊斯笔下的都柏林永远是昏暗的,小说中的各种人物都在傍晚时分的黑暗中度过了情感最深沉的时刻,清一色的黑暗凸显出阴沉暗淡的基调。[②] 同时,这些黑暗的背景还暗示小说中的人物都处于半死不活的临界状态——傍晚。之前是光明的白昼,之后是黑暗的夜晚,傍晚就是这样一个边缘上的时段,而伊芙琳也正是一个处在边缘上的人物。偶遇的异国水手情人弗兰克想带她私奔到美丽的阿根廷首都布宜诺斯艾利斯,那里没有战争和灾难,人们充分享受着光、自由和幸福。他许诺要和伊芙琳在那儿建立新家,并给她所需要的一切,从而使她获得新生。841年到842年的冬天,一帮(北欧)海盗留在了爱尔兰,他们在利菲河边安营扎寨,并称该地为都柏林。“都柏林”在爱尔兰语中的意思是“黑水池塘”[③],因此其给人以肮脏、停滞、腐败的感觉。

相比寓意为“黑水池塘”的都柏林,意味着“好空气”[④]的布宜诺斯艾利斯光是名字就让人感觉神清气爽。弗兰克为伊芙琳在那儿计划的美好未来,使她在黯淡无光的日子里看到了光明。在沉闷熟悉的旧生活与新鲜刺激的新生活之十字路口,她徘徊不定:刚回味起童年的无忧无虑,又陷入家庭重负的烦闷中;刚后怕着父亲的暴虐,却又忍不住回忆起小时候生病时父亲对她的关心;街上传来的管风琴声刚让她想起母亲悲惨的一生和她临终前的疯言疯语,使她似乎得以顿悟,从而坚定了想和弗兰克私奔以免重蹈母亲覆

① 戴从容:《乔伊斯、萨义德和流散知识分子》,上海:华东师范大学出版社,2012年,第7页。
② [爱尔兰]詹姆斯·乔伊斯:《都柏林人》,张冰梅译,天津:天津科技翻译出版公司,2008年,第63页。
③ [美]约翰·唐麦迪:《都柏林文学地图》,白玉杰、豆红丽译,上海:上海交通大学出版社,2011年。
④ John Wyse Jackon and Bernard McGinely, *James Joyce's Dubliners*, London: Sinclair-Stevenson, 1993, p. 31.

辙的心，又旋即令她忆起了对母亲说过要尽力支撑这个家的承诺，打起了退堂鼓……这种矛盾的心理突显出伊芙琳在抉择时的痛苦。伊芙琳最终还是踱到了码头，但与之前在黑暗中看到光明相反，这次她在白昼却只见到了黑暗："码头上挤满了黑压压的士兵……黑乎乎停泊的船……"这些黑暗为她即将启程的逃亡蒙上了阴影，象征着她既向往又害怕的未知新生活。光明与黑暗只在一步之遥，一念之间。正当要跨出那一步时，伊芙琳突然像获得了天启，毅然决然地选择留在熟悉的环境中。虽然这个决定很痛苦，但是她已习以为常了。出逃看似前途光明，却有太多的不确定性，也许日后的处境比留在都柏林还要糟糕。伊芙琳对弗兰克的了解不多，只知道他是水手，爱好音乐，她甚至没有确切地把握能证明他是真正爱她。据埃里克·帕特里奇(Eric Patridge)解释，在 20 世纪初，"去布宜诺斯艾利斯"指做妓女，尤其是指在老鸨手下从事这行。[①] 到 1904 年，布宜诺斯艾利斯成为国际白奴贸易之都。弗兰克也许并不像他的名字"Frank"所包含的意思那样坦诚，他想带伊芙琳去布宜诺斯艾利斯也许不是为了和她一起生活，而是为了把她骗去做妓女来从中谋利。[②] 在当时的社会环境下，伊芙琳这种"娜拉"式的出走一般只有两种结局，即回家或者堕落。当然，出走者也可以像伊芙琳的原型乔伊斯的妹妹(Poppie)一样当修女。这种"顿悟"刻画了稍纵即逝的心理突变，使读者感受到女性无可选择的人生本质，画龙点睛地突显了小说的内涵和意义。伊芙琳的悲剧是男权社会里所有女性的悲剧，无论逃离与否，命运都早已注定。

(二) 珀登与"低俗"

在《圣恩》中，珀登神父可谓人如其名，既可悲又可恨。在作者乔伊斯眼中，他并非是一位令人敬仰的神父，而是如妓女一般卖弄风情的老家伙。也许，正是因为如此，珀登神父才被冠以一个与都柏林臭名昭著的红灯区中心

① Katherine Mullin, Derek Attridge and Marjorie Howes eds., *Don't cry for me, Argentina*: "*Eveline and the seductions of emigration propaganda*", in *Semicolonial Joyce*, Cambridge: Cambridge University Press, 2000, p. 189.

② Harry Levin ed., *The Portable James Joyce*, New York: Penguin Books, 1981, p. 40.

地带珀登街(Purdon Street)相同的低俗名字[1],他在圣体灯的“一点红光”前“双手捧着脸作祷告”[2]。研究乔伊斯的学者(最早是乔伊斯的胞弟斯坦尼斯劳斯)一致认为,《圣恩》在形式上模仿了但丁的《神曲》,因为乔伊斯将全文分为三个部分,即地狱、炼狱和天堂,并将故事中的三个地点与之对应。[3] 其中,最出彩的是对天堂的戏仿。在故事末尾,珀登神父的布道本应该是天堂部分,但这位满嘴生意经的神父却使得这所谓的天堂成为了物欲横流、金钱至上的交易市场。他以《路加福音》中耶稣讲述的关于“不义的管家”之寓言开始布道:“因为今世之子在世事上,较比光明之子更加聪明。因此,要从罪恶之财神中结交朋友,到了你们死去的时候,他们可以接你们到永存的帐幕里去。”[4]这段文本出自兰斯《新约》版,原文是“因为今世之子在世事上,较比光明之子更加聪明。要藉着那不义的钱财结交朋友,到了钱财无用的时候,他们可以接你们到永存的帐幕里去”[5]。珀登神父将这些文字视为耶稣专门“对生意人和职业人士所讲的一段经文”,他肆意篡改了几个词,从而将经文扭曲为耶稣特别关照所有的凡夫俗子并给他们忠告,将那些崇拜财神之人推崇为宗教生活中的楷模,尽管这些人是众生中对宗教事务最不关心的。他宣称“作为一个与自己的朋友谈心的俗人……他是来和生意人谈话的……他愿意用谈生意的方式对他们说话”,并声称自己为“他们的精神会计师”,希望这些商人能“藉着天主的圣恩……改正这样那样的错误……修正自己的帐目”。[6] “会计师”“账目”等都是商业人士的术语,但珀登神父在布道中却用得异常娴熟,这突出了他对金钱之崇拜和对他的身份所代表的宗教信仰之玷污。可见,那些前来净化灵魂的教徒,在珀登神父这儿感受到的“圣恩”是何其俗不可耐。“圣恩”(grace)在英语中另有他意,其一是表示“优美、雅致”,其二是作为人名,而“grace”在盖尔语[7]里则代表“丑陋”。此

① 杨阳:《从〈都柏林人〉中的牧师形象分析乔伊斯的宗教情结》,载《才智》,2011 年第 32 期,第 186 页。
② James Joyce. *Dubliners*, New York: Garland Publishing, 1993, p. 334.
③ Donald T. Torchiana, *Background for Joyce's Dubliners*, Boston: Allen & Unwin, Inc., 1986, p. 105.
④ James Joyce, *Dubliners*, New York: Garland Publishing, 1993, p. 334.
⑤ Donald T. Torchiana, *Background for Joyce's Dubliners*, Boston: Allen & Unwin, Inc., 1986, p. 219.
⑥ James Joyce, *Dubliners*, New York: Garland Publishing, 1993, p. 335.
⑦ 盖尔语系凯尔特语的一支,是爱尔兰人的母语。

外，爱尔兰英语中的“grease”（油脂、贿赂）与“grace”谐音。[1] 作为一位语言大师，乔伊斯应该不会没考虑到这个词的多层含义，那么他之所以将“grace”中蕴含的“神圣”的“优雅”与世俗的“丑陋”都包容在这个故事的标题中，目的也许是要突出失去精神信仰的爱尔兰宗教生活之虚伪与丑陋，从而强化这个故事的反讽效果。[2]

从珀登神父的角色设定上看，乔伊斯对宗教伪善势力的失望和厌恶也是显而易见的。神父的天职是向广大教徒传播耶稣的福音，以及帮助教徒理解经文含义并督促他们遵守教规，然而珀登神父却用生意场上的粗俗行话来解释圣洁的经文，甚至将充满铜臭味的世俗生活比作耶稣的参照物。为了迎合这个金钱至上的的社会，珀登神父不遗余力地出卖自己的宗教信仰，他表面上装出一副高贵虔诚的样子，实则扭曲了纯洁无瑕的圣恩。与因打破圣餐杯而身陷瘫痪的弗林神父一样，珀登神父也是可悲的。《圣恩》中那些描写他的语言十分具有讽刺意味：他粗鄙的言论似乎站在了基督教精神的对立面；他并未谈论过复杂的事物，更别提让任何教徒聆听耶稣更复杂和更具革命性的教诲；他做的所谓的布道，为的是安慰都柏林庸俗的商人、政客和中产阶级。为了达到自己的目的，珀登神父将耶和华的预言改得面目全非，完全无视了耶和华在预言结尾告诫门徒切勿贪恋不义之财，即“你们不能又事奉上帝，又事奉玛门”[3]。他大胆地对生意人敛不义之财予以肯定，甚至还鼓励这些不义商人经常审查自己的账簿，从而保证收支平衡。

《圣恩》将珀登神父的祈祷作为结局：“喔，我对自己的账目已进行了核实，发现这一条错了，那一条也错了。但是，靠了天主的圣恩，我必将把每一条错误改正过来。我必将把自己的账目重新改正。”[4]这段话表明，珀登神父也不再是高尚道德的代表，而是邪恶财神的代言人。

（三）布鲁姆与“怯弱”

利奥波德·布鲁姆（Leopold Bloom）的姓氏“布鲁姆”（Bloom）和他给

---

① Donald T. Torchiana, *Background for Joyce's Dubliners*, Boston: Allen & Unwin, Inc., 1986, p. 207.

② 李兰生：《从〈姐妹〉与〈圣恩〉看乔伊斯的文化焦虑》，载《中南大学学报（科学社会版）》，2011 年第 4 期，第 4 页。

③ 《圣经》，南京：中国基督教协会，1995 年，第 13 页。

④ James Joyce, *Dubliners*, Clayton: Prestwick House Inc., 2006, p. 126.

自己取的假名亨利·弗罗尔(Henry Flower)的姓氏“弗罗尔”(Flower)之寓意均为“花朵”。这样的姓氏缺乏男性阳刚之气,从而象征着布鲁姆的怯弱与无能,与他的神话原型奥德修斯形成强烈的反讽,深刻地揭示了《尤利西斯》的“精神瘫痪”母题。布鲁姆原本的姓氏是“Virag”,在匈牙利语中是“花朵”的意思,他的英文姓“Bloom”也有相似的意义,是“开花”的意思。在小说第五章中,布鲁姆在洗澡时将自己的性器官描述为“一朵懒洋洋漂浮着的花”[①],这暗示了他的性无能,也说明了布鲁姆这个人物与繁殖的关系。用常与女性联系在一起的“花朵”作为姓氏,体现了布鲁姆性格中的女性化一面。布鲁姆用来与打字员玛莎调情的假名亨利·弗罗尔(Henry Flower)也同样具有象征意义。假名的姓“弗罗尔”(Flower)也是“鲜花”的意思,其既指布鲁姆处在这个假身份下随心所欲地与少女调情时心花怒放的心情,又与《尤利西斯》生动描绘的都柏林街头各种花草树木与药店药物一样,影射希腊神话中盛产落拓枣的海岛。上午 10 点钟,布鲁姆开始了一天的游荡,这是古希腊英雄奥德修斯的十年漂泊,象征了布鲁姆在现代社会寻找心灵家园的旅途。邮局取来的玛莎的情书让布鲁姆沾沾自喜,随后在公共浴室的沐浴令他心旷神怡。在《奥德赛》的第九卷中,迫于海上风太大导致不能前行,奥德修斯一行人登上一座小岛。在岛上,他的随从发现了落拓枣,于是众人争相抢食,香甜如蜜的落拓枣让他们乐不思蜀。“弗罗尔”在浴池中自我陶醉,恰似那些因食用落拓枣而流连忘返的水手[②],他沉迷在假身份下,逃避现实,不敢正视妻子莫莉出轨博伊兰的窘境。布鲁姆不但不去想办法阻止妻子的出轨,反而借故离家,为妻子与情人约会创造条件。此种阿 Q 式的“精神胜利法”以超然的态度抹去了妻子与人有染的屈辱,这与《荷马史诗》中敢于与对他妻子逼婚者进行决斗并杀死对方的奥德修斯大相径庭。上述反讽深刻地揭示了《尤利西斯》的“精神瘫痪”母题。

布鲁姆的姓氏有趣且不常见,其不是典型的爱尔兰姓氏,而是来源于盎格鲁—撒克逊语。布鲁姆本人也并非地道的爱尔兰人,他是犹太族后裔。如他的姓氏一般,布鲁姆带着异域色彩,从而被周围的爱尔兰人排斥。在当

① [美]彼得·科斯特洛:《乔伊斯》,何及锋、柳荫译,北京:中国社会科学出版社,1990 年。

② 李维屏:《乔伊斯的美学思想与小说艺术》,上海:上海外语教育出版社,2000 年,第 174 页。

时欧洲普遍排斥犹太人的背景下，乔伊斯为《尤利西斯》的主人公设定犹太姓氏之做法，表明了他对犹太民族的深切同情和对世俗偏见的挑战。布鲁姆的现实生活原型是曾经在大街上帮助过乔伊斯父亲的一位朋友——亨特先生。1904 年 6 月，年轻的乔伊斯在都柏林街头因为搭讪一位姑娘而被她的男朋友打伤。当时，与乔伊斯同行的老同学不仅不帮忙，还溜之大吉，反而是一位只有点头之交的中年人亨特挺身而出，对他伸出援手，将他从地上扶了起来并送他回家。亨特是犹太人，但就因为这个身份，他饱受歧视。雪上加霜的是，他的妻子还对他不忠，这些都令他倍受煎熬。乔伊斯本打算以此为素材，写一篇短篇小说《亨特先生的一天》并收录进《都柏林人》里，但他始终未能如愿。之后，他便将亨特先生的经历拓展成了 700 多页的长篇小说《尤利西斯》。当然，上面这个故事也被写进了第十五章中，成为了《尤利西斯》最主要的高潮[①]：斯蒂芬因在街上同一名妓女说话而被妓女陪伴的英国官兵普里维特·卡尔打倒在地，与斯蒂芬同行的同学见势开溜，反而是与他只有一面之缘的布鲁姆挺身而出，竭尽全力帮他对付英国官兵并将他安全送回了家。与亨特一样，布鲁姆也是个犹太人，他处处遭歧视和排挤，甚至被人当面羞辱。他强烈感受到孤独感和异化感，在其他白领中产阶级面前自惭形秽。犹太人被迫漂流四方，虽经历种种磨难，但依然生生不息，并为世人奉献了许多伟大的艺术家、科学家、哲学家与思想家。此外，他们还敢于在天主教国家坚持自己的信仰。以上这些都让乔伊斯的敬佩之情油然而生。乔伊斯在年轻时曾爱过一个年轻的犹太女子，而步入中年时又不可救药地爱上他的犹太学生阿玛利亚·波普尔，她是一个富商的女儿。总之，乔伊斯对这个神秘的东方民族有种难以割舍的情节。[②] 他不仅对友人引经据典地夸赞犹太人，而且还借作品中的人物来表达对犹太人的赞扬。例如，他曾引用《犹太法典》说道："犹太人就像是橄榄，在被碾碎时，在被职业的重负压垮时，才产生最好的东西。"[③]这是对犹太民族聪慧、勇敢、百折不挠的品性之高度赞扬。在《尤利西斯》第十二章中，乔伊斯通过布鲁姆之口来歌颂

① 金隄：《乔伊斯的人物创造》，载《世界文学》，1998 年第 2 期。

② 袁德成：《詹姆斯·乔伊斯：现代尤利西斯》，四川：四川人民出版社，1999 年，第 187 页。

③ Richard Ellmann, *James Joyce*, Oxford: Oxford University Press, 1984, p. 460.

犹太人：

> 门德尔松是犹太人，还有卡尔马克斯、梅尔卡丹特和斯宾诺莎。救世主也是个犹太人，他爹就是犹太人，你们的上帝。
>
> ……
>
> 你的上帝是犹太人，耶稣像我一样也是犹太人。[①]

乔伊斯通过布鲁姆表现了人性善良的一面。[②] 布鲁姆为人敦厚、乐于助人，他在一天时间内做了不少好事。他主动扶偶遇的盲人过街；虽然清贫，但是他依然掏钱资助刚去世的朋友的遗属；见友人之子斯蒂芬喝醉惹事了，他就为斯蒂芬收拾耍酒疯的残局，将斯蒂芬从英国士兵的暴打中解救出来并送回家。布鲁姆身上体现了爱尔兰人民的淳朴善良。布鲁姆虽然身份地位卑微，且经常遭受各种挫折和嘲讽，但是他依然坚持追求正义平等的人道主义理想，这在他如梦如幻的乌托邦竞选施政演说中可见一斑：

> 我主张整顿本市的市风纪，推行简明浅显的《十诫》。让新的世界取代旧的。犹太教徒，伊斯兰教徒与异教徒都联合起来，每一个大自然之子，都将领到三英亩土地和一头母牛。豪华的殡仪汽车。强制万民从事体力劳动。所有的公园统统昼夜向公众开放。电动洗盘机。一切肺病、精神病、战争与行乞必须立即绝迹。普遍大赦。每周举行一次准许戴假面具的狂欢会。一律发奖金。推行世界语以促进普天之下的博爱。再也不要酒吧间食客和以治水肿病为幌子来行骗的家伙们的那种爱国主义了。自由货币，豁免房地租，自由恋爱以及自由世俗国家中的一所自由世俗教会。[③]

在此，乔伊斯摒弃了偏见，认为信仰犹太教的犹太人和信仰天主教的爱

① James Joyce, *Ulysses*, New York: Vintage Books, A Division of Random House, 1961, p. 178.

② 袁德成：《詹姆斯·乔伊斯：现代尤利西斯》，四川：四川人民出版社，1999 年。

③ [爱尔兰]詹姆斯·乔伊斯：《尤利西斯》，金隄译，上海：上海人民文学出版社，1997 年，第 803 页。

尔兰人一样，都是饱受欺凌的弱小民族，两者应当互帮互助。乔伊斯写信给友人指出，《尤利西斯》是以色列和爱尔兰两个民族的史诗。[①] 犹太问题看似是《尤利西斯》所关注的绝对中心，其实不然，乔伊斯不过是借此来重点批判爱尔兰的精神瘫痪及欧洲世界的狭隘思想。犹太问题像一面镜子，照出了其他民族的弊病，尤其是爱尔兰人的狭隘与固步自封。爱尔兰人虽与犹太人一样是受压迫者，但爱尔兰狭隘的民族主义和地方主义使得爱尔兰人民缺乏犹太民族的包容性，这是乔伊斯所不能容忍的。因此，乔伊斯的犹太意识是以其现实批判精神为依托的，他是伟大的精神叛逆者，肩负起了道德的重担，清醒地面对自己的祖国，用流亡和艺术来揭示自己民族的痼疾。

乔伊斯选取布鲁姆这样一个名不见经传，甚至还有诸多缺点的凡夫俗子作为巨著的主人公，本身也是对传统的一种挑战。正如维恩·霍尔(Wayne E. Hall)在《阴影英雄》(Shadowy Heroes)中所说："爱尔兰作家力图为自己的民族塑造一位英雄，但是因为外部使人瘫痪的力量的存在，爱尔兰文学中的英雄常常是一个个悲剧人物。"[②]乔伊斯避开常见的高大威猛的英雄人物形象之俗套，决意要真实地展示"全面的人"。当乔伊斯开始刻画布鲁姆这个人物时，他对友人弗兰克·尤金说："尤利西斯是文学中唯一完整的人物……他是欧洲的第一位绅士。"[③]之后，他对朋友如此评价布鲁姆："我全方位地看布鲁姆，因此从你们雕刻家对雕塑的意义上讲，他是一个全面的人。但他也是一个完整的人，一个好人。至少那是我的创作意图。"[④]布鲁姆是匈牙利裔犹太人，《自由人报》的广告推销员。他别无专长，每天走街串巷地揽广告。这份工作很不稳定，缺乏保障，事事都要看老板的脸色。因此，即便受了欺辱，他也只有忍气吞声，继续违心逢迎。布鲁姆的全面和完整体现在，他既有善良、仁慈、忍让和礼貌的一面，又有平庸、懦弱、猥琐和苍白的一面。[⑤] 他饮食品味低俗，思想有时也会显得混乱、猥琐。布鲁姆既不是足以让人肃然起敬的英雄，也不是人人喊打的恶棍，而是一个真实的、有

① 袁德成：《詹姆斯·乔伊斯：现代尤利西斯》，四川：四川人民出版社，1999 年。

② Wayne Hal, *Shadowy Heroes*, London and New York: Longman Group UK Limited, 1989.

③ A. Walton Litz, *James Joyce*, New York: Twayne Publishers, 1966, p. 89.

④ Ibid.

⑤ 李维屏：《乔伊斯的美学思想与小说艺术》，上海：上海外语教育出版社，2000 年，第 185 页。

血有肉的现代英雄。[1] 著名乔学家艾尔曼认为，布鲁姆是个“神圣的小人物”(The Divine Nobody)。[2]

虽然布鲁姆是《尤利西斯》最主要的正面人物，但是乔伊斯给他的出场介绍却是一个出人意料的场景：“利奥波德·布鲁姆先生吃牲畜和禽类的内脏津津有味。”[3]这样的亮相未免有些突兀，似乎别有用心，意在强迫读者去注意布鲁姆的不雅。乔伊斯生怕读者们察觉不到他的用心良苦，于是又特意在第十一章中重复了“吃……津津有味”[4]这句，并在段末点明布鲁姆最爱吃的羊腰子吃到嘴里有一股尿味，从而刺激读者，引起他们的反感。内脏在中国是餐桌上常见的食物，也叫“下水”，是许多名菜的原材料，可在西方社会，尤其是西方上层社会，内脏多被认为是不洁之物，难登大雅之堂，因此有身份的人大多不会吃这类食物。所以，布鲁姆津津有味地吃着内脏这样的出场，立马给大多数英语读者留下了此人上不了台面，且身份卑微、品味低俗之形象，而这也正好是“反英雄”的特点。“反英雄并不是乔伊斯的创造，乔伊斯的创造在于通过这样一个平平常常，甚至似乎胸无大志的角色，以独特的方法表现出了他认为值得歌颂的品质。”[5]

继这一不雅亮相后，布鲁姆开始了他一天的日常，即捅火炉、洗水壶、摆盘子、做早饭，然后将早饭端到妻子的床前供她食用。这些原本由女性承担的家务琐事，布鲁姆却做得那么娴熟与自然，这与传统文学作品中的英雄形象格格不入，从而体现了“反英雄”的特点。在西方，丈夫伺候妻子在床上用早点实属少见，在妻子惯于服从丈夫的爱尔兰更是难得一见。此外，在第十八章中，莫莉以为布鲁姆临睡前让她第二天为他做早饭，因此大吃一惊，这也从侧面反映出布鲁姆在家中的女性化弱势地位。在离家游荡的 19 个小时内，布鲁姆先后受到了反犹主义代表戴汐校长、马利根、爱尔兰市民、酒馆里的悠闲市民，甚至妓院老板等爱尔兰人的歧视和侮辱，他被医科学生狄克逊唤作“新型女性男人”，被马利根说成“属于两性畸形型”，更被一些“市民”

---

① 袁德成：《詹姆斯·乔伊斯：现代尤利西斯》，四川：四川人民出版社，1999 年，第 253 页。

② Richard Ellmann, *Ulysses the Divine Nobody*, Yale Review XKVII, Autumn, 1957, pp. 56 - 71.

③ [爱尔兰]詹姆斯·乔伊斯：《尤利西斯》，金隄译，上海：上海人民文学出版社，1997 年，第 86 页。

④ 同上，第 414 页。

⑤ 金隄：《乔伊斯的人物创造》，载《世界文学》，1998 年第 2 期，第 268 页。

贬低为“半阴半阳人，非驴非马的角色”，是个两性掺在一起的中性人。传闻他住旅馆的时候，每个月都会像女性来例假似的头疼一次。“市民”还说，布鲁姆是披着羊皮的狼，是亚哈随鲁，即《旧约·以斯帖记》中娶了犹太女子以斯帖为妻的波斯王，这暗指布鲁姆是流浪的犹太人。虽然布鲁姆偶尔也会进行反驳，但是由于不够强势而最终无济于事，因此他只能默默忍受。

五、作为“生”或“死”代名词的人名

(一) 加布里埃尔与“死亡”

在《死者》中，主人公加布里埃尔·康罗伊(Gabriel Conroy)和女仆莉莉(Lily)的名字都意味着死亡，从而与标题呼应，总结了整部小说集的共同母题。神话中的加布里埃尔(Gabriel)可谓原型众多，他既是死亡天使，又是大天使加百列(Gabriel)。加百列是上帝的讯息天使，协助所有人间的讯息传达者，如作者、老师或记者。[①] “讯息天使”的意象既符合加布里埃尔如今的教育工作者身份，又具有强烈的反讽意义。召唤加百列可以克服所有沟通上的恐惧或拖延，而作为加百列化身的加布里埃尔却不懂得如何进行情感交流，因此始终未能俘获妻子的芳心。莉莉(Lily)是祭坛和葬礼上使用的百合花的名字，也是大天使加百列(Gabriel)的标志。[②] 女佣莉莉人如其名，身子像百合花茎一样细长，面色如百合花瓣一般苍白，头发呈褐色，代表着死亡。这个代表死亡的阴影就在楼上楼下活动着，充斥着那座幽冷的、鬼屋似的房子。[③]《死者》一开篇所展现出的欢庆热闹之场面，根本掩盖不住弥漫于都柏林空气中的“瘫痪”。正如覆盖爱尔兰的皑皑白雪，精神瘫痪也吞噬了爱尔兰人的心灵。这场死气沉沉的圣诞晚宴是都柏林社会的典型缩影，在场的每一个人都说着虚伪客套的话，过着无意义的生活。他们就像加布里埃尔外祖父家的那匹老马姜尼，一生都在磨房里拉磨，等到终于从磨坊解

① [美]伊芙琳·奥利弗、[美]詹姆斯·R.路易斯：《天使大全》，肖晋译，重庆：重庆出版社，2010年，第132页。
② 王苹：《乔伊斯〈对手〉中法林敦形象的病理解剖》，载《南京师范大学文学院学报》，2011年第1期，第221页。
③ 吕云：《都柏林人精神状态的形象描述——析乔伊斯〈死者〉中的精神瘫痪及其象征手法》，载《理论学刊》，2008年第7期，第122页。

放出来，可以拉车上街时，它却还是绕着一尊雕像一圈一圈地转，不肯前行。两位年长的姑妈从象征死亡的阴影中，将一只褐色的烤鹅端出来，让她们最信任和最疼爱的侄子加布里埃尔分给客人们吃。褐色象征瘫痪和腐朽。这个情节表面上是人们在吞食加布里埃尔切割的烤鹅，实际上象征着他们在享受"死神加布里埃尔"的招待，即被死亡吞噬，不断陷入精神瘫痪。[①] 这一场开在瘫痪的中心都柏林的聚会，更像是一场死者的聚会——身体虽还活着，但灵魂已死。温暖和浪漫只存在于对死者的追忆中，那些行尸走肉的人们仿佛住在一个幽灵的世界，人们任由死者来吞噬他们的生命。[②]

加布里埃尔活在自己的世界里，他认为自己受过良好的教育，在大学的工作高人一等、令人敬佩，妻子又温柔美丽。然而，之后经历的三次挫败使他认识到自己的自高自大(egoism)，这也正是他精神瘫痪所导致的后果。莉莉对其小费的不屑及对结婚的回答、艾弗斯小姐的讥讽，以及妻子对初恋情人的缅怀，使得加布里埃尔的男主人、爱国者和丈夫之身份都受损，这使他认识到社会、民族、自己和爱情都与原来的理解不一样。因此，主人公的内心受到了沉重的打击，展显出了情感瘫痪的心路历程。莉莉对婚姻的看法使加布里埃尔感受到，就连她这么青春靓丽的小女孩也在忍受社会不公平所带来的苦楚；艾弗斯小姐对加布里埃尔的政治观点之批判使他了解了自己对爱尔兰理解的局限性，并恍然意识到自己的政治观和世界观竟如此不成熟；妻子格莉塔多年来对初恋情人的念念不忘使加布里埃尔感到，自己在妻子的生命中是微不足道的，从而衬托出加布里埃尔在爱情上的失败。

(二) 迈克尔·富里与"天使"和"报复"

加布里埃尔妻子的情人迈克尔·富里(Michael Furey)的名字，源于因率领天使军和撒旦作战而被升为炽天使的"Michael"(米迦勒)，意思是像上帝一样的人。米迦勒的地位比加百列(Gabriel)高，从而象征着迈克尔在"身份"上就胜加布里埃尔一筹。此"身份"并非指社会地位，因为迈克尔不过是

---

① 吕云：《都柏林人精神状态的形象描述——析乔伊斯〈死者〉中的精神瘫痪及其象征手法》，载《理论学刊》，2008年第7期，第122页。

② Morris Beja, *Dubliners and A Portrait of the Artist as a Young Man*, London: The Macmillian Press Ltd., 1973, p. 78.

个工人，而加布里埃尔是大学教师。但是，迈克尔是格莉塔的初恋情人，在她心中占据着无与伦比的地位，这是后来的丈夫加布里埃尔所不能比的。

炽天使的圣名是“撒拉弗”，意思是造热者、传热者，他是神的使者中之最高位者。炽天使的希伯来语是治愈者与守护天使二字的合成字。在基督教文化中，米迦勒是最耀眼、最著名的大天使，是以色列的守护天使。在基督教的传言中，米迦勒守护着圣母玛丽亚(Mary)的灵魂，不让别人沾污。[①] 在《死者》中，迈克尔(Michael)是格莉塔的守护天使，他生前用热烈的爱温暖着格莉塔。在为格莉塔付出自己的生命后，迈克尔那至死不渝的爱仍萦绕在格莉塔的心头，从而使得加布里埃尔始终无法走进她的心里。米迦勒也是在最后审判时计算人的灵魂的天使，并且他审判人死后的命运(犹太秘教也将其列为死亡天使之一)，因此米迦勒又多了冥界向导的阴气。[②]《死者》的最后一句话“他的灵魂慢慢逝去”暗示着，加布里埃尔突然领悟到自己在感情上是个“死者”。活人加布里埃尔最终还是不敌为情而死的迈克尔，他是迈克尔的替身，虽生犹死。虽然加布里埃尔的身体还活着，但是他在妻子的心中已经死了，而迈克尔虽然已经长眠地下多年，却依旧活在格莉塔的心中。

迈克尔·富里的姓氏“富里”(Furry)是愤怒、报复的意思。如果加布里埃尔不能包容妻子格莉塔的过去并打开愤怒的心结，那么他与格莉塔的日子最终将会走到尽头，这是对他的不宽容的报复。加布里埃尔与妻子的关系好比世人与社会的联系，心胸狭隘的人最终找不到出路，只有宽容才能引领人们找到有希望的未来之路，从而走向重生。这也是乔伊斯为生活在荒漠世界中的世人所指明的出路，即宽容大度地与世界和自然合为一体。

(三) 布朗与“英国势力”

在《死者》中，布朗先生的姓氏也十分具有象征意义。在整个故事中，布朗先生无处不在，食品储藏室、后室、餐柜旁、音乐室、晚餐室等地点都能发现他的身影。这也正是为什么当他在大厅外时，人们有了如下的谈话：“凯

---

① [美]伊芙琳·奥利弗、[美]詹姆斯·R.路易斯：《天使大全》，肖晋译，重庆：重庆出版社，2010年，第120页。

② 同上。

特姑妈，布朗先生在外面。”玛丽·简说道。“布朗无处不在。”凯特姑妈低声回答道。[①] 事实上，布朗先生的频繁出现是有深刻寓意的。首先，“布朗”是个典型的英国姓氏，因此布朗先生可以被看作是英国的象征。“布朗先生无处不在”可以被解读为英国人无处不在。此外，“布朗”(Browne)的英文发音和英文单词“棕色”(Brown)一样。众所周知，棕色是由绿色和黑色混合而成的。其中，绿色是爱尔兰国旗的主色之一，是爱尔兰的象征，而黑色则代表着死亡。因此，象征爱尔兰的绿色与象征死亡的黑色混合而成的棕色“无处不在”，暗示着英国势力极其强大，英王统治下的爱尔兰则缺乏独立、民主与自由。

(四) 莫莉与“反叛”和“救赎”

乔伊斯曾将《尤利西斯》的最后一章《珀涅罗珀》称为“全书的大轴”。莫莉这个形象并非仅仅体现出角色自身的价值，而是在整部小说中起到至关重要的作用。由于《尤利西斯》的语言艰难晦涩、隐喻丰富，因此其从投稿时便遭到了许多误解，莫莉则是其中遭误解最深的一个角色。批评家们对莫莉贬多于褒，大部分人批判她的堕落与放荡，将她定义为一个信奉肉欲主义和享乐主义的荡妇。一些评论家将莫莉视为“性和生殖器的原始代表”。莫莉可以说是西方文学中难以被归类的一个形象，她给人以异类感，使一般读者难以认同。在父权制的价值取向中，女性仅是相对的、附属的存在，是一个缺乏自主能力的客体，而莫莉却不是丈夫布鲁姆或其他什么人的附属，她有自己独立的价值取向。莫莉不但要求女人应有平等的地位，而且还认为女人和母亲有其独特的优势。事实上，我们要是能抛开头脑中固有的思维定势去审视莫莉，就会发现一个全新的、具有神性的(女性意识的)人物形象。在第十七章中，乔伊斯对莫莉的卧姿有一详细的描述：“听者向左半侧身而卧，左手垫在头下，右腿伸直在上，左腿屈曲在下，取盖亚—忒路斯姿势。”在希腊神话中，盖亚是地母的形象，因此莫莉就是古希腊神话中的地母盖亚之隐喻。

盖亚不仅是古希腊神话中的大地之神，而且是众神之母，她象征着旺盛

① James Joyce, *Dubliners*, Clayton: Prestwick House Inc., 2006, p. 170.

的生命力与繁殖力。乔伊斯曾将最后一章《珀涅罗珀》形容为“一个巨大的地球”，而小说文本也将莫莉与盖亚联系在一起。莫莉的健康、乐观、热爱现世生活、渴望健康的“性”等特点，使这个人物具有了蓬勃的自然生机，成为了生命力的隐喻。同时出现的花朵、水果、土地、农作物等意象，则象征了莫莉形象所蕴含的繁殖力。这种繁殖力不仅能为莫莉与布鲁姆的婚姻生活带来转机，而且也将在艺术层面上使青年艺术家斯蒂芬走向成熟。

“Molly”是“Mary”的昵称[①]，后者源自希伯来语，含义是“海；苦难；期望的孩子；反叛”。[②] “苦难”体现在莫莉像其他同时代的妇女一样受到父权制之压迫，她不仅要恪守妇道，为男人生儿育女，还要忍受男人在外面的胡作非为，甚至是将外面的女人带回家：

> 对他们来说只有一个女人是不够的　当然喽全都怪他　把佣人都惯坏啦　居然建议圣诞日可以让她上咱们的桌子吃饭[③]

“反叛”表现为性观念的开放和对父权制的挑战，这些特征通过莫莉长达45页的2万余字无标点之内心独白表现出来：

> 哦那可不行　在我家里办不到　反正我告诉了他　她不走我走　只要一想到他曾经和这么一个睁着眼睛说瞎话的不要脸的邋遢女人摽在一起　我就连碰也不愿碰他啦[④]

她不能忍受布鲁姆与女仆之间的不轨行为，并做出了反抗。莫莉以离家和拒绝夫妻生活为筹码，要求布鲁姆辞退女仆，但她自己却常幻想着与其他男子风流：

① 李慎廉：《英语姓名词典》，北京：外语教学与研究出版社，2002年，第312页。
② 同上，第282页。
③ [爱尔兰]詹姆斯·乔伊斯：《尤利西斯》，金隄译，上海：上海人民文学出版社，1997年，第1011页。
④ 同上。

小伙子会喜欢我的　单独相处　我会把他弄得有些迷迷糊糊的　我可以露出我的吊袜带给他看　看那副新的　把他弄得满脸通红　我的眼睛望着他　引诱他

哦　他想把我变成个婊子　他永远办不到的　他现在已经活到这年纪了　就应该放弃啦　简直是叫任何女人都受不了的

为什么非得先莫名其妙和一个男人结了婚才能跟他亲嘴呢　因为有时候你就是想要想得发狂　全身有那么一种美滋滋的感觉不由自主的我希望有那么一天有那么一个男人当着他的面就搂住我亲嘴　什么也比不上一次又长又热的亲吻　一直热到你灵魂深处　简直能使你麻醉过去　我恨那次忏悔

我倒是愿意有一个像他这样穿法衣的人来拥抱我　他身上带着一股祭祀焚香的味道和教皇一样　而且如果你是有夫之妇和祭司最安全　他对自己特别小心不会出事儿的　然后给教皇圣座献上些什么赎罪　我纳闷他和我之后是不是感到满足　他有一件事我不喜欢临走在门廊里那么随随便便拍了一下我的屁股[①]

以上这段独白是一篇慷慨激昂的女权主义宣言书，而独白者莫莉毫不掩饰其作为现代女性对性爱权利平等的诉求。莫莉敢于反抗父权制的男性话语霸权，她是女性意识觉醒的典范，这在精神普遍瘫痪的爱尔兰显得尤为可贵。著名评论家埃德蒙·威尔逊称赞莫莉的内心独白是“书中最佳的部分……它肯定无疑是现代小说中最优美动人的篇章之一”。[②] 莫莉的意识流是自由性的内心独白，毫无停顿，语意含糊，恰好表现出她的朦胧意识。这种独白混乱无序，接近人类真实的意识活动，似乎十分符合人们普遍认为的莫莉反复无常、水性杨花之性格特征。荣格(Carl Jung，1875—1961)称赞乔伊斯对女性意识的描述：“多么丰富，多么无聊！简直是印度和中国智慧

① [爱尔兰]詹姆斯·乔伊斯：《尤利西斯》，金隄译，上海：上海人民文学出版社，1997年，第1012—1013页。

② Marvin Magalaner and Richard M. Kain, *The man, the Work, the Reputation*, New York: Collier Books New York, 1962, p. 179.

中的无价之宝。”[1]乔伊斯的意识流技巧至此已经达到了炉火纯青的境界。流水般的意识和朦胧晦涩的语体，展现了莫莉开放的性格。《珀涅罗珀》是全书最吸引人的一章。在该章中，第一个句子长达2500个词。全章以一个富有女性味的词“好吧”开头，并以该词结束，就像巨大的地球，缓慢地、平稳地、无误地、均匀地一圈又一圈转着。整个章节中间一直穿插着“好吧”这个词，出现了不下90次。在莫莉回忆起用嘴喂布鲁姆吃草籽蛋糕时，这个词在短短几行内出现了14次：

> 我几乎透不过气来好吧他说我是山之花好吧我们都是花女人的身体好吧那是他一生中所说的唯一的真话今天太阳为你发出光泽好吧我喜欢他因为我发现他明白和体贴女人我知道我能让他随叫随到能让他心满意足能牵着他的鼻子直到他要我说好吧……好吧当我像安达卢西姑娘那样把玫瑰花插在头发上我戴一朵红的好吧他是怎样地吻我啊我想好吧别人行他也行随后我用眼睛再一次问他好吧然后他问我好吧要我说好吧我的山之花然后他先用双手搂住我好吧把他朝我身上拉让他碰我的乳房一身香味他简直疯了我说好吧我会的好吧[2]

莫莉的“好吧”暗示了她对情欲、爱情和两性关系的肯定。针对第十八章，乔伊斯本人对好友巴津评价说：“这一章也许比前面各章猥琐，但是我认为它是完全正常的全面的非道德的可受精的不可靠的迷人的机敏的有限的谨慎的满不在乎的女性……一个肯定一切的肉体。”[3]他的这段话似乎可以解读为莫莉是生命冲动和人性生殖的本能之混合体。相比于布鲁姆的性无能和偷偷摸摸的意淫方式，莫莉旺盛的生命力和对性生活的坦率更值得肯定，这是对女性的性自由之肯定。[4]

“不羁”的莫莉之神话原型是传统文学中有代表性的“贞妇”珀涅罗珀，

① Marvin Magalaner and Richard M. Kain, *The man, the Work, the Reputation*, New York: Collier Books New York, 1962, p. 179.

② James Joyce, *Ulysses*, New York: Vintage Books, A Division of Random House, 1961, pp. 782 - 783.

③ Stuart Gilbert ed., *Letters of James Joyce*, New York: The Viking Press, 1957, p. 170.

④ James Joyce, *Ulysses*, New York: Vintage Books, A Division of Random House, 1961, pp. 782 - 783.

这似乎是一种反讽。然而，从女权角度看，珀涅罗珀不过是一个被抹杀了真实声音的“他者”，是男权话语下的美好幻象。她的形象过于理想化，从而显得不真实。作为珀涅罗珀的现代化身，莫莉并没有像珀涅罗珀一样坚守妇道，而是表现出了女性的欲望和缺点，但这才是女性的真实、感性和自然，是一个“人”真实生动的形态。在此层面上，莫莉与布鲁姆一样，是一个现代社会的平凡英雄。另外，莫莉的性格中还具备男性化的独立和强硬，呈现出“双性同体”的特点，从而使她成为了一个比珀涅罗珀更加“完整”的人：

> 因为他们一生病就娇气了哼哼唧唧的他们要有个女人才能好起来他要是流点鼻血你准得以为出了悲剧……假定我病了咱们等着瞧有什么照料吧当然女人有病总是瞒着的不会像他们那样给人添那么多的麻烦[①]

在乔伊斯看来，正是这样的莫莉才能与布鲁姆一起，成为现代英雄的隐喻。除此之外，莫莉还在精神层面上认可并欣赏布鲁姆。比起珀涅罗珀对奥德修斯的丈夫身份之认可，莫莉凭借着在平等基础上对布鲁姆真挚的爱，成为了布鲁姆心灵游荡的真正归宿。乔伊斯说：“最后的话（人性的，太人性的）留给珀涅罗珀。这是布鲁姆通往不朽之路所不可或缺的口令。”[②]“莫莉”（Molly）的发音和拼写都与“魔力草”（moly）极为相似。在《奥德赛》的第十卷中，奥德修斯一行人从食肉巨人莱斯特吕恭人的岛上脱险后，来到希腊神话中的太阳神赫利俄斯与海洋女神珀耳塞的女儿瑟西（Circe，或喀尔刻[Kirke]）所居住的爱伊亚（Aeaea）海岛上。奥德修斯的部下被瑟西变成猪，而奥德修斯凭借赫耳墨斯给他的魔力草（moly）抵挡住了瑟西的魔法，从而得以幸免，并将部下重新变回人形。之后，他与瑟西在岛上同居一年。瑟西告诉了奥德修斯很多脱险的办法，并协助他返乡。魔力草（moly）是古希腊英雄奥德修斯的救命仙草，而莫莉（Molly）则是布鲁姆平凡人生的救赎者。

① [爱尔兰]詹姆斯·乔伊斯：《尤利西斯》，金隄译，上海：上海人民文学出版社，1997年，第1009—1010页。
② [爱尔兰]詹姆斯·乔伊斯：《尤利西斯自述——詹姆斯·乔伊斯书信辑》，李宏伟译，重庆：重庆大学出版社，2010年，第283页。

结论

综上所述，姓名乃是历史学、哲学、心理学、民俗学、社会学等学科的综合性成果，是非物质文化遗产的重要组成部分，有着巨大的文化价值。本章对乔伊斯著作中的爱尔兰人名之探讨，对爱尔兰文学乃至凯尔特文化的研究可谓意义深远。作为现代小说艺术的开拓者，乔伊斯已将创新融入了小说创作的诸多环节。本章涉及的乔伊斯小说中的众多爱尔兰人名，正体现了作者的巧妙构思和良苦用心。对这些爱尔兰人名进行系统化、理论化的梳理，无论是对于乔伊斯研究而言，还是对于爱尔兰文学的探索而言，都有着不可估量的价值和意义。

其一，从乔伊斯著作的文本解读来说，通过悉心梳理，我们可以发现乔伊斯的作品中有几大重要的母题贯穿始终，分别是“常规”和“宗教禁锢”、“逃离”和“流亡”、“忠诚”和“背叛”、“瘫痪”和“顿悟”，以及“生”与“死”。在论述中，每个母题又分别对应着几部作品中的多个人名。例如，“常规”和“宗教禁锢”母题涉及了“矮小”和“不足”的小钱德勒、“乏味”的法林顿、“受挫”的达菲及“压抑”的伊芙琳；“逃离”和“流亡”母题提到了“热烈”而“陌生”的加拉赫、受“声望”所累而难以脱身的多伦及以追求艺术“自由”为使命的现代艺术家代达罗斯；在“忠诚”和“背叛”母题中，乔伊斯设定了女性化的希利来批判背信弃义的蒂姆·希利，用基翁神父这一形象来讽刺天主教神职人员干政，并且刻画了马特·奥康纳面对帕内尔政敌时做出的种种违心之举来肯定其忠诚的品质；“瘫痪”和“顿悟”是乔伊斯早期作品中经常用到的重要母题，作品中再度登场的伊芙琳代表了一种“边缘化”，神父珀登成为了“低俗”的代名词，而《尤利西斯》中大名鼎鼎的小人物布鲁姆看似“怯弱”，却内在充满温厚的人道主义英雄情怀；在“生”与“死”这一永恒母题下，充满死亡气息的《死者》之主人公们首先亮相，坠入凡间的大天使加布里埃尔传递了“死亡”的讯息，迈克尔·富里化身“复仇天使”，布朗先生成了“英国势力”的象征，而《尤利西斯》中争议颇多的莫莉则虚实难测，游走在“背叛”和“救赎”之间。

其二，从美学价值上来说，五大母题涵盖了乔伊斯的3部作品，16个人名（伊芙琳在第一和第四母题共出现了2次）以四三三三四的数目分布，达成了一种结构的平衡，体现了一种韵律美感。作为评论，这种构思手法颇有乔伊斯的风采。此外，这种贴标签式的手法让每个人名对号入座，颇为井然有序，可谓在原著的基础上进行了一种再创造，揭示了形形色色的都柏林人之芸芸众生相。这种标签也可以被视为一种符号，其将人物符号化，强化了所指性，揭示了爱尔兰人精神瘫痪的普遍形象。

其三，从实践意义上来说，乔伊斯的作品并非人人适读，他曾经说过《尤利西斯》可以让专家学者们忙上几个世纪，而《为芬尼根守灵》也要让教授们争论个几百年。诚然，曲高和寡的乔伊斯作品对其读者有着很高的要求。换言之，谁读乔伊斯？乔伊斯心目中的"理想读者"是那些有知识、有文化、能皓首穷经地毕生研究《尤利西斯》和《为芬尼根守灵》而心无旁骛的教授学者与评论家，他们是一些极有理论素养、研究能力和批评能力，并且可以真正了解作者意愿的人。因此，凡夫俗子在乔伊斯的迷宫面前望而生畏实属情理之中。然而，"世上无难事，只怕有心人"，对于一手铸就作品迷宫的乔伊斯本人而言，如果这座迷宫仅仅是为了囚禁世人的猎奇之心而全然不给出路的话，那么相信始作俑者也会寡然无趣。千古一绝，我题序等你回，乔伊斯自然也期待着有人能读懂自己的著作乃至灵魂，从而成为其"灵魂伴侣"。于是，乔伊斯在费尽心机地布下重重谜团的同时，也为有心人留下了突围的蛛丝马迹。本章揭示了乔学研究的一种思路和方法，其逻辑性和系统性兼备的解读模式给人留下了深刻的印象。而且，此种研究方法在继承中有所创新，这些人名犹如一个个路标，一气呵成地连成一条线索，让读者在山中探宝后可以顺利逃脱。总之，这种批评实践可以成为今后乔学研究的一种借鉴。

另外，本文的批评实践主要是基于乔伊斯的前三部作品，尤其是首部小说集《都柏林人》贡献了大部分的人名素材。同时，在评论中，本章也兼顾了《艺术家年轻时的写照》中的斯蒂芬·代达罗斯与《尤利西斯》中的布鲁姆和莫莉。当然，《艺术家年轻时的写照》中的斯蒂芬也在《尤利西斯》中再现，这颇得巴尔扎克在《人间喜剧》中运用的人物再现法之妙，从而既将乔伊斯的作品联结组合成一个统一的整体，又刻画出了人物性格发展的全过程。本章是乔学研究的一种有益尝试，美中不足的是未对乔伊斯的收山之作《为芬尼根守灵》进行深入论述，这可以作为今后乔学研究的努力方向。

第七章　乔伊斯与爱尔兰地名

引论

地名往往蕴含着丰富的文化内涵，涉及民族语言、社会、地理、历史、文化习俗等诸多方面，属于社会历史文化产物，是民族文化的重要组成部分。在文学领域内，地名包罗万象，蕴含深意，与主题思想紧密相连。在小说创作中，有些地名真实存在，而另外一些地名则源于作者的虚构，颇具研究价值。爱尔兰著名现代主义作家詹姆斯·乔伊斯(James Joyce，1882—1941)以非凡的创造力和执着进取的探索精神，书写了一部部百科全书般的光辉著作。他孜孜不倦地将小说中的现代主义创作技巧演绎到登峰造极之境界，亲手打造了一座巍峨神秘的“乔伊斯迷宫”，其包含着纷繁复杂的各类元素。诚然，研究现代主义文学，乔伊斯是一座无法回避的高峰，其人其书历来是世人争论不休的话题，无数乔学者前赴后继，试图从这座“乔伊斯迷宫”中探得珍宝。无奈，为了让自己的书写成为不朽，乔伊斯故意在书中布下重重疑团，令人毫无头绪。幸运的是，在这些小说中，一个个地名宛如地标般凸显出来，这些或真实或虚构的地名虚实交错地使历史和现实在意识流动中汇合，从而构成了一条指引人们走出迷宫的“阿里阿德涅线团”。乔伊斯的作品可以说是爱尔兰地名大全，因此地名研究对于乔伊斯研究而言具有独特意义。

追溯历史，爱尔兰民族饱受苦难。在殖民、暴乱、饥荒及内战的摧残下，爱尔兰岛满目疮痍。[①] 当时，整个国家风雨飘摇，不但物质资源极度匮乏，而且人们缺乏信念、精神空虚，徘徊在迷茫、放纵与堕落的边缘。作为首都，都柏林曾是爱尔兰的物质与精神之双重瘫痪中心。乔伊斯的作品正是以都柏林为圆心，以人物的精神顿悟为半径，勾勒出爱尔兰人的精神荒原。小说中的部分建筑与地名频繁出现，并被乔伊斯赋予了浓厚的文学色彩。它们或紧扣主题，或饱含象征意义，极具表现张力。因此从人文历史的角度来说，根据乔伊斯的作品来研究爱尔兰地名是科学合理、有凭可依的。乔伊斯的作品语言深邃而富有变化，地名众多且环环相扣，它们从地理和语言的交叉点出发，引领人们更深层次地解读爱尔兰。

放眼当今世界，爱尔兰作为一个伟大的国度正在不断崛起，其经济发展迅速，越来越有国际影响力。然而，真正让爱尔兰获得世界声誉的，还是要数其文学领域的辉煌成就。曾经的历史灾难就像一把双刃剑，其在为人们带来巨大痛苦的同时，也唤醒了一批忧国忧民的有识之士。在内外交困的时局之下，他们继承并发扬了爱尔兰民族内在的强大文化传统，独辟蹊径地以笔为矛来批判思想、解剖灵魂。斯威夫特、叶芝、乔伊斯、贝克特、萧伯纳等文坛巨匠以卓越的文学创作，为爱尔兰赢得了世界的尊重。詹姆斯·乔伊斯以艺术化的手法，使作品中的爱尔兰地名获得了文学地标之地位。乔伊斯曾声称，人们可以通过他的作品来复原整个都柏林，这不失为留给后世的一笔宝贵的非物质文化遗产。本章将以《尤利西斯》《都柏林人》与《艺术家年轻时的写照》中的爱尔兰地名为切入点，回溯爱尔兰的历史，领略乔伊斯匠心独运的艺术风采。

一、作为“奴役”代名词的地名

“奴役”是乔伊斯作品中极具代表性的母题之一，其通过地名得到深化和体现。《尤利西斯》《都柏林人》等作品涉及了很多暗喻奴役的爱尔兰地名，这些地名交代了故事发生地，充斥着一定的奴役性，将主人公的心理特

① [英]罗伯特·基：《爱尔兰史》，潘兴明译，上海：东方出版中心，2010 年，第 82 页。

征与特定寓意巧妙地联系了起来。人与地名的有机结合，体现了乔伊斯的独具匠心。一方水土养一方人，1904年的爱尔兰受困于异族之统治和天主教之束缚。除了布鲁姆，还有许多爱尔兰人都沾染了这片土地的奴气。乔伊斯“哀其不幸，怒其不争”，他借地名表达了对爱尔兰人的悲哀与愤怒。

（一）埃克尔斯街7号(7 Eccles Street)：作为“奴役”的原创符号

在《尤利西斯》的第四章中，“奴役”母题通过布鲁姆在家里的处境呈现出来。布鲁姆的家庭住址是“埃克尔斯街7号”，这个地址由数字7和英文“Eccles Street”组成。表面上看，“Eccles Street”只是一个简单的地名，但其实际上却和希腊历史及神话有着千丝万缕的联系。从历史渊源看，“Eccles”的变体是“Ecclesia”。“Ecclesia”意为雅典公民大会，是古希腊民主政治的重要机构，为当时的最高权力机关，建立于古希腊的黄金时代（公元前480年至公元前404年）。[①] 彼时，人们经常聚集到雅典城的广场中，对城内的事务进行探讨和投票。为了使这个组织产生效果并具有公信力，至少要有6000人参与投票表决。这项制度的优越性促进了古希腊民主的发展。回到《尤利西斯》中，选取“Eccles Street”这一地名作为主人公布鲁姆的家庭住址，乔伊斯实际上暗含了一些讽刺意义。通过上述的人文背景可知，“Eccles”有深刻的民主含义，而作者以此来命名布鲁姆之家，则暗示了这个家庭恰恰极度缺乏民主与平等。在家里，布鲁姆不仅像仆人一样伺候妻子，而且还丧失了一个丈夫应有的权力甚至尊严。一方面，他被妻子呵斥并使役，从而没有体现出夫妻之间的平等互爱准则。另一方面，他看到了妻子情人的来信（情书），信中提到了二人私会之事，但温文尔雅的布鲁姆没有贸然拿信去质问妻子，反而若无其事地将信递给妻子，并侍奉她吃早餐，呈现一副奴态。此外，该地名中的数字“7”也蕴藏深意，有着神话渊源。在《奥德赛》中，海之女神卡吕普索将奥德修斯囚禁在其岛屿长达7年之久，以逼迫他成为自己的丈夫。在这7年间，奥德修斯就像是卡吕普索的奴隶一样，承受着身体和情感的双重奴役。与此相似，《尤利西斯》的第四章被命名为“卡吕普索”，从而和希腊神话中的情节形成了呼应。这一章主要叙述了布鲁姆

① 参见 https://en.wikipedia.org/wiki/Ecclesia，2016。

和妻子莫莉早餐前后在家里所发生的事情,叙事地点正是埃克尔斯街7号。在家里,布鲁姆侍奉莫莉吃早餐,稍有怠慢就会受到莫莉的苛责。布鲁姆如同是莫莉的家庭奴隶,丈夫的身份名不副实。因此,布鲁姆家庭地址中的"7"象征着奥德修斯的7年囚禁生活,也暗示了布鲁姆在家中受到莫莉的漫长奴役。在该章节中,莫莉命令布鲁姆的话语多次出现:

— Poldy! Hurry up with that tea. I'm parched.(波尔迪!快点沏茶吧,我渴极了!)

— Poldy! Scald the teapot! [①] (波尔迪!烫一烫茶壶。)

通过以上的呵斥与命令,我们可以清楚感受到布鲁姆的被奴役生活。

总之,"7"暗示了布鲁姆在家中受到妻子的漫长奴役,其与奥德修斯的7年囚禁生活相呼应;而"Eccles"则指代着民主与自由,有着古希腊民主政治之渊源。该地名两个部分的意义截然相反,对比强烈地凸显了"奴役"母题。在乔伊斯笔下,一个小小的地名成了唤起人们历史记忆的按钮。

值得一提的是,荷马笔下的奥德修斯是出于无奈而被卡吕普索困在奥鸠吉岛长达7年,而乔伊斯笔下的布鲁姆则是心甘情愿地臣服在莫莉的奴役之下。奥德修斯让读者感受到人在超自然力量面前的无能为力,而布鲁姆自甘受虐的扭曲人性则是让读者诧异和反思。

(二) 奥蒙德酒店(Ormond Hotel):深化"奴役"母题的原创符号

奥蒙德酒店是升华"奴役"母题的重要地名之一。在那里,女人出卖色相来奴役男人,而男人则终日浑浑噩噩地尽显奴相。地名"奥蒙德"中的"mond"源于法语"mont",是"mountain"的词根,含山峰之意,而奥蒙德酒店却是人性堕落的深渊。地名与情节对比鲜明,富有讽刺性。

奥蒙德酒店位于奥蒙德码头8号,在小说第十一章中出现。"Ormond"一词源于爱尔兰古代的一个王国之名,后来被广泛用作贵族头衔,象征着尊

① James Joyce, *Ulysses*, Hans Walter Gabler ed., with Wolfhard Stepe and Claus Melchior, and an Afterword by Michael Groden, The Gabler Edition, New York: Random House, Inc., 1986, p.50.

贵的身份及地位。在构词方面,“ormond”是由“or”与“mond”二词构成,前者表示“或者”,后者意为“山峰”。“mond”源于法语“mont”,是“mountain”的词根。该词的整体意思是“或为山峰,或为高冷险峻,不易征服”。

乔伊斯将奥蒙德酒店安排在《赛壬》一章,可谓意味颇深。在《奥德赛》中,“赛壬”是半鸟半人的女妖,住在埃埃亚和斯库拉岩石之间的岛上,常以美妙绝伦的歌声诱惑水手触礁丧生。《尤利西斯》第十一章中的塞壬魅惑情节也暗示着,自古以来,女性出于本能对男性的征服让男性产生绝望之快感。从一定程度上看,柔弱的诱惑其实是一种变相的奴役。作为对应,奥蒙德酒店里的两位吧女杜丝和肯尼迪恰好对应了赛壬的复数形式“Sirens”,她们也都是靠诱惑来挣得金钱,从而达到奴役男人的目的。无独有偶,两位现代赛壬在引诱了布莱泽斯·博伊兰后,又使利内翰在酒店挥霍了一大笔钱。此外,神话中的女妖赛壬虽然长相丑陋,但是能利用声音之魅来诱惑男性,让其闻乐色变,沦为俘虏。为了避免被奴役,奥德修斯在喀尔刻的建议下,用蜡堵住了同伴们的耳朵,并且让同伴将自己捆在桅杆上,这样奥德修斯及其同伴们都免于遭难。与神话类似的是,在现代的“赛壬岛”奥蒙德酒店内,“现代奥德修斯”布鲁姆并不听“现代赛壬”的歌,而是在欣赏西蒙·代达罗斯演唱《马尔塔》中的插曲。布鲁姆默默地,用一根松紧带,围着自己的手指反复缠绕着。此处不仅仅是一种简单的借用和再现,更是一种引申和发展,其中蕴藏着三种象征意义:首先,他作为奥德修斯的原型被捆绑在桅杆上;其次,他下意识地将自己束缚在平凡的现实中,以防自己为酒店里的女仆所诱惑;最后,他屈服于妻子莫莉,放纵她私通,放弃干涉正要从自己面前离开并即将与莫莉偷情的博伊兰。这根小小的松紧带俨然成了布鲁姆人生枷锁之象征,暗示着在现代社会,物欲横流、人役于物,人性急剧扭曲甚至瘫痪,传统的道德观念荡然无存。

通过对神话中的形象进行重构,乔伊斯不仅从正面刻画出奥蒙德酒店里各色人物奴役于女色的颓废精神,而且从侧面勾勒出现代赛壬们的形象。因此,虽然“奥蒙德”一词曾为高贵的头衔,并被用于形容那些身份尊贵的人,但是将“奥蒙德”用作一个女人魅惑男人的酒店之名却有失高贵,尽显奴役之态。乔伊斯用“奥蒙德”来命名这个酒店,一方面是由于当时该酒店在奥蒙德码头上，另一方面是将奥蒙德酒店化作现代赛壬诱惑男性的场所，从而向读者展示了一种黑色幽默。奥蒙德酒店指代了一种巨大的诱惑，其虽让人充满幻想和向往，但其中的尊贵高冷却仿佛冷峻山峰一般高不可攀。因此，奥蒙德酒店成为了一种暗喻，即现代社会就是一个欲望横流的深渊。在那里，女人具有强烈的奴役欲望，百无聊赖的男人们在女色中浑浑噩噩地消遣时光。更为滑稽的是，尽管博伊兰下午和莫莉有约，但是他还是会在私会情人前再来酒店潇洒一回，其痴迷女色、甘愿被奴役的习性表现得淋漓尽致。总之，奥蒙德酒店的众生相生动地阐释了“奴役”母题。

（三）贝洛·科恩妓院(Bella Cohen’s Brothel)与“性奴”

贝洛·科恩妓院本是男性寻欢之地，但是其在小说中却变成男人们沦为性奴的场所。“Cohen”是典型的犹太姓氏。在布鲁姆的幻想中，其母亲虽为犹太人，却谴责他没有皈依天主教。这既颠覆了现实，又暴露了天主教对犹太人与爱尔兰人的思想入侵和奴役，让其从潜意识里产生“敬畏感”，这便是地名“Cohen”在宗教信仰方面所体现出的奴役性。

与朋友饮酒后，斯蒂芬打算趁着酒兴到红灯区寻欢。布鲁姆担心斯蒂芬的安危，便一路尾随着他来到了贝洛·科恩妓院。该妓院的英文名是“Bella Cohen’s brothel”，“bella”为常见的女性名字之后缀，含有“美丽”的意思，而小说将其作为妓院名却尽显人性之丑陋。同时，“bella”一词与布鲁姆的雌雄同体特征息息相关，即身为男性的他却习惯性地屈服于女性的奴役，并在男女关系中将自己转化为女性的角色。在小说中，布鲁姆沉浸于自己的性幻想，他乐于享受从“bella”到“bello”的转换。由于“bello”意为“英俊的”(handsome)且常作为英俊男子的昵称，因此布鲁姆将贝洛幻想成英俊的男人形象，并不由自主地将自己转换为女性，心甘情愿地臣服于“他”。由此可见，布鲁姆因长期被莫莉使唤而产生了根深蒂固的奴性，并且这种奴性在对贝洛这一女性的幻想中流露出来。“Bella”对布鲁姆的这种特殊奴役，与该章题目《喀尔刻》是有密切联系的。喀尔刻是《奥德赛》中的一个女巫，她以美貌与魔铃吸引奥德修斯和他的同伴，并用魔法将奥德修斯的部分同伴变成了猪。之后，喀尔刻将他们与之前的男性受害者一同关在猪圈里，使得他们成为自己的动物奴隶，任自己宰割。所幸，奥德修斯并没有为魔法所害，他努力抵制了喀尔刻的诱惑。与此相反，在《尤利西斯》的《喀尔刻》一章中，同样是面临妓女们的吆喝与诱惑，布鲁姆不仅没有克制自己，反而快速产生幻觉，并且十分陶醉于对喀尔刻的男性幻想中，从而屈服在其奴役之下。

妓院以老鸨的名字"贝洛·科恩"命名。在该名字中，"贝洛"寓意深刻地暗示了布鲁姆的奴性，而"科恩"也在体现"奴役"母题方面发挥着重要作用。"Cohen"是常用的犹太姓氏，可以作为犹太教的象征。从字面意义来看，"科恩妓院"带有犹太族的色彩。然而，在布鲁姆的幻想中，先前的事情在细节上都发生了错乱。在幻想中，布鲁姆看到作为犹太人的母亲竟然带有天主教符号，她像斯蒂芬的母亲一样呼唤圣母圣心，并谴责布鲁姆对信仰的丢弃。连布鲁姆的犹太族母亲都"皈依"了天主教，"科恩"的犹太含义便荡然无存，这暗示了天主教在信仰方面的强大奴役力量。此外，小说中的幻想所讽刺的，正是当时爱尔兰扭曲的社会现实。历史上，罗马天主教多处于支持爱尔兰自治之立场，因此其受到了爱尔兰人民的信仰。相反，天主教因循守旧、腐败无能，并没有对爱尔兰的民族独立起到积极有效的推动作用。然而，很多爱尔兰人并没有认清现实，依旧对天主教深信不疑。《尤利西斯》所举布鲁姆母亲一事，旨在揭示当时爱尔兰天主教的威慑力量。即便是在带有犹太色彩的地名下，拥有犹太血统的布鲁姆母亲也还是在妓院浑浑噩噩的奴役气场下，以错乱的形式呈现在布鲁姆的幻想里。

综上所述，"贝洛"一词指代英俊男性，其从性幻想方面体现了布鲁姆对女性的屈服，以及他根深蒂固的奴性；"科恩"一词是犹太人的常用姓氏，但是根据小说中布鲁姆的幻想，连犹太人都莫名其妙地站在了天主教立场，这便是从宗教角度隐晦地讽刺了天主教对人们的信仰统治。妓院本身就是男性沉迷于女色的红灯区，因此贝洛·科恩妓院从地名意蕴上凸显了小说的"奴役"母题。

(四) 诸圣教堂(All Hallows Church)与宗教奴役

诸圣教堂也是从宗教角度来表达"奴役"母题。从字面上看，诸圣教堂是诸位圣人汇聚教堂，而主人公布鲁姆步入教堂后，满眼都是麻木不仁的爱尔兰天主教徒。

小说第五章提到了爱尔兰的诸圣教堂。在为女笔友玛莎·克利福德的见面请求而烦躁后悔时，布鲁姆干脆选择逃避困扰。不知不觉间，他就来到了诸圣教堂的后门，该教堂的英文名是“All Hallows Church”。其中，“Hallow”是圣人的意思。在教堂中，教徒们正在牧师的组织下虔诚地参与教会活动。布鲁姆悄悄地在教堂里落座，观察着教徒们的行为。

> 妇女们蒙着面纱，跪在长凳上，脖间系着深红色圣巾，低着头……神父嘴里念念有词，双手捧着那东西，从她们前边走过。他在每个人面前都停下来，取出一枚圣体。甩上一两下(难道那是浸泡在水里的不成?)，利利索索地送到她嘴里。她的帽子和头耷拉下去。[①]

布鲁姆戏谑地猜测众人所吞下的所谓圣体是尸体的碎片，从而在心里暗自嘲笑笃信天主教的人们。作为旁观者，布鲁姆见证了天主教徒们的奴性，并为人们的笃定而感到心痛。在此，乔伊斯辛辣地讽刺了信徒们所心甘情愿承受的奴役，人们进入骗局且遭受冷遇也不以为然。当然，这只是布鲁姆所感，是他出于自己的立场所做出的评论。但是，从作者乔伊斯的角度来看，他是将布鲁姆的所见所感作为引子，旨在客观地引出当时人们的信仰状况，并以隐藏作者的叙事角度来表明观点。

20 世纪初期，在严酷的异族统治和僵化的天主教教义之联合压制下，一些都柏林人宁可丧失人的尊严也要苟且偷生。在社会的转变过程中，现代文明社会的各种挫折加速了社会文明变成荒芜的过程。[②] 人们过分依赖宗教信仰，并且越是对社会现实失望，就越是倾向于将希望寄托于教义。但是，天主教过于腐败保守，其僵化人们的思想甚至桎梏人们的行为，从而使得虔诚的信徒们逆来顺受，形成了强烈的奴性。在被奴役的过程中，信徒们的现实自我和理想自我脱节了。虽然天主教徒们经常按规矩齐聚在诸圣教

① James Joyce, *Ulysses*, New York: Random House, 1986, p. 66.

② 冯建明：《乔伊斯长篇小说人物塑造》，北京：人民文学出版社，2010 年，第 102 页。

堂，向圣父忏悔、祈祷，希望做个圣洁的人，但是事实上他们却是在自我麻痹，用信仰催眠自己，借此逃离残酷的生活现实，从而在精神上成为实实在在的奴仆。“hallow”是“圣人”的意思，而有圣人就会有信徒，两者存在着相互对立的奴役关系。虽然诸圣教堂是“all hallows”，但是“皆为圣人”的说法是戏谑的、不现实的。乔伊斯用诸圣教堂来体现天主教中的圣父对信徒之奴役关系，用女信徒们的唯命是从来暗示她们受害之深，用布鲁姆这个役于妻子且没有固定信仰的庸人之视角来戏谑信徒们的过分敬畏与执迷不悟，旨在说明天主教在众多爱尔兰人心中的根深蒂固之地位，从而揭示宗教对人们的心灵奴役。此外，连一个软弱惧内甚至纵容妻子偷情的人都耻笑信徒们的愚昧忠诚，对奴役的批判力度之强烈就可见一斑了。布鲁姆虽是现代的奥德修斯，但他懦弱无能，不能和孔武有力的一代英豪奥德修斯相提并论。布鲁姆扮演着反英雄的平庸形象，他跻身的诸圣教堂也是个充满讽刺意义的地方。与其说是“诸圣”，不如说是“诸奴”，即包含着奴役于天主的牧师、信徒，以及“五十步笑百步”的、奴役于妻子的布鲁姆。

(五) 查珀利泽德(Chapelizod)：爱的枷锁

“查珀利泽德”这一地名是从爱情角度对“奴役”母题进行诠释。在爱尔兰语中，“Chapelizod”意为“伊索德的教堂”，其与伊索德公主相关。与此同时，它所涉及的爱情故事也与伊索德的传说异曲同工，因为这两个故事都以悲剧收尾。故事中的主要人物在感情中处于受奴役之状态，如同戴上了爱的枷锁而难以自救。

查珀利泽德是在《都柏林人》中的《悲痛的往事》篇出现之地名，其英文“Chapelizod”是法语“Chapel d' Iseult”的变体。在爱尔兰语中，该地名意为“Iseult's Chapel”。根据词源，“Chapelizod”源于一座纪念伊索德(Iseult)的教堂。传说中，伊索德公主与特里斯坦骑士之间有一个悲剧爱情故事。在中世纪的黑暗时代，罗马帝国毁灭，各方势力分割盘踞英格兰，爱尔兰国王借机聚集势力、虎视眈眈。在此背景下，英格兰的领袖之一，雄图大略的马克王决定在传奇骑士特里斯坦的帮助下实现统一大业。特里斯坦是马克王在战役中收养的孤儿，二者情同父子。长大后，特里斯坦在一次战役中身负重伤，被爱尔兰女子伊索德悉心照顾，并与之坠入了爱河。那时，他并不知道伊索德是爱尔兰公主。伤愈后，他不得不离开爱尔兰，继续为马克王效力。后来，爱尔兰国王以自己的美丽女儿为奖品举办全英骑士大赛，特里斯坦为马克王赢取了公主，但当他看到公主就是伊索德时感到如雷轰顶。尽管特里斯坦深爱着伊索德，但是为了国家和平，为了不辜负马克王的养育之恩，他放弃了自己的爱情。就传说来看，伊索德公主与特里斯坦骑士的悲剧源于恩情的奴役。在养育之恩的压迫下，二者结束了恋情。据此，乔伊斯选用查珀利泽德作为达菲先生和辛尼科太太的爱情悲剧发生地之做法颇具深意。

在乔伊斯的小说中，辛尼科冷落妻子，从而导致其身陷婚姻绝境。达菲先生鼓足勇气追求辛尼科太太并与她频繁约会。辛尼科误以为达菲先生在追求自己的女儿，便没有放在心上。渐渐地，爱情的甜蜜改变了二人本来的生活状态，他们交流思想与感情，幸福感愈发强烈。这份爱情不仅拯救了辛尼科太太，而且大幅改变了达菲先生的世界。以前，他是个十分孤独的人，一直独来独往，很少与别人交流思想或建立感情。达菲先生厌恶支配人们生活的一切习惯，但辛尼科太太的出现打破了他的习惯。终于，他内心深处警告自己不能将自己奉献出去，并在接受爱情和固步自封中选择了后者。在随后的 4 年中，达菲先生的生活渐渐回归到以前，但是辛尼科太太却受到了巨大的刺激，她陷入混乱，用酒精麻痹自己，并最终在绝望中走向死亡。对于辛尼科太太来说，爱情得而复失是这一生中最致命的打击，因此她以悲剧为人生画上了句号。为了保持孤独的生活状态，达菲先生牺牲了辛尼科太太，也葬送了自己的幸福。达菲先生情愿固步自封地被孤独奴役，也不愿走向幸福，这种扭曲的人生观何其可悲？二人的爱情悲剧受制于达菲先生的怪异孤独感，特里斯坦骑士与伊索德公主的悲剧则受制于马克王对特里斯坦的养育之恩，这两份美好的爱情都因受制于种种人伦因素而不得不告终。

综上所述，乔伊斯安排查珀利泽德作为达菲先生和辛尼科太太相爱相离之地的做法，达成了传说与现实的遥相呼应，颇具传奇色彩。与此同时，该地名在揭示小说的“奴役”母题方面也发挥了重要作用。

本节从神话、宗教、爱情、家庭生活等角度剖析了乔伊斯作品中的爱尔兰地名，这些地名所呈现的奴役现象不仅关系到故事主人公本身，而且反映了爱尔兰国民当时的精神面貌和意识形态。

二、作为“篡夺”代名词的地名

历史上，爱尔兰的主权被诸多国家“篡夺”过，其国民经历了漫长的被殖民过程。这种篡夺不仅表现为侵占领土，还体现为在文化、宗教等方面留下了深深烙印。在乔伊斯所生活的年代，英国正扮演着殖民者的角色，它侵占爱尔兰领土并引入本国宗教，企图从国土和国民思想两个方面来禁锢爱尔兰人民。作为爱尔兰人，乔伊斯有自己的创作梦，但祖国没有提供给他实现这份梦想的沃土，因此他只好背井离乡，开启流亡生涯。受此影响，乔伊斯的作品也难免会出现篡夺的影子，蕴含着寓意篡夺的地名。本节将分析乔伊斯作品中的爱尔兰地名所体现的“篡夺”母题。

(一) 马尔泰洛塔(Martello Tower)：“篡夺”的一个原创性符号

马尔泰洛塔见证了英国对爱尔兰的殖民，也目睹了斯蒂芬之家为英国室友所占领。马尔泰洛塔是《尤利西斯》中极具标志性的建筑，也是同名电影里非常典型的开场景观。这座爱尔兰风情十足的圆形炮塔，不仅仅存在于乔伊斯笔下，其是爱尔兰的真实建筑，可谓历史悠久、举世闻名。该炮塔建于1704年，坐落在都柏林郊外的港口区沙湾附近，是英国侵略爱尔兰后，为防御法军入侵而修筑的海边碉堡。因此，马尔泰洛塔成为了英国殖民统治的证据和象征。该炮塔的造型仿效了马尔泰洛岬角①上的海防炮塔，故名马尔泰洛塔。② 马尔泰洛塔的英文“martello”源于“Mortella”——法属科西嘉岛的莫尔泰拉③，后因英法战争融入英语而被译为“圆形石造碉堡”。历史上，原始的马尔泰洛塔群建于1565年，位于科西嘉岛的莫尔泰拉海岸。科

① 法属科西嘉岛。

② [爱尔兰]詹姆斯·乔伊斯：《尤利西斯》，萧乾、文洁若译，南京：译林出版社，2001年，第54页。

③ “Mortella”为意大利语。公元前259年，罗马帝国占领科西嘉岛并侵略其文化，故该岛的部分地区以意大利语命名或留存意大利元素。其中，莫尔泰拉地区(Mortella Point)就是典型的例子。

西嘉岛于公元前259年被罗马人占领,因此其保留着少许意大利文化元素。1769年,科西嘉岛并入法国版图。为了防御外敌入侵,法国人在岛上的莫尔泰拉(Mortella)沿岸设计建造了诸多塔群,这些塔楼颇为坚固。1794年,英国舰队曾企图摧毁这些塔并占领科西嘉岛,但其历经周折才勉强将塔群炸毁。[1] 英国海军对如此坚不可摧的炮塔印象非常深刻,于是他们便模仿该塔来建造防御塔群,但由于拼写错误,"Mortella"被错写为"Martello"。在此背景下,英方便将错就错地把这些塔命名为马尔泰洛塔(Martello Tower)[2],并沿用至今。所以,"Martello"一词暗含着殖民的硝烟,背负着篡夺的沉重历史。在乔伊斯创作《尤利西斯》时,爱尔兰正处于英国殖民即将结束之际,因此他选取"Martello Tower"作为斯蒂芬的漫游出发地及其与朋友的租住地,不乏表现"殖民"或"篡夺"之义。

首先,小说中的炮塔情节改编于乔伊斯在该塔中的真实经历。1904年6月,乔伊斯的朋友奥利弗·圣约翰·戈加蒂从英国陆军部手中租下了这座空塔。1904年9月,乔伊斯也搬了进来。一天晚上,乔伊斯的室友用左轮手枪对着塔内8英尺厚的墙射击,这种疯狂的举止让他在这里待了不到一周就逃离了。[3] 尽管这个"家"并非乔伊斯所购置,但是他的"离家出走"暗示了他的归属地被篡夺了。与此类似,小说中的斯蒂芬作为主人租住在这座炮塔,他的朋友们以客人身份入住,而在矛盾激化后,被迫离开的却是斯蒂芬,他将钥匙交出后主动离家。章节末尾处的"家也归不得;篡夺者"[4]等字句屡屡点题,即斯蒂芬被鸠占鹊巢。

其次,作为都柏林被英国殖民的地标性建筑,马尔泰洛塔是"篡夺"主题的双重象征。在爱尔兰的历史上,马尔泰洛塔虽为英国人所建,但其占据了爱尔兰的领土,这不失为一种荒诞的篡夺。在小说中,斯蒂芬的朋友马利根为了自己的利益,介绍了一个名叫海恩斯的英国人来炮塔居住,但是他和斯蒂芬因民族宗教等问题频频冲突,并最终篡夺了斯蒂芬的家。这是小说在

---

① M. Fort Vigano, *Fortress Study Group*, 2001(29), pp. 41 - 57.

② Sutcliffe, Sheila, *Martello Towers*, Cranbury, NJ: Associated Universities Press, 1973.

③ [美]约翰·唐麦迪:《都柏林文学地图》,白玉杰、豆红丽译,上海:上海交通大学出版社,2011年,第155页。

④ [爱尔兰]詹姆斯·乔伊斯:《尤利西斯》,萧乾、文洁若译,南京:译林出版社,2001年,第54页。

情节方面再现了英国对爱尔兰的“篡夺”。[①]

再次，作为军事要塞，马尔泰洛塔本不适合居住，可见斯蒂芬租住于此也只是权宜之计而已，其出走也成为一种必然。显然，该塔能直观地勾勒出爱尔兰人昔日不堪回首的被殖民岁月。事实上，英法之间的争夺毫无正义性可言，正如1904年的日俄战争，两大帝国打得不亦乐乎，而战场却在中国的土地上，可谓荒谬至极。乔伊斯安排斯蒂芬租住在本国领土内的异族地盘上，则更凸显了一种深深的历史荒谬感，流露出浓厚的讽刺意味。“哀其不幸，怒其不争”，如同大洋彼岸的鲁迅先生一样，乔伊斯也对族人抱有那种挥之不去的悲愤之情。乔伊斯同样以笔为矛，将马尔泰洛塔这个殖民地标永远地钉在历史耻辱柱上，以警后人。

总之，马尔泰洛塔象征着篡夺。作为英国建于都柏林海岸的炮塔，马尔泰洛塔不仅暗示了斯蒂芬们的无奈，而且表达了乔伊斯在目睹英国对爱尔兰的殖民统治后，对英国的憎恨态度。

（二）多基(Dalkey)：灾难与篡夺

多基是斯蒂芬离家出走后的工作地。为了逃避英国室友海恩斯的烦扰，斯蒂芬来到多基小镇从事教学工作，但他未料到此地也为是非之地，有着很深的殖民印记。

在斯蒂芬任教的学校里，学生多为纨绔子弟，他也无心教育这些他认为难以调教的孩子。多基是当今都柏林南部的海滨度假胜地，其英文是“Dalkey”，对应的爱尔兰语是“Deilginis”[②]，意为“荆棘岛，充满困苦之地”。历史上，该地区曾为维京人的定居地，是中世纪的一个重要港口。[③] 根据约翰·克莱恩撰写的《爱尔兰编年史》，多基也是14世纪瘟疫入侵爱尔兰的港口之一。该瘟疫为黑死病，起源于中亚，1347年由十字军带回欧洲。这场瘟疫最先从意大利蔓延到西欧，再经由北欧、波罗的海地区传到俄罗斯，成为欧洲史上的巨大灾难。作为瘟疫的传入港口，多基也受灾惨重。这场瘟

① 吴庆军：《城市书写视野下的乔伊斯小说解读》，载《广西社会科学》，2013年第1期，第127页。

② 根据词源学，爱尔兰语前缀“deilg”指代英文中的“thorn”，意为“刺、荆棘”。

③ 参见 https://en.wikipedia.org/wiki/Dalkey，2016。

疫不仅剥夺了大批多基人的宝贵生命，而且在这个区域留下了深重的掠夺烙印。

以上是追溯地名而得出的相关历史背景，乔伊斯选取多基作为斯蒂芬不堪忍受的教学之地，也是颇有深意的。虽然小说中那场14世纪的欧洲大瘟疫已成为多基的历史，但是那里却潜伏着一个人类蛀虫——迪希先生，他是爱尔兰乌尔斯特富人区专为殖民者子弟兴办的学校之校长，而且也是一位响应英国殖民主义号召、宣誓效忠英王去爱尔兰殖民的苏格兰移民，属于亲英的、信仰新教的“种族主义者”，是典型的殖民主义和种族主义卫道士。[①] 迪希虽没像黑死病那样篡夺生命，但他却篡夺思想与灵魂，如同几百年前“侵略”多基的瘟疫一般。他试图以一个忠告者的姿态与斯蒂芬谈话，言语中充斥着强烈的反犹情绪。身为爱尔兰人，他却以英国人自居，歪曲并篡改历史。他将英国人以“日不落帝国”自居说成是法国凯尔特人对英国的称赞，从而故意掩盖英国企图通过殖民建立大英帝国的野心。此外，他还把将奥康内尔污蔑为煽动者的罪责归罪于天主教，从而规避对真正元凶英国政府的谴责。[②] 以上种种张冠李戴，并不是缘于迪希先生对历史的无知，而是归结于他的亲英立场与叛国行为，以及试图模糊爱尔兰人与英国殖民者的利益冲突之动机，堪称爱尔兰民族的败类。14世纪的多基被瘟疫强行篡夺生命，千百年后的多基也同样笼罩着被侵略的阴云，而始作俑者正是以迪希先生为代表的亲英派，他们故意篡改史实，旨在篡夺爱尔兰人的精神家园这最后一块阵地。

“多基”一词的本意就是荆棘丛生的多事之地，而这个含义在不同时期有不同的现实体现，既有历史上的瘟疫入侵，又有小说中的叛国蛀虫，两者都让爱尔兰承受了苦难，且肉体与思想无一幸免。因此，乔伊斯将迪希先生安排在多基之做法，暗含了灾难与篡夺之意。同时，乔伊斯使此种含义贯穿爱尔兰历史及文学，从而凸显了地名本身与社会现实的巧妙结合，可谓匠心独运，获得了跨世纪的讽刺之效果。

① Vincent John Cheng, *Joyce, Roce and Empire*, Cambridge: Cambridge University Press, 1995, p. 208.

② 申富英：《论〈尤利西斯〉中的历史观》，载《外国文学研究》，2011年第3期，第27页。

（三）伦斯特街(Leinster Street)：占领

在"伦斯特街"这一地名上，乔伊斯独辟蹊径地以布鲁姆对东西方文化之所感为切入点，侧面体现出东方文化对西方文化的影响力。

伦斯特街是《尤利西斯》第十七章中出现的街道名称，该街道的英文是"Leinster Street"。"Leinster"一词的前半部分源于爱尔兰语"Laigin"，是曾经占领伦斯特地区的部落之名字，而后半部分源于爱尔兰语"tír"，意思是"土地、疆域"，整个词总体上指被占领过的土地。众所周知，地名在形成过程中会受到历史、文化等诸多因素的影响，因此蕴含着深刻意义。"伦斯特街"这一地名正是如此。1171 年 10 月，英国国王亨利二世率军入侵爱尔兰，并试图统治爱尔兰人民。后来，在英国的操纵(English Pale)下，伦斯特和米斯组成了当今的伦斯特省。中世纪后期，伦斯特省直接受到英格兰的金雀花王朝之控制，彻底失去了独立的行政权。从地名及历史的角度来看，"伦斯特街"暗含着殖民意味。回到小说《尤利西斯》中，乔伊斯也赋予了"伦斯特街"这一地名以特殊的篡夺意义。

根据小说的内容，伦斯特街 11 号是东方式建筑的土耳其蒸气浴房。在为迪格纳穆送葬后，布鲁姆就前往该澡堂洗浴。但是，在第五章中，关于布鲁姆究竟去哪儿洗浴，作者并没有特殊交代，只是提到他不想去塔拉街洗澡，之后便一笔带过。这种写法让人浮想联翩，从而为故事情节增添了些许神秘性。但是，乔伊斯醉翁之意不在酒，而在于用"神秘的布鲁姆洗浴"引出"神秘的东方文化"，这也正是他将澡堂刻画为土耳其式建筑的用意所在。在小说中，乔伊斯对东方国家，即包括土耳其、以色列与巴勒斯坦在内的中东，以及包括印度、日本等国在内的远东，进行了很多带有倾向性的描述与丰富想象。在乔伊斯眼中，伦斯特街的土耳其蒸浴代表了"东方文化"。然而，乔伊斯对东方的了解主要来自于阅读及耳闻，这就决定了乔伊斯会赋予东方以主观臆想。当乔伊斯对西方现实不满意时，他便会视东方为心目中的乌托邦，并通过这个被借用、被编码的东方"他者"来批判现实世界的不合理。[①] 从这个角度来说，"东方"幻想在精神层面上俘虏了西方世界中失去精

① 刘燕：《〈尤利西斯〉中的东方想象与身份建构》，载《外国文学》，2009 年第 5 期，第 59 页。

神支柱的人们。作为布鲁姆对东方进行幻想的媒介，伦斯特街 11 号的土耳其浴房暗示着他对现实生活的不满，以及对神秘未知事物的热情与仰慕。这是东方意象对主人公精神世界的占领，并且与伦斯特街所体现的"篡夺"母题相呼应。这种篡夺虽不是蓄意而为的，但客观上也对西方人的认知世界造成了较大的冲击。

此外，20 世纪上半叶，许多西方现代主义作家（如叶芝、乔伊斯、卡夫卡等）都不约而同地对神秘的东方世界产生兴趣，这是"西方的没落"与"上帝死了"之后，西方人对东方异国的重新发现。通过对东方"他者"的浪漫想象，他们得以批判危机四伏的西方现代文明。事实上，这暗示了东方对西方文化领域的浸染，显现文化入侵的迹象。赛义德曾说过："在与东方的知识体系中，东方与其说是一个地域空间，还不如说是一个被论说的主题，一组参照物，一个特征群，其来源似乎是一句引语，一个文本片段或他人有关东方著作的一段引文，或以前的某种想象，或所有这些东西的结合。"[①]在《尤利西斯》中，伦斯特街 11 号虽为简单的土耳其式澡堂，却具有浓厚的东方气息。因此，伦斯特街这一地名，与其被理解为地理空间，还不如被称作是小说"篡夺"母题的载体。尽管这种篡夺并不是恶意的、主动的入侵，但就文化殖民而言，它确实对当时的人们产生了深远影响。总之，"伦斯特"一词意为"被殖民的土地"，而小说中的伦斯特街则指代被文化浸染的思想，这些都充分体现了小说的"篡夺"母题。

（四）阿拉比（Araby）：双向篡夺

阿拉比是小说中的东方集市名，象征着东方文化。主人公对阿拉比的无比向往，反映出东方文化对西方的强大吸引力，而这也正源于东方文化对西方文化的植入作用。

《阿拉比》是《都柏林人》的"童年篇"之最后一篇，其被称作"乔伊斯童年经历的真实写照"。"阿拉比"的英文是"Araby"，即"Arabia"，本意为阿拉伯半岛，指位于印度洋板块的亚洲中东岛屿。在小说中，阿拉比是主人公所向往的集市之名字，该集市具有阿拉伯风情，类似于中东地区的"bazaar"。在

① ［美］赛义德：《东方学》，王宇根译，北京：生活·读书·新知三联书店，2000 年，第 229 页。

小说中，男孩爱慕的女孩告诉他，阿拉比集市的商品琳琅满目，有很多珍奇美好的东西，因此男孩便渴望着能够前往该集市，为心爱的女孩买一件美丽的礼物，赢得姑娘的欢心。因此，阿拉比的购物之旅寄托着少年甜蜜的爱情梦想，其成为了男孩的寻梦圣地。平日里，小男孩长期处在阴森冷漠的北里奇蒙街，周围寂寥而无趣。当得知了阿拉比这个令人心驰神往之地后，他无比兴奋而躁动。去阿拉比既可以满足他的猎奇之心，又有助于圆他的爱情梦想。

东方对于孩子们而言是充满神秘色彩的地方，在他们心中，东方是不同于西方的圣地，那里热闹非凡、大放异彩，不像他们如今的居住地"西方"这样冷漠凄凉。表面上看，这是孩子们心中的景象，而实际上，这正是乔伊斯眼中的东方，他只是通过小说主人公的视角来表达自己对神秘东方的向往。对东方的关注体现了乔伊斯的世界主义眼光，他试图冲破狭隘的民族主义情绪，呼吁各民族和平相处、平等相待。同时，将东方幻化为心目中的乌托邦，也是对西方现实的不满和抗争。在《都柏林人》中，乔伊斯同样将阿拉比刻画成一个典型的东方市场。乔伊斯用"阿拉比"来命名该市场之做法，体现了东方文化对西方的浸染，从而使得小说主人公倾慕东方多于西方。实际上，这是东方在文俗方面对西方的特殊殖民，具有一定的篡夺意义。

另外，根据小说的内容，男孩需要等姨夫回来给他钱后，才能去阿拉比。但是，其姨夫忘记承诺并晚归，从而耽搁了他去阿拉比的时间。等到真正来到阿拉比后，他眼前却是这番景象：摊位已打烊，一片漆黑。此外，这里的男人和女人打情骂俏，显得风流而肤浅。心中的"圣地"阿拉比与眼前的真实情景形成强烈对比，小男孩美好的向往与希冀都轰然倒塌。阿拉比与他的想象相差甚远，这是小说情节对"篡夺"主题的再次揭示。乔伊斯用"阿拉比"来命名这个集市的做法，隐含了对魔幻东方的幻想，这本是东方文明对西方文明的篡夺。后来，冰冷的现实将小男孩心中的"圣地"阿拉比无情击碎——无聊破败的市场上，一些西方世俗的男男女女们在放肆地谈情说爱，这让小男孩产生了梦想幻灭后的挫败感。西方现实篡改了人们心中的东方圣地，这是一种带有亵渎性、玷污性的篡夺。因此，"阿拉比"这一地名体现了乔伊斯笔下的东西方文明之双向篡夺。

本节从历史、地理、东西方文化等角度剖析了乔伊斯作品中的若干爱尔兰地名，从而使得“篡夺”母题更为凸显。“国破山河在，城春草木深。”主权沦陷引发了领土流失和文化殖民，其在给国家带来不幸的同时，也悄然影响着人们的思想。在乔伊斯笔下，爱尔兰人或是被宗教麻痹至深，或是陷入了对异国的向往，他们的精神世界仿佛荒原一般贫瘠。

三、作为“瘫痪”代名词的地名

在乔伊斯的作品中，爱尔兰风气日下，“瘫痪”是重要的母题之一。关于国家兴亡与民族兴衰，爱尔兰人各持己见。有些爱尔兰人深怀狭隘的民族主义情结，鼓吹愚蠢的、自以为是的“护国行为”。在失去民族魂的同时，爱尔兰人也在信仰中迷失了，他们即便在生活中也缺乏坚定的信念。乔伊斯作品中的主人公（如布鲁姆、斯蒂芬、莫莉、科尔利等）都是典型的代表，他们是失落的一群人，代表着迷茫的一群人，更象征着自甘堕落、精神瘫痪的一代人。乔伊斯巧妙地借助他们的社交场所来反映其非“常态”的思想倾向。

（一）巴尼·基尔南俱乐部(Barney Kiernan's Pub)：狭隘和偏激

历史上，巴尼·基尔南是审理刑事案件的场所，主要用于解决刑事纠纷。[①] “Barney”意为“大吵大闹，争吵者因偏执己见而与对方争执不休”。“Kiernan”是一个古老的爱尔兰姓氏，从地名意义来看象征着该地方为是非之地，其与爱尔兰民族争端有少许牵连。在小说中，男主人公布鲁姆与一个民族主义者发生了激烈的争辩，而作者乔伊斯并没有指出他的真实姓名，只是用其绰号“市民”来替代。“市民”是极端而目光短浅的民族主义者，他对任何非爱尔兰血统的人都深恶痛绝。他在巴尼·基尔南酒吧里肆意而粗鲁地谈论着反犹言论，使得身为犹太人的布鲁姆忍无可忍。于是，布鲁姆在走出酒吧登上马车后，对“市民”大喊：“你们的天主耶稣也是犹太人！”此举激怒了“市民”，他急于打架，召集俱乐部的其他顾客来攻击布鲁姆，并企图用点心盘子击中布鲁姆，不料失手。

① [美]约翰·唐麦迪：《都柏林文学地图》，白玉杰、豆红丽译，上海：上海交通大学出版社，2011年，第163页。

以上所述的俱乐部情节对应着《荷马史诗》中独眼巨人袭击奥德修斯的情节。布鲁姆代表着现代奥德修斯，俱乐部则暗指独眼巨人囚禁奥德修斯及其同伴的洞穴。“市民”满嘴污言秽语，言语中充斥着对异族人的憎恨与排斥。他怀着极端的、近乎瘫痪的民族主义思想，这与独眼巨人被刺伤眼睛所导致的身体瘫痪是相呼应的。乔伊斯旨在暗示读者，现代独眼巨人“市民”无法摆脱因“瘫痪”而导致的行为失败之最终命运。[①]

跳出希腊神话的影射，乔伊斯在选取冲突地点方面也是独具匠心的。刚刚介绍过，巴尼意味着争端、拖拽，其赋予了这个酒吧是非偏执的象征意义，而基尔南则是典型的爱尔兰姓氏，从广义上代表着当时的爱尔兰人。在乔伊斯撰写《尤利西斯》期间，爱尔兰狭隘的民族主义之风盛行；爱尔兰人保守落后，不接受新的思想文化；爱尔兰社会在死气沉沉的气息中衰败，渐无生气。热爱本民族、维护本民族利益，本是公民之职责与国家的一件幸事，而过于盲目，以至于偏执己见地走向极端则过犹不及。在巴尼·基尔南酒吧里，爱尔兰民众侃侃而谈、大肆饮酒，他们表面上是在谈论国家大事，似乎虔诚地热爱着自己的国家与民族，但事实上却是自欺欺人、纸上谈兵，并无实际的爱国行动。愚蠢至极的是，他们盲目排外，认为非本族的一切都值得憎恨，但却忽略了本民族保守封闭，因长期没有接触新的文化血液而日益衰落腐败之事实。乔伊斯曾旅居巴黎去追逐艺术理想，他远离爱尔兰实属无奈之举，因为那时的祖国死气沉沉，周围的人或是麻木不仁，或是思想堕落，到处弥漫着百无聊赖的气息。在个人经历的基础上，乔伊斯借巴尼·基尔南俱乐部的地名之含义，巧妙设计小说情节，表现了爱尔兰人的偏激思想。

(二) 桑迪芒特海滩(Sandymount Strand)：坍塌和堕落

在《尤利西斯》中，很多章节都涉及了桑迪芒特海滩，这是频繁出现于书中的重要地名。桑迪芒特海滩的英文名是“Sandymount Strand”。其中，“strand”意为“海滩”；“sandymount”一词的前半部分“sandy”指“多沙的，沙地的”，后半部分“mount”的意思是“山峰”。因此，“Sandymount Strand”的整体词面意思是“沙山”。通常来说，沙松软滑动、不易成型，具有极易坍塌

① 冯建明：《乔伊斯长篇小说人物塑造》，北京：人民文学出版社，2010 年，第 131 页。

的自然属性,故沙山很容易塌方。桑迪芒特海滩既是爱尔兰的著名景点,又是乔伊斯作品中的重要地名坐标,具有重要地位。斯蒂芬曾在该沙滩上陷入哲学思考,而且他的思绪变幻无常,呈意识流状态,就仿佛流动的沙子一样难以成型。通过描写斯蒂芬那翻滚的情绪,乔伊斯表现了斯蒂芬强烈的孤独感。对于斯蒂芬来说,那把握不住的思绪里既有亲情的断裂,又有友情的瘫痪。此外,在关于哲学的思考中,斯蒂芬一直在冥想"形式"(form)与"视觉"(sight)的概念,并将两者进行比较。漫步沙滩的布鲁姆曾偷窥海边女孩格蒂,他看着她的透明吊带袜,进而想入非非。吊带袜既没有形状又没有形式,但其所造成的视觉冲击使布鲁姆产生了强烈的性冲动。布鲁姆从偷窥到意淫,呈现出一幅堕落的意象。

桑迪芒特海滩还有一个重要的中心人物——格蒂·麦克道维尔,她既是布鲁姆的偷窥对象,又是乔伊斯批判性重构的《荷马史诗》中的瑙西卡形象,即现代的瑙西卡。格蒂在海滩玩耍的形象与瑙西卡在海边洗衣的形象相似,她偶遇布鲁姆的情景与瑙西卡偶遇奥德修斯的情景也相仿,但她的思想行为与纯洁美好的瑙西卡公主却判若云泥。首先,面对遇险的水手奥德修斯,瑙西卡提供安慰和帮助,而遇到身心需要慰藉的流浪者布鲁姆,格蒂却以恶意的方式愚弄挑逗他;其次,瑙西卡温柔善良地给予奥德修斯幸福,而格蒂却通过作弄布鲁姆来填补爱情上的空虚感;最后,瑙西卡对奥德修斯的细致照顾体现了古代少女的淳朴,而格蒂对布鲁姆"扭曲的爱"则显示了部分现代人黑暗的心灵。[①] 通过重构与对比,乔伊斯用讽刺的手法来刻画肤浅、庸俗的"现代瑙西卡",旨在体现现代人精神堕落的现状。格蒂不仅身体残疾,而且心灵也不健全,她的缺陷也正是乔伊斯所要表达的现代人之美德缺失。可以说,格蒂暴露了现代人的精神荒原和黑暗心理。桑迪芒特海滩正如其名,它所目睹的场景和其本身的地名意义是相符的。"桑迪芒特"意为"沙山",这暗示了坍塌和堕落,而该海滩上的人们正表现了精神瘫痪的状态。布鲁姆自甘堕落地偷窥少女,他所偷窥的女孩格蒂也恶意捉弄他、诱惑他,做出了未婚少女不应有的卑鄙行为。他们都精神空虚、感情麻木,是当

① 冯建明:《乔伊斯长篇小说人物塑造》,北京:人民文学出版社,2010 年,第 136 页。

时都柏林人的典型代表。这种近乎瘫痪的心理状态与“桑迪芒特”的寓意相称，且其引发的社会道德问题让都柏林的革新进步更加艰难。综上所述，乔伊斯采用“桑迪芒特海滩”这一地名作为故事场景名之做法，暗示了他对现代人的精神世界之担忧。

（三）格拉夫顿街(Grafton Street)：具有反讽意义的“勤劳”

到了午饭时间，布鲁姆想在去国家图书馆的路上吃点儿东西。在寻找午餐场所的路上，他经过了格拉夫顿街，并被这条街上花花绿绿的各种景象撩拨着感官。格拉夫顿的英文是“Grafton”，其前缀“graft”意为“埋头苦干的人”，但书中的“Grafton Street”并没有展现出这种勤勤恳恳的气氛。与此相反，格拉夫顿街布满了琳琅满目的商品，五颜六色、款式多样，来这里逛街购物的女士们也衣着光鲜，有身着丝绸的女士，也有衣着华丽的老太太，还有乡下来的丑婆子。这些似乎与格拉夫顿街的地名之本意相悖。当时，女士们不是勤恳工作，而是将大量时间堕落在灯红酒绿之中，这俨然成为了当时女士们的常态。娱乐之地却恰恰以“勤恳”命名，这暗含了一定的讽刺意味，体现了当时人们的堕落。

在表现主题方面，乔伊斯对格拉夫顿街的刻画与夏尔·波德莱尔[①]《恶之花》的“巴黎风光”有异曲同工之妙。[②]“巴黎风光”主要讲述了诗人将目光从内心世界转向外部环境，他目睹了巴黎市景中的诸多社会现象，不禁感到万分失望。《尤利西斯》中的布鲁姆亦是如此。当因夫妻关系紧张而抑郁不止的布鲁姆路过格拉夫顿街时，他也忍不住流连于该街上的花红柳绿。布鲁姆企图转移自己的注意力，但未果。他观察穿着白色长袜的女人的粗腿脚，想着女人肉一多就会使脚变得很臃肿，心中不免产生反感，继而就不由自主地想起了有着类似体型的妻子莫莉。在布鲁姆看来，莫莉就是因此而显得有些重心不稳。前文已经提到，莫莉在家中对丈夫布鲁姆随意使唤，从而使得布鲁姆饱受奴役，而莫莉自己却十分懒惰，连早饭都要由丈夫伺候着

① 夏尔·波德莱尔(Charles Baudelaire，1821—1867)，法国诗人兼批评家，《恶之花》(*Les Fleurs du mal*，1857)是其著名诗集。

② 冯建明：《乔伊斯长篇小说人物塑造》，北京：人民文学出版社，2010年，第111页。

在床上吃。这些情节暗示着莫莉的懒惰造成了其自身的臃肿，甚至肢体上的重心不稳。此外，莫莉的“重心不稳”也表现在她的婚姻上。莫莉与博伊兰在家私会，她非但没有心存愧疚，反而变本加厉地使唤丈夫，并且嫌弃他在事业及夫妻生活上的无能。莫莉因婚姻中的重心不稳而背叛了自己的丈夫，她日渐堕落，被乔伊斯刻画为一个典型的“床上的女人”之形象。与此同时，在莫莉的独白中，她又不断地回忆起布鲁姆的好，想起他们曾经恋爱时的激情与浪漫，感叹道：“喏，他也不比旁的啥人差呀。”[①]由此可见，莫莉本身也是纠结不已的。一方面，她知道丈夫对自己好，也并不比别人差；另一方面，她也因强烈的欲望与贪婪而偷偷背弃他，但最终莫莉还是不愿意彻底与丈夫决裂，从而在婚姻中表现出严重的不稳定性。在象征勤劳能干的格拉夫顿街，布鲁姆看到女人的肥腿而联想到懒惰且纵欲的妻子，这具有强烈的讽刺意味。

综上所述，布鲁姆因内心苦闷而外出游荡，他来到了商品琳琅满目的格拉夫顿街。“grafton”意为“勤劳”，但格拉夫顿街却承载着满街四肢不勤、消遣时光的人们，尤其是那些腿脚很粗、穿着白色长袜的女人们。由此，布鲁姆联想起妻子莫莉恰恰有这些特征，她不仅肢体不勤，而且还重心不稳，身体和婚姻都摇摇欲坠。妻子的堕落与放荡更是让布鲁姆十分难受，这与“格拉夫顿”之内涵形成强烈的反差。作为一个人物范例，莫莉也暗示了当时都柏林很多女人的堕落特点。同时，这段描写也是当时欧洲社会的一个缩影，即物欲横流、声色犬马、纵情声色，一味追求感官刺激与物质享受，整个欧洲乃至整个资本主义世界都深陷人役于物的“精神瘫痪”弊病。因此，乔伊斯的小说具有强烈的警世意义。

（四）不夜城妓院（Bawdyhouse in Nighttown）：精神荒原

《尤利西斯》第十四章的末尾处提到，斯蒂芬打算与朋友林奇一起去不夜城妓院，布鲁姆则因不放心斯蒂芬而悄悄地跟随其后。妓院与不夜城在文中分别为“Bawdyhouse”和“nighttown”。“bawdyhouse”一词为妓院，前半部分“bawdy”意为“下流的，猥亵的”，后半部分“house”的意思是“房子”。

① James Joyce, *Ulysses*, New York: Random House, 1986, pp. 643 - 644.

在小说中，乔伊斯将该词语的首字母大写，改为一个地名专有名词，这不失为一种辛辣的讽刺。至于“nighttown”，其意为“夜市、不夜城”，是人们开始夜生活的地方。这两个地名的意蕴为第十五章的内容埋下了伏笔，并与布鲁姆的内心形成了呼应。

随着布鲁姆不断深入这个淫秽之地，他开始产生各种幻觉，并且他心中的秘密与恐惧也如实地浮现在读者面前。他梦见父母的亡灵对他打招呼，莫莉对他说摩尔语，他的柠檬皂会说话，婚前爱过他的布林夫人与他调情，自己被年轻女孩以淫乱罪告入法庭，等等。如此种种幻想暴露了布鲁姆不为人知、较为下流的阴暗面，就像不夜城一样。通常来说，不夜城的突出特点是白天平静而晚上异常热闹。每当夜幕落下后，所有白天压抑的欲望都将在此狂野之城如洪水般宣泄而出。因此，布鲁姆的淫秽想法也会在不夜城的情欲氛围之刺激下自然流露，即使他所幻想的只是他偶尔想入非非的荒唐事。布鲁姆这种见不得人的想法顺理成章地被呈现在读者面前，可见乔伊斯在情节设置上的巧妙性。布鲁姆跟妻子的夫妻生活不太幸福，他的欲望得不到满足，因此只能压抑于心中或释放于偷窥的快感中。布鲁姆的内心深处也会为自己有这种下流的想法而感到难堪，因此乔伊斯安排他到不夜城妓院去产生幻觉，以表露真实自我，从而在合适的场景下揭露人物不太光彩的精神荒原。

布鲁姆所尾随的斯蒂芬在妓院里也产生了幻觉，他仿佛听到已故的母亲在祈求他回归罗马天主教会，于是便一怒之下砸掉了妓院的枝形吊灯。在不夜城中，各种不安分得到了宣泄；在妓院里，男人对女人的种种不满寻得了发泄的出口。不夜城妓院的气氛为布鲁姆和斯蒂芬的潜意识之显现提供了舞台。无人知晓温和的布鲁姆会有想当国王的野心，也无人注意到斯蒂芬与母亲的宗教信仰分歧并未因母亲的过世而得到丝毫缓和，二者的幻想实践了西格蒙德·弗洛伊德的三重人格理论中的“本我”论述。“本我”依据快乐原则行事，不顾理性和伦理道德限制而发生本能冲动。“本我”长期受到“自我”和“超我”的压制，犹如被关入牢笼的野兽，时刻伺机夺路而出。斯蒂芬和布鲁姆的幻觉就是他们“本我”的自然表达，暗示了他们潜意识里的欲望冲动或是心里过于压抑的事情，强化了当时都柏林人的精神荒原之意象。乔伊斯注重体现个人与自我之间的畸形关系,以及由此产生的悲观情绪、精神创伤、变态心理和虚无意识。他巧妙地采用了“Bawdyhouse & Nighttown”等地名与场景的象征意义,揭示了人物的内心世界。

(五) 拉特兰广场(Rutland Square)与“哄骗”

拉特兰广场是《都柏林人》的《两个风流小伙儿》一文中的重要地名,其英文名是“Rutland Square”。“rut”意为“发情期,性冲动,惯例”,而“rutland”则暗指“承载冲动之地”。在小说中,该地是风流小伙儿科尔利预谋哄骗富家女佣的地方。科尔利借女佣对自己的感情来骗取财物,女佣因为动情而为其偷盗。该地名在小说背景下充分展示了人物的堕落。

在一个周末的黄昏,两个风流小伙儿无所事事,游荡在拉特兰广场。他们谋划着利用女佣对科尔利的爱或性冲动来哄骗女佣为其偷盗之事。这是一场因肉欲而引发的背叛,这种背叛滋生在拉特兰广场。可见,该地名对小说主题有着重要的烘托意义。科尔利诱骗女佣为他偷盗一枚金币并以此为荣,而女佣因为对科尔利的生理欲望而被其诱骗,导致对方阴谋得逞。不管是科尔利还是女佣,他们都陷入了风流堕落的深渊。拉特兰广场的本意为“发情地”,其也喻指“欲望滋生、人性堕落的地方”。乔伊斯选取该地作为故事发生的背景之做法,具有一定的讽刺意义。此外,在爱尔兰的历史上,拉特兰广场也曾是堕落涌动的地方。1971 年,拉特兰的第四任侯爵查理·曼纳斯曾以自己的名字来命名该广场,而他的堕落故事与小说中的风流小伙儿之情节十分相似。查理·曼纳斯十分善于交际,他与巴克斯家族关系亲密,并庇护该家族所犯下的堕落行为。即使巴克斯家族行为不当,查理也依旧庇护他们,从而加入了堕落之流,为拉特兰广场埋下了堕落的伏笔。回到小说中,科尔利唆使女佣偷窃,而女佣配合他行窃,另一个风流小伙儿莱尼汉在此过程中也难逃其责。面对科尔利的恶行,莱尼汉没有因良知而提出异议,他反而像一个竖琴弹奏者一样,在一旁和着曲调、拍着节奏。这既是纵容,也是庇护,因此莱尼汉同样参与了欺骗及利用妇女的罪行。通过对比小说情节与历史背景,读者不难发现,莱尼汉对科尔利的纵容,与查理对巴克斯家族的包庇极为相像。不同的是,查理因为社交情谊而陷入堕落,从而使得曾经以他的名字命名的拉特兰广场蒙上了阴影，而乔伊斯则是以女佣对科尔利的性冲动为切入点，巧妙地利用"拉特兰"的本意，对小说的"堕落"母题进行诠释。另外，"rut"也意味着"惯例，如同车辙一样深刻的事情"。拉特兰广场是小伙子们经常游荡的地方，其目睹了他们一次次预谋罪行的举动，并且见证了史上各种同流合污之堕落。乔伊斯用拉特兰广场作为小说的背景发生地之做法，赋予了该地"堕落沉重"的风气，进一步揭示了小说的"瘫痪"母题。

（六）林森德（Ringsend）："终结"或"衰败"

林森德是《都柏林人》的《偶遇》一文中的地名，其英文为"Ringsend"。该地位于爱尔兰都柏林的南郊，曾在地图上被命名为"Ring's End"，其爱尔兰语为"Rinn-abhann"，意为"潮汐的终点、终结处"。

在《偶遇》中，叙述者小男孩和同伴在去鸽房历险的路上屡遭挫折。他们先是遇到个古怪的老头儿，并因其变态的性暗示而感到不自在，后来又在一艘所谓的挪威船前看异国景象，却什么名堂都没看出来，也没有搜寻到绿眼睛的水手。总之，旅途并不十分顺心。接下来，他们便晃晃悠悠地来到了林森德，即他们所说的肮脏街道。"林森德"在爱尔兰语中意为"潮汐的终点处"，在小说中则暗示着主人公旅途的终结及爱尔兰社会发展的衰败期。就地名本身而言，"Ringsend"即"ring's end"，"ring"的意思是"环状物、圈形"，而到达其末端就等于回到了原点，从而象征着旅程归来或结束。乔伊斯将林森德作为男孩们最后到达的地方，这有着相应的象征意义。从爱尔兰社会的角度来看，19 世纪末的林森德布满了破烂不堪的房屋、荒废的工厂和高度污染的化工厂，是个工业瘫痪、经济衰落、环境遭到严重破坏的地方。林森德的瘫痪状态是当时爱尔兰社会状态的一个缩影，反映了国家的整体低迷状态。当时，工业、经济和环境的三重瘫痪让国家的复兴步履维艰。对于国家而言，发展工业本是为了振兴经济，而那时的工业不景气所造成之负面影响却导致经济发展进入恶性循环，人们可谓苦不堪言。虽然他们努力改变，但是依旧回归到原点，这与"林森德"的本意不谋而合。根据前文的分析，林森德意味着潮落，而林森德的状态也处于潮落期。乔伊斯选用"林森德”作为地名之做法，也有着深刻的寓意。小说中，两个逃学小男孩在探险途中屡屡受挫，好奇而兴奋的心情被慢慢消磨掉了。起初，他们想到达鸽房——那个神秘而充满趣味的地方，但后来，随着失望在旅途中蔓延，他们愈加厌烦眼前所见，不知不觉就走到了林森德——破败不堪且环境污染严重的地方，这是途中没落之地的最典型代表，其瘫痪的氛围也为男孩们旅途的失败埋下了伏笔。后来，天色渐晚，男孩们不得不赶回学校，放弃了鸽房之行，他们的探险之旅因为诸多不顺而以失败告终。由此可见，无论是从小说内容来看，还是从社会现实来看，“林森德”都体现了“瘫痪”母题的内涵。

一个国家如果在政治上不独立，在经济上受制于人，那么其将难以挺起民族脊梁，其民众也将不可避免地在信仰上迷失，在精神上瘫痪。“不在沉默中爆发，就在沉默中消亡。”经过以乔伊斯为代表的无数仁人志士之奋起抗争，饱受磨难的爱尔兰才得以绝境重生。在此过程中，作为锻造民族良知的“工匠”，乔伊斯是功不可没的。

四、作为“死亡”代名词的地名

在乔伊斯的作品中，表达“死亡”的意象不胜枚举。其中，寓意“死亡”的地名也不在少数。乔伊斯所要表达的“死亡”在概念上是宽泛的，不只局限于生命的消亡，还包括希望的破灭、精神的幻灭、生机的消退、国家的衰亡等。这一系列社会现象以各种形态呈现在乔伊斯的笔下，并且在地名上表现得尤为显著，有直接指代，也有间接反讽，如“冥府”“布莱德街”等。因此，将地名和“死亡”母题结合起来研究，对于解读乔伊斯的小说而言具有重要意义。

（一）冥府(Hades)：“现代”都柏林的暗喻

《尤利西斯》的第六章将“Hades”作为标题，这颇具象征性。“Hades”是希伯来词“Sheol”的希腊文译文形式，意为“冥府”，即亡灵的栖息地，表达了“死亡”母题。在第六章中，乔伊斯以此标题为故事情节奠定了死亡基调，并且他通过对都柏林一个普通葬礼的描写，重构了《荷马史诗》中阴森的冥府意象，对应了《奥德赛》第十一卷中的奥德修斯目睹冥府之阴森气氛。根据小说的内容，上午 11 点左右，布鲁姆同朋友一起去乘马车，到墓地去参加帕狄・迪格纳穆的葬礼。在送葬队伍的行进过程中，布鲁姆将都柏林想象成死亡之城。送葬车紧随灵车，穿过了都柏林具有象征意义的四条河流，这四条河流[①]象征着《荷马史诗》所提及的四条冥河[②]。乔伊斯对送葬经历的细致描述，凸显了他将都柏林市当作死人幽灵居所的意图，表达了他对现实社会的失望。在"冥府"中，帕狄・迪格纳穆因酗酒过度而死，这对应了史诗中因醉卧屋顶而摔下致死的厄尔裘落。迪格纳穆的死暗示了百无聊赖的都柏林人像行尸走肉一样，在"冥府"都柏林过着毫无意义的生活。参与葬礼的马丁・坎宁翰对应着希腊神话中的科林斯国王西绪福斯。西绪福斯由于犯欺骗之罪而被罚在冥府做苦力，他必须不断将一块巨石推向山顶。可是，每当西绪福斯将巨石推到山顶时，石头就会滚落下来，他只好再推，如此永无休止。在乔伊斯的笔下，坎宁翰与西绪福斯可谓是殊途同归。坎宁翰之所以同他那位疯婆娘斗来斗去，是因为每当她将家具典当光之后，他就只好凑钱再把家具从当铺赎回来。这一类比同样暗示着，乔伊斯笔下的"现代"都柏林同冥府一样，也是个让人徒劳的场所。可见，生存在这如同冥府般阴森的都柏林，都柏林人的内心也无时无刻不被幽灵缠绕，疲劳痛苦不堪。[③]

《尤利西斯》与《奥德赛》中的冥府既有着相同点，又有着不同点。就不同点而言，奥德修斯的冥府之行可以被视为回家的必要准备，也可以被看作是为未来的新生活接受再教育的过程，体现了冥府对他的实际价值。布鲁姆因害怕回家而在"冥府"游荡，则是因为他不想面对妻子在家中放肆偷情的场面，不能直面婚姻生活的失败与无奈。他对社会现实充满失望，而对都柏林地狱般的感受则反映了其自信心的缺失与希望的幻灭。至于相同点，布鲁姆和奥德修斯的"冥府"之行在表现"死亡"主题的同时，都暗示了生与死的辩证联系。德国哲学家弗里德里希・维尔海姆・尼采（Friedrich Wilhelm Nietzsche，1844—1900）在《悲剧的诞生》中提出，生命仿佛是一只

① 四条河流为多德河、格兰德运河、皇家运河和利菲河。

② 四条冥河为斯提克斯河、阿克戎河、科赛特斯河和匹日勒格淞河。

③ 冯建明：《乔伊斯长篇小说人物塑造》，北京：人民文学出版社，2010 年，第 104 页。

不死鸟，其永恒性存在于个体的毁灭之中。生与死相互依存，是同一个矛盾的两个方面，因此《冥府》一章的"死亡"主题与"新生"主题的重要性相互依托。在持续不断的创造与灭亡中，潜伏着的是永远不变的生命之流。《尤利西斯》与《奥德赛》中的冥府都既描述了生者也刻画了死者，从而在表达个体生命被残酷毁灭的同时，暗示了那隐藏在死亡背后的生命力是永恒不朽的。

（二）格拉斯奈文公墓(Glasnevin Cemetery)：泯灭

在《冥府》一章中，乔伊斯提到了格拉斯奈文公墓。该公墓是人们安葬帕狄·迪格纳穆的墓地，其英文原文是"Glasnevin Cemetery"。在爱尔兰语中，"Glasnevin"意为"婴儿流"，代表着不断涌现的新生命，而其在《尤利西斯》中却被用来为墓地命名，这体现了生与死的冲突，暗含了强烈的讽刺意义。历史上，爱尔兰的刑法曾明令禁止在公共场所举行天主教仪式，但天主教在都柏林又没有自己的墓地，所以其只能被迫到新教徒的墓地举行简短的仪式。1824 年，奥康内尔赢得了这场法律之战。1832 年，第一场天主教葬礼在格拉斯奈文举行。[①] 表面上看，这只是一场不同教派的宗教纷争，天主教徒通过发起运动在安葬场所方面取得了一席之地，从而使格拉斯奈文公墓成为天主教徒寄托灵魂、实现生死轮回之地，象征着重生的希望。但是，实际上，这件事却暗示了宗教信仰的幻灭及人们精神灵魂的死亡。一方面，天主教与新教争夺墓地使用权，为死亡之事争斗，这仿佛黑色幽默，显得极为讽刺；另一方面，墓地之争暗示了迂腐无情的天主教已迈向亡灵栖息地，即人们身体的消亡同时伴随着精神的泯灭。在小说中，乔伊斯用了大量篇幅隐晦地指出了大英帝国对爱尔兰领土的篡夺及对爱尔兰人民认知的殖民。在长期的英国殖民统治下，爱尔兰人民都希望爱尔兰天主教会能够在反抗英国殖民统治的过程中发挥中流砥柱的作用，至少其能够成为爱尔兰人民精神信仰方面的支柱。然而，恰恰相反，天主教会反过来成为了英国统治爱尔兰长达几百年的帮凶。在长期的天主教会压迫和殖民统治下，爱尔兰人民逐渐变得麻木不仁，他们丧失了抗争英国殖民统治的斗志。这种情

① [美]约翰·唐麦迪：《都柏林文学地图》，白玉杰、豆红丽译，上海：上海交通大学出版社，2011 年，第 163 页。

形让乔伊斯深感痛心，他认为都柏林经历着一场严重的精神瘫痪。[1]

除了历史背景外，小说的内容也与格拉斯奈文墓地息息相关，其围绕"死亡"主题展开叙述，尤其是葬礼参与者的闲谈更是涉及了天主教桎梏的精神信念。布鲁姆与马丁·坎宁翰、鲍尔先生及西蒙·迪达勒斯一同前行，但话题并不十分和谐。除了布鲁姆之外，他们一行人都是虔诚的天主教徒，思想被天主教条牢牢地束缚住。针对即将下葬的迪格纳穆，大家颇有微词。根据天主教教义，迪格纳穆是醉酒而死，死亡之前精神恍惚，所以他无法受到天主教徒生命终结时的死亡礼遇，其来生的灵魂境遇也将受到影响。然而，对于布鲁姆这个非天主教徒来说，迪格纳穆却是十分幸运的，因为他在昏迷中告别了人世，并没有经历死亡的痛苦。但是，这与天主教徒们的看法是格格不入的。后来，众人又提到了有关自杀的话题。作为天主教徒，鲍尔认为自杀的人将会永远受到诅咒，他忽视了布鲁姆的父亲就是自杀而死的事实。布鲁姆对天主教的观点无法苟同。作为一个非天主教徒，一个旁观者，布鲁姆就像一面镜子，映射出了天主教徒们的愚昧与僵化，暗示了他们在教条的捆绑下，对生命充满怯懦，在为人生画下条条框框时却忽略了生命的本真，失去了抗争的勇气，从而使得精神严重瘫痪，渐渐失去了为爱尔兰的民族独立事业拼搏之斗志。

因此，格拉斯奈文墓地虽在字面上饱含生气，但其在乔伊斯笔下却代表着死亡，并象征着天主教统治下的爱尔兰人之精神瘫痪与泯灭。

（三）布莱德街(Bride Street)：窒息

《尤利西斯》的第三章描述了斯蒂芬在海滩时的哲理性思考，涉及了斯蒂芬变幻莫测的思维历程，并且提及了一些现实中的场景。例如，斯蒂芬在步行中遇到了住在布莱德街的、年迈的中年寡妇麦凯布夫人，并认为她是一个助产士。布莱德街的英文是"Bride Street"，按照字面意义翻译应为"新娘街"，而新娘是即将孕育新生命的载体。乔伊斯将麦凯布夫人安排在布莱德(新娘)街生活，这是一种强烈的黑色幽默——名为生，实为死，名不副实。

① 吴庆军：《城市书写视野下的乔伊斯小说解读》，载《广西社会科学》，2013 年第 1 期，第 127 页。

另外，麦凯布夫人和女同伴提着两个黑色的袋子从斯蒂芬身边走过时，斯蒂芬断定这两个黑袋子里装的应该是从医院里带出的流产胎儿。这一揣测颇具讽刺性，其与麦凯布夫人的寡妇身份形成鲜明的对照。麦凯布夫人身世可怜，是老年遗孀，她已经不具备孕育生命的能力了，是绝育的象征者。

一方面，布莱德街（新娘街）既是真实的爱尔兰地名，又属于虚拟意境，在表达形式上与斯蒂芬的哲学思绪是相符的。在沙滩上漫步时，斯蒂芬一直在思索着什么是真的，什么是仅能被感知的。他思考着能指与所指，以及人类感觉的相互联系。同时，斯蒂芬也倾向于将思绪嵌入周围的真实环境中，进而展开幻想。因此，斯蒂芬就会不由地从麦凯布夫人联想到她的居住地与她的处境，并进一步认为她是助产士，从而猜测她和同伴拎的袋子里是堕胎残留物。这一系列联想与臆测相互联系又富于变化，给读者真假难分的感觉。从内容上看，正如文中所述，“Mrs Florence MacCabe, relict of the late Patk MacCabe, deeply lamented, of Bride Street”（布赖德街那位受到深切哀悼的已故帕特里克・麦凯布的遗孀，弗萝伦丝・麦凯布太太）。作为希望的载体，麦凯布夫人居住的布莱德街却见证着她的寡妇伤痛及无子之憾。乔伊斯用“新娘街”作为地名是反其意而行之，他用反衬及黑色幽默的表现手法展示了由绝望蔓生的“死亡”母题。

另一方面，“Bride Street”意为“新娘街”，即女人婚后新生活的起始站，而其在小说的意境下却成为麦凯布夫人的希望乃至幸福之坟墓。在第三章中，乔伊斯一反正常的语法与句法结构，采用意识流的叙事技巧来记录斯蒂芬的意识变换，从而增大了读者的阅读难度，也让人们难以区分什么是斯蒂芬所想，什么是他周围真实存在的场景。例如，当斯蒂芬身边的狗“泰特斯”在沙滩里挖沙坑时，他便想起了狐狸刨坑葬祖母的故事，认为泰特斯和狐狸应该做着同样的事情。又如，在遇到麦凯布夫人时，斯蒂芬想起了她居住在“Bride Street”，进而猜测起她的一系列悲惨经历。因此，从某种角度来说，“Bride Street”是曾经的新娘麦凯布为自己挖掘的婚姻坟墓，其埋葬了幸福，使她的生活陷入了死寂，从而暗示了“窒息”主题。

(四) 利穆街(Lime Street):绝望

《尤利西斯》第五章的开头对利穆街上的几个贫苦儿童进行了细致刻画,从侧面体现出利穆街死气沉沉的氛围。在小说中,为避开早晨码头上的噪音,布鲁姆取道利穆街。利穆街的英文为“Lime Street”,“lime”是“石灰、酸橙、青黄色”的意思。石灰是干燥的灰状物,没有生机,形同死灰。作“青黄色、酸橙”解时,“lime”则主要指代较为青涩的、尚未成熟的事物。乔伊斯采用利穆街这一地名,并赋予该街道及街道上的人们与地名含义相称的场景,旨在揭示小说的“死亡”母题。

根据文本,布鲁姆看到利穆街上有一个挎着篮子的拾破烂少年在闲荡,这个少年嘴里还吸着人家嚼剩下的烟头。比他年纪小、额上留有湿疹疤痕的女孩朝他望着,懒洋洋地攥着个压扁了的桶箍。布鲁姆本打算提醒少年吸烟就会长不高了,但他犹豫了一下就放弃了,想着反正他以后享受不了荣华富贵。少年在酒店门口等父亲,劝父亲回家,不要再酗酒了。这一幕死气沉沉,在第五章的开头一闪而过,篇幅很小,但是其却为该章节奠定了灰色基调,让人替少年们的黯淡生活感到惋惜,为爱尔兰民族的未来感到绝望。利穆街的孩子们正如“lime”所表达的含义一样,是青涩的、身心尚未发展成熟的,但他们饱经生活的风霜,承受了这个年纪不应经历的生活痛苦,过着死气沉沉的、死灰(lime)一般的日子。两个少年跟利穆街的地名所表达的含义一样没有生机,这暗示了人们的精神死亡,甚至连祖国的希望——青少年们也开始枯萎衰败了。

本章的“死亡”主题也十分清晰。时光就是生命,少年不在校园学习,而在街上捡破烂,虚度光阴,此行为无异于慢性自杀。少年嘴里嚼着的烟头,不仅是被别人丢弃的残渣,更象征着侵蚀人们身心的事物,或是让人没有盼头的世道,或是麻痹人思想的教义,抑或是消磨时光的空虚感。一旁的女孩子年纪更小,额头上有湿疤,精神状态是懒洋洋的,就连攥在手里的桶箍也是被压扁了的。压扁了的桶箍也象征着被生活压扁了的小女孩,她没有喘息的余地。两个孩子小小年纪就苟延残喘,过着看不到希望的生活,疲惫且麻木,这反映出很多爱尔兰贫苦孩子的无望处境。

另外,“lime”一词形似“limp”,意为“软弱或跛行”,在一定程度上隐喻了布鲁姆的软弱与残缺。布鲁姆的儿子鲁迪幼年夭折,这件事对他刺激很大,从而使得他在夫妻生活中越来越无力甚至有些逃避。布鲁姆的英文名“Bloom”意为“鲜花盛开”,比喻生机盎然。因此,布鲁姆本应是希望的使者,但是当他来到利穆街之后,对没有朝气的孩子们却欲劝告而犹豫,并最终消极地认为他们没有美好的未来,从而作罢。因此,布鲁姆的态度体现了他软弱无力的同情心,而这与其名字的寓意并不相称,具有强烈的讽刺意味。第五章的结尾处也有点题,即“the limp father of thousands, a languid floating flower”(围绕着千万后代的软塌塌的父亲——一朵凋零的漂浮着的花)。“father”和“flower”都具备生殖潜力,但也呈现“limp”(残疾)和“languid”(慵懒)的状态,毫无生机可言。值得一提的是,布鲁姆既不堪回首于父亲的自杀,又怯于面对幼子鲁迪的夭折,这些都暗示了“limp”的软弱残缺之意义。因此,章节末的“limp”不仅形似“lime”,而且在寓意上还与章节开头的“lime”相照应。

总之,“利穆街”这一地名具有丰富的寓意,即没有生命力、绝望、软弱而无能,其隐晦地表达了“死亡”主题。

(五) 北里奇蒙街(North Richmond Street):幻灭

《尤利西斯》的第十三章、第十七章等处及《都柏林人》的《阿拉比》中曾多次提及北里奇蒙街,其英文是“North Richmond Street”。“Richmond”源于法语词汇“Richemont”,其是个法国地名。“Riche”是暴发户的意思,“mont”是“mountain”的词根,意为“山峰”,因此我们根据“Richmond”的词源就可以推测出该词象征着富饶之地、人们向往的乐土。然而,乔伊斯却恰恰反其道而行之,他用“Richmond”来表达幻想破灭之地。

首先,《尤利西斯》的第十三章介绍了住在北里奇蒙街上的格蒂·麦克道维尔和西茜·卡弗里,这两个人物对该地名的寓意之彰显起着一定的衬托作用。就格蒂而言,她跟男友分手,心情十分沮丧,一边玩耍还一边忧思,看着能否找到一个愿意娶她的男人。当注意到布鲁姆在远处偷窥她后,格蒂并没有及时保护自己不被偷看,而是有些同情他,她通过布鲁姆脸上的疲衾和沧桑判定他是自己见过的最悲伤的男人。伴着所谓的"同情""恩赐"等心理,格蒂伺机暴露出自己的内裤给布鲁姆看,作为对他"欣赏"自己的回报,而这一点恰恰暴露了格蒂的虚荣心和自欺欺人的幻想。实际上,布鲁姆并不欣赏她,只是出于生理冲动进行猥琐的自慰行为,以安抚自己因妻子红杏出墙而受伤的心。后来,当布鲁姆发现格蒂竟然是瘸子的时候,鄙夷之情瞬间流露出来,可见格蒂的幻想只是幻想而已,经不起现实的考验。

至于西茜,她后来成为了莫莉的影子。当布鲁姆尾随斯蒂芬走入不夜城后,他进入了长时间的幻想中。虽然和西茜只有一面之缘,但是布鲁姆一直幻想西茜在唱歌,西茜唱着"把鸭腿给了莫莉,让她撮到肚皮里"。这个幻想与之前布鲁姆遇见西茜的场景是有关联的,当时西茜带着一对双胞胎弟弟和一个年纪更小的孩子,布鲁姆远远看去,觉得西茜是个多子的女人。他并不了解西茜,所以很容易发生这样的误解,因而在潜意识里,他渴望着西茜能把这样的好运传给莫莉,好为自己延续血脉,以弥补自己的丧子之痛。但是,这只是幻想,当布鲁姆从幻觉中清醒后,他面对的只有赤裸裸的、无法改变的现实。

其次,《尤利西斯》的第十七章也出现了"北里奇蒙街"这一地名。在持续的劝说下,斯蒂芬和布鲁姆一起回了家。当布鲁姆单膝着地为他生火时,斯蒂芬的脑袋里出现很多类似的幻影,其中就有母亲玛丽为他生火的情景。虽然此时的他已经来到了精神之父布鲁姆的家中,但是他的幻象中依然有自己的生父和生母,尤其是母亲在北里奇蒙街 12 号单膝跪地为自己生火的画面。乔伊斯在文中特别强调了斯蒂芬的母亲在北里奇蒙街 12 号,这是有意要将斯蒂芬思念母亲的幻象联系在一起,从而暗示了他幻想的破灭。然而,斯蒂芬的母亲早已去世,他的幻想于事无补。斯蒂芬对母亲的思念只能藏在心中,即使偶尔出现在幻想中,也是稍纵即逝。

与此相似,小说《阿拉比》的故事情节也是围绕着北里奇蒙街(Richmond Street)展开的。根据"Richmond"的词源,我们可以推测出该词象征着富饶之地、人们幻想前往的地方。在《阿拉比》中,对北里奇蒙街的描述与街名本身的含义截然相反。在《阿拉比》的开头,乔伊斯就对北里奇蒙街做了如下的渲染性描述:"北里奇蒙大街是一条死胡同。因此,每天在天主教弟兄会教会学校放学以前,它总是静悄悄的。胡同的尽头有一栋无人居住的两层楼房,它与坐落在一块四方形的场地上的其他房屋毫不相连。街上的其他房屋呈棕褐色,也许是意识到里面居住的都是些体面人家,它们便相互冷眼地对视着。"[①]由原文可见,北里奇蒙街颜色灰暗,是死胡同,总是静悄悄的。所谓死胡同,就是只有一个出入口的胡同,常用来比喻绝境、绝路,是希望的不毛之地。在乔伊斯笔下,这个北里奇蒙街不仅是死胡同,而且灰暗寂静,被笼罩在一片昏暗中。这种表述既是对街道环境的刻画,又是对人们居住环境的烘托。既然此地生机匮乏,那么生活在此地的人们在精神上也就萎靡不振。例如,天主教兄弟教会学校放学之后,该街才喧嚣热闹起来。这正是对街上人们精神状况的反映。街道在放学之前是寂寥的,放学之后才热闹起来,可见正是天主教的学徒们为街道带来了热闹气氛,从而一改往日的寂寥之景。这暗示了北里奇蒙街的人们在精神上对天主教的依赖性。然而,事实上,对于当时的爱尔兰人来说,天主教并不是可靠的精神支柱,而是让他们麻木不仁的"精神鸦片"。人们虚假地祷告,习惯性地参与空洞的仪式——按时做礼拜、机械地遵循教义,他们只是在麻木中寻求自我满足罢了。人们信仰天主教,并将祖国独立复兴之望寄托在其身上。一方面,他们并非虔诚的教徒,而是精神麻木的伪信徒;另一方面,当时的爱尔兰天主教会并非爱尔兰的救世主,其只是表面上打着帮助爱尔兰独立的幌子,以获取爱尔兰人民的信任,实质上却是英国殖民统治者的帮凶。在这种情况下,人们希望国家独立富强的愿望只是濒临破灭的幻想。此外,"胡同尽头的两层楼房与其他房子冷漠相对"。房子是实物,不能冷漠相对,只能是街上的人们冷漠无情地对待彼此,这体现了北里奇蒙街的人们缺乏人情味的生活状态。以上各种刻画表明,《阿拉比》中的北里奇蒙街是缺乏希望与人情味的地方,街上的人们也处于精神麻木的空洞状态。因此,"北里奇蒙街"这一地名暗示了人们的希望和生机之破灭。

综上所述,北里奇蒙街的地名含义与故事的人物情节息息相关,发挥着

① [爱尔兰]詹姆斯·乔伊斯:《都柏林人》,林六辰译,武汉:武汉大学出版社,2014年,第25页。

巧妙的衬托作用，对揭示“幻灭”主题具有重要意义。对于故事中的人来说，连幻想都被戳破了，那么希望就更是被埋葬在沉寂的死亡中了。

(六) 斯托尼巴特(Stoney Batter)：死气沉沉

斯托尼巴特是《都柏林人》的压轴篇《死者》中出现的地名，是主人公莫肯一家起初居住的地方。该地名的英文是“Stoney Batter”。其中，“stoney”意为“坚硬如石的”，暗指坚硬无柔性的冰凉；“batter”意为“倾斜”，象征着摇摇欲坠。因此，“Stoney Batter”的本意为“冰冷生硬、没有温度且不稳定”。莫肯一家居住在此，家庭关系的凄凉与生活环境的凄凉相互映衬，渲染出死气沉沉的氛围。家中的茱莉亚姨妈(Aunt Julia)“头发灰白，下垂之耳廓上端，同样灰白的还有她那张肌肉松弛、黑斑点缀的大脸盘。虽然看上去富态，腰板挺直，但她那双迟钝的眼睛和绽开的双唇让人觉得她并不知道自己身在何处或意欲何方”，尽显迷茫无望。凯特姨妈(Aunt Kate)“那张脸虽说比起妹妹的要健康一些，但也布满了皱纹和褶子，像是一个干瘪的红苹果”，她缺乏生机与活力，其细胞的衰亡伴随着生命的流逝。作为维系“三口之家”的主力，玛丽·简一直陪同两位老夫人生活在这个阴森凄凉的“人间炼狱”。凄凉孤寂的生活环境吞噬了她的激情，也磨掉了她追求爱情和自由的勇气。她虽为音乐教师，但在演奏乐曲时，也只是机械地运用演奏技巧，丝毫没有个人情感。没有激情与希冀滋润的她，就如同行尸走肉一般。家庭环境缺乏生气，家人们都尽显老态，不再有生活的激情，整个家都笼罩在死气中。这个家没有生活的热情，没有温度，更没有希望，每个人在迷茫中徘徊，表面上坚固牢靠，实际上却摇摇欲坠。乔伊斯选用“Stoney Batter”作为莫肯一家的居住地，旨在生动展现该家庭死气沉沉的现实环境与精神状况，从而烘托出“看似有家，其实无家”的氛围，表达了小说的“死亡”母题。

本节从精神、生命、希望等诸多方面解析了乔伊斯小说中的“死亡”母题，表现出他对祖国当时境况的绝望。乔伊斯的绝望不是绝对的，尽管情况不容乐观，但是他仍在心中抱有一丝希望。在字里行间，乔伊斯既淋漓尽致地呈现了毁灭的残酷，又隐隐约约地暗示了死亡背后的生命力是永恒不朽的。

五、作为“流亡”代名词的地名

乔伊斯一生的大多数时间都在国外流亡，他的流亡经历给了他创作的灵感。在乔伊斯笔下，布鲁姆一整天的漫步踪迹是《尤利西斯》的主线。布鲁姆遇到的人（如斯蒂芬）是离家出走（即流亡）的；布鲁姆所见的被丢在水中的、有信仰标记的纸条，也是漂流在水上的。同样，在乔伊斯笔下，《都柏林人》中渴望去鸽房玩耍的孩子是流浪在外的，身在婚姻中、心在婚姻外的格莉塔也同样是流亡在婚姻围城外的。因此，“流亡”是乔伊斯作品中很值得研究的重要母题。

（一）利菲河（River Liffey）：强化“漂泊”或“流浪”的意象

利菲河也称为“安娜·利菲”[①]，其流经都柏林中心，贯穿东西，将城市分为南北两部分。利菲河哺育了一代代爱尔兰人，是爱尔兰的母亲河。作为《尤利西斯》的重要景观，利菲河出现在许多故事中，是乔伊斯作品中重要的地名研究对象。“River Liffey”为爱尔兰语，与“river of life”同义，意为“生命之河”。[②] 利菲河象征着生命的延续，然而其在小说中却体现了“流亡”的主题。

在布鲁姆去利菲河的路上，一个神色忧郁的基督教青年会小伙子将一张题为《先知以利亚就要降临》的传单塞到布鲁姆手里。布鲁姆随即将这张传单扔进利菲河，让这个纸团随波逐流。这张纸是流浪的主体，利菲河是纸条流浪的载体。纸条上印有“先知以利亚就要降临”，目的是用来宣传教化都柏林人，其代表了上帝的救赎。利菲河对纸条的洗涤，既象征着其基督教化功能的消亡，又暗指放弃基督信仰而四处游荡的布鲁姆。布鲁姆是犹太人，曾信仰基督，但现在他已还俗，不再是基督徒了。这张纸在利菲河上的漂流轨迹与布鲁姆在都柏林的游荡路线平行对照，构成互文。在布鲁姆扔

① “安娜·利菲”（Anna Liffey）是利菲河的别称。

② River Liffey. Britannic academic. ［EB/OL］http://academic.eb.com/EBchecked/topic/340343/River-Liffey, 2016.

下纸团的一小时后[1],“一叶小舟——揉成一团的‘以利亚来了’,浮在利菲河上,顺流而下。穿过环道桥,冲出桥墩周围翻滚的激流,绕过船身和锚链,从海关旧船坞与乔治码头之间向东漂去”[2]。利菲河杂草丛生、障碍重重,因此漂流的纸团遭遇了很多被丢入河里的饭团、垃圾等阻拦物,时而处于停滞状态。布鲁姆往南走去吃饭,途中遇到老情人乔西·布林——她也是他丢弃的,和纸团一样。昔日衣着讲究的乔西,如今却已然是衣衫褴褛、流浪街头。这个昔日被丢掉、现在流浪着的人,某种意义上给“流浪者”布鲁姆以警告,即流亡者的下场是悲惨的,因此他必须争取妻子莫莉的谅解。

另外,布鲁姆本可以随意处理这张纸条(如弃之于垃圾桶),但乔伊斯却安排他将纸条丢入利菲河,并花了很多篇幅去记录纸条在利菲河的种种遭遇,或顺流而下,或短暂停滞,或穿过障碍继续前行。这些情节并非偶然,而是有着特别的意义。上文已经提到过,利菲河是母亲河,富有生命力,奔腾不息,但其中不乏弃物和废纸团。同时,爱尔兰的心脏都柏林本应是文化和文明的载体,但那时却散发着精神腐化的恶臭。生活在这里的人们迷茫堕落,甚至陷入信仰危机,在无助绝望中游荡。由此可见,被污染的利菲河也暗指丧失信仰的、流浪中的都柏林人。不过,流浪只是暂时的,利菲河中漂流的纸条在洗尽铅华后变为一张普通的纸,并继续飘荡历险,最终归入大海,从而获得一个新的归属。同样,布鲁姆也在流浪后再获新生。他在接下来的漫游中遇到一个盲人——被歧视、被边缘化的弃儿,这个盲人虽然视觉缺失,但是听觉和嗅觉却变得更加灵敏,他由此成为了一名钢琴师。因此,布鲁姆深有感触道:“他们的嗅觉也一定更灵敏。”[3]所以,缺失在某种意义上也是弥补——上帝不会将一个人逼上绝路,而是总会给他生存的可能。作为一个“被丢弃的流亡者”,布鲁姆也不是没有收获的。正是由于饱受流浪之苦,布鲁姆才更加深入地反思了自我,从而更加清晰地认识了自己,也更加坚定了稳固家庭的想法——愿意付诸努力使岌岌可危的婚姻获得重生。

流浪的又何止故事中的人物,小说的作者乔伊斯也是这样一个流亡者。

① 参见《尤利西斯》第十章。

② [爱尔兰]詹姆斯·乔伊斯:《尤利西斯》,萧乾、文洁若译,南京:译林出版社,2001年,第424页。

③ [爱尔兰]詹姆斯·乔伊斯:《尤利西斯》,萧乾、文洁若译,南京:译林出版社,2001年,第429页。

作为被都柏林遗弃的有志青年，乔伊斯不甘沉沦，也不愿与腐化的思想同流合污，因此他选择远赴艺术之都巴黎，继续从事自己的创作事业。然而，这样的一种身份所带来的漂泊之感，并不是故作高傲就能消除的，所以在历经流亡之后，乔伊斯仍然选择回到了爱尔兰，回到了母亲河利菲河畔，回到了流亡的起点。1912 年，乔伊斯最后一次离开都柏林后，再未踏上爱尔兰岛。但是，"人在异乡，心怀故土"，爱尔兰在乔伊斯的作品中被重塑，并在世界文学的百花园中大放异彩。

（二）钥匙议院（House of Keys）："所有权"

在《尤利西斯》的第七章中，亚历山大·凯斯开的店叫作"House of Keys"，意为"钥匙议院"，其标志由两把十字交叉的钥匙构成。在店名中，"keys"一词的谐音为"keyes"，是店主亚历山大·凯斯的名字。"key"不仅可译为"钥匙"，代表了所有权，还可以译为"重要的人或事"，这两个意思都为凸显"流亡"母题埋下了伏笔。

首先，"key"译为"关键（重要）的人或事"时，恰好讽刺了犹太裔的布鲁姆被忽略、愚弄、边缘化之处境。小说中，他为钥匙议院做的广告本来已接近尾声，却被意大利上司要求修改内容及时长。即便他提出问题，对方也不予理会。辛勤的努力化为乌有，繁琐的工作又要重头开始，这使得布鲁姆十分沮丧。如此境遇，不禁让人联想到《奥德赛》里的情节——为协助奥德修斯顺利回家，风神埃俄罗斯用袋子将奥德修斯归家航道上的所有风都装了起来，并叮嘱他千万不能打开袋子。就在快要到达家乡时，奥德修斯的一些贪婪的同伴却认为袋子里藏着宝藏并打开风袋，从而导致狂风大作，船迷失了方向，返家之行又得从头再来。两个故事的相似之处不仅在于布鲁姆和奥德修斯都功亏一篑，还在于二者都处于流亡的道路上。奥德修斯是背井离乡，在海上流浪，而布鲁姆虽身处闹市之中，却也流浪在社会的边缘。不同的是，布鲁姆在工作上的遭遇并不是由于贪婪所致，而是因为他犹太裔的身份。在乔伊斯生活的年代里，犹太人多为爱尔兰民众所排挤，社会地位低下，并因而形成了逆来顺受的性格，布鲁姆就是其中的代表。布鲁姆不仅在工作上被意大利籍的上司愚弄和摆布，没有丝毫的话语权，而且还经常被同事们戏弄。布鲁姆被边缘化的处境也暗示着，犹太裔如同流浪者一般，游离在当时爱尔兰社会的边缘。

此外，“key”译为本意“钥匙”时，更加具象地暗示了布鲁姆因没带钥匙而流浪在外的主题。在准备早餐时，布鲁姆看到了博伊兰写给妻子的情书，但是他没有大发雷霆，而是将书信递给妻子，并且未带家门钥匙就离开。天性懦弱的布鲁姆在家庭生活中也扮演着“无钥匙”(keyless)的角色，他并没有主动捍卫作为丈夫的重要地位，反而“放弃”了对家的“所有权”，即“弃权”。他只好不带钥匙，独自在外漂泊。但是，逃避并不能解决问题。即便布鲁姆不想面对家庭的钥匙问题，也不得不面对工作上的钥匙问题。事实上，“House of Keys”的广告项目对布鲁姆的打击是蕴藏深刻含义的。首先，布鲁姆的工作负担加重，项目由接近尾声变为重头再来；其次，身为一个无钥匙(keyless)的人，他却要继续被钥匙议院的广告项目困扰，还要去国家图书馆仔细寻找交叉钥匙的图案；最后，“House of Keys”不仅指代凯斯的店或钥匙议院，还可以理解为内置钥匙的房子。从这个角度看，钥匙议院象征着布鲁姆的家——那所他故意丢掉钥匙的房子。布鲁姆排斥现在的家，他不愿带着家门钥匙，但又无奈地去图书馆搜寻合适的钥匙图案。这个情节暗含着强烈的讽刺意义，也暗示着布鲁姆对失败婚姻的逃避是徒劳的——在流浪的过程中，他还是得面对问题，并努力找到解决生活问题的办法，从而摆脱流亡的命运。

（三）塞尔兰(Sireland)：怀疑、危险、寻父

“塞尔兰”(Sireland)是斯蒂芬虚构的地名。在《尤利西斯》的第九章中，斯蒂芬将“Ireland”理解为“Sireland”，并认为如果自己继续待在爱尔兰，将会被漩涡般的爱尔兰吞没下去，从而暗示了爱尔兰不是实现人生追求的沃土。“Sire”(也可视为“Siren”的变体，暗示爱尔兰是一座诱惑并且吞噬人的生命力和希望的妖魔化岛屿)意为“父亲或祖先”，“Sireland”相当于“Fatherland”(祖国或故土)。塞尔兰的英文“Sireland”可以拆作两部分来理解，即“S”和“Ireland”，后者指爱尔兰，而前者“S”则巧妙地暗含了双关含义，其既暗指“skepticism”(怀疑)，又暗指“Scylla”(斯库拉)。

首先，英文原文中的“S”暗指“skepticism”（怀疑），即整个地名暗示着斯蒂芬对祖国产生怀疑，想要逃离。根据爱尔兰当时的社会背景，英国曾篡夺过爱尔兰的领土，并在此留下了很多殖民痕迹。在爱尔兰的主权被侵犯的那段历史时间内，天主教是支持爱尔兰民族的独立解放的，因此其深得爱尔兰民心，被爱尔兰信徒们视为救世主。但是，天主教保守腐败，极力奉行教条主义，从而成为青年艺术家们施展才华的桎梏。斯蒂芬曾出国深造，以寻求发展，但因母亲病危而回国。母亲在弥留之际仍逼迫斯蒂芬皈依天主教，但他坚持内心的想法，拒绝了母亲的乞求。之后，斯蒂芬在国内的发展并不顺利，他不仅进了一所风气不佳的学校，而且自己的言论也并没有得到认可。迫于这种精神上的压迫，斯蒂芬虽回到祖国，却深感窒息，因而怀念起以前在欧洲的流亡生活及当时的朋友。斯蒂芬对朋友和流亡的留恋暗示了他对放弃流亡的否定态度。

其次，英文原文中的“S”暗指“Scylla”（斯库拉），即《奥德赛》中危险的六头怪，其对应着《尤利西斯》中斯蒂芬弃而远之的室友马利根。马利根是斯蒂芬离开马尔泰洛塔的直接原因。据斯蒂芬所说，马利根是个有危害的人（a pernicious influence）。在以往与马利根的相处过程中，斯蒂芬认识到他亵渎神明、愤世嫉俗。马利根也经常傲慢地嘲讽斯蒂芬，对他很不友好，以至于斯蒂芬放弃自己租住的房子，逃避马利根。在国家图书馆，二者再次相遇，马利根一如既往地恶言相向、言辞刻薄，这使得斯蒂芬忍不住感叹道：“我的意愿：我面对的是他的意愿。中间是海。”以海相隔，足见两人水火难容。这个情节也再次点题，强调了流亡的无奈与痛苦。

最后，“塞尔兰”（Sireland）这个地名的整体含义是“祖国”，“sire”为父亲之意，这也蕴含了斯蒂芬流亡寻父的意旨。斯蒂芬所寻找的父亲并不是其亲生父亲，而是精神上的父亲，即后文所说的布鲁姆。斯蒂芬曾希望能拜访灰色眼眸的雅典娜女神，这与神话故事中的忒勒马科斯在寻父前经受雅典娜之指点是有相似之处的。对于忒勒马科斯来说，寻父的过程也是流亡的过程，而对于斯蒂芬来说也是一样的。不同的是，斯蒂芬对寻父之事是模棱两可的，他既渴望精神上的父亲，又与父爱保持距离，呼吁孩子们“free from the sireland”（远离父亲的土壤）。这样看来，斯蒂芬的寻父实质上更是一种精神的流亡和漂泊，这种若即若离的寻父心理反映了斯蒂芬的敏感与怀疑之性格。这是一种在非人社会环境下的艺术家之异化现象，如同《艺术家年轻时的写照》中的描述，斯蒂芬等艺术家们选择了另一种抗争非人社会的手段——文学、流亡和谋略。乔伊斯对塑造了自身的经历进行了再创造，因此他的小说也是现代社会艺术家们的成长史和抗争史。

(四) 鸽房(Pigeon House)：冒险

鸽房是《都柏林人》的《偶遇》篇中出现的地名，英文为“Pigeon House”，指代鸽子的栖息地。在英语典故中，鸽子有自由、和平、温驯、信使等寓意。在小说中，鸽房承载了男孩们的自由梦想。《偶遇》篇的故事源自乔伊斯的一次真实而深刻的人生体验。在自身体验的基础上，乔伊斯讲述了小男孩追求自由却偶遇波折的冒险之旅。乔伊斯用“鸽房”作为地名之做法，揭示了小说的“流亡”母题。

在《偶遇》中，虽然小男孩不再打算去蛮荒西部冒险了，但是他仍渴望去校外自由地转转。趁学校纪律松弛，小男孩和同伴们踏上了鸽房之旅。“鸽房位于都柏林湾的南面，最初是为了海上旅行而建立的瞭望塔，后来慢慢成为一家著名的宾馆，最后由政府出资重建成为一家杂志基地。”[①]鸽房历史悠久，对孩子们有着极大的诱惑。对于他们来说，去鸽房不仅可以感受各种好玩而刺激的事情，而且还可以尽情享受自由自在的时光。对于他们而言，鸽房无异于自由的圣地，这是地名的巧妙双关。为了获取自由，男孩子们逃课去玩耍，这种自我流放本应是愉快的，但是这场冒险后来因为种种原因而以失败告终。虽然男孩子们渴望逃避学校的清规戒律，但是生活的常规是不可避免的，他们还是要忍受路途的单调和乏味。意外的是，他们居然和一个令人害怕的老头待了痛苦的一下午。当时，这种尴尬且令人不安的碰面在都柏林的现实生活中非常典型，在孩子们的少年时期也很常见。[②]

由此，乔伊斯暗示，(对自由的)想象可以掩盖生活经历，却不能使之消

① 杨阳：《游荡者和他的城市——《都柏林人》中的生活模式探析》，载《文学自由谈》，2012年第3期，第8页。

② [爱尔兰]詹姆斯·乔伊斯：《都柏林人》，张冰梅译，天津：天津科技翻译出版公司，2008年，第80页。

失。[①] 想象自由却不能彻底获得自由，桎梏不可能完全消失。鸽房象征自由，但也不是绝对自由，它既是鸽子的栖息地，又是禁锢鸽子的地方。因此，乔伊斯选鸽房作为男孩的目的地之做法有着深刻的寓意。虽然孩子们前往鸽房是寻求自由历险，但是他们同时也是戴着“生活常规”的镣铐在出逃，是因难忍学校纪律之束缚而被迫逃出学校的自我流放。然而，路上遇到的尴尬之人和事耽搁了他们的行程，从而导致了“自由之旅”的失败。

这次尴尬而略带惊悚的旅程，是乔伊斯成长历程中的一次重要顿悟，他意识到，自由虽美好，但在追寻自由的路上势必障碍重重。这次经历也定下了乔伊斯后期的流亡生涯之基调。难而为之，方显可贵。乔伊斯将其毕生的精力奉献于艺术创作，从而体现了一个艺术家的良知和勇气。

（五）芒克斯敦(Monkstown)和修女岛(Nuns' Island)：隔离

芒克斯敦和修女岛是《都柏林人》的《死者》篇中的地名，其英文名分别是“Monkstown”和“Nun's Island”。“monk”意为“修道士、和尚”，“nun”意为“修女、尼姑”，两者都是看破红尘、远离俗世的脱俗之人。他们远离尘嚣，隐居起来，“尽享”孤独寂寞的生活。游离在亲情、爱情与友情之外，隔绝了亲密友好的人际关系，这是精神上的自我流放。《死者》中的主人公加布里埃尔和格莉塔住在芒克斯敦，而格莉塔曾经住在修女岛。从人物和地名的安排上看，男女主人公虽为夫妻，却被赋予了孤寂的气息，他们游离在亲密生活的外缘。

男主人公加布里埃尔满足于自己安逸的生活、体面的工作及融洽的家庭，丝毫未料到自己的婚姻一直暗藏着危机，他的生活并未像他所想的那般幸福顺利。虽然加布里埃尔和妻子格莉塔结婚已久，但格莉塔心里一直放不下年少时期的恋人，甚至向他讲述了这段难以忘怀的恋情。当格莉塔离开祖母家，要和这位恋人分别时，恋人虽身患肺结核但仍冒雨相送，不久后死去。格莉塔坚信恋人是因为她而病重死去的，这也成为她解不开的心结。虽然与加布里埃尔步入了婚姻殿堂，但是格莉塔的心却一直停留在过去，她

① 同上，第81页。

思念逝去的恋人,缅怀那份挚爱。她将自己放逐于过去的孤岛,虽已为人妇,却激情不再,仿佛修女一样远离现实,孤独地活在过去。由此可见,乔伊斯用"修女岛"命名格莉塔曾经居住的地方之做法,巧妙地将地名与人物设置结合了起来,体现了女主人公的自我流放状态。婚姻中的关系是相互的,一旦一方将自己孤立起来,那么另一方也会相应地被孤立。作为丈夫,加布里埃尔以幸福自居,但他实际上却被隔离在幸福之外。乔伊斯用"monkstown"来命名这对夫妻的居住地,可谓寓意深刻且不乏讽刺意味。除此之外,夫妻二人在日常生活中很难融入对方的世界。例如,当格莉塔为爱尔兰群岛之旅无比兴奋并表示自己非常愿意前往时,加布里埃尔却没有给予热情的回答。他们缺乏真正的感情交流,也不愿努力融入对方的生活,从而将彼此孤立起来。综上所述,芒克斯敦和修女岛在地名方面为故事情节做了铺垫,设置了孤独的背景,体现了男女主人公流放在爱情幸福之外的主题。

(六) 克朗戈斯(Clongowes):"禁锢"的原创性符号

克朗戈斯学校是小说《艺术家年轻时的写照》中多次出现的重要地名,是少年斯蒂芬就读的耶稣会学校。该地名的英文是"Clongowes",源于爱尔兰语,意为"草地或铁匠",代表着自由奔放或铸造成材。事实上,克朗戈斯学校的日常教学与其校名的寓意可谓背道而驰。在克朗戈斯学校,少年斯蒂芬受到了欺凌和不公正待遇。这所学校不仅没有让他放飞梦想、自由成长,反而压抑着他幼小的心灵,让他想迫不及待地逃离学校,去别处流放自我。上学期间,尽管人在学校,但是斯蒂芬的心已经游离在学校之外。

斯蒂芬从童年时代就开始感触到学校教育对孩子心灵的创伤。在学校,斯蒂芬因眼镜打碎而被免除作业,但是他被教导主任打手心和当众罚跪。作为开启人心灵的教会学校,克朗戈斯学校在少年斯蒂芬心里却成了摧残学生心灵的牢笼,它使斯蒂芬陷入痛苦和悲伤之中,从而以沉默和顺从的方式对待世界。斯蒂芬厌烦学校扼杀学生心灵的教育制度,并且厌恶同学之间不能互相理解的虚伪气氛,因此他与人交往甚少,精神处于异化状态。克朗戈斯学校中发生的一切使得斯蒂芬在离开学校后,像个流浪汉一样毫无目标地飘荡在街头。由上文的分析可知,不管是表征广袤的草原及因此而孕育生命的牧场，还是表征锻造坚固钢铁的铁匠，“Clongowes”都蕴含着殷切的希望，预示着新事物的诞生。乔伊斯用该地名来命名斯蒂芬所就读的这所学校，这种做法反而充斥着强烈的讽刺感。教导主任不分青红皂白地体罚学生，他不仅是失败的教育者，更是学生心灵的扼杀者。作为老师，他没有试着去理解学生，反而肆意惩罚学生，对他们的成长产生恶劣影响。按照正常的逻辑，以“克朗戈斯”为名的学校，本应呈现出一幅教书育人、桃李满天下的景象。在这里，每位老师应像经验丰富的铁匠一样，倾尽心血将学生们锻造成才。然而，事实上，主人公斯蒂芬就读的克朗戈斯学校却扮演着侵害学生心灵、禁锢学生思想的牢笼之角色。痛苦的校园体验过早地激发了斯蒂芬对生活的思索与顿悟，承受心灵的煎熬及挣扎让他与同龄人拉开了差距。后来，斯蒂芬找校长维护自己的清白，这更是隐隐显出一个未来艺术家与不公的社会现实抗争之勇气。家里人因政治宗教立场不一而分裂争吵，学校里则更充斥着冷漠无情的气息。在这种复杂环境的影响下，斯蒂芬开始从无知到迷茫，再到堕落。即便离开学校，他也不愿回家，就像一个流浪汉一样游荡在街头。他开始了流亡生活，从游荡在街头到流亡在国外。在克朗戈斯学校，他没有自由健康的学习环境，不能在这里好好学习成材；在爱尔兰，他也没有自由创作的沃土，因此不得不旅居国外，以开启创作生涯。

克朗戈斯学校本来代表着一片沃土与草原，但其却禁锢着主人公的心灵，污染了他心中的净土，让逃离成为他成长过程中的主旋律。由此可见，作为学校的名称，“克朗戈斯”在揭示“流亡”主题方面发挥着强烈的催化作用，值得深入挖掘与分析。

乔伊斯作品中的几个主要人物都在流亡，而本节正是从这几个人物所经过的重要地名着手，以他们的身心活动为切入点，较为全面地分析了“流亡”母题，解读了流亡背后的无奈。

六、作为“回归”代名词的地名

“East or west, home is best.”(东也好，西也好，家最好。)“归家”是古

往今来的文学作品所探讨的重要母题。在苍茫的宇宙中，人类渺如尘埃，个体不过如沧海一粟。在漫长的时间河流中，人生也不过如白驹过隙，只是倏忽之间。正因为短暂，人类才苦苦探寻着自己的归宿。现代文学受希伯来的《圣经》文化传统之影响颇深，《旧约》中的创世纪充满神话色彩地揭示了人类的起源——自此，伊甸园成了一代代人类渴望回归的美好故乡。作为"原始意象"，"回归"已经深深刻进人类的灵魂，成为人类代代相传的基因密码。"回归"母题在《尤利西斯》中体现得尤为明显。《尤利西斯》是乔伊斯根据《奥德赛》重构的，史诗中的奥德修斯在流亡多年后重返家园，而《尤利西斯》中的布鲁姆也在流浪一天后开始想念妻子莫莉，从而有了归家的念头。在《尤利西斯》的最后一章中，布鲁姆的妻子莫莉也沉浸在意识流里，回忆起自己婚姻的点点滴滴，她想起布鲁姆的好，打算回归家庭。这一切都是主人公们的身体或者灵魂游离之后的回归。同时，这些情节也是乔伊斯渴慕故乡的真实写照。虽然多年的流亡生活让这颗桀骜不驯的灵魂有家难归，但是乔伊斯的赤子之心却从未离开过这片土地。故乡的一草一木与人情风物都活化在了乔伊斯的作品中，这也许是他对祖国的最好回报。

（一）中心(Omphalos)：回归本源

"Omphalos"是乔伊斯虚构的地名，并非真实存在于爱尔兰，但其在小说中反复出现，可见于《尤利西斯》的第一章和第十四章。在凸显艺术主题方面，该地名的作用不容忽视。在第一章《忒勒马科斯》中，有一句话断断续续地自成一段："我们自己……新异教教义……中心。"[①]之后，第十四章又说："乃提议在此建造国立受精场，取名'中心'，并竖一方尖碑，乃据埃及式样凿成。"[②]这两个章节都提到了"中心"一词，其原文为"Omphalos"，是阿波罗和缪斯诸神居住的帕纳索斯山谷中央的一块圣石，也有"脐眼"之意。它是古希腊文明的发祥地之一，代表着原始生命的根，可视作艺术之源。在《尤利西斯》的第一章中，斯蒂芬视希腊为艺术之根，这暗示了地理和历史的一种关联。全盛时期的希腊曾战胜特洛伊、斯巴达和波斯，称雄地中海。因

① James Joyce, *Ulysses*, New York: Random House, 1986, p. 7.

② Ibid., p. 319.

此，同为岛国的爱尔兰便十分崇敬古希腊的辉煌历史。此外，希腊文化对爱尔兰也有着深刻的影响。自意大利文艺复兴以来，希腊文化就被理想化为西方文明的正宗源头，尤其是古希腊以人为本的艺术精神在人们心中打下了深刻的烙印。虽然这种艺术精神在中世纪以后被天主教打成异端，但是15世纪至16世纪，西方的人文主义思潮始终将它尊奉为对抗罗马教会神权，从而实现人性自由的精神武器。[①] 正是以上两方面的原因，促使斯蒂芬在清算英国政治强权和罗马教廷势力的同时，顺理成章地倾向于古希腊的文化精神。在斯蒂芬的心目中，爱尔兰若不甘受外族的侮辱和玷污，就应该和古希腊一脉相承，即维系着西方文明的正统，伟大而光荣。鉴于以上文化背景可知，"中心"指艺术发源地希腊，"我们自己"意味着爱尔兰要像希腊一样实现民族振兴，而"新异教"正是当时爱尔兰有志之士倡导的（也是斯蒂芬与之产生共鸣的）希腊主义。这些是"Omphalos"作为"中心地"在第一章所涉及的文本分析，属于虚拟的爱尔兰人文艺术中心。

上文已提及，在第十四章中，"Omphalos"作为一个虚设的"国立受精场"再次出现。这个国立受精场不是爱尔兰政府规划建造的，而是马利根的荒诞构想。马利根将受精场命名为"Omphalos"（中心），此举充满着强烈的讽刺意味。据马利根所言："不论何等身份之女子，凡欲满足其天然官能者一旦来此，彼必为之衷心效劳，俾实质受孕……[②]只要渴望在身心方面得到尽情满足，均能在彼处找到理想之男性。"可见，马利根所要建造的受精场是荒淫无度的随性而为之地。妇女在情欲的驱动下来此受精，而男性则借"满足女人受孕"之名，行肆意放荡之实。如此说来，即便帮助人们创造了生命，受精场也是荒诞之源、罪恶之根。马利根企图用"中心"一词将受精场媲美于古希腊的艺术根源地和文化发祥地，这让读者感到了一种讽刺。无疑，将受精场等同于"中心"是对生命的玷污，也是对艺术根源地"中心"的亵渎。据马利根所说，他要在受精场旁竖立埃及式样的方尖塔。事实上，埃及方尖塔是成对地耸立在古埃及神庙前的锥形石碑，以整块石料凿成，常用以向太

① 张弘：《试论〈尤利西斯〉的父与子主题和文化间性》，载《外国文学评论》，2001年第4期，第8页。

② James Joyce, *Ulysses*, New York: Random House, 1986, p. 319.

阳神进行奉献，祈祝丰饶多产。众所周知，"牛"指古爱尔兰[①]，而第十四章的章名正是《太阳神之牛》(*Oxen of the Sun*)，太阳神为希腊神话中每日驾四马战车自东至西驰过天空的太阳神赫利俄斯。

"中心"具有象征含义，其根本之意在于回归——回归本源。乔伊斯对爱尔兰人有一种期待，他期望爱尔兰青年切莫误入歧途，并渴求他们努力回归到奋发有为的积极状态上。同时，他也盼望整个爱尔兰社会回归到独立复兴的氛围中。总之，"回归"是乔伊斯系列小说的重要主题，体现了乔伊斯"锻造爱尔兰良心"的忧国忧民之情。

(二) 马夫车棚(Cabman's Shelter)：漂流者的港湾

"马夫车棚"(Cabman's Shelter)是《尤利西斯》第十六章中出现的地名，是现代的一家通宵营业的咖啡店，蕴含着"回归"的母题背景。"Cabman"是马夫，"shelter"是避难所，这两个词连在一起便暗示着"马夫的避难所——马夫车棚——马夫遮风挡雨的港湾"。在《尤利西斯》中，将醉酒的斯蒂芬从贝洛妓院带出后，布鲁姆就和他一起去马夫车棚稍作停留。因此，马夫车棚可以说是斯蒂芬打砸妓院后的避难所及心灵羁旅的港湾。同时，马夫车棚也是《奥德赛》中的著名场景名称，"Cabman's Shelter"指代的是欧迈俄斯的窝棚。伊萨卡国王奥德修斯在久经漂泊后回归家园的第一站就是马夫车棚。从某种程度上看，窝棚不仅是奥德修斯和儿子的重逢之地，而且是奥德修斯报仇的大本营。现代的马夫车棚不仅是布鲁姆和斯蒂芬的休息场地，其更象征着精神上的"父子"相聚和"倾诉离别之情"的场所。在《奥德赛》中，回归家园的奥德修斯之一系列行为在《尤利西斯》中通过不同的人物情节得到再现，从而强化了回归主题。

首先，"cabman"是马夫之意，英文解释为"someone who drives a taxi for a living"，而根据《尤利西斯》第十六章的内容，马夫不仅指代开出租车谋生的人，而且可以泛指靠力气谋生的人。例如，"cabman"既指代这家咖啡店的老板——绰号为"剥山羊皮"的人，又暗指店里的顾客红胡子水手墨

① [爱尔兰]詹姆斯·乔伊斯：《尤利西斯》，萧乾、文洁若译，南京：译林出版社，2001年，第735页。

菲——一个在国外闯荡多年后回家看望妻子的人。墨菲的英文名是"Murphy",该词是盖尔语姓氏的英语形式,含义为"海和勇士"。在第十六章中,对应神话英雄奥德修斯的不是布鲁姆,而是这个水手。墨菲在国外浪迹多年的遭遇正好对应了奥德修斯的遭遇,而他作为水手,一直旅居在外,渴望归家的心情与奥德修斯似箭般的归心相平行。奥德修斯的回归十分艰难,家国被妻子的狂妄追求者占领,自己不得不忍辱负重地在马夫车棚谋划回家。同样,红胡子水手也坦言,他十分忧虑妻子是否坚守贞洁。从这个角度看,为了曲线回家,他们都将车棚或咖啡店当作暂时的港湾,并在这里计划着回家,揣测着家的景象。可见,作为漂泊者与谋生者回归的第一个港湾,"Cabman's Shelter"这个地名具有重要意义。

其次,"Cabman's Shelter"也暗指流浪者对港湾的回归。"Cabman"的字面意思是出租车司机或马夫,深层意思可延伸为一直在路上奔波的人们,其能够指代漂泊一天的布鲁姆与斯蒂芬。马夫们有着不断变化的目的地,布鲁姆与斯蒂芬也在不断改变行踪,漫步于不同的地方,但不同之处在于两位小说主人公一直都在努力回归爱的港湾。通过照顾斯蒂芬,布鲁姆找到了父亲关爱儿子的幸福感觉,从而抚平了自己因儿子鲁迪夭折而遭受的巨大创伤;就斯蒂芬而言,他也得到了那份缺失的父爱——母亲辞世,父亲酗酒,父母关爱难求。斯蒂芬本租住炮塔为家,但被迫离去;他辞掉教书工作,成为一个不折不扣的流浪者;他曾远走他国但一事无成,最终还是回到祖国;他渴望父爱,又与父爱刻意保持距离。乔伊斯将布鲁姆和斯蒂芬刻画为一对精神上的父子,并为他们设计了多个交集,特意安排他们在咖啡店会面。在进入咖啡店——也就是文中所说的马夫车棚——后,出于性格、修养、家庭背景等方面的差异,布鲁姆与斯蒂芬并没有交谈甚欢,只是互有好感,但两人之后却结为患难之交。这种精神上的父子所生发的珍贵感情,对于两个同为流浪者的人来说更加难能可贵,凸显了回归港湾给他们带来的爱的温暖。因此,作为流浪者的温暖港湾,"Cabman's Shelter"也凸显了"回归"的母题意义。

总之,作为避风港,"Cabman's Shelter"既象征着苦力谋生者即将回归家庭的中转站,又代表着漂泊的人们所能回归的温馨港湾,其为之后的回归情节埋下了伏笔，对小说的“回归”母题起到了画龙点睛的作用。《尤利西斯》是“两个民族”的史诗。斯蒂芬是爱尔兰民族的代表，他虽然身在故土，但是却因家园被异族殖民奴役而有着深深的疏离感；布鲁姆是犹太民族的代表，他在爱尔兰沦为边缘化的“异客”，并常常遭到“市民”们的粗暴对待。独在异乡为异客，漂泊者是孤独的，羁旅中的布鲁姆偶遇同是天涯沦落人的斯蒂芬，这对彼此都是巨大的慰藉。二者代表的爱尔兰和以色列有着类似的苦难经历，这让他们互相理解，互相认同。二人的精神交流和互相扶助象征了各民族间的平等互助精神，预言了被压迫民族走向民族融合及民族对话之共识。

（三）爱琳(Erin)：回归爱尔兰的暗喻

“Erin”是爱尔兰的古称，由盖尔语“Eire”演变而来，至今仍被用于诗歌中。作为地名，爱琳(Erin)主要出现在《尤利西斯》第七章的一个标题中，即《爱琳，银海上的绿宝石》。对于斯蒂芬来说，“爱琳”这一地名与爱尔兰及他的母亲有着紧密的联系，暗含着他对祖国与母爱的回归，也指代着爱尔兰这个国家自身的回归。

首先，“爱琳”是爱尔兰的古称，它与斯蒂芬母亲的关联是我们通过纵观小说可以感知到的。在标题中，乔伊斯将爱琳比作海上的绿宝石，这不仅指爱尔兰是生态岛屿，其四面环海，就像嵌在海面上的绿宝石一样，而且暗示了斯蒂芬的记忆中与绿色紧密相关的母亲。《尤利西斯》第一章曾提到斯蒂芬母亲临终时所吐出的绿色的痰，而每当斯蒂芬想起母亲时，就会想起这一抹绿。斯蒂芬的室友巴克·马利根就经常以此来挑衅，在“绿”上做文章，因此这些特意提到“绿”的言语中都暗含了马利根对斯蒂芬不归顺母亲一事的讽刺。斯蒂芬的母亲信仰天主教，她临终前乞求儿子下跪皈依天主教，但斯蒂芬因认识到天主教的僵化而没有照做，所以旁人常对斯蒂芬冷嘲热讽，宣称是他害死了自己的妈妈。斯蒂芬的妈妈临终前口吐绿痰，马利根提到鼻涕绿是爱尔兰的艺术色彩、鼻涕绿的海是伟大的母亲，以及标题所说——爱琳，海上的绿宝石，这一系列意象都通过描述“绿”，将爱尔兰同母亲联系在一起。斯蒂芬的母亲是虔诚的天主教徒，她根据天主教“禁止堕胎”的教义拒绝计划生育，从而生了十多个孩子，让贫困的家庭雪上加霜。在殖民和后殖民话语中，女性往往是国家的寓言，国家的概念常常以母亲或妻子的身份出现。在《尤利西斯》中，斯蒂芬的母亲就是爱尔兰的寓言。爱尔兰人民被罗马天主教深深毒害。更为严重的是，爱尔兰承受着领土和精神的双重殖民。乔伊斯用“爱琳”来指代当时的爱尔兰，此举无疑颇具讽刺意味。毕竟，乔伊斯笔下的爱尔兰与“爱琳”所表达的“诗情画意爱尔兰”可谓大相径庭。

通过将二者连接起来，乔伊斯不仅仅想表达爱尔兰就像母亲一样之观点，他还想表明自己对回归的态度。斯蒂芬没有皈依天主教，但这不代表他不珍视母爱；斯蒂芬曾游学他国，并否认祖国是发展艺术的沃土，但这也不意味着他不会回归祖国。正是由于对母亲和祖国爱恨交织，斯蒂芬才经历了由抗拒到靠近的选择性回归。斯蒂芬曾说过，母爱是唯一靠得住的东西，可见他对母爱十分珍视。斯蒂芬深知天主教的僵化保守，所以他无法因愚孝而顺从母亲的遗愿——皈依天主教。对于斯蒂芬来说，作为孝子，从国外赶回到母亲病榻前，这便是他对母爱的回归。斯蒂芬的这种回归是有所保留的，但与他回归祖国的方式是一致的。

尽管爱尔兰不再像它的名字“爱琳”一样充满诗意，从而让斯蒂芬决心逃离，但是他又深深知道，祖国给了他从事艺术的立身之本——是祖国的爱和庇护使他免于像蜗牛一样被异族踏在脚下。正如锡德尼·拜尔特(Sydney Belt)所指出的那样，“乔伊斯无法割舍爱尔兰，就像他无法割舍他的家人，他的自我流放给他提供了一种观察视角，使他思考出一种明知不可为而为之的参与爱尔兰事务的方法”。[①] 青年斯蒂芬正是乔伊斯的真实写照。虽然乔伊斯不能接受被殖民和宗教笼罩的爱尔兰，但是他明白自己的艺术之根在祖国，因此他需要以自己独特的方式回归祖国。此外，乔伊斯还呼吁青年们在思想上回归祖国，努力振兴祖国。例如，小说后来提到，斯蒂芬呼吁爱尔兰青年们“free their sireland”。由此可见，乔伊斯不仅自己积极回归祖国，而且还呼吁祖国的新生力量一起解放祖国，以便让游子们逐渐回归，从而使祖国重新变回曾经美好的“爱琳”。乔伊斯将地名融合在标题中，

① 申富英：《论〈尤利西斯〉中作为爱尔兰形象寓言的女性论》，载《国外文学》，2010 年第 4 期，第 114 页。

并通过地名来暗示“回归”母题，这种做法可谓意义深远。

本节依次通过艺术中心、马夫车棚、爱琳等表征回归的地名来分析小说中的“回归”母题，涉及了国家、人民、民族精神等要素的回归。乔伊斯寄情于文，将回归心愿贯穿在自己的作品中。

结论

乔伊斯作品中的爱尔兰地名是意识形态的承载物，是爱尔兰非物质文化遗产的重要元素，具有深刻的政治象征意味。同时，这些地名又是殖民主义和民族主义交锋的产物，是家庭矛盾和社会危机交汇的空间，它们既参与了集体记忆的塑造，又被不断地颠覆解构，展现出个体复杂的心理图景。在都柏林这样一个充满张力的空间里，各种政治与宗教力量盘根交错，我们从城市地名这一简单的城市意象中便可一窥端倪。空间的使用者乔伊斯对空间表征的再阐释则反过来颠覆了爱尔兰政治及天主教权力的合法性，使之成为富于反抗潜能的表征空间。通过运用黑色幽默、反讽、拼贴、戏仿等后现代主义手法，乔伊斯解构了殖民霸权、宗教霸权和官方空间的严肃性与正统性，并且将批评的矛头指向了自己的民族，揭露了爱尔兰民族主义的狭隘和盲目排外之内在缺陷，实现了对殖民主义和民族主义的深刻反思。本章探讨了空间的表征及表征的空间，并通过研究乔伊斯小说中的20多个具有重要意义之地名，解读了小说母题之内涵。同时，这些地名寓意深刻，与爱尔兰的历史、宗教、社会、文化、地理等内容息息相关，堪称爱尔兰宝贵的非物质文化遗产。这些地名对爱尔兰文学文化研究具有重要意义，并且为爱尔兰的历史国情研究贡献了一份力量。中国有鲁迅，爱尔兰有乔伊斯。研究一个国家患难时期的有识之士的经典作品，就像翻阅战争年代的回忆录，既有助于反省过去，又有益于展望未来。

结语

文学是人性重塑的心灵史，它不会游离于文化话语体系之外。因此，探究乔伊斯与爱尔兰非物质文化遗产，可以使文学作品中具有人文意味或生命意味的现象成为审美关照对象，而选定乔伊斯的作品为研究切入点，则可以深入探索爱尔兰非物质文化遗产与爱尔兰文学的关系。

通过乔伊斯的作品来讨论爱尔兰非物质文化遗产所蕴含的人类文明之独特价值，可以使我们深切领会到，以个体作家一系列表现 20 世纪初殖民时期爱尔兰的作品为研究平台，并聚焦这些作品中以人为本的活态文化遗产，我们就既能把握一个特定民族的文化基因，又能把握整个人类的群体意识特质，从而让文学作品的审美价值超出历史时代的限制和文化变迁的影响。

在信息化、网络化、资本化所支撑的全球化时代，通过乔伊斯的作品来看爱尔兰非物质文化遗产，我们既能深刻理解爱尔兰的历史变迁和文化发展脉络，又能深刻理解传统和现代之间的演变；既能准确把握爱尔兰的文化基因和民族精神，又能准确把握人类的艺术创造力和群体意识特质；既能进一步认识非物质文化遗产作为旅游项目得到开发的原因，又能进一步认识文化和政治相互渗透与转化之原由；既能帮助人们关注到非物质文化遗产所蕴含的史料和学术资料，又能帮助人们关注到非物质文化遗产所独有的伦理道德在陶冶情操与净化社会风气方面的强大功能。

个性存在于共性之中。英国浪漫派的先驱诗人威廉·布莱克（William Blake，1757—1827）在其《纯真预言》（*Auguries of Innocence*，1863）中写道："一沙一世界，一花一天堂；手掌藏无限，刹那存永恒。"通过研究乔伊斯与爱尔兰非物质文化遗产，我们可以将爱尔兰代表性作家的经典作品置于社会及文学整体关系内，在重点讨论乔伊斯系列作品的审美特质之基础上，揭示爱尔兰的文学、文化、社会之间的有机联系，进而关注全人类经验中的共相特征。

乔伊斯的系列作品极富真实的生活价值，它们彰显了传统文化的生命力，充分体现了文学的社会使命感，表达了凯尔特人的良心、民族意识与社会危机。在乔伊斯的作品中，爱尔兰非物质文化遗产彰显了日常生活的意义和价值，构成了爱尔兰社会关系的总体表述之最重要方面。

通过研究乔伊斯的作品，我们可以领悟到，爱尔兰非物质文化遗产形成于特定时代，存在于特定地域，保留于特定人群，其可以被其他时代和其他地域的人群分享。同时，爱尔兰非物质文化遗产关注日常生活的表征，并重视多种形式的社会实践，从而可以让人理解非物质文化遗产的生产性和能动性。

爱尔兰非物质文化遗产突出了异样性或开放性。我们从乔伊斯的作品中可以看到，爱尔兰的民间艺术家在汲取并继承叙事传统之精华的同时，巧妙地创作出了有别于现实爱尔兰社会的充满文学想象力的民间文学作品，从而艺术地向世人呈现出现实与自然的"他物"。爱尔兰非物质文化遗产中的仪式、节日庆典、山水传说、禁忌、巫术等内容既与大自然的季节变化相关，又展现出了社会的无意识象征，还体现出了爱尔兰人对实际生活中尚不存在的事物之先期把握，从而表达出了不同时代下的人们之美好理想与主观愿望。爱尔兰非物质文化遗产紧跟时代的发展，拒绝静止不前，体现出时代性、发展性与开放性。

冯建明

2021 年

上海对外经贸大学

爱尔兰研究中心（教育部备案）

附录　詹姆斯·乔伊斯年谱

1882 年(出生)　2 月 2 日,詹姆斯·奥古斯丁·阿洛伊修斯·乔伊斯(James Augustine Aloysius Joyce)出生于爱尔兰都柏林市郊拉斯加(Rathgar)布莱顿区西街(Brighton Square West)41 号,其父约翰·斯坦尼斯劳斯·乔伊斯(John Stanislaus Joyce, 1849—1931)是税务员。这位税务员与妻子玛丽·简(梅)默里·乔伊斯(Mary Jane [May] Murray Joyce, 1859—1903)共生了 15 个孩子。在这 15 个孩子中,有 10 个活了下来,詹姆斯·乔伊斯在这 10 个孩子中年龄最大。

2 月 5 日,詹姆斯·乔伊斯在一个偏远教区郎德汤(Roundtown)的圣约瑟小教堂(St. Joseph's Chapel of Ease)受洗,施洗牧师是约翰·奥马洛伊(John O'Mulloy)。

5 月,弗雷德里克·卡文迪施勋爵(Lord Frederick Cavendish, 1836—82)和托马斯·亨利·伯克(Thomas Henry Burke, 1829—82)在都柏林的凤凰公园(Phoenix Park)遇刺。

1884 年(2 岁) 4 月,乔伊斯一家从布莱顿区迁居至都柏林市郊拉斯曼司(Rathmines)的卡斯尔伍德大道(Castlewood Avenue)23 号。这是乔伊斯一家的首次迁居。

乔伊斯一家自 1884 年 4 月至 1887 年 4 月居住在拉斯曼司。

12 月 17 日,詹姆斯·乔伊斯的胞弟约翰·斯坦尼斯劳斯(斯坦尼)·乔伊斯(John Stanislaus "Stannie" Joyce, 1884—1955)出生。在詹姆斯·乔伊斯健在的 9 个兄弟姐妹中,斯坦尼斯劳斯·乔伊斯与他的关系最亲密。

1886 年(4 岁) 英国首相兼自由党领袖威廉·尤尔特·格拉德斯通(William Ewart Gladstone, 1809—1898)的《自治法案》(Home Rule Bill)未获通过。

1887 年(5 岁) 4 月,乔伊斯一家迁居至位于金斯敦(Kingstown,即邓莱里[Dún Laoghaire])南部布雷(Bray)的马尔泰洛碉堡(Martello)或称圆形炮塔 1 号平台,他们在那里住到 1891 年 8 月。

4 月,《伦敦时报》(*The London Times*)发表了该报记者理查德·皮戈特(Richard Pigott, 1838? —1889)对爱尔兰自治党领袖查尔斯·斯图尔特·帕内尔(Charles Stewart Parnell, 1846—1891)的指控。

1888 年(6 岁) 9 月,詹姆斯·乔伊斯被送到基尔代尔县(County Kildare)萨林斯(Sallins)附近的克朗戈伍斯森林公学(Clongowes Wood College),这是一家耶稣会寄宿学校。乔伊斯一直在该校待到 1891 年 6 月。在此期间,他仅在假期回家。

1889年(7岁) 2月,理查德·皮戈特被揭发弄虚作假,他自己承认了作假行为。在此期间,查尔斯·斯图尔特·帕内尔在议会的政治权威达到顶峰。

3月,理查德·皮戈特自杀。

3月,詹姆斯·乔伊斯因使用"粗言秽语"而在学校被藤鞭抽打了4下。

12月,下议院议员威廉·亨利·奥谢上尉(Captain William Henry O'Shea, 1840—1905)提出与其妻凯瑟琳·奥谢(Katherine O'Shea, 1846—1921,即凯蒂·奥谢[Katie O'Shea]或基蒂·奥谢[Kitty O'Shea])离婚,理由是她与查尔斯·斯图尔特·帕内尔通奸。

阿瑟·格里菲思(Arthur Griffith, 1872—1922)创办了一份周报,即《联合起来的爱尔兰人》(*United Irishman*)。

1890年(8岁) 查尔斯·斯图尔特·帕内尔在爱尔兰自治党内倒台。

1891年(9岁) 10月6日(从此以后成为"常春藤日"),"爱尔兰无冕之王"查尔斯·斯图尔特·帕内尔在布莱顿谢世。

1891年底,詹姆斯·乔伊斯写了一首名为《还有你,希利》(*Et Tu, Healy*)的挽歌,以纪念查尔斯·斯图尔特·帕内尔,并抨击曾经做过帕内尔的副手,后来成为已故英雄的死敌的蒂莫西·迈克尔·希利(Timothy Michael Healy, 1855—1931),后者亦被称作蒂姆·希利(Tim Healy)。

约翰·斯坦尼斯劳斯·乔伊斯——帕内尔的坚定拥护者——设法出版了《还有你,希利》,但该诗的印刷稿没有任何一份被保存下来。

詹姆斯·乔伊斯从克朗戈伍斯森林公学退学。

1892年(10岁) 乔伊斯一家移居位于都柏林市郊布莱克罗克(Blackrock)的凯里斯福特大街(Carysfort avenue)23号,并一直居住到1892年11月。

詹姆斯·乔伊斯在1892年没有上学。

1892年11月至1894年底,乔伊斯一家居住在菲茨吉本大街14号。

威廉·尤尔特·格拉德斯通的《自治法案》又未获通过。

1893年(11岁) 4月,詹姆斯·乔伊斯开始在另一所耶稣会创办的学校贝尔韦代雷公学(Belvedere College)上学,他在那里是走读生。

盖尔联合会(the Gaelic League)由爱俄·麦克尼尔(Eoin MacNeill, Irish: *Eoin Mac Néill*, 1867—1945)和道格拉斯·海德(Douglas Hyde, Irish: *Dubhghlas de hÍde*, 1860—1949)创立,旨在复兴爱尔兰语和爱尔兰传统。

乔伊斯一家分别在菲茨吉本大街14号和哈德威克大街29号两处居住过。

1894年(12岁) 10月,乔伊斯一家从菲茨吉本大街14号迁居至庄康爪(Drumcondra)米尔伯恩大街(Millbourne Avenue)的霍利韦尔别墅(Holywell Villas)2号。

詹姆斯·乔伊斯阅读了查尔斯·兰姆(Charles Lamb, 1764—1834)所著的《尤利西斯历险记》(*The Adventures of Ulysses*, 1808)。他选择足智多谋的尤利西斯作为其最喜爱的英雄,并写了一篇名为《我最喜爱的英雄》(*My Favourite Hero*)的作文。

1895年(13岁) 詹姆斯·乔伊斯参加圣母玛利亚联谊会(the Sodality of the Blessed Virgin Mary)。

1896 年(14 岁) 4 月,乔伊斯一家移居里士满北大街(North Richmond Street),并在此处住到同年 11 月。

1896 年 9 月至 1899 年 7 月,乔伊斯一家住在费尔维尤(Fairview)的温莎大街(Windsor Avenue)29 号。

9 月,詹姆斯・乔伊斯在圣母玛利亚联谊会里被选举为负责人。

詹姆斯・乔伊斯遇到一个妓女,后者让他首次体验了性生活。

据说,《勿信外表》(*Trust Not Appearances*)是詹姆斯・乔伊斯在贝尔韦代雷公学求学期间的每周写作练习中唯一被保存下来的作文,写于 1896 年。

1897 年(15 岁) 1897 年春,詹姆斯・乔伊斯因考试成绩名列第 13 而获得 33 英镑奖学金。

詹姆斯・乔伊斯与其母同去礼拜。

10 月,詹姆斯・乔伊斯购买了《效法基督》(*Imitation of Christ*)一书,这被视为他最后一次对宗教的热情。

1898 年(16 岁) 6 月,詹姆斯・乔伊斯逃避了一次宗教课考试。

7 月,詹姆斯・乔伊斯偶遇一位"像鸟一样的少女"。

7 月,詹姆斯・乔伊斯离开贝尔韦代雷公学。

9 月,詹姆斯・乔伊斯就读都柏林大学学院(University College, Dublin)。

9 月 27 日,詹姆斯・乔伊斯写了一篇论"力"(Force)的小品文。

据说,詹姆斯・乔伊斯在 1898 年至 1899 年参加都柏林大学学院入学考试时撰写了题为《语言学习》(*The Study of Languages*)的杂文。

1899年(17岁) 5月,爱尔兰文学剧场(Irish Literary Theatre)开始演出威廉·巴特勒·叶芝(William Butler Yeats, 1865—1939)创作的戏剧《伯爵夫人凯瑟琳》(*The Countess Cathleen*),詹姆斯·乔伊斯当时看过演出。

7月至9月,詹姆斯·乔伊斯在费尔维尤的修女大街(Convent Avenue)消夏。

1899年9月至1900年5月,詹姆斯·乔伊斯居住在里士满大街(Richmond Avenue)13号。

9月,詹姆斯·乔伊斯写了一篇论《戴荆冠的耶稣画像》或译作《你们看这个人》(*Ecce Homo*)的杂文。

10月,查尔斯·斯图尔特·帕内尔纪念碑基座建于都柏林的萨克威尔上游大街(Upper Sackville Street,即奥康内尔大街[O'Connell Street])。

1900年(18岁) 1月10日,詹姆斯·乔伊斯写了一篇名为《戏剧与人生》(*Drama and Life*)的文章。

1月20日,詹姆斯·乔伊斯在文学与历史协会(Literary and Historical Society)门前宣读了这篇题为《戏剧与人生》(*Drama and Life*)的讲演稿。

2月,詹姆斯·乔伊斯观看了由乔治·摩尔(George Moore, 1852—1933)和爱德华·马丁(Edward Martyn, 1859—1923)合创的戏剧《折枝》(*The Bending of the Bough*, 1900)。

4月1日,詹姆斯·乔伊斯的评论《易卜生的新剧》(*Ibsen's New drama*)发表在《半月评论》(*Fortnightly Review*)上。该文是关于亨里克·约翰·易卜生(Henrik Johan Ibsen, 1828—1906)的戏剧《当我们死而复生时》(*When We Dead Awaken*, 1899)的评论,它是詹姆斯·

乔伊斯第一部正式发表的作品。

4月,詹姆斯·乔伊斯收到亨里克·约翰·易卜生的致谢信。

5月,乔伊斯一家从里士满大街13号迁居至费尔维尤皇家阳台(Royal Terrace)8号。

1901年(19岁) 3月,詹姆斯·乔伊斯向亨里克·约翰·易卜生寄去一封贺寿信。

1901年10月至1902年9月,乔伊斯一家居住在格伦加里夫广场(Glengariff Parade)32号。

10月15日,詹姆斯·乔伊斯写了一篇名为《喧嚣的时代》(*The Day of the Rabblement*)的文章。

《喧嚣的时代》与弗朗西斯·斯凯芬顿(Francis Skeffington)的一篇散文合在一起,以《两篇散文》(*Two Essays*)为题目,自费在都柏林发表。

1902年(20岁) 2月15日,詹姆斯·乔伊斯在都柏林大学学院文学与历史协会里宣读了一篇关于爱尔兰诗人詹姆斯·克拉伦斯·曼根(James Clarence Mangan, 1803—1949)的讲演稿。

10月,詹姆斯·乔伊斯在圣塞西莉亚的一家医学院注册。

10月,詹姆斯·乔伊斯在都柏林大学学院获得文学学士学位。

11月,詹姆斯·乔伊斯的评论《一位爱尔兰诗人》(*An Irish Poet*)在都柏林《每日快报》(*Daily Express*)上发表,该文对威廉·鲁尼(William Rooney)的作品《诗篇与民谣》(*Poems and Ballads*)进行了评论。

11 月，詹姆斯·乔伊斯同威廉·巴特勒·叶芝和伊莎贝拉·奥古斯塔·格雷戈里（Isabella Augusta Gregory，1852—1932）在拿骚酒店（Nassau Hotel）就餐。伊莎贝拉·奥古斯塔·格雷戈里亦被称作格雷戈里夫人（Lady Gregory）。

12 月 1 日，詹姆斯·乔伊斯离开都柏林去了巴黎。

12 月 11 日，詹姆斯·乔伊斯在都柏林的《每日快报》上发表评论，对沃尔特·杰罗尔德斯（Walter Jerrolds）的作品《乔治·梅雷迪斯》（*George Meredith*）进行了评论。

12 月 24 日，詹姆斯·乔伊斯结识爱尔兰文艺复兴运动中的重要诗人奥利弗·圣约翰·戈加蒂（Oliver St. John Gogarty，1878—1957）——《尤利西斯》（*Ulysses*，1922）中的巴克·马利根（Buck Mulligan）之原型。

同年年末，乔伊斯一家移居圣彼得阳台（Saint Peter's Terrace）7 号。

1903 年（21 岁） 1 月 29 日，詹姆斯·乔伊斯在都柏林的《每日快报》上发表文章，对斯蒂芬·格温（Stephen Lucius Gwynn，1864—1950）的作品《爱尔兰的今天和明天》（*Today and To-morrow in Ireland*）进行了评论。

2 月 6 日，詹姆斯·乔伊斯在都柏林的《每日快报》上发表题为《温和哲学》（*A Suave Philosophy*）的文章，对菲尔丁-霍尔（Fielding-Hall）的作品《民族魂》（*The Soul of a People*）进行了评论。

2 月 6 日，詹姆斯·乔伊斯在都柏林的《每日快报》上发表题为《缜思之努力》（*An Effort at Precision in Thinking*）的文章，对詹姆斯·安斯蒂（James Anstie）的作品《大众谈话》（*Colloquies of Common People*）进行了评论。

2月6日，詹姆斯·乔伊斯在都柏林的《每日快报》上发表题为《殖民诗》(*Colonial Verses*)的文章，对克莱夫·菲利普斯-沃利(Clive Phillips-Wolley)的作品《英国以扫之歌》(*Songs of an English Esau*)进行了评论。

2月13日，詹姆斯·乔伊斯在其《巴黎笔记》(*Paris Notebook*)上指出，喜剧优于悲剧。

3月6日，詹姆斯·乔伊斯在其《巴黎笔记》上探讨了艺术的3种形式，即抒情的形式、史诗的形式和戏剧的形式。

3月21日，詹姆斯·乔伊斯在伦敦的《发言人》(*Speaker*)上发表评论，对亨里克·约翰·易卜生所创作的《卡蒂利纳》(*Catilina*，1850)的法译本进行了评论。

3月26日，詹姆斯·乔伊斯在爱尔兰的《每日快报》上发表题为《爱尔兰之魂》(*The Soul of Ireland*)的评论，对格雷戈里夫人的作品《诗人与梦想家》(*Poets and Dreamers*)进行了评论。

3月28日，在《巴黎笔记》上，詹姆斯·乔伊斯给艺术下了定义。

4月7日，詹姆斯·乔伊斯在都柏林的《爱尔兰时报》(*Irish Times*)上发表了一篇题为《汽车公开赛》(*The Motor Derby*)的文章，该文的副标题为《法国冠军采访录》(*Interview with the French Champion* [*from a correspondent*])。

4月10日，收到父亲的电报后，詹姆斯·乔伊斯便返回都柏林。这份电报上写道："毋[母]病危(NOTHER [MOTHER] DYING)。"

8月13日，詹姆斯·乔伊斯的母亲病故，他烧毁了父亲给母亲的情书。

9月3日，詹姆斯·乔伊斯在都柏林的《每日快报》上发表评论，对约翰·伯内特(John Burnet)的作品《亚里士多德论教育》(*Aristotle on Education*)进行了评论。

9月17日，詹姆斯·乔伊斯在都柏林的《每日快报》上发表题为《新小说》(*New Fiction*)的评论，对阿奎拉·肯普斯特(Aquila Kempster)的作品《阿迦·米尔扎王子历险记》(*The Adventures of Prince Aga Mirza*)进行了评论。

9月17日，詹姆斯·乔伊斯在都柏林的《每日快报》上发表评论，对莱恩·艾伦(Lane Allen)的作品《牧场活力》(*The Mettle of the Pasture*)进行了评论。

9月17日，詹姆斯·乔伊斯在都柏林的《每日快报》上发表题为《窥史》(*A Peep Into History*)的评论，对约翰·波洛克(John Pollock)的作品《主教的阴谋》(*The Popish Plot*)进行了评论。

10月1日，詹姆斯·乔伊斯在都柏林的《每日快报》上发表题为《法国宗教小说》(*A French Religious Novel*)的评论，对玛塞尔·蒂奈尔(Marcelle Tinayre)的作品《罪之屋》(*The House of Sin*)进行了评论。

10月1日，詹姆斯·乔伊斯在都柏林的《每日快报》上发表题为《不压韵的诗》(*Unequal Verse*)的评论，对弗雷德里克·兰布里奇(Frederick Langbridge)的作品《民谣与传说》(*Ballads and Legend*)进行了评论。

10月1日，詹姆斯·乔伊斯在都柏林的《每日快报》上发表题为《阿诺德·格雷夫斯先生》(*Mr. Arnold Graves*)的评论，对阿诺德·格雷夫斯(Arnold Graves)的作品《克吕泰墨斯特拉：一场悲剧》(*Clytoemnestra*：*A Tragedy*)进行了评论。

10月15日,詹姆斯·乔伊斯在都柏林的《每日快报》上发表题为《被忽视的诗人》(*A Neglected Poet*)的评论,对艾尔弗雷德·安杰(Alfred Ainger)的作品《乔治·格拉贝》(*George Grabbe*)进行了评论。

10月15日,詹姆斯·乔伊斯在都柏林的《每日快报》上发表题为《梅森先生的小说》(*Mr. Mason's Novels*)的评论,对艾尔弗雷德·爱德华·伍德利·梅森(Alfred Edward Woodley Mason, 1865—1948)的小说进行了评论。

10月30日,詹姆斯·乔伊斯在都柏林的《每日快报》上发表题为《布鲁诺哲学》(*The Bruno Philosophy*)的评论,对J.刘易斯·麦金太尔(J. Lewis McIntyre)的作品《乔达诺·布鲁诺》(*Giordano Bruno*)进行了评论。

11月12日,詹姆斯·乔伊斯在都柏林的《每日快报》上发表题为《人道主义》(*Humanism*)的评论,对费迪南·坎宁·斯科特·席勒(Ferdinand Canning Scott Schiller, 1864—1937)的作品《人道主义:哲学随笔》(*Humanism: Philosophical Essays*)进行了评论。

11月12日,詹姆斯·乔伊斯在都柏林的《每日快报》上发表题为《讲解莎士比亚》(*Shakespeare Explained*)的评论,对A. S. 坎宁(A. S. Canning)的作品《莎士比亚八剧研究》(*Shakespeare Studied in Eight Plays*)进行了评论。

11月26日,詹姆斯·乔伊斯在都柏林的《每日快报》上发表文章,对T.巴伦·拉塞尔(T. Baron Russell)的作品《博莱斯父子》(*Borlase and Son*)进行了评论。

1904 年(22 岁) 1 月,詹姆斯·乔伊斯开始撰写《斯蒂芬英雄》(*Stephen Hero*, 1944),此书是《艺术家年轻时的写照》(*A Portrait of the Artist as a Young Man*, 1916)初稿的一部分。1944 年版的《斯蒂芬英雄》由西奥多·斯潘塞(Theodore Spencer, 1902—1949)校订,由纽约的新方向出版社和伦敦的乔纳森·凯普出版社出版。

2 月,詹姆斯·乔伊斯创作完《斯蒂芬英雄》的第一章。

这年春天,詹姆斯·乔伊斯在多基(Dalkey)的克利夫顿学校(Clifton School)获得授课之职,他在那里一直待到同年 6 月底。

5 月,詹姆斯·乔伊斯参加了"爱尔兰音乐节"(Feis Ceoil)歌咏赛,此音乐节是每年一次的爱尔兰艺术节。詹姆斯·乔伊斯在歌咏赛上获得三等奖,得到铜质奖章。

大约在 6 月 10 日,詹姆斯·乔伊斯遇到一位名叫诺拉·巴那克尔(Nora Barnacle, 1884—1951)的戈尔韦(Galway)女孩,她当时正在都柏林的芬恩旅馆(Finn's Hotel)工作。

也许,在 6 月 16 日——布鲁姆日(Bloomsday)——詹姆斯·乔伊斯与诺拉·巴那克尔约会。正是这一日被詹姆斯·乔伊斯选为小说《尤利西斯》的故事发生日。

7 月,詹姆斯·乔伊斯创作完短篇小说《姐俩》或译作《姐妹们》(*The Sisters*),并为此领到一沙弗林(sovereign)稿费。

8 月 13 日,詹姆斯·乔伊斯创作的短篇小说《姐俩》在 A. E. 或 Æ(即乔治·威廉·拉塞尔[George William Russell, 1867—1935])任编辑的报纸《爱尔兰家园》(*The Irish Homestead*)上发表。在发表这篇作品时,詹姆斯·乔伊斯采用的笔名是斯蒂芬·代达罗斯。

9月，詹姆斯·乔伊斯住在桑迪湾马尔泰洛碉堡(Sandycove Martello Tower)。此处由奥利弗·戈加蒂租下，与詹姆斯·乔伊斯一起住的有奥利弗·戈加蒂和塞缪尔·特伦奇(Samuel Trench)。

9月10日，詹姆斯·乔伊斯创作的《伊芙琳》(*Eveline*)在《爱尔兰家园》上发表。

10月8日，詹姆斯·乔伊斯和诺拉·巴那克尔离开都柏林，前往瑞士东北部城市苏黎世。在1904年离开都柏林前大约2个月，乔伊斯创作了一首讽刺诗《宗教法庭》(*The Holy Office*)

10月20日，詹姆斯·乔伊斯和诺拉·巴那克尔到达的里雅斯特(Trieste)——意大利东北部港口城市。

10月21日，詹姆斯·乔伊斯和诺拉·巴那克尔到达普拉镇(Pola或Pula)。

11月7日，詹姆斯·乔伊斯在其《普拉笔记》中主张善、真、美(the good, the true, and the beautiful)三合一。

11月15日，詹姆斯·乔伊斯在其《普拉笔记》中引用中世纪意大利经院哲学家圣托马斯·阿奎那(Saint Thomas Aquinas, 1225—74)的语句讨论"美"。

11月16日，詹姆斯·乔伊斯在其《普拉笔记》中讨论"理解的行为"(the act of apprehension)。

11月，詹姆斯·乔伊斯开始创作短篇小说《泥土》(*Clay*)，并于1906年底才写完。乔伊斯将《泥土》与《都柏林人》的其他短篇小说集合在了一起，于1914年发表。

12月17日，詹姆斯·乔伊斯的短篇小说《车赛之后》(*After the Race*)在《爱尔兰家园》上发表。

12月，由爱尔兰国家戏剧协会(Irish National Theatre Society)在都柏林筹建的阿比剧院(Abbey Theatre)开始公演。

1905年(23岁) 1月至3月,詹姆斯·乔伊斯住在奥地利普拉镇的维亚梅蒂诺路(Via Medolino)7号。

3月,詹姆斯·乔伊斯到的里雅斯特市的伯利兹学校任课。

3月至5月,詹姆斯·乔伊斯住在的里雅斯特市的蓬泰偌索广场(Piazza Ponterosso)3号。

1905年5月至1906年2月,詹姆斯·乔伊斯住在的里雅斯特市的维亚圣尼古拉路(Via S Nicolò)30号。

7月,詹姆斯·乔伊斯创作了短篇小说《寄寓》(*The Boarding House*),其最早作为《都柏林人》的一篇故事于1914年发表。

7月,詹姆斯·乔伊斯创作了短篇小说《对手》(*Counterparts*),其最初发表于1914年。

7月,詹姆斯·乔伊斯的短篇小说《悲痛的往事》(*A Painful Case*)做了几次修改,并最早作为《都柏林人》的一篇故事于1914年发表。

7月27日,詹姆斯·乔伊斯的儿子乔治亚·乔伊斯(Giorgio Joyce)出生。

詹姆斯·乔伊斯的短篇小说《委员会办公室里的常春藤日》(*Ivy Day in the Committee Room*)在1905年夏写完,并最初发表于1914年。

9月,詹姆斯·乔伊斯的短篇小说《偶遇》(*An Encounter*)写完,并被收入第一版《都柏林人》中。

9月底,詹姆斯·乔伊斯的短篇小说《母亲》(*A Mother*)写完,其最初作为《都柏林人》的一篇故事于1914年发表。

10月中旬,詹姆斯·乔伊斯的短篇小说《阿拉比》(*Araby*)写完,并最初发表于1914年。

詹姆斯·乔伊斯的短篇小说《圣恩》(*Grace*)大部分写于1905年,部分修改于1906年,并最初发表于1914年。

10月20日,斯坦尼斯劳斯·乔伊斯离开都柏林,来到的里雅斯特,与詹姆斯·乔伊斯一家住在一起。

11月,新芬党(Sinn Féin party)创立。在爱尔兰语中,"Sinn Féin"表示"我们自己"(ourselves 或 we ourselves),但常被误译作"只有我们自己"(ourselves alone)。

12月,詹姆斯·乔伊斯将由12篇短篇小说组成的《都柏林人》交给出版商格兰特·理查兹(Grant Richards)。

詹姆斯·乔伊斯的诗歌《宗教法庭》自费出版。

1906年(24岁) 2月,乔伊斯一家住进薄伽丘路(Via Giovanni Boccaccio)的一幢公寓。

7月,詹姆斯·乔伊斯带诺拉·巴那克尔和乔治亚·乔伊斯到达罗马。

8月,詹姆斯·乔伊斯开始在纳斯特-科尔布和舒马赫(Nast-Kolb & Schumacher)银行担任职员。

9月,乔伊斯一家迁至另一间公寓,该公寓位于维亚蒙特布里安丘山路(Via Monte Brianzo)。

詹姆斯·乔伊斯完成了短篇小说《两个浪子》(*Two Gallants*)的创作,其最初发表于1914年。

詹姆斯·乔伊斯的短篇小说《一小片云》(*A Little Cloud*)写完,并最初发表于1914年。

1907年(25岁) 1月17日,詹姆斯·乔伊斯与埃尔金·马修斯出版社(Elkin Matthews)签下出版诗集《室内乐》(*Chamber Music*, 1907)的合同。

3月7日,詹姆斯·乔伊斯一家回到的里雅斯特。

3 月 22 日，詹姆斯·乔伊斯用意大利文撰写的评论《女性主义：最后的芬尼亚勇士》(*Il Fenianismo. L'Ultimo feniano*)在的里雅斯特的《晚邮报》(*Il Piccolo della Sera*)上发表。

4 月 27 日，詹姆斯·乔伊斯在的里雅斯特民众大学(Università Popolare Triestina)用意大利文呈现了一个题为《爱尔兰，圣贤之岛》(*Irlanda, Isola dei Santi e dei Savi*)的讲演。

5 月 10 日，詹姆斯·乔伊斯的诗集《室内乐》在伦敦由埃尔金·马修斯出版社出版。

5 月 19 日，詹姆斯·乔伊斯用意大利文撰写的评论《自治法案进入成熟期》(*Home Rule Maggiorenne*)在的里雅斯特的《晚邮报》上发表。

7 月 26 日是圣安妮节(St Anne's day)，詹姆斯·乔伊斯的女儿露西娅·安娜·乔伊斯(Lucia Anna Joyce)出生。

9 月 16 日，詹姆斯·乔伊斯用意大利文撰写的评论《公审中的爱尔兰》(*L'Irland alla Sbarra*)在的里雅斯特的《晚邮报》上发表。

1907 年，詹姆斯·乔伊斯的短篇小说《死者》写于的里雅斯特，其最早作为《都柏林人》的一篇故事于 1914 年发表。

1908 年(26 岁) 詹姆斯·乔伊斯写完《艺术家年轻时的写照》前三章。

1909 年(27 岁) 3 月 24 日，詹姆斯·乔伊斯用意大利文撰写的评论《奥斯卡·王尔德：〈莎乐美〉的诗人作者》(*Oscar Wilde: Il Poeta di 'Salome'*)在的里雅斯特的《晚邮报》上发表。

4 月，詹姆斯·乔伊斯修改过的《都柏林人》被送到都柏林的蒙塞尔出版公司(Maunsel & Company)。

8 月 6 日，文森特·科斯格罗夫（Vincent Cosgrave）——《艺术家年轻时的写照》中的林奇（Lynch）之原型——断言诺拉·巴那克尔背叛过詹姆斯·乔伊斯。

8 月 7 日，詹姆斯·乔伊斯找住在埃克尔斯街 7 号的老朋友 J. F. 伯恩(J. F. Byrne)——《艺术家年轻时的写照》中的克兰利(Cranly)之原型——帮忙。埃克尔斯街 7 号是《尤利西斯》的主角利奥波德·布鲁姆(Leopold Bloom)的家。

8 月，詹姆斯·乔伊斯带着儿子乔治亚·乔伊斯回到爱尔兰。

8 月 31 日，乔治亚·乔伊斯在都柏林用意大利文写了一篇文章，该文题目为《萧伯纳与审查员的交锋：布兰科·波斯内特的出现》(*La Battaglia Fra Bernard Shaw e la Censura*. "*Blanco Posnet Smascherato*")。

9 月 5 日，詹姆斯·乔伊斯用意大利文撰写的文章《萧伯纳与审查员的交锋：布兰科·波斯内特的出现》在的里雅斯特的《晚邮报》上发表。

9 月 9 日，詹姆斯·乔伊斯带着儿子乔治亚·乔伊斯及妹妹伊娃·乔伊斯(Eva Joyce)回到的里雅斯特。

10 月 21 日，詹姆斯·乔伊斯回到都柏林。

12 月 20 日，詹姆斯·乔伊斯开设的沃尔特电影院(Cinematographic Volta)开始营业。

詹姆斯·乔伊斯送给妻子一条项链，上面刻着："爱之离，爱则悲(Love is unhappy when love is away)。"

1910 年(28 岁) 1 月，詹姆斯·乔伊斯回到的里雅斯特。

6 月，沃尔特电影院被卖掉，赔 600 英镑。

12 月 22 日，詹姆斯·乔伊斯用意大利文撰写的文章《自治法案彗星》(*La Cometa dell* "*Home Rule*")在的里雅斯特的《晚邮报》上发表。

1912年(30岁) 3月,詹姆斯·乔伊斯用意大利文在的里雅斯特民众大学呈现了一个关于威廉·布莱克(William Blake, 1757—1827)的讲演。

5月16日,詹姆斯·乔伊斯用意大利文撰写的文章《忆帕内尔》(*L'Ombra di Parnell*)在的里雅斯特的《晚邮报》上发表。

7月至9月,詹姆斯·乔伊斯回爱尔兰办事,此行是他最后一次回爱尔兰。其间,他到过戈尔韦(Galway)和都柏林。

8月11日,詹姆斯·乔伊斯用意大利文撰写的文章《部落城市:意大利语在爱尔兰港回荡》(*La Città delle Tribù; Ricordi Italiani in un Porto Irlandese*)在的里雅斯特的《晚邮报》上发表。

8月23日,都柏林的蒙塞尔出版公司(Maunsel & Company)拒绝出版《都柏林人》。

9月5日,詹姆斯·乔伊斯用意大利文撰写的文章《阿兰岛渔夫的幻想:发生战争时英格兰的安全阀》(*Il Miraggio del Pescatore di Aran. La Valvola dell'Inghilterra in Caso di Guerra*)在的里雅斯特的《晚邮报》上发表。

9月10日,詹姆斯·乔伊斯的文章《政治与牛疫》(*Politics and Cattle Disease*)在《自由人杂志》(*Freeman's Journal*)上发表。

9月,詹姆斯·乔伊斯的讽刺诗《火炉冒出的煤气》(*Gas from a Burner*)在的里雅斯特自费出版。

1913年(31岁) 詹姆斯·乔伊斯经威廉·巴特勒·叶芝介绍,与艾兹拉·庞德(Ezra Pound, 1885—1972)交往。

詹姆斯·乔伊斯开始为创作剧本《流亡者》(*Exiles*, 1918)做笔记。

1914 年(32 岁) 2 月,詹姆斯·乔伊斯的小说《艺术家年轻时的写照》在伦敦杂志《自我主义者》(*Egoist*)上分期发表。

3 月,詹姆斯·乔伊斯开始写小说《尤利西斯》,但不久又暂时停下《尤利西斯》的创作,以便撰写《流亡者》。《流亡者》于 1915 年写完。

6 月 15 日,詹姆斯·乔伊斯短篇小说集《都柏林人》由伦敦格兰特·理查兹有限公司(Grant Richards Ltd)出版。

7 月 15 日,《〈都柏林人〉与詹姆斯·乔伊斯先生》(*Dubliners and Mr. James Joyce*)——艾兹拉·庞德关于《都柏林人》的评论在《自我主义者》上发表。

1915 年(33 岁) 4 月,詹姆斯·乔伊斯离开的里雅斯特去瑞士。

6 月,詹姆斯·乔伊斯一家到达苏黎世。

8 月,在艾兹拉·庞德、埃德蒙·戈斯(Edmund Gosse,1849—1928)和威廉·巴特勒·叶芝的帮助下,詹姆斯·乔伊斯获得一笔由不列颠皇家文学基金会(British Royal Literary Fund)颁发的资金。

9 月,詹姆斯·乔伊斯写完剧本《流亡者》。

1916 年(34 岁) 9 月,詹姆斯·乔伊斯收到不列颠国库基金(British Treasury Fund)赠予的 100 英镑。

12 月 29 日,詹姆斯·乔伊斯的小说《艺术家年轻时的写照》由纽约的 B. W. 许布希出版社(B. W. Huebsch)出版。

伦敦自我主义者出版社(Egoist Press)出版《艺术家年轻时的写照》。

纽约的现代书屋(Modern Library)出版《都柏林人》。

《都柏林人》的一个版本由纽约的 B. W. 许布希出版社出版。

詹姆斯·乔伊斯创作了一首题为《杜利的谨慎》(*Dooleysprudence*)的诗。

1917年(35岁) 2月,《小说终于出现》(*At last the Novel Appears*)——艾兹拉·庞德关于《艺术家年轻时的写照》的评论在《自我主义者》上发表。

4月1日,詹姆斯·乔伊斯在B. W. 许布希出版社出版的《艺术家年轻时的写照》中校出365处错误。

4月24日,复活节起义(Easter Rebellion)主要发生在都柏林。

8月,艾兹拉·庞德撰写的《詹姆斯·乔伊斯的长篇小说》(*James Joyce's Novel*)在《小评论》(*Little Review*)上发表。

8月,詹姆斯·乔伊斯做了眼部手术。

10月,为了康复,詹姆斯·乔伊斯去瑞士南部洛迦诺(Locarno)疗养。

哈里特·肖·韦弗(Harriet Shaw Weaver, 1876—1961)——《自我主义者》杂志的编辑——开始匿名资助詹姆斯·乔伊斯。

埃蒙·德·瓦勒拉(Éamon de Valera, 1882—1975)被选为新芬党主席。

1916年版的《艺术家年轻时的写照》由自我主义者出版社重印。

詹姆斯·休谟克(James Huneker, 1857—1921)的评论《詹姆斯·乔伊斯》被收入斯克里布纳出版社(Scribner)出版的《独角兽》(*Unicorns*, 1917)中。

1918年(36岁) 1月,詹姆斯·乔伊斯回到苏黎世。

2月,詹姆斯·乔伊斯翻译的迭戈·安杰利(Diego Angeli)的评论《论〈写照〉的意大利书评》(Un Romanzo di Gesuiti)在《自我主义者》上发表。

3月,长篇小说《尤利西斯》第一章由纽约《小评论》发表。

1918 年,《尤利西斯》如下各章先后在《小评论》上发表:

3 月,《忒勒马科斯》(*Telemachus*);

4 月,《涅斯托耳》(*Nestor*);

5 月,《普洛透斯》(*Proteus*);

6 月,《卡吕普索》(*Calypso*);

7 月,《食莲者》(*Lotus eaters*);

9 月,《冥府》(*Hades*);

10 月,《埃俄罗斯》(*Eolus*)。

5 月,詹姆斯·乔伊斯的《流亡者》由伦敦格兰特·理查兹有限公司出版。

1919 年(37 岁) 1 月,爱尔兰议会(Dáil Éireann)第一次会议召开。

10 月,詹姆斯·乔伊斯与其家人返回的里雅斯特。

1919 年,《尤利西斯》如下各章先后在《小评论》上发表:

1 月和 2 月/3 月,《勒斯特里冈尼亚人》(*Lestrygonians*);

4 月和 5 月,《斯库拉与卡律布狄斯》(*Scylla and Charybdis*);

6 月和 7 月,《游岩》(*Wandering Rocks*);

8 月和 9 月,《赛壬》(*Sirens*);

11 月和 12 月,《独眼巨人》(*Cyclops*)的一部分。

4 月 10 日,英国女作家弗吉尼亚·伍尔夫(Virginia Woolf, 1882—1941)的《现代长篇小说》(*Modern Novels*)在《时代文学供给》(*Times Literary Supply*)上发表。在此文中,伍尔夫赞赏了詹姆斯·乔伊斯叙事技巧的原创性。1925 年,《现代长篇小说》改题为《现代小说》(*Modern Fiction*),刊登在《普通读者》(*The Common Reader*)上。

6月,由一位匿名作者撰写的题为《与新小说共超巅峰》(*Over the Top with the New Novelists*)的文章发表在《时事评论》(*Current Opinion*)上,该文对连载中的《尤利西斯》和《艺术家年轻时的写照》进行了评论,文中大量征引了弗吉尼亚·伍尔夫的《现代长篇小说》之语句。

1920年(38岁) 6月,詹姆斯·乔伊斯带其子乔治亚·乔伊斯到意大利的代森扎诺-德尔加达(Desenzano del Garda)与艾兹拉·庞德会晤。

6月,在艾兹拉·庞德的建议下,詹姆斯·乔伊斯携带家人迁居至巴黎。

1920年,《尤利西斯》如下各章先后在《小评论》上发表:

1月和2月,《独眼巨人》(*Cyclops*)的剩余部分;

4月、5月/6月和7月/8月,《瑙西卡》(*Nausikaa*);

9月/12月,《太阳神的牛》(*Oxen of the Sun*)。

8月,经艾兹拉·庞德介绍,詹姆斯·乔伊斯结识托马斯·斯特恩斯·艾略特(Thomas Stearns Eliot, 1888—1965)。

9月3日,詹姆斯·乔伊斯给约翰·奎因(John Quinn)写了一封信,信中有一份《尤利西斯》的纲要。

1921年(39岁) 2月,查尔斯·斯图尔特·帕内尔的情人和妻子凯瑟琳·奥谢·帕内尔谢世。

2月,《小评论》因有淫秽嫌疑而开始受审,纽约法庭判定《尤利西斯》会伤风败俗。

4月,理查德·奥尔丁顿(Richard Aldington)撰写的《詹姆斯·乔伊斯先生的影响》(*The Influence of Mr. James Joyce*)在《英语评论》(*The English Review*)上发表。

6月11日,萧伯纳或直译为乔治·伯纳德·肖(George Bernard Shaw, 1856—1950)给出版家西尔维娅·比奇(Sylvia Beach, 1887—1962)写了一封信,表达了他对连载的《尤利西斯》之看法。

8月16日,詹姆斯·乔伊斯写信给友人弗兰克·巴奇恩(Frank Budgen, 1882—1971),表示《珀涅罗珀》(*Penelope*)是《尤利西斯》中最吸引人的部分。

10月,历时7年,詹姆斯·乔伊斯终于撰写完《尤利西斯》,他将该书视为"两个民族(犹太—爱尔兰)的史诗"(an epic of two races [Israelite-Irish])。

12月,爱尔兰自由邦(Irish Free State)诞生。

《流亡者》的一个版本在伦敦的自我主义者出版社出版。

詹姆斯·乔伊斯的一幅画像由温德姆·刘易斯(Wyndham Lewis)完成。

1922年(40岁) 1月,《詹姆斯·乔伊斯与居谢》(James Joyce et Pécuchet)——艾兹拉·庞德关于《尤利西斯》的一篇评论文章——在《法国信使》(*Mercure de France*)上发表。

1月,亚瑟·格里菲斯(Arthur Griffith, 1871—1922)被选举为爱尔兰下议院(Dáil Éireann)议长。

2月2日是乔伊斯的40岁生日。这天,西尔维娅·比奇的书店——巴黎莎士比亚书屋(Shakespeare and Company)出版了《尤利西斯》第一版(共计1000册)。

2月11日,詹姆斯·乔伊斯给罗伯特·麦卡蒙(Robert McAlmon)写了一封信,信中提到爱尔兰下议院宣传部有意推举他为诺贝尔奖候选人,他认为自己获此奖的希望渺茫。

4月1日，《尤利西斯》(*Ulysses*)——乔治·雷姆(George Rehm)撰写的评论——在《巴黎评论》(*Paris Review*)上发表。

4月，《詹姆斯·乔伊斯》(*James Joyce*)——杜娜·巴尼斯(Djuna Barnes)撰写的评论——在《名利场》(*Vanity Fair*)上发表。

4月，詹姆斯·乔伊斯的眼疾复发。

6月，爱尔兰内战(Irish Civil War)爆发。

7月，詹姆斯·乔伊斯给艾德蒙·威尔逊(Edmund Wilson)写了一封信，对他在《新共和》(*New Republic*)和《夕阳》(*Evening Sun*)上发表的有关《尤利西斯》的评论表示欣赏。

10月，乔伊斯一家到英格兰旅游，詹姆斯·乔伊斯在那里第一次见到哈里特·肖·韦弗。

10月，自我主义者出版社出版《尤利西斯》(共计2000册)，该版中的500册被纽约邮政局(New York Post Office Authorities)扣留。

12月2日，《论尤利西斯》(On *Ulysses*)——芭贝特·德意志(Babette Deutsch)的评论——在《文学评论》(*Literary Review*)上发表。

《詹姆斯·乔伊斯的〈尤利西斯〉》(l'*Ulisse* du James Joyce)——西尔维奥·本科(Silvio Benco)的评论——在《民族报》(*La Nazione*)上发表。

爱尔兰语成为官方语言。

1923年(41岁) 1月，伦敦的自我主义者出版社出版《尤利西斯》(共计500册)，其中的490册被福克斯通海关局(Customs Authorities in Folkestone)扣留。

3月，詹姆斯·乔伊斯开始创作另一部实验性作品《进行中的工作》(*Work in Progress*)。该作品最终以《为芬尼根守灵》(*Finnegans Wake*)为题，于1939年发表。

5月，爱尔兰内战结束。

9月，爱尔兰自由邦被允许加入国际联盟(League of Nations)。

10月23日，詹姆斯·乔伊斯给哈里特·肖·韦弗写了一封信，他在信中提到中国女士和上海。

11月14日，威廉·巴特勒·叶芝获诺贝尔文学奖。

11月，托马斯·斯特恩斯·艾略特的评论《〈尤利西斯〉，秩序和神话》(*Ulysses, Order, and Myth*)在《日晷》(*Dial*)上发表。

《爱尔兰反律法主义者中最新的文学信徒：詹姆斯·乔伊斯》(*Ireland's Latest Literary Antinomian: James Joyce*)——约瑟夫·柯林斯(Joseph Collins)撰写的文章——被收入纽约乔治·H.多兰出版社出版的著作《神学者看文学》(*The Doctor Looks at Literature*, 1923)中。《神学者看文学》的作者是约瑟夫·柯林斯本人。

1924年(42岁) 1月，莎士比亚书屋在巴黎出版了无限量版《尤利西斯》(1926年重新排版)。

4月6日，杰拉德·古尔德(Gerald Gould)撰写的文章《论大卫·赫伯特·劳伦斯和詹姆斯·乔伊斯》(*On D. H. Lawrence and James Joyce*)在《观察者》(*Observer*)上发表。

4月，詹姆斯·乔伊斯《进行中的工作》的一部分在巴黎《大西洋评论》(*Transatlantic Review*)上发表。

7 月，马尔科姆·考利（Malcolm Cowley）的文章《詹姆斯·乔伊斯》（*James Joyce*）在纽约的《文人》（*The Bookman*）上发表。

7 月至 8 月中旬，詹姆斯·乔伊斯及其家人在法国圣马洛市（Saint Malo）和坎佩尔市（Quimper）度过。

8 月 7 日，斯坦尼斯劳斯·乔伊斯给詹姆斯·乔伊斯写了一封信，信中将尚未命名的小说（即《为芬尼根守灵》）视作"梦魇之作"（nightmare production）。

9 月初，乔伊斯一家回到巴黎。

11 月，艾德蒙·威尔逊的文章《走进乔伊斯》（*An Introduction to Joyce*）在《日晷》上发表。

9 月下旬，乔伊斯一家到伦敦住了几周。

伦敦的乔纳森·开普出版社（Jonathan Cape）出版《艺术家年轻时的写照》。

赫伯特·戈尔曼（Herbert Gorman）的《詹姆斯·乔伊斯的早期四十年》（*James Joyce, His First Forty Years*）在纽约的 B. W. 许布希出版社出版。

理查德·奥尔丁顿（Richard Aldington）的文章《乔伊斯先生的〈尤利西斯〉》（*Mr. James Joyce's 'Ulysses'*）被收入纽约日晷出版社出版的《文学研究和评论》（*Literary Studies and Reviews*）中。

1925 年（43 岁） 1 月，瓦莱里·拉尔博（Valéry Larbaud，1881—1957）的文章《关于詹姆斯·乔伊斯和〈尤利西斯〉》（*A Propos de James Joyce et de Ulysses*）在《新法国评论》（*Nouvelle Revue Française*）上发表。

3 月 13 日，詹姆斯·乔伊斯在巴黎夏尔·皮凯大道（Avenue Charles Picquet）8 号写了一封信，信中论及艾兹拉·庞德。

3月14日，西蒙娜·泰里(Simone Tery)的评论《与爱尔兰的詹姆斯·乔伊斯会晤》(*Rencontre avec Javmes Joyce, Irlandais*)在《文学新闻》(*Les Nouvelles litteraires*)上发表。

3月，埃内斯特·博伊德(Ernest Boyd)的评论《关于尤利西斯》(*A Propos de Ulysses*)在《新法国评论》上发表。

4月4日，伯纳德·吉尔伯特(Bernard Gilbert)的文章《詹姆斯·乔伊斯的悲剧》(*The Tragedy of James Joyce*)在《G. K. 周刊》(*G. K.'s Weekly*)上发表。

1925年春，詹姆斯·乔伊斯那封论及艾兹拉·庞德的书信在巴黎的《本季度》(*This Quarter*)上发表。

7月，《进行中的工作》的第二个片段在伦敦的《标准》(*Criterion*)上发表。

7月，詹姆斯·乔伊斯在法国费康(Fécamp)度过。

8月20日，卡洛·利纳蒂(Carlo Linati)的文章《乔伊斯》(*Joyce*)在《晚邮报》(*Corriere della Sera*)上发表。

8月，詹姆斯·乔伊斯在法国阿尔卡雄(Arcachon)度过。

9月初，詹姆斯·乔伊斯回到巴黎。

9月12日，詹姆斯·奥赖利(James O'Reilly)的文章《乔伊斯及他人》(Joyce and Beyond Joyce)在《爱尔兰政治家》(*Irish Statesman*)上发表。

10月，约翰·帕尔默(John Palmer)的文章《荒诞文学》(*Antic Literature*)在《十九世纪及以后》(*Nineteenth Century and After*)上发表。

保罗·罗森菲尔德(Paul Rosenfeld)的文章《詹姆斯·乔伊斯》(*James Joyce*)被收入由纽约日晷出版社出版的《所见之人》(*Men Seen*, 1925)上。

1926年(44岁) 7月下旬至9月,乔伊斯一家在奥斯坦德(Ostend)和布鲁塞尔(Brussels)度过。

9月19日,欧金尼奥·蒙塔莱(Eugenio Montale)的文章《外国文学报道:詹姆斯·乔伊斯的都柏林》(*Cronache delle Letterature Straniere: Dubliners di James Joyce*)在《文学展望》(*Fiera Letteraria*)上发表。

9月下旬,詹姆斯·乔伊斯带家人游览滑铁卢。

11月15日,艾兹拉·庞德给詹姆斯·乔伊斯写了一封信,信中论及《进行中的工作》。

纽约的现代书屋出版《都柏林人》。

1924年,乔纳森·开普出版社再版了《艺术家年轻时的写照》。

1927年(45岁) 3月2日,詹姆斯·乔伊斯给哈里特·肖·韦弗写了一封信,信中对一个汉字进行了讨论。

4月,詹姆斯·乔伊斯前往伦敦。

5月和6月,詹姆斯·乔伊斯暂居在海牙和阿姆斯特丹。

6月,《进行中的工作》开始在巴黎的《变迁》(*transition*)上连载。

7月,詹姆斯·乔伊斯的第二本诗集《一分钱一只的果子》(*Pomes Penyeach*)在巴黎西尔维娅·比奇的莎士比亚书屋出版。

9月,塞缪尔·罗斯(Samuel Roth)的文章《献给詹姆斯·乔伊斯》(*An Offer to James Joyce*)在《双界月刊》(*Two Worlds Monthly*)上发表。

10月28日,詹姆斯·乔伊斯给哈里特·肖·韦弗写了一封信。

保罗·乔丹·史密斯(Paul Jordan Smith)的文章《打开詹姆斯·乔伊斯的〈尤利西斯〉大门的钥匙》(*A Key to the "Ulysses" of James Joyce*)在芝加哥发表。

1928年(46岁) 2月10日,詹姆斯·乔伊斯在巴黎写了一封法文信论及托马斯·哈代(Thomas Hardy, 1892—1957)。

1928年第一季度,詹姆斯·乔伊斯论及托马斯·哈代的法文信在巴黎的《新评论》(*Review Nouvelle*)上发表。

3月,詹姆斯·乔伊斯前往法国的迪拜(Dieppe)和鲁昂(Rouen)。

4月下旬,詹姆斯·乔伊斯在法国的土伦(Toulon)度过。

1928年夏,莱斯特·沙夫(Lester Scharaf)的文章《不受控制的詹姆斯·乔伊斯》(*James Joyce the Unbounded*)在巴尔的摩的《青少年》(*The Adolescent*)上发表。

7月至9月中旬,詹姆斯·乔伊斯居住在萨尔茨堡(Salzburg)。

10月20日,詹姆斯·乔伊斯创作的《安娜·利维娅·普卢拉贝勒》(*Anna Livia Plurabelle*)以著作形式在纽约发表。

12月29日,A. E.(乔治·威廉·拉塞尔)的评论《安娜·利维娅·普卢拉贝勒》(*Anna Livia Plurabelle*)发表在《爱尔兰政治家》上。

乔纳森·开普出版社再版了该社于1924年出版的《艺术家年轻时的写照》。

纽约的兰登书屋出版了由赫伯特·戈尔曼作序的《艺术家年轻时的写照》。

1929年(47岁) 2月,法译本《尤利西斯》出版。

5月,塞缪尔·贝克特(Samuel Beckett, 1906—1989)及其他11位作家合著的《我们对他创作的〈进行中的工作〉成果的细查》(*Our Exagmination round His Factification for Incamination of His Work in Progress*)由巴黎的莎士比亚书屋出版。

卡尔·图霍尔斯基(Karl Tuchoisky)的评论《尤利西斯》(*Ulysses*)在《世界舞台》(*Die Weltbühne*)第二十三期(1929年)上发表。

7月,斯图尔特·吉伯特(Stuart Gilbert, 1883—1969)的评论《爱尔兰〈尤利西斯〉一章:"冥府"》(*Irish Ulysses: Hades Episode*)在《半月评论》上发表。

8月,詹姆斯·乔伊斯创作的《舍姆和肖恩的故事》(*Tales Told of Shem and Shaun*)由巴黎的黑太阳出版社(The Black Sun Press)出版。

11月,斯图尔特·吉伯特的评论《〈尤利西斯〉之"埃俄罗斯"》(*The Aeolus Episode of Ulysses*)在《变迁》上发表。

1929年秋,哈罗德·塞勒姆逊(Harold Salemson)的评论《詹姆斯·乔伊斯和新世界》(*James Joyce and the New World*)在巴尔的摩的《现代季刊》(*Modern Quarterly*)上发表。

10月16日,莫瑞斯·墨菲(Maurice Murphy)的评论《詹姆斯·乔伊斯和爱尔兰》(*James Joyce and Ireland*)在《民族》(*Nation*)上发表。

11月22日,詹姆斯·乔伊斯写信给哈里特·肖·韦弗,表示在过去的3周,他无法思考、写作、阅读或讲话,他每天睡眠长达16个小时。

康斯坦丁·布兰库希(Constantin Brâncuşi, 1876—1957)的画像《乔伊斯符号》(*Symbol of Joyce*)发表。

彼得·杰克(Peter Jack)的评论《当代名人:詹姆斯·乔伊斯》(*Some Contemporaries: James Joyce*)在《手稿》(*Manuscripts*)上发表。

1930年(48岁) 1月,詹姆斯·乔伊斯开始力捧男高音歌手约翰·沙利文(John Sullivan),他对沙利文的支持延续了多年。

3月,斯图尔特·吉伯特的评论《普洛透斯:〈尤利西斯〉》(*Proteus*:*Ulysses*)在《交流》(*Echanges*)上发表。

5月和6月,詹姆斯·乔伊斯的左眼在苏黎世接受了一系列手术治疗。

4月23日,J. A. 哈默顿(J. A. Hammerton)的评论《文学展示:我眼中的詹姆斯·乔伊斯》(*The Literary Show*:*What I think of James Joyce*)在《旁观者》(*Bystander*)上发表。

6月11日,F. B. 卡基基(F. B. Cargeege)的评论《詹姆斯·乔伊斯的秘密》(*The Mystery of James Joyce*)在《普通人》(*Everyman*)上发表。

6月14日,杰拉德·赫德(Gerald Heard)的评论《詹姆斯·乔伊斯的语言》(*The Language of James Joyce*)在《周末》(*The Week-end*)上发表。

7月9日,杰斐佛·考特尼(Jeffifer Courtenay)的评论《走近詹姆斯·乔伊斯》(*The Approach to James Joyce*)在《普通人》上发表。

7月9日,G. 维内·拉斯顿(G. Wynne Ruston)的评论《反对詹姆斯·乔伊斯的舆论》(*The Case Against James Joyce*)在《普通人》上发表。

7月,莫顿·D. 扎贝尔(Morton D. Zabel)的评论《詹姆斯·乔伊斯的抒情诗》(*The Lyrics of James Joyce*)在《诗》(*Poetry*)上发表。

7月和8月,詹姆斯·乔伊斯先住在伦敦,后住在牛津,之后又住在威尔士的兰迪德诺镇(Llandudno)。

8月2日，斯图尔特·吉伯特的评论《巨人的成长》（*The Growth of a Titan*）——有关詹姆斯·乔伊斯成长的文章——在《周末文学评论》（*Saturday Review of Literature*）上发表。

9月27日，詹姆斯·乔伊斯致信哈里特·肖·韦弗，信中将大卫·赫伯特·劳伦斯（David Herbert Lawrence，1885—1930）的长篇小说《查泰莱夫人的情人》（*Lady Chatterley's Lover*，1928）称作《话匣子夫人的情人》（*Lady Chatterbox's Lover*）。

1930年第三季度，蒙哥马利·贝利镇（Montgomery Beligion）的评论《乔伊斯先生和吉伯特先生》（*Mr. Joyce and Mr. Gilbert*）在《本季度》上发表。

11月29日，杰弗里·格里格森（Geoffrey Grigson）的评论《再论詹姆斯·乔伊斯》（*James Joyce again*）在《周末评论》（*Saturday Review*）上发表。

12月，爱德华W.泰特斯（Edward W. Titus）的评论《乔伊斯先生讲解》（*Mr. Joyce Explains*）在《本季度》上发表。

12月，斯图尔特·吉伯特的评论《乔伊斯式主角》（*The Joycean Protagonist*）在《交流》上发表。

12月，25岁的乔治亚·乔伊斯娶35岁的海伦·卡斯托尔·弗莱施曼（Helen Kastor Fleischmann）为妻。

12月，西尔维奥·本科（Silvio Benco）的评论《詹姆斯·乔伊斯在的里雅斯特》（*James Joyce in Trieste*）在《文人》上发表。

《子孙满天下》（*Haveth Childers Everywhere*）以著作形式由下列两个出版社出版：巴黎的亨利·巴布和杰克·卡亨出版社（Henry Babou and Jack Kahane）与纽约的喷泉出版社（The Fountain Press）。

《安娜·利维娅·普卢拉贝勒》由伦敦的费伯和费伯书屋(Faber and Faber)出版。
斯图尔特·吉伯特的专著《詹姆斯·乔伊斯的〈尤利西斯〉》(*James Joyce's 'Ulysses'*)由伦敦的费伯和费伯书屋出版。

1931年(49岁) 1931年春,斯图尔特·吉伯特的评论《〈进行中的工作〉的脚注》(*A Footnote to Work in Progress*)在剑桥的《实验》(*Experiment*)上发表,其对《进行中的工作》进行了解释。
3月,迈克尔·莱农(Michael Lennon)的评论《詹姆斯·乔伊斯》(*James Joyce*)在《天主教世界》(*Catholic World*)上发表。
4月,詹姆斯·乔伊斯在威斯巴登(Wiesbaden)逗留了几天。
5月5日,弗雷德里克·勒菲弗(Frederick Lefevre)的评论《詹姆斯·乔伊斯之误》(*l'Erreur de James Joyce*)在《共和国》(*La République*)上发表。
5月,詹姆斯·乔伊斯赴伦敦。
5月,《安娜·利维娅·普卢拉贝勒》的法译本在《新法国评论》上发表。
6月10日,约瑟·沃伦·比奇(Joseph Warren Beach)的评论《从詹姆斯到乔伊斯的小说》(*The Novel from James to Joyce*)在《民族》上发表。
7月4日,詹姆斯·乔伊斯与诺拉·巴那克尔在肯辛顿(Kensington)登记结婚。
9月,詹姆斯·乔伊斯离开伦敦赴巴黎。
12月,阿代尔基·巴朗特(Adelchi Barantono)的评论《乔伊斯现象》(*Il Fenomeno Joyce*)在《现代公民》(*Civilia Moderna*)上发表。

12月29日，詹姆斯·乔伊斯的父亲在都柏林去世。

《子孙满天下》由伦敦的费伯和费伯书屋出版。

艾德蒙·威尔逊的评论《詹姆斯·乔伊斯》(*James Joyce*)被收入专著《阿克塞尔的城堡：1870年至1930年想象文学研究》(*Axel's Castel: A Study in the Imaginative Literature of 1870—1930*)之中，该书由纽约的查尔斯·斯克里布纳之子出版社(Charles Scribner's Sons)出版。

爱德华·迪雅尔丹(Édouard Dujardin, 1861—1949)的《内心独白：它的外部特征、起源及在詹姆斯·乔伊斯作品中的作用》(*Le Monologue intérieure: son Apparition, ses Origines, sa Place dans l'Oeuvre de James Joyce*)在巴黎发表。

1932年(50岁) 2月15日，斯蒂芬·詹姆斯·乔伊斯出生，他是乔治亚·乔伊斯和海伦·乔伊斯的长子，也是詹姆斯·乔伊斯的长孙。

2月19日，詹姆斯·乔伊斯创作《瞧这孩子》(*Ecce Puer*)。

2月27日，詹姆斯·乔伊斯的评论《从被禁作家到被禁歌手》(*From a Banned Writer to a Banned Singer*)在伦敦的《新政治家与民族》(*The New Statesman and Nation*)上发表。

3月4日，詹姆斯·乔伊斯给托马斯·斯特恩斯·艾略特写了一封信，信中谈及《尤利西斯》在美国的出版问题。

3月，托马斯·麦克格林(Thomas McGreevy)的评论《向詹姆斯·乔伊斯致敬》(Homage to James Joyce)在《变迁》上发表。

3月，詹姆斯·乔伊斯的女儿露西娅·乔伊斯患精神分裂症。

玛丽·科拉姆(Mary Colum)的评论《詹姆斯·乔伊斯的写照》(*Portrait of James Joyce*)在《都柏林杂志》(*The Dublin Magazine*)上发表。

5月，埃蒙·德·瓦莱拉(Eamon de Valera，1882—1975)被选为爱尔兰自由邦行政委员会主席。

5月22日，爱尔兰剧作家及阿比剧院的创建人之一格雷戈里夫人去世。

7月至9月，乔伊斯一家旅居苏黎世。

9月，瑞士著名心理学家兼精神病学家卡尔·古斯塔夫·荣格(Carl Gustav Jung，1875—1961)的评论《尤利西斯：独白》(*Ulysses：ein Monolog*)在柏林的《欧洲评论》(*Europäische Revue*)上发表。

过了9月中旬，乔伊斯一家赴尼斯。

保罗·莱昂(Paul Leon)成为詹姆斯·乔伊斯的秘书。

12月，奥德赛出版社在汉堡、巴黎和波洛尼亚(Bologna)出版了无限量版《尤利西斯》。

塞萨尔·阿宾(César Abin)画了一幅詹姆斯·乔伊斯的肖像，该肖像的独特性在于它是一个问号形状。

《舍姆和肖恩的故事》在伦敦的费伯和费伯书屋出版。

查尔斯C.达夫(Charles C. Duff)的作品《詹姆斯·乔伊斯和普通读者》(*James Joyce and the Plain Reader*)在伦敦发表。

卡罗拉·翁-威尔克尔(Carola Giedion-Welcker)的评论《詹姆斯·乔伊斯》(James Joyce)在《法兰克福日报》(*Frankfurter Zeitung*)上发表。

1933 年(51 岁) 2 月 6 日,詹姆斯·乔伊斯给 W. K. 马吉(W. K. Magee)写了一封信,向对方咨询有关乔治·摩尔(George Moore)葬礼的事情。

5 月,乔伊斯一家赴苏黎世。

7 月,詹姆斯·乔伊斯的女儿露西娅·乔伊斯进瑞士尼翁(Nyon)疗养院。

9 月,弗兰克·雷蒙德·利维斯(Frank Raymond Leavis, 1895—1978)的评论《乔伊斯和〈词的革命〉》(*Joyce and 'The Revolution of the Word'*)在《推敲:季评》(*Scrutiny: A Quarterly Review*)上发表。

12 月 6 日,美国地方法院法官约翰·蒙罗·伍尔西(John Munro Woolsey, 1877—1945)作出了关于《尤利西斯》的判决,认定该小说并非是淫秽作品,《尤利西斯》可以在美国出版。

路易斯·戈尔丁(Louis Golding)的专著《詹姆斯·乔伊斯》(*James Joyce*)在伦敦的桑顿·巴特沃斯出版社(Thornton Butterworth)出版。

1934 年(52 岁) 1 月,纽约的兰登书屋(Random House)出版了无限量版《尤利西斯》。

1 月,克利夫顿·法迪曼(Clifton Fadiman)的评论《〈尤利西斯〉在美国首发》(*American Debut of Ulysses*)在《纽约》(*New York*)上发表。

2 月 14 日,威廉·特洛伊(William Troy)的评论《斯蒂芬·迪达勒斯与詹姆斯·乔伊斯》(*Stephen Dedalus and James Joyce*)在《民族》(*The Nation*)上发表。

3 月,詹姆斯·乔伊斯到格勒诺布尔(Grenoble)、苏黎世和蒙特卡洛(Monte Carlo)旅行。

4 月，詹姆斯·乔伊斯创作《易卜生〈群鬼〉后记》(*Epilogue to Ibsen's "Ghosts"*)。

6 月 1 日，詹姆斯·乔伊斯给露西娅·乔伊斯写了一封信，表示他会想办法出版《乔叟入门》(*Chaucer's ABC*)。

6 月，詹姆斯·乔伊斯的作品《米克、尼克和玛姬的笑剧》(*The Mime of Mick, Nick and the Maggies*)以著作形式在海牙出版，它后来成为《为芬尼根守灵》第二卷第一章的开篇。

6 月底，詹姆斯·乔伊斯前往东部的旅游城镇斯帕(Spa)。

1934 年夏，约翰·波洛克(John Pollock)的评论《〈尤利西斯〉和审查制度》(*Ulysses and censorship*)在《作者》(*The Author*)上发表。

9 月，詹姆斯·乔伊斯到苏黎世和日内瓦。

9 月，露西娅·乔伊斯转至卡尔·古斯塔夫·荣格(Carl Gustav Jung, 1875—1961)的诊所。

10 月，阿曼德·佩提让(Armand Petitjean)的评论《詹姆斯·乔伊斯以及世界语言吸收》(*James Joyce et l'Absorption de Monde par le Language*)在马赛的《南方手册》(*Cahiers du Sud*)上发表。

弗兰克·巴奇恩的著作《詹姆斯·乔伊斯以及〈尤利西斯〉创作》(*James Joyce and the Making of "Ulysses"*)在伦敦出版。

1935 年(53 岁) 1 月底，詹姆斯·乔伊斯从苏黎世回到巴黎。

5 月 25 日，罗伯特·林德(Robert Lynd)的评论《詹姆斯·乔伊斯和新小说》(*James Joyce and the New Kind of Fiction*)发表。

5月，保罗·埃尔默·摩尔(Paul Elmer More, 1864—1937)的评论《詹姆斯·乔伊斯》(*James Joyce*)在《北美评论》(*American Review*)上发表。

9月，詹姆斯·乔伊斯在法国北部的一个小城枫丹白露(Fontainebleau)停留了几天。

10月，《尤利西斯》由纽约的限量版俱乐部(Limited Editions Club)出版，该版印刷1500册，其插图由亨利·马蒂斯(Henri Matisse)设计。

A. J. A. 沃尔多克(A. J. A. Waldock)的评论《长篇小说中的实验》(*Experiment in the Novel*)被收入他本人的著作《英国文学的一些最新发展：悉尼大学函授异文系列》(*Some Recent Developments in English Literature: A Series of Sydney University Extension Lection*, 1935)之中，该著作由悉尼澳大利亚的医学出版公司(Medical Publishing Company)出版。

1936年(54岁) 7月，詹姆斯·乔伊斯的作品《乔叟入门》发表。

8月10日，詹姆斯·乔伊斯给斯蒂芬·乔伊斯(Stephen Joyce)写了一封信，信中讲述了一则寓言故事。

8月和9月，乔伊斯一家旅居丹麦，他们在去丹麦的途中曾到过波恩。

10月4日，詹姆斯·乔伊斯给康斯坦丁P. 柯伦(Constantine P. Curran)写了一封信，向对方征求了一些关于私人财产的意见。

10月15日，詹姆斯·乔伊斯给其岳母写了一封信，信中提到露西娅·乔伊斯为他的《乔叟入门》设计了插图。

10月，《尤利西斯》(共计1000册，其中100册有作者签名)由伦敦的博德利·黑德出版公司(The Bodley Head)出版。该版《尤利西斯》共计1000册，其中100册有作者签名。

12月,《诗选》(*Collected Poems*)由纽约的黑太阳出版社出版,该诗集包含《一分钱一只的果子》和《瞧这孩子》。

亨利·赛德尔·坎比(Henry Seidel Canby)的作品《七年的收获》(*Seven Years' Harvest*)在纽约出版。

大卫·戴希斯(David Daiches)的评论《〈尤利西斯〉的重要性》(*The Importance of Ulysses*)被收入其著作《新文学价值》(*New Literary Values*, 1936)之中,该著作在爱丁堡出版。

1937年(55岁) 5月23日,詹姆斯·乔伊斯给托马斯·基奥勒(Thomas Keohler)写了一封信,旨在为收到《献身者之歌》(*Songs of a Devotee*)向对方表示感谢。

7月,《爱尔兰共和国宪法》通过。

8月,乔伊斯一家旅居苏黎世。

8月,范德缸(D. G. Van der vat)的评论《〈尤利西斯〉中的父亲》(*Paternity in Ulysses*)在《英语学习》(*English Studies*)上发表。

9月,乔伊斯一家旅居迪拜(Dieppe)。

9月,无限量版《尤利西斯》由伦敦的博德利·黑德出版公司出版。

10月,詹姆斯·乔伊斯创作的《她讲的故事》(*Storiella as She Is Syung*)——《为芬尼根守灵》的一个片段——以著作形式由伦敦的科维努斯出版社(Corvinus Press)出版。

阿尔芒·珀蒂让(Armand Petitjean)的评论《乔伊斯的意义》(*Signification de Joyce*)在《英语研究》(*Etudes Anglaises*)上发表。

迈尔斯L.汉利(Miles L. Hanley)主编的著作《詹姆斯·乔伊斯的〈尤利西斯〉词索引》(*Word Index to James Joyce's "Ulysses"*)由威斯康星大学出版社出版。

1938 年(56 岁) 7 月,道格拉斯·海德被选为爱尔兰总统。

8 月至 9 月,詹姆斯·乔伊斯与家人先后旅居苏黎世和洛桑。

11 月,詹姆斯·乔伊斯完成了《为芬尼根守灵》。

1939 年(57 岁) 1 月,威廉·巴特勒·叶芝谢世。

2 月 2 日,詹姆斯·乔伊斯展示了《为芬尼根守灵》的第一个装订本。

4 月 4 日,詹姆斯·乔伊斯给利维娅·斯韦沃(Livia Svevo)写了一封信,信中谈及了一些生活琐事,如他很挂念弟弟等。

5 月 1 日,雅克·梅尔坎托(Jacques Mercanto)的评论《为芬尼根守灵》(*Finnegans Wake*)在《新法兰西评论》(*Nouvelle Revue Française*)上发表。

5 月 4 日,《为芬尼根守灵》由以下两家出版社正式出版:伦敦的费伯和费伯出版有限公司(Faber and Faber Limited)与纽约的海盗出版社(The Viking Press)。

5 月 5 日,哈罗德·尼科尔森(Harold Nicolson)的评论《乔伊斯先生无解的寓言之谜》(*The Indecipherable Mystery of Mr. Joyce's Allegory*)在伦敦的《每日电讯报》(*Daily Telegraph*)上发表。

5 月 8 日,布鲁顿·拉斯科(Bruton Rascoe)的评论《为芬尼根守灵》(*Finnegans Wake*)在《新闻周刊》(*Newsweek*)上发表。

5 月 19 日,安东尼·伯特伦(Anthony Bertram)的评论《对乔伊斯先生的看法》(*Views on Mr. Joyce*)在《旁观者》(*Spectator*)上发表。

5 月 20 日,L. J. 菲尼(L. J. Feeney)的评论《詹姆斯·乔伊斯》(*James Joyce*)在《美洲》(*America*)上发表。

6月3日，福特·马道克斯·福特(Ford Madox Ford)的评论《为芬尼根守灵》(*Finnegans Wake*)在《周末文学评论》上发表。

6月10日，保罗·罗森菲尔德(Paul Rosenfeld)的评论《为芬尼根守灵》(*Finnegans Wake*)在《周末文学评论》上发表。

6月28日，埃德蒙·威尔逊(Edmund Wilson)的评论《H. C. 埃里克和家》(*H. C. Earwicker and Family*)在《新共和》上发表。

7月7日，巴里·伯恩(Barry Byrne)的评论《为芬尼根守灵》(*Finnegans Wake*)在《公益》(*Commonweal*)上发表。

7月12日，埃德蒙·威尔逊的评论《H. C. 埃里克的梦》(*The Dream of H. C. Earwicker*)在《新共和》上发表。

7月，乔伊斯一家旅居法国海滨小城埃特勒塔(Étretat)

8月27日，丽奈特·罗伯茨(Lynette Roberts)的评论《为芬尼根守灵》(*Finnegans Wake*)在布宜诺斯艾利斯的《民族》(*La Nacion*)上发表。

8月，乔伊斯一家旅居伯尔尼(Berne)。

9月1日，欧文·B. 麦圭尔(Owen B. McGuire)的评论《为芬尼根守灵》(*Finnegans Wake*)在《公益》上发表。

9月至12月，乔伊斯一家返回法国，住在拉波勒(La Baule)。

10月，阿奇博尔德·希尔(Archibald Hill)的评论《语言学家看〈为芬尼根守灵〉》(*A Philologist Looks at Finnegans Wake*)在《弗吉尼亚季评》(*Virginia Quarterly Review*)上发表。

12月，乔伊斯一家离开巴黎，前往维希(Vichy)附近的圣热朗-勒-多姆(St Gérand-le-Puy)。

赫伯特·戈尔曼的著作《詹姆斯·乔伊斯》(*James Joyce*)在纽约出版。

哈里·列文(Harry Levin)写的有关《为芬尼根守灵》的评论《论初览〈为芬尼根守灵〉》(On First Looking into *Finnegans Wake*)发表在《散文和诗歌中的新方向》(*New Directions in Prose and Poetry*)上。

大卫·戴希斯(David Daiches)的著作《长篇小说和现代世界》(*The Novel and the Modern World*, 1939)由芝加哥大学出版社(University of Chicago Press)出版,该书的若干部分对詹姆斯·乔伊斯的长篇小说进行了评论。

詹姆斯·K.费布尔曼(James K. Feibleman)的评论《神话喜剧:詹姆斯·乔伊斯》(*The Comedy of Myth: James Joyce*)被收入《喜剧赞》(*In Praise of Comedy*, 1939)之中,该书由伦敦的艾伦和昂温出版社(Allen and Unwin)出版。

1940年(58岁) 6月,巴黎落入阿道夫·希特勒(Adolf Hitler, 1889—1945)之手。

12月,詹姆斯·乔伊斯带其家人离开圣热朗-勒-多姆前往苏黎世。

赫伯特·戈尔曼的著作《詹姆斯·乔伊斯》(*James Joyce*)由纽约的莱因哈特公司(Rinehart)出版。

1941年(59岁) 1月13日,詹姆斯·乔伊斯因溃疡穿孔在苏黎世红十字护士基地(Schwesterhaus vom Roten Kreuz)逝世。

1月15日,詹姆斯·乔伊斯葬在苏黎世弗林贴隆公墓(Fluntern Cemetery)。

参考文献

Attridge, Derek, ed., *The Cambridge Companion to James Joyce*. New York: Cambridge University Press, 1990.

Beja, Morris, *Dubliners and A Portrait of the Artist as a Young Man*. London: The Macmillian Press Ltd., 1973.

Bessai, Diane E., "Who Was Cathleen Ni Houlihan". The Malahat Review, 1977.

Blades, John, *How to study James Joyce*. Hampshire: Macmillan, 1996.

Bolt, Sydney, *A Preface to Joyce*. New York: Longman Inc., 1981.

Bowen, Zach, *Bloom's Old Sweet Song: Essays on Joyce and Music*. Gainesville: University Press of Florida, 1995.

Bowen, Zack R., *Musical Allusions in the Works of James Joyce*. New York: State University of New York Press, 1974.

Brown, Richard, *James Joyce*. New York: St. Martin's Press, 1992.

Brown, Terence, *Ireland: A Social and Cultural Hi*story, *1992 - 2002*. London: Harper Perennial, 2004.

Bucknell, Brad, *Literary Modernism and Musical Aesthetics: Pater, Pound, Joyce, and Stein*. Cambridge: Cambridge University Press, 2001.

Bulson, E., *The Cambridge Introduction to James Joyce*. New York: Cambridge University Press, 2006.

Carpenter, J. E., *The New Military Song Book*. London: F. Warne & Company, 1865.

Casanova, P., *The World Republic of Letters*. Cambridge & London: Harvard

University Press, 2004.

Cheng, Vincent John, *Joyce, Race and Empire*. Cambridge: Cambridge UP, 1995.

Collins, M. , *History in the Making: Ireland, 1868 - 1966*. Dublin: Educational Company of Ireland, 1993.

Colum, Padraic, Anthology of Irish Verse. New York: Boni and Liveright, 1922.

Crump, Ian, Vincent J. Cheng, et al, eds. , "Joyce's Aesthetic Theory and Drafts of a Portrait", In Joyce in Context. Cambridge: Cambridge University Press, 1992.

Curtis, E. , *A History of Ireland: From the Earliest Times to 1922*. London: Routledge, 2000.

Deane, Seamus, *A short History of Irish Literature*. London: Hutchinson, 1986.

Deming, Robert H. ed. , *James Joyce: The Critical Heritage*. London: Rouledge, 1997.

Deming, Robert H. , ed. *James Joyce: The Critical Heritage*. London and Henley: Routledge & Kegan Paul, 1970.

Duncathail, Street Ballads, Popular Poetry and Household Songs of Ireland. Dublin: McGlashan& Gill, 1865.

Ellmann, R. , *James Joyce*. Oxford: Oxford University Press, 1982.

Ellmann, R. , *Letters of James Joyce* (Volume II). New York: The Viking Press, 1966.

Ellmann, R. , Why Molly Bloom Menstruates, In W. Chace: *Joyce: A Collection of Critical Essays*. Englewood Cliffs, N. J. : Prentice-Hall, 1974.

Ellmann, Richard, *James Joyce*. Oxford: Oxford University Press, 1983.

Ellmann, Richard, *James Joyce*. Oxford: Oxford University Press, 1984.

Ellmann, Richard, *The consciousness of Joyce*. London: Faber & Faber, 1977.

Ellmann, Richard, *Ulysses the Divine Nobody*. Yale Review XKVII, Autumn, 1957.

Fairhall, James, James Joyce and the Question of History. London: CUP, 1995.

Feng Jianming, *The Transfigurations of the Characters in Joyce's Novels*. Beijing: Foreign Languages Press, 2005.

Flood, William H. Grattan. A History of Irish Music. See http://www.libraryireland.com/Iris-hMusic/Contents.php, 2016 - 01 - 25.

Foster, R. F. , ed. , *The Oxford History of Ireland*. New York: Oxford University

Press Inc., 1992.

Frattarola, Angela. "Developing an Ear for the Modernist Novel", Journal of Modern Literature. 2005.

Freillgrath, Ferdinand, *The Rose, Thistle and Shamrock*. Berlin: E. Hallberger, 1853.

Froula, C. Sex, In J. McCourt. *James Joyce in Context*. Cambridge: Cambridge University Press, 2009.

Gerber, Richard J., Bloomsday 2012 at Croton Falls: A Review of "Our Frist Ever Bloomsday Celebration", 16 June 2012, The Schoolhouse Theater, Croton Falls, New York, in *James Joyce Quarterly*, Volume 48, Number3, Spring 2011.

Ghiselin, Brewster, *The Unities of Joyce's Dubliners*. Accent 1956.

Gifford, D. & Seidman, R. J., *Ulysses Annotated, Second Edition*. Berkeley, Los Angeles & London: University of California Press, 2008.

Gifford, Don Creighton, ed., *Joyce Annotated: Notes for Dubliners and A Portrait of the Artist as a Young Man*. Berkeley: University of California, 1982.

Gifford, Don, *Notes for Joyce's Dubliners and A Portrait of the Artist as a Young Man*. New York: E. P. Dutton & CO. INC., 1967.

Gilbert, S., *Letters of James Joyce* (Volume I). New York: The Viking Press, 1966.

Gramsci, Antonio, J. A. Buttigieg &A. Callari, eds. and trans., Prison Notebooks: Volume I. New York: Colombia University Press, 1992.

Greenblatt, Stephen et al., *The Norton Anthology of English Literature*. New York: W. W. Norton & Company, 2006.

Hal, Wayne, *Shadowy Heroes*. London and New York: Longman Group UK Limited, 1989.

Hall, Vernon, "Joyce's Use of Da Ponte and Mozart's Don Giovanni". PMLA. 1951.

Herman, David, "Sirens after Schönberg". James Joyce Quarterly. 1994.

Hodgart, Matthew J. C. & Worthington, M. P., Song in the Works of James Joyce. New York: Columbia University Press, 1959.

http://www.etymonline.com/index.php? term=hooligan, 2016-03-01.

http://worldmusic.about.com/od/irishsonglyrics/p/The-CroppyBoy.htm) http://

www.traditionalmusic.co.uk/folk-song-lyrics/Im_a_Little_Orphan_Girl.htm.

https://en.wikipedia.org/wiki/Dalkey, 2016.

https://en.wikipedia.org/wiki/Ecclesia, 2016.

https://irelandsotherpoetry.wordpress.com/2008/12/28/james-joyces-christmas-cake/.

Hyde, Douglas, Breandán Ó Conaire, ed., "The Necessity for De-Anglicising Ireland". In Douglas Hyde: *Language, Lore, and Lyrics*. Dublin: Irish Academic Press, 1986.

Jack, Albert, Pop Goes the Weasel: The Secret Meanings of Nursery Rhymes. New York: Penguin, 2009.

Jackon, John Wyse & McGinely Bernard. *James Joyce's Dubliners*. London: Sinclair-Stevenson, 1993.

Joyce, James, *A Portrait of the Artist as a Young Man*. New York: Simon & Schuster Inc., 2005.

Joyce, James, *A Portrait of the Artist as a Young Man*. New York: the Viking Press, 1968.

Joyce, James, *Dubliners*. 'Introduction' by Terence Brown. London: Penguin Books, 1992.

Joyce, James, *Dubliners*. Clayton: Prestwick House Inc., 2006.

Joyce, James, *Dubliners*. London: Penguin Books, 1956.

Joyce, James, *Dubliners*. New York: Garland Publishing, 1993.

Joyce, James, Ellsworth Mason and Richard Ellmann eds., *The Critical Writings of James Joyce*. New York: The Viking Press, 1959.

Joyce, James, *Finnegans Wake*. New York: Penguin Books, 1976.

Joyce, James, *Finnegans Wake*. New York: Penguin Books, 1999.

Joyce, James, Harry Levin, ed., *The Portable James Joyce*. New York: Penguin Books, 1981.

Joyce, James, John Wyse Jackson & Bernard McGinley. *James Joyce's Dubliners: An Illustrated Edition with Annotations*. New York: St. Martin's Press, 1993.

Joyce, James, *Letters of James Joyce*. Ed. Stuart Gilbert. New York: The Viking Press, 1957.

Joyce, James, Richard Ellmann ed., *Letters of James Joyce*. Vol. II. New York: The

Viking Press, 1966.

Joyce, James, Richard Ellmann ed. , *Selected Letters of James Joyce*. London: Faber and Faber, 1992.

Joyce, James, Stuart Gilbert, ed. , *Letters of James Joyce*. New York: The Viking Press, 1957.

Joyce, James, *The Critical Writings of James Joyce*. Ed. Ellsworth Mason and Richard Ellmann. New York: The Viking Press, 1959.

Joyce, James, The Dead and Other Stories: A Broadview Anthology of British Literature Edition. St. Peterborough: Broadview Press, 2014.

Joyce, James, *The Portable James Joyce*. Ed. Harry Levin. New York: Penguin Books, 1976.

Joyce, James, *Ulysses*. Ed. Hans Walter Gabler, with Wolfhard Stepe and Claus Melchior, and an Afterword by Michael Groden. The Gabler Edition. New York: Random House, Inc. , 1986.

Joyce, James, *Ulysses*. New York: Vintage Books, A Division of Random House, 1961.

Joyce, James, *Ulysses: an Unabridged Republication of the Original Shakespeare and Company Edition, Published in Paris by Sylvia Beach*. New York: Dover Public Inc. , 2009.

Kee, Robert, *The Most Distressful Country*. London, Melbourne, New York: Quartet Books Limited, 1976.

Kiberd, D. , *Inventing Ireland*. Cambridge: Harvard University Press, 1996.

Larbaud, V. , *Ce vice impuni, la lecture: Domaine anglais*. Paris: Gallimard, 1925.

Lefevere, A. , *Translation/History/Culture: A Sourcebook*. London & New York: Routledge, 1992.

Lernout, G. , "European Joyce", in R. Brown. *A Companion to James Joyce*. Malden, Oxford & Carlton: Blackwell Publishing, 2008.

Levenson, Michael, Daniel R. Schwarz, ed. , *Living History in "The Dead"*, Boston and New York: Bedford-St. Martin's, 1994.

Liberman, Anatoly, Word Origin and How We Know Them. London: OUP, 2009.

Litz, A. Walton, *James Joyce*. New York: Twayne Publishers, 1966.

MacManus, Seumas, The Story of the Irish Race. New York: The Devin-Adair Company, 1990.

Maddox, Brenda, *Nora The Real Life of Molly Bloom*. Boston: Houghton Mifflin, 1988.

Magalaner, Marvin and Kain Richard M., *The man, the Work, the Reputation*. New York: Collier Books New York, 1962.

McCormick, K., Reproducing Molly Bloom: A Revisionist History of the Reception of "Penelope," 1922 - 1970. In R. Pearce. *Molly Blooms: A Polylogue on "Penelope" and Cultural Studies*. Madison & London: The University of Wisconsin Press, 1994.

Molony, Senan, The Phoenix Park Murders: Conspiracy, Betrayal & Retribution. Mercer: Mercer Press Ltd., 2006.

Moore, Thomas, *Irish Melodies*. London: Boosey & C., 1895.

Moore, Thomas, Irish Melodies. London: Broosey & C., 1895.

Moulden, John, "One Green Hill: Journeys through Irish Songs", Folk Music Journal. 2007.

Mullin, Katherine, Derek Attridge and Marjorie Howes, eds., "Don't cry for me, Argentina: 'Eveline' and the seductions of emigration propaganda', in *Semicolonial Joyce*". Cambridge: Cambridge University Press, 2000.

Nash, J., "In the Heart of the Hibernian Metropolis?", Joyce's Reception in Ireland, 1900 - 1940. In R. Brown. *A Companion to James Joyce*. Malden, Oxford & Carlton: Blackwell Publishing, 2008.

Nolan, Emer, James Joyce and Nationalism. London: Routledge, 1995.

O'Grady, Ivy Day in the Committee Room. The Use and Abuse of Parnell. *Eire-Ireland 21*, 1986.

Power, Arthur, *Conversations with James Joyce*. Chicago: The University of Chicago Press, 1974.

Prescott, Joseph, Local Allusions in Joyce's Ulysses. New York: Modern Language Association of America, 1953.

Ranelagh, John O'Beirne, A Short History of Ireland. London: Cambridge University Press, 1994.

Ravenstein, E. G., "On the Celtic Languages of the British Isles: A Statistical Survey". Journal of the Statistical Society of London. 1879.

River Liffey, Britannica. Academic. [EB/OL]. http://academic. eb. com/EBchecked/topic/340343/River-Liffey, 2016.

Rook, Clarence, Hooligan Nights. London: OUP, 1979.

Seal, Graham, Outlaw Heroes in Myth and History. London: Anthem Press, 2011.

Seed, David, *James Joyce's A Portrait of the Artist as a Young Man*. New York: Harvester Wheatsheaf, 1992.

Shields, Hugh, Gerard Gillen and Harry White eds., "The History of The Lass of Aughrim". Irish Musical Studies 1: Musicology in Ireland, Dublin: Irish Academic Press, 1990.

Smith, James Penny, Musical Allusions in James Joyce's Ulysses. North Carolina: University of North Carolina, 1968.

Strong, Leonard, James Joyce and Vocal Music. Oxford: OUP, 1946.

Sutcliffe, Sheila, *Martello Towers*. Cranbury, NJ: Associated Universities Press, 1973.

Sykes, William John, Poetical Works. London: Hodder and Stoughton, 1923.

The New Encyclopædia Britannica. 30 Vols. Chicago: Encyclopædia Britannica, Inc., 1984.

Timothy P. Martin, "Joyce, Wagner, and the Artist-Hero". Journal of Modern Literature, 1984.

Tindall, William York. *James Joyce: his way of interpreting the modern world*. New York: Charles Scribner's Sons, 1950.

Torchiana, Donald T., *Background for Joyce's Dubliners*. Boston: Allen & Unwin, Inc., 1986.

Tymoczko, Maria, The Irish Ulyssess. Berkeley: University of California Press, 1997.

Unknown collector, *Songs of Ireland and Other Lands*. New York: D. & J. Sadlier & Co., 1847.

Valente, Joseph, *James Joyce and the Problem of Justice: Negotiating Sexual and Colonial Difference*. Urbana: University of Illinois, 1995.

Vigano, M., *Fort*. Fortress Study Group. 2001.

Walzl, Florence L., *Pattern of Paralysis in Joyce's Dubliners: A Study of the Original Framework in College English*. Chicago: National Council of Teachers of English, 1961.

Weaver, Jack W., *Joyce's Music and Noise: Theme and Variation in his Writings*. Gainesville: University Press of Florida, 1998.

Woolf, V., *The Pargiters: The Novel-Essay Portion of the Years*. New York: HBJ, 1978.

Worthington, M. P., "Irish Folk songs in Joyce's Ulysses". PMLA. 1956.

Yeats, W. B., John P. Harrington, ed., "Cathleen Ni Houlihan", Modern Irish Drama. New York & London: Norton, 1991.

Yeats, W. B., *The Modern Novel: an Irish Author Discussed*. Irish Times, 1923-11-9(4).

Zhu Gang, *Twentieth Century Western Critical Theories*. Shanghai: Shanghai Foreign Language Education Press, 2001.

[爱尔兰]詹姆斯·乔伊斯:《都柏林人》,林六辰译,武汉:武汉大学出版社,2014年。

[爱尔兰]詹姆斯·乔伊斯:《都柏林人》,孙梁等译,上海:上海译文出版社,1984年。

[爱尔兰]詹姆斯·乔伊斯:《都柏林人》,王逢振译,上海:上海译文出版社,2013年。

[爱尔兰]詹姆斯·乔伊斯:《都柏林人》,张冰梅译,天津:天津科技翻译出版公司,2008年。

[爱尔兰]詹姆斯·乔伊斯:《芬尼根的守灵夜》(第1卷),戴从容译,上海:上海人民出版社,2013年。

[爱尔兰]詹姆斯·乔伊斯:《乔伊斯读本》,黄雨石等译,北京:人民文学出版社,2013年。

[爱尔兰]詹姆斯·乔伊斯:《乔伊斯诗歌全集》,傅浩译,石家庄:河北教育出版社,2002年。

[爱尔兰]詹姆斯·乔伊斯:《乔伊斯文集:都柏林人》,王逢振译,上海:上海译文出版社,2013年。

[爱尔兰]詹姆斯·乔伊斯:《乔伊斯文集1·都柏林人》,安知译,成都:四川文艺出版社,1995年。

[爱尔兰]詹姆斯·乔伊斯:《乔伊斯文集2·一个青年艺术家的画像》,安知译,成都:四川文艺出版社,1995年。

[爱尔兰]詹姆斯·乔伊斯:《乔伊斯文论政论集》,姚君伟、郝素玲译,上海:上海译文出版社,2013年。

[爱尔兰]詹姆斯·乔伊斯:《青年艺术家画像》,朱世达译,上海:上海译文出版社,2013年。

[爱尔兰]詹姆斯·乔伊斯:《一个青年艺术家的画像》,黄雨石译,北京:人民文学出版社,2011年。

[爱尔兰]詹姆斯·乔伊斯:《尤利西斯》(上下),萧乾、文洁若译,上海:译林出版社,1994年。

[爱尔兰]詹姆斯·乔伊斯:《尤利西斯》(上下),萧乾、文洁若译,北京:文化艺术出版社,2002年。

[爱尔兰]詹姆斯·乔伊斯:《尤利西斯》,金隄译,北京:人民文学出版社,1997年。

[爱尔兰]詹姆斯·乔伊斯:《尤利西斯》,金隄译,北京:人民文学出版社,2005年。

[爱尔兰]詹姆斯·乔伊斯:《尤利西斯》,萧乾、文洁若译,南京:译林出版社,2001年。

[爱尔兰]詹姆斯·乔伊斯:《尤利西斯自述——詹姆斯·乔伊斯书信辑》,李宏伟译,重庆:重庆大学出版社,2010年。

[爱尔兰]詹姆斯·乔伊斯:《詹姆斯·乔伊斯文论政论集》,姚君伟、郝素玲译,上海:上海译文出版社,2013年。

[爱尔兰]詹姆斯·乔伊斯:《致诺拉——乔伊斯情书》,李宏伟译,重庆:重庆大学出版社,2011年。

[爱尔兰]詹姆斯·乔伊斯:《尤利西斯》(最新修订版),萧乾、文洁若译,南京:译林出版社,2005年。

[美]理查德·艾尔曼:《论〈尤利西斯〉和它的最新版本》,载《外国文学动态》,1987年第2期,第41页。

[美]理查德·艾尔曼:《乔伊斯传(下)》,金隄、李汉林、王振平译,北京:十月文艺出版社,2006年。

《不列颠百科全书》(国际中文版,20卷),北京:中国大百科全书出版社,2002年。

[英]S. 波尔特:《乔伊斯导读》,北京:北京大学出版社,2005年。

[爱尔兰]埃德蒙·柯蒂斯:《爱尔兰史》,江苏师范学院翻译组译,南京:江苏人民出版社,1974年。

[美]艾伯特·哈伯德:《爱情的肖像:历史上的伟大恋人》,苏世军译,北京:金城出版社,2009年。

[英]安德鲁·吉布森:《詹姆斯·乔伊斯》,宋庆宝译,北京:北京大学出版社,2013年。
[苏联]巴赫金:《巴赫金全集第六卷:拉伯雷的创作与中世纪和文艺复兴时期的民间文化》,李兆林、夏忠宪等译,石家庄:河北教育出版社,1998年。
[苏联]巴赫金:《诗学与访谈》,白春仁、顾亚铃等译,石家庄:河北教育出版社,1998年。
[爱尔兰]彼得·科斯特洛:《乔伊斯》,何及锋、柳荫译,北京:中国社会科学出版社,1990年。
[美]德莱克·阿特里奇:《剑桥文学指南:詹姆斯·乔伊斯》,上海:上海外语教育出版社,2005年。
陈超霞:《小钱德勒与"瘫痪"主题——评析〈一朵浮云〉》,载《赤峰学院学报》,2010年第2期。
陈丽:《爱尔兰文艺复兴》,载《外国文学》,2013年第1期。
陈恕:《爱尔兰文学(爱尔兰文学丛书)》,昆明:云南人民出版社,2011年。
戴从容:《前言"都柏林纪行"》,见戴从容:《自由之书:〈芬尼根的守灵〉解读》,上海:华东师范大学出版社,2007年。
戴从容:《乔伊斯、萨义德和流散知识分子》,上海:华东师范大学出版社,2012年。
戴从容:《乔伊斯与爱尔兰民间诙谐文化》,见戴从容:《乔伊斯、萨伊德和流散知识分子》,上海:华东师大出版社,2012年。
丁振祺编译:《爱尔兰民间故事选编》,昆明:云南人民出版社,2011年。
段宝林:《非物质文化遗产精要》,北京:中国社会出版社,2008年。
冯建明:《论〈尤利西斯〉结局中"女性的'Yes'"》,载《河北师范大学学报(哲学社会科学版)》,2004年第6期。
冯建明:《乔伊斯长篇小说人物塑造》,北京:人民文学出版社,2010年。
冯建明主编:《爱尔兰作家和爱尔兰研究》,上海:上海三联书店,2011年。
傅浩编译:《乔伊斯诗歌·剧作·随笔集》,昆明:云南人民出版社,2011年。
格非:《博尔赫斯的面孔》,江苏:译林出版社,2014年。
郭军:《乔伊斯:叙述他的民族——从〈都柏林人〉到〈尤利西斯〉》,北京:外语教学与研究出版社,2010年。
郭军:《隐含的历史政治修辞——以〈都柏林人〉中的两个故事为例》,载《外国文学研究》,2005年第1期。
[美]约翰·唐麦迪:《都柏林文学地图》,白玉杰、豆红丽译,上海:上海交通大学出版社,2011年。

韩立娟、张健稳、毕淑媛:《情感瘫痪——评詹姆斯·乔伊斯〈都柏林人〉的主题》,载《唐山师范学院学报》,2006年第4期。

韩子满:《翻译与性禁忌——以 *The Color Purple* 的汉译本为例》,载《解放军外国语学院学报》,2008年第31期。

郝云:《乔伊斯流亡美学研究》,南京:南京大学出版社,2014年。

[古希腊]荷马:《奥德赛》,陈中梅译,北京:北京燕山出版社,1999年。

[古希腊]荷马:《伊利亚特》,陈中梅译,北京:北京燕山出版社,1999年。

赫云:《乔伊斯与爱尔兰宗教传统关系研究》,载《大连大学学报》,2009年第5期。

[爱尔兰]詹姆斯·乔伊斯:《乔伊斯读本》,黄雨石等译,北京:人民文学出版社,2013年。

蒋剑峰:《性话语翻译中的规范协商》,北京:北京外国语大学,2012年。

[爱尔兰]杰鲁莎·麦科马克主编:《爱尔兰人与中国》,王展鹏、吴文安等译,北京:人民出版社,2010年。

金隄:《〈尤利西斯〉来到中国》,见韩小蕙、胡骁编:《神之日:〈光明日报·文荟〉副刊作品精粹》,北京:光明日报出版社,1997年。

金隄:《乔伊斯的人物创造艺术》,载《世界文学》,1998年第5期。

李兰生:《从〈姐妹〉与〈圣恩〉看乔伊斯的文化焦虑》,载《中南大学学报(社会科学版)》,2011年第17卷。

李慎廉:《英语姓名词典》,北京:外语教学与研究出版社,2002年。

李维屏:《乔伊斯的美学思想与小说艺术》,上海:上海外语教育出版社,2000年。

李维屏:《英国小说人物史》,上海:上海外语教育出版社,2008年。

李欣:《数字化保护:非物质文化遗产保护的新路向》,北京:科学出版社,2011年。

李秀娜:《非物质文化遗产的知识产权保护》,北京:法律出版社,2010年。

林呐主编:《鲁迅散文选集》,天津:百花文艺出版社,1991年。

凌鹤:《关于新心理写实主义小说》,载《质文》,1935年第1期。

刘燕:《〈尤利西斯〉:叙述中的时空形式》,北京:文津出版社,2010年。

刘燕:《〈尤利西斯〉中的东方想象与身份建构》,载《外国文学》,2009年第5期。

路文彬:《乔伊斯的主角》,载《出版广角》,1998年第6期。

[英]罗伯特·基(Robert Kee):《爱尔兰史》,潘兴明译,上海:东方出版中心,2010年。

罗廷攀:《论查尔斯·帕内尔对詹姆斯·乔伊斯〈选委会办公室里的常春藤日〉为文学样本分析》,载《语文知识》,2016年第21期。

吕叔湘：《现代汉语八百词》，北京：商务印书馆，1999 年。

吕云：《都柏林人精神状态的形象描述——析乔伊斯〈死者〉中的精神瘫痪及其象征手法》，载《理论学刊》，2008 年第 7 期。

马会娟：《汉英文化比较与翻译》，北京：中国对外翻译出版有限公司，2014 年。

[美]赛义德：《东方学》，王宇根译，北京：生活·读书·新知三联书店，2000 年。

申富英：《论〈尤利西斯〉中的历史观》，载《外国文学研究》，2011 年第 3 期。

申富英：《论〈尤利西斯〉中作为爱尔兰形象寓言的女性》，载《国外文学》，2010 年第 4 期。

[法]圣埃克苏佩里：《小王子》，洪友译，北京：群言出版社，2006 年。

陶家俊：《爱尔兰，永远的爱尔兰——乔伊斯式的爱尔兰性，兼论否定性身份认同》，载《国外文学》，2004 年第 4 期。

[法]涂尔干：《宗教生活的基本形式》，渠东、汲喆译，上海：上海人民出版社，1999 年。

[爱尔兰]托马斯·罗尔斯顿：《凯尔特神话传说》，西安外国语大学神话翻译小组译，西安：陕西师范大学出版社，2013 年。

万建中：《民间文学引论》，北京：北京大学出版社，2006 年。

王建刚：《狂欢诗学——巴赫金文学思想研究》，北京：学林出版社，2001 年。

王苹：《民族精神史的书写：乔伊斯与鲁迅短篇小说比较论》，安徽：安徽大学出版社，2010 年。

王苹：《乔伊斯〈对手〉中法林敦形象的病理解剖》，载《南京师范大学文学院学报》，2011 年第 1 期。

王锡荣：《鲁迅与爱尔兰文学》，见冯建明主编：《爱尔兰作家和爱尔兰文学》，上海：上海三联书店，2011 年。

王湘云、申富英：《从爱尔兰的布鲁姆节谈文学与文化遗产保护之间的关系》，载《民俗研究》，2010 年第 1 期。

王展鹏主编：《中爱关系——跨文化视角》，北京：世界知识出版社，2011 年。

王振华等编著：《爱尔兰》，北京：中国社会科学文献出版社，2007 年。

王振平：《论翻译之道说〈尤利西斯〉——金隄教授访谈录》，载《中国翻译》，2000 年第 1 期。

王佐良：《英国文学名篇选注》，北京：商务印书馆，2006 年。

[苏格兰]维克多·特纳：《仪式过程：结构与反结构》，黄剑波等译，北京：中国人民大学出版社，2006 年。

吴庆军：《城市书写视野下的乔伊斯小说解读》，载《广西社会科学》，2013 年第 1 期。
[法]西蒙・波伏娃：《第二性——女人(第二卷)》，桑竹影、南删译，长沙：湖南文艺出版社，1986 年。
[爱尔兰]西莫斯・迪恩：《艺术家・民族・历史》，见[爱尔兰]乔伊斯：《一个青年艺术家的画像》，黄雨石译，北京：人民文学出版社，2011 年。
夏征农主编：《辞海》(1999 年版缩印本(音序))，上海：上海辞书出版社，2002 年。
萧乾：《关于〈尤利西斯〉致李景端的信(九封)》，载《作家》，2004 年第 10 期。
薛亚利：《庆典：集体记忆与社会认同》，载《中国农业大学学报》，2010 年第 2 期。
杨莉馨：《20 世纪文坛上的英伦百合　弗吉尼亚・伍尔夫在中国》，北京：人民出版社，2009 年。
杨阳：《从都柏林人中的牧师形象分析乔伊斯的宗教情结》，载《才智》，2011 年第 32 期。
杨阳：《游荡者和他的城市——〈都柏林人〉中的生活模式探析》，载《文学・自由谈》，2012 年第 3 期。
[美]伊芙琳・奥利弗、[美]詹姆斯・R. 路易斯：《天使大全》，肖晋译，重庆：重庆出版社，2010 年。
袁德成：《詹姆斯・乔伊斯：现代尤利西斯》，四川：四川人民出版社，1999 年。
张岱年、方克立：《中国文化概论》，北京：北京师范大学出版社，2004 年。
张弘：《试论尤利西斯的父与子主题和文化间性》，载《外国文学评论》，2001 年第 4 期。
张韶宁：《尼采》，北京：外语教学与研究出版社，2000 年。
张杏玲、柴正猛：《评析乔伊斯短篇小说〈小云朵〉中小钱德勒的“精神顿悟”》，载《长春理工大学学报》，2011 年第 4 期。
张亚中：《小国崛起》，台北：联经出版事业公司，2008 年。
张雨：《奥德修斯之旅：乔伊斯在中国》，成都：四川大学出版社，2009 年。
张喆：《现代的该亚“莫莉”》，载《天津外国语学院学报》，2005 年第 5 期。
郑思礼：《中国性文化：一个千年不解之结》，北京：中国对外翻译出版公司，1994 年。
周柳宁：《乔伊斯》，北京：外语教学与研究出版社，2000 年。
朱立元主编：《当代西方文艺理论》，上海：华东师范大学出版社，2005 年。
资谷生：《英语人名追根溯源》，云南：云南人民出版社，2010 年。

后记

《乔伊斯与爱尔兰非物质文化遗产》为国家社会科学基金课题“爱尔兰文学思潮的流变研究”(15BWW044)阶段性成果、教育部社会科学基金课题“2017年度国别与区域研究中心(备案):爱尔兰研究中心”(GQ17257)阶段性成果、上海对外经贸大学085工程项目(Z085WGYYX13028)最终成果,上海对外经贸大学内涵建设课题“乔伊斯与爱尔兰非物质文化遗产”最终成果、上海对外经贸大学2020年“内涵建设—学位点建设—国际学术会议”最终成果、上海对外经贸大学国际商务外语学院2020年度内涵建设计划任务最终成果。

本次创作实践由上海对外经贸大学爱尔兰研究中心(Irish Studies Centre, SUIBE)组织。自成立以来,该中心坚持走理论研究与学术实践相结合的道路,旨在以爱尔兰文学研究和作品翻译为基础,探究爱尔兰的文化、历史、政治、经济等各个领域,增进“中—爱”两国的友谊和相互了解,加强学校与爱尔兰高校之间的学术交流。

在上海对外经贸大学各级领导的支持下,在本校不同部门的帮助下,在多个兄弟单位学者的协作下,本书历时3年得以完成,是团队智慧及合作的结晶。团队成员利用业余时间多次聚会,就制定创作计划、查找资料、统一格式、讨论疑难、书稿校对、联系出版事宜等事项进行讨论,勾绘出一条时光的轨迹,写就了一曲苦中作乐的求索之歌。

作为上海对外经贸大学爱尔兰研究中心主任、本创作团队的组织者及本著作的第一责任人,我谨向所有参加撰写和校对的合作者致谢,向上海对外经贸大学各级领导致谢，向参加本书创作的各位学人致谢，向支持本研究团队的各部门致谢。

感谢上海三联书店的领导和编辑！他们为本书的出版付出了心血。

感谢文洁若老师！她不断鼓励和指导本书的第一负责人，并帮忙联系出版社，体现了老一辈学者对后学者的无私关爱之情。

当然，必须感谢我的爱人李春梅的理解和支持。为了科研，我很少分担家务，也很少与家人共享假期。

但愿，此书能为中国的爱尔兰研究提供参考。

冯建明

2019年夏

上海对外经贸大学

爱尔兰研究中心(教育部备案)

图书在版编目(CIP)数据

乔伊斯与爱尔兰非物质文化遗产/冯建明等著.—上海:上海三联书店,2022.3
ISBN 978-7-5426-7674-0

Ⅰ.①乔… Ⅱ.①冯… Ⅲ.①乔埃斯(Joyce,James 1882—1941)-文学研究②非物质文化遗产-研究-爱尔兰
Ⅳ.①I562.065②G156.22

中国版本图书馆CIP数据核字(2022)第024457号

乔伊斯与爱尔兰非物质文化遗产

著　　者 / 冯建明　等

责任编辑 / 宋寅悦
装帧设计 / 一本好书
监　　制 / 姚　军
责任校对 / 张大伟　王凌霄

出版发行 / 上海三联书店
(200030)中国上海市漕溪北路331号A座6楼
邮　　箱 / sdxsanlian@sina.com
邮购电话 / 021-22895540
印　　刷 / 上海惠敦印务科技有限公司

版　　次 / 2022年3月第1版
印　　次 / 2022年3月第1次印刷
开　　本 / 710mm×1000mm　1/16
字　　数 / 330千字
印　　张 / 22.25
书　　号 / ISBN 978-7-5426-7674-0/I·1756
定　　价 / 75.00元

敬启读者,如发现本书有印装质量问题,请与印刷厂联系 021-63779028